中国中古文学史讲义

刘师培 著　　刘跃进 讲评

凤凰出版传媒集团 凤凰出版社

图书在版编目（CIP）数据

中国中古文学史讲义 / 刘师培著 ; 刘跃进讲评. -- 南京 : 凤凰出版社, 2011.1
ISBN 978-7-5506-0079-9

Ⅰ. ①中… Ⅱ. ①刘… ②刘… Ⅲ. ①文学史－中国－汉代～魏晋南北朝时代 Ⅳ. ①I209.3

中国版本图书馆CIP数据核字(2010)第237591号

书　　名 中国中古文学史讲义
著　　者 刘师培 著　刘跃进 讲评
责任编辑 李相东
出版发行 凤凰出版传媒集团
凤凰出版社(原江苏古籍出版社)
南京市中央路165号　邮编 210009
发行部电话 025—83223462
集团网址 凤凰出版传媒网　http://www.ppm.cn
照　　排 南京凯建图文制作有限公司
印　　刷 无锡市证券印刷有限公司
无锡市扬名高新技术产业园B区75号　邮编:214024
开　　本 718×1005毫米　1/16
印　　张 19.5
字　　数 242千字
版　　次 2011年1月第1版　2011年1月第1次印刷
标准书号 ISBN 978-7-5506-0079-9
定　　价 30.00元
(本书凡印装错误可向承印厂调换,电话:0510—85435666)

目　录

刘师培及其汉魏六朝文学研究引论

刘跃进

《中国中古文学史讲义》是近代著名学者刘师培临终前一年刊布的一部有关汉魏六朝文学研究的重要著作，影响颇巨。另其《搜集文章志材料方法》与《汉魏六朝专家文研究》，因与汉魏六朝文学研究密切相关，这里一并提供给广大读者作为参考。

一

刘师培(1884—1919)，字申叔，号左盦，江苏扬州仪征人，出身于世代书香门第。他的曾祖刘文淇字孟瞻，祖父刘毓崧字伯山，叔父刘寿曾字恭甫，均以治《左传》享盛名于道、咸、同、光四朝，列《清史稿·儒林传》。母亲李汝谖，为江都小学家李祖望之女，通晓经史。而仪征刘家所生活的扬州地区，更是人才荟萃，学人辈出。王念孙、王引之父子以及焦循的专精之学自不必说，主持刊刻《十三经注疏》、《皇清经解》的阮元，也曾与《四库全书》总纂纪昀齐名，世称“两文达”(阮元、纪昀并谥号文达)。在这样一个富有浓郁学术氛围中长大的刘师培，濡染熏陶，自幼就熟读经典，出入子史，研习诗赋，后来成为著名学者，称之曰仪征刘氏家学乃至扬州学派的“殿军”，似不为过。

从现存资料看，刘师培二十岁公开发表第一篇文章，时在1903年的春天。

上一年，他得中举人，这年赴开封参加会试。临行前，作《留别扬州人士书》，刊发在《苏报》上，呼吁创办新式学堂、鼓励出洋留学。这次会试，刘师培名落孙山，从此他对科场心灰意冷。从开封回到扬州的途中，他滞留上海，与年长他十五岁的章太炎(1869—1936)见面，这对他的思想与学术都产生了重要影响。刘师培对革命产生好感，主张攘除清廷，光复汉族，甚至更名"光汉"，都应与章太炎的影响有关。两人在学术理念与治学领域等方面，也有很多共同的地方，遂成莫逆之交①。这是刘师培步入社会，成为激进的革命党人的开端。

在章太炎的影响下，刘师培参与了《国粹学报》、《俄事警闻》以及翌年扩版的《警钟日报》的编辑工作，并在两报上发表40余种诗文②。其间，曾续黄宗羲《明夷待访录》而作《中国民约精义》、《中国民族志》等，倡言平等之说，辨析夷夏之别；承王夫之《黄书》而作《攘书》，排满复汉。值此时代思潮澎湃之际，他又加入中国教育学会、国学保存会等进步组织，成为职业革命者。

由于国内政治形势紧张，刘师培夫妇应章太炎等邀请，东渡日本，就章太炎主编的《民报》作编辑，并加入孙中山创立的同盟会，参与同盟会东京本部的工作。这期间，刘师培还与张继设立"社会主义讲习会"，与妻子何震发起成立"女子复权会"，创办《天义报》和《衡报》，宣传社会主义与无政府主义理论，提倡废除等级制度，实现人权平等，推行无政府主义。在学术方面，他在日本结识了章、黄学派的重要人物黄侃(1886—1935)。两人年龄相仿，但黄侃对于刘师培的经学颇为钦佩，后来遂北面执弟子礼③。

这是一个风起云涌的时代，也是一个大浪淘沙的时代。很多知识分子出

---

① 参见汤志钧《章太炎年谱长编》第162页，中华书局1979年版。时年章太炎36岁。

② 参见陈奇主编《〈俄事警闻〉〈警钟日报〉篇目汇录》，贵州人民出版社2005年版。

③ 参见黄焯《记先从父季刚先生师事馀杭仪征两先生事》，载程千帆、唐文编《量守庐学记》第122页，三联书店2006年版。丁惟汾《刘申叔先生遗书序》称："近数十年来，学者根底不及前人而求功则欲驾乎其上。于是挟私见矜异闻，附会穿凿，莫可究诘。其笃守家法，敦古不疑，岿然作清儒后劲者，惟馀杭章太炎、蕲春黄季刚与申叔数人而已。而覃思冥悟，以申叔为最。自季刚以下皆尊师之。"《刘师培全集》第一册第24页，中共中央党校出版社1997年版。

于不同的目的，积极投身革命，至少同情革命。业师姜亮夫先生曾对我说过，他的老师王国维（1877—1927）当年也曾通读过《资本论》，可惜我还没有看到相关文字资料。但刘师培确确实实曾组织翻译过《共产党宣言》和克鲁鲍特金的《面包掠夺》、《总同盟罢工》等，思想颇为激进。在倡导革命的过程中，刘师培与章太炎相互钦佩，相互支持。刘师培字申叔，章太炎字枚叔，当时乃至“二叔”并称，可见关系之密切。可惜好景不长，1908 年，刘师培与章太炎发生争执，乃至结怨①。他只好从日本回到上海。

他的朋友们没有想到，刘师培的思想由此发生根本性蜕变，与他先前所积极倡导的革命理想背道而驰，渐行渐远②。他公开投靠了清廷两江总督端方（1861—1911）③，甚至还把江浙革命党人谋划起义计划秘密呈报④。而后，他把自己绝大部分精力投入到学术研究中，发表文章也不再用笔名刘光汉，而是多用本名刘师培。他为端方考订金石⑤，又拜徐绍桢（1861—1936）为师⑥，研究天文历法。这一切都发生在 1909 年的初春，当时，刘师培二十六岁。

---

① 关于结怨的内情，汤志钧《章太炎年谱长编》第 263 页多所披露。中华书局 1979 年版。汤志钧《读〈量守遗文合钞〉——黄侃与章太炎、刘师培》、卞孝萱《读〈黄侃日记〉》对刘氏变节及与章氏交恶的背景也有论析，见张晖编《量守庐学记续编》第 177、276 页，三联书店 2006 年版。

② 蜕变的原因，当时人多归之于刘师培的妻子何震，如蔡元培《刘君申叔事略》就说“有小人乘间运动何震，劫执君为端方用”，意谓何震暗中接洽清朝封疆大吏端方。《刘师培全集》第 17 页。

③ 端方，清末大臣，金石学家。满洲正白旗人，本汉人，姓陶，号陶斋。1882 年中举人，曾任直隶霸昌道。不久清廷在北京创办农工商局，将其召还主持局务。端方趁此机会上《劝善歌》，受到慈禧赏识，被赐三品顶戴。后调任河南布政使，旋升任湖北巡抚。其后，历任湖广总督、两江总督、闽浙总督等封疆大吏。1911 年，四川新军哗变，端方被杀。端方曾出国考察，作《欧美政治要义》，上《请定国是以安大计折》，力主以日本明治维新为学习蓝本，为中国立宪运动重要著作。他也曾鼓励学子出洋留学，被誉为开明人士。好金石学，着有《陶斋吉金录》

④ 参见李帆《刘师培与中西学术》所附《刘师培学谱简编》第 246 页，北京师范大学出版社 2003 年版。

⑤ 根据杨世灿《杨守敬学术年谱》记载，这一年，杨守敬亦受邀为端方考订金石，撰写题跋。湖北人民出版社 2004 年版，第 223 页。李详亦有《分撰陶斋藏石记释文自定本》，载《李审言文集》第 1447 页。

⑥ 徐绍桢，字固卿，广东番禺人。父亲徐子退，曾参两广总督节署幕，着有《通介堂总说》、《乐律考》、《说文笺注》等。徐绍桢幼承家学，刻苦勤读，通汉宋儒学，尤究心于军事学，精研熟记近代新战术及各国军制、军事、兵器。清政府在全国编练新军，徐绍桢奉命赴日本考察军事。1904 年徐调任两江总督。1911 年响应武昌起义，被推为江浙联军总司令。1936 年 9 月 13 日在上海逝世。

此后几年，端方调任直隶总督兼北洋大臣，刘师培随之北上，结识了严复(1854—1921)、罗振玉(1866—1940)等著名学者。后又随端方南下四川。辛亥革命后，端方被杀，刘师培落拓无依，投靠成都老友谢无量(1884—1964)。当时，谢任成都国学院院长，乃聘刘师培任副院长，兼四川国学学校课，讲授《左传》、《说文解字》等，与谢无量、廖平(1852—1932)、吴虞(1874—1939)等共同发起成立四川国学会，编《国学杂志》①。从学术上来说，这个时期他进入了比较成熟的阶段，而在政治上却在依然随波逐流。他北上山西，投靠阎锡山，任高等顾问。又由阎锡山推荐给中华民国大总统袁世凯；袁世凯倒也非常器重刘师培，授予参政院参政，封为上大夫。其间，他还与杨度、严复等发起成立筹安会，刘师培就任理事，公开发表《君政复古论》、《联邦驳议》等文，为袁世凯称帝摇旗呐喊，说明他不仅没有沉浸书斋，忘却世事，而是变其本而加其厉，逐其功而争其名。洪宪帝制失败后，刘师培再次落寞，流落天津，与前清遗老遗少为伍。从1909年脱离革命到1916年袁世凯死后落拓无依，这是刘师培最为时人诟病的八年。

由此来看，在政治上，从一个激进的革命者到走向革命的对立面，刘师培确实是一个十分矛盾的人物。同样，他在学术上也充满矛盾：他的很多思想非常超前，每每突破藩篱，令人惊听回视，譬如，他很早就主张白话，甚至要废除汉语，走拼音化道路；同时，他的论著又常常表现出一种浓郁的厚古薄今的倾向。

就在袁世凯称帝失败的1916年底，蔡元培被任命为国立北京大学校长，陈独秀任北大文科学长。刘师培得到陈独秀的推荐，得以进入北京大学，其学术生涯也步入最后的辉煌。在北大两年多时间里，刘师培讲授中古文学史；同时，还在国文研究所担任四个方向的研究科目，即经学、史传、中世文学

① 根据廖宗泽《六译先生年谱》(《六译先生年谱校说》，骆凤文校著，中共中央文献出版社2007年版)载，刘师培入蜀与廖平等见面在1911年冬。廖平60岁，刘师培28岁。

史、诸子，并在北京大学附设的国史编纂处任编纂员。又与黄侃、朱希祖、马叙伦、梁漱溟等成立“国故月刊社”，成为国粹派。

这里还有一个插曲。就在刘师培病逝的那年三月，《公言报》刊发一篇《请看北京学界思潮变迁之近状》，认为北大陈独秀、胡适等为“新派”，创办有《新潮》杂志。而黄侃、刘师培、马叙伦等为“旧派”，阵地就是《国故》月刊。几天以后，《北京大学日刊》发表《刘师培致公言报函》，认为此说“多与事实不符”。刘师培并不承认自己是旧派，更不愿意结帮拉派。他曾向往革命，更眷恋于学问。作为一介文人，刘师培可能更适宜于作学问，但是他的思想又是那样的激进，让他躲进书斋，不问世事，可能很难；而要让他完全理解世态，从容驾驭人情，一定更难。可以说，他的政治理想，他的学术追求，本身就是一个矛盾体，既激进弘通，又保守拘狭。这里可能有性格方面的原因，更主要的还是那个天翻地覆的时代留给一个知识分子的困惑与无奈。

刘师培死后，他的著述，由弟子陈钟凡、刘文典等人搜辑，友人钱玄同整理，南桂馨校刻而成《刘申叔遗书》74 种，总计约四百万字。全书发凡起例于 1934 年，两年后刻印而成，钱玄同曾就全书的编辑作了详细说明，并附有《左盦年表》、《左盦著述系年》。然全书正式发行，已是刘师培离开这个世界整整二十年后的 1939 年了。这是刘师培全集第一次也是唯一一次系统的整理。此后有过两次补遗，一是罗常培先生根据听课笔记整理的《汉魏六朝专家文研究》[①]、《〈文心雕龙〉讲录二种》（即《颂赞篇》和《诔碑篇》的讲录）[②]。二是万仕国在罗常培辑本基础上又广事搜罗，编辑而成《刘申叔遗书补遗》，收录五百余篇，总计达一百六十馀万字[③]。

① 刘师培《汉魏六朝专家文研究》，罗常培整理，重庆独立出版社 1945 年版。

② 刘师培《〈文心雕龙〉讲录二种》，罗常培整理，以“左盦文论”为总题刊于 1940 年创刊的《国文月刊》第九、十、三十六期。

③ 《刘申叔遗书补遗》，万仕国辑补，广陵书社 2008 年版。

刘师培二十岁公开发表文字，到他三十六岁辞逝，前后不过十六七年的时间，却写作了五百六十馀万字的作品，平均每年完成约三十五万字的写作量。仅就数量而言，已经相当惊人。何况，他还奔波南北，从事大量的政治与社会活动。更叫人感到惊叹的是，这些著述，广泛涉猎传统经学、小学、校雠学等方面的内容，微辞奥义，佥多发明；同时也有相当数量的如陈寅恪先生所倡导的“预流”之作，论及现代西洋哲学、政治学、教育学、伦理学（如《伦理教课书》）等，贯通古今，旁及中外。所论多言而有据，迥异乎空疏浅薄之论，置诸近代中国学术发展史上，多具有里程碑意义。

二

钱玄同《刘申叔先生遗书序》这样写道：

> 最近五十馀年以来，为中国学术思想之革新时代。其中对于国故研究之新运动，进步最速，贡献最多，影响于社会政治思想文化者亦最巨。……在此黎明运动中最卓特者，以余所论，得十二人，略以其言论著述发表之先后次之，为南海康君长素（有为），平阳宋君平子（衡），浏阳谭君壮飞（嗣同），新会梁君任公（启超），闽侯严君几道（复），杭县夏君穗卿（曾佑），先师馀杭章公太炎（炳麟），瑞安孙君籀庼（诒让），绍兴蔡君孑民（元培），仪征刘君申叔（光汉），海宁王君静庵（国维），先师吴兴崔公觯甫（适）。此十二人，或穷究历史社会之演变，或探索语言文字之本源，或论述前哲思想之异同，或阐演先秦道术之微言，或表彰南北剧曲之文章，或考辨上古文献之真赝，或抽绎商卜周彝之史值，或表彰节士义民之景行，或发舒经世致用之精义，或阐扬类族辨物之微旨，虽趋向有殊，持论多异，有壹志于学术之研究者，亦有怀抱经世之志愿而兼从事于政治之活动者，然皆能发舒心得，故创获极多。

此黎明运动在当时之学术界，如雷雨作而百果草木皆甲坼，方面广博，波澜壮阔，沾溉来学，实无穷极。此黎明运动中之刘君，家传朴学，奕世载德，蕴蓄既富，思力又锐，在上列十二人中，年齿最稚。……刘君著述之时间，凡十七年。始民元前九年癸卯，迄民元八年己未（1903—1919）。因前后见解之不同，可别为二期：癸卯至戊申（1903—1908）凡六年，为前期；己酉至己未（1909—1919）凡十一年，为后期。相较言之，前期以实事求是为鹄，近于戴学；后期以笃信古义为鹄，近于惠学。又前期趋于革新，后期趋于循旧。刘君著述所及，方面甚多，余所能言且认为最精要者有四事：一为论古今学术思想，二为论小学，三为论经学，四为校释群书。①

钱氏所列十二位学人，即康有为、宋衡（即宋恕）、谭嗣同、梁启超、严复、夏曾佑、章太炎、孙诒让、蔡元培、刘师培、王国维、崔适等，是否都足以担当清末民初的学界领袖，或有可商。但是最年轻的刘师培进入当时最杰出的学者行列，似向无异议。

按照钱玄同的分类，刘师培著作有四类最为精要：

（一）论古今学术思想

《国学发微》，与章学诚《文史通义》相近，又可与章太炎《国学概论》参互对读，可以明了当时所谓国学，实即传统的经史子集之学。最可注意者，是刘师培用了相当的篇幅论述中国佛、道两派之学术，为当时及后来论国学者多所不及。《周末学术史序》，实际上是以序的形式，综合论述周秦之际心理学、伦理学、社会学、宗教学、政法学、财政学、兵学、教育学、哲学、术数学、文字学、法律学、文章学等学科，不啻为一部周秦学术简史。《两汉学术发微论》则分政治学、种族学、伦理学三类讨论两汉学术问题。《汉宋学术异同论》分义

① 《刘师培全集》第一册第27页，中央党校出版社1997年版。

理学、章句学、象术学、小学等四类辨析汉宋学术异同。《南北学派不同论》分诸子学、经学、理学、考证学、文学等五个方面辨析南北学风的差异,可谓纵览古今,通观万象。《古政原论》与《古政原始论》主要考察古代阶级制度、礼俗、官职、兵制、刑法、学校、商业、工艺、国土、宗法、古乐等方面的成就与阙失。

(二)论小学

主要见于《左盦外集》以及《毛诗词例举要》、《荀子词例举要》、《古书疑义举例补》、《小学发微》、《尔雅虫名今释》、《理学字义通释》等文。特别应叙及的是《理学字义通释》,博涉理、性、情、志、意、欲、命、心、思、德、义、恭、敬、才、道、静等常用的理学概念,疏通字意,阐发义理,颇近于戴震的《孟子字义疏证》,既是文字学论著,也是哲学著作。至于文字学综合性的著作,当推《中国文学教科书》。此书名曰中国文学,实际上是中国文字学方面的概论性著作,内容极其丰富。

(三)论经学

刘师培长于经学,向为时人所重。著名学者黄侃仅比刘师培小两岁,却甘拜为师,他说:"余于经学,得之刘先生者为多。"①经学中,尤以四世家传之《左传》学最称博洽,其次是"三礼"之学。所以黄侃在《先师刘君小祥会奠文》中明言道:"君之绝业,《春秋》《周礼》。"

《春秋》及"三传"中,关于《春秋左传》的研究最为精深,著有《春秋古经笺》、《春秋左氏传时月日古例考》、《春秋左氏传例略》、《春秋左氏传答问》、《春秋左氏传古例诠微》、《春秋左氏传传例解略》、《春秋左氏传传注例略》、《读左劄记》、《司马迁左传义序例》等。

"三礼"中,《周礼古注集疏》为作者精心结撰之著。1936年,陈钟凡《〈周礼古注集疏〉跋》记述刘师培临终前曾在北平家中谈起自己的学问,说自己年

① 黄焯《记先从父季刚先生师事馀杭仪征两先生事》,《量守庐学记》第125页,三联书店2006年版。

来“精力所萃，实在‘三礼’；既广征两汉经师之说，成《礼经旧说考略》四卷，又援据《五经异谊》所引古《周礼》说、古《左氏春秋》说及先郑、杜子春诸家之注，为《周礼古注集疏》四十卷，堪称信心之作”①。

此外，《尚书源流考》、《毛诗札记》、《礼经旧说》、《逸礼考》、《西汉周官师说考》、《群经大义相通论》以及《经学教科书》等亦可归为经学论著。其中，《群经大义相通论》最具特点。作者梳理丰富资料，比较群经的异同，包括：《公羊传》与《孟子》、《公羊传》与《齐诗》、《毛诗》与《荀子》、《左传》与《荀子》、《穀梁传》与《荀子》、《公羊传》与《荀子》、《周官》与《左传》、《周易》与《周礼》等，他发现，各经之间，多有相通之处。长期以来，我们的文史研究，往往强调中国古代经学传授中家法与师法的疆界，似乎各家之间，泾渭分明。王先谦《诗三家义集疏》就是这样的一部著作。作者辑录了各家论《诗》的资料，分门别类，考镜源流，初读起来很是清爽，但是揆诸学术实际，未必就是如此。刘师培的研究告诉我们，早期的经学流传，往往相互取资，弥缝折衷，并非如后来的学术史家们所描述的那样，壁垒森严，阵线分明。

（四）校释群书

校订群籍，几乎是清代学者用力最深、创获最大的学术工作。受此学风影响，刘师培年轻的时候，就曾校订过《吕氏春秋》等典籍，此后未曾中辍，校释过《周书》、《管子》、《晏子春秋》、《老子》、《庄子》、《墨子》、《荀子》、《新书》、《春秋繁露》、《法言》、《白虎通义》、《楚辞》、《穆天子传》、《韩非子》、《琴操》等古籍。比勘异同，定夺是非，与清代著名校雠学家卢文弨、孙诒让相比，自在伯仲之间。

如果细分，刘师培的研究著作还可将现代意义上的历史学和文学研究独立开来。文学研究方面的成就，后面还要详谈。这里仅以历史学论著而言，

① 《刘师培全集》第一册第271页，中共中央党校出版社1997年。

他的《中国历史教科书》，就是一部简明扼要的中国通史，而《中国地理教科书》则是中国地理学方面的通论著述。《古历管窥》则在钱大昕等人基础上，深入讨论天文历法问题，可谓研几抉微。此外，还有大量的读书笔记，如《左盦题跋》为群书叙录，而《敦煌新出唐写本提要》尤其值得注意。

我们知道，法国著名汉学家伯希和①在 1906 年至 1908 年间深入敦煌莫高窟，对全部洞窟编号，并抄录题记、摄制大量壁画照片。1909 年，伯希和再到中国采购汉籍，携带了部分敦煌写本精品，出示给中国学者罗振玉、蒋斧、王仁俊、董康、刘师培等人，中国学术界始知有敦煌遗书。根据《敦煌新出唐写本提要》小引知道，该文作于宣统二年(1910)，也就是从伯希和处看到敦煌文献的第二年，刘师培敏锐地发现了这批文献的巨大价值，提纲挈领式地加以介绍。提要包括：《毛诗诂训传·国风》残卷、《左传》杜预集解昭公残卷、《穀梁传》范宁集解残卷、《文选》李注残卷、《文选》白文残卷、《唐地志》残卷、《古类书》残卷、《周易》王弼注残卷、《庄子》郭象注残卷、《春秋穀梁经传解释》残卷、《隶古尚书》孔氏传残卷等。刘师培所生活的扬州地区，历来是《文选》学研究的重镇。刘师培秉承前哲学风，也对《文选》学格外重视。在敦煌文献中，《文选》学资料常常涉及到一些重要的问题，譬如李善注六十卷的分与合，李善注早期版本与后代传本的异与同，还有《文选》白文三十卷等重大学术问题。敦煌本出现，刘师培等早期敦煌学者筚路褴褛，敏锐发掘，这些问题才又重新浮出水面，引起后世的广泛关注。那一年，刘师培才 27 岁。

从上面介绍可知，刘师培的学术研究有两个非常鲜明的特点：一是对传统文化的坚守，二是对西方文明的吸收。坚守传统文化，即坚持从文字、音

① 伯希和(Paul Pelliot，1878—1945)，法国著名汉学家、探险家。1905 年由中亚与远东历史、考古、语言及人种学考察国际协会法国分会会长埃米勒·塞纳尔(Emile Sénart)委任为法国中亚探险队队长，与测量师路易·瓦扬(Louis Vaillant)和摄影师沙尔勒·努埃特(Charles Nouette) 一起，于 1906 年至 1908 年间进入西域。

韵、训诂、目录、版本、校勘等传统研究方法入手，整理先秦两汉典籍。而吸收西方文明，主要是指他在西风初渐之际，引领风潮，勇于吸收现代思想精华，善于运用现代学术方法，考镜源流，颇具史家风范。《左盦外集》卷九有《论古今学风变迁与政俗之关系》、《近儒学术统系论》、《清儒得失论》、《近代汉学变迁论》就是通观中国历史的学术史著作。

《论古今学风变迁与政俗之关系》将世俗民风与学风的变化联系起来考察，认为学风的变化，直接影响到世风变化。由此看来，每一时代的知识分子在引领世风方面有着不可忽视的重要作用。譬如两汉崇气节，而三国尚权诈，六朝别流品，隋唐则重功名。这些变化，既与统治集团的政策导向密不可分，更与那个时代的士人追求息息相关。刘师培因此而得出这样的结论："欲考中国民气之变迁，当先知中国学风之变迁。"①

学风的变化，对于近代政治文化发展变化的意义，也是刘师培时常关注的问题。其《清儒得失论》纵论清代学者各家之得失，而《近代汉学变迁论》又将讨论的范围缩小到当时颇负盛名的"汉学"上，指陈利弊，颇中肯綮。作者将清代汉学发展分为四期。顺康时期的阎若璩、胡渭等为"怀疑派"代表，他们治学的范围非常宽广，对于前代学说，多所怀疑，由思而学，援据精博。康雍乾时期的戴震、钱大昕等为"征实派"，好学深思，多闻阙疑。这两派的中坚多是清代学术领域的实力派人物，实事求是，无征不信，竖立了较高的学术标的。他们的追随者高山仰止，只能肆力于群籍的校勘，旁搜博采，摭拾旧闻。刘师培视之为"丛缀派"。尽管规模较小，不成气象，但终究还是在学问之间讨生活。而嘉、道之际，随着政治形势的巨大变化，今文经学振臂而起，常州学派扮演了极其重要的角色。前有"二庄"(庄存与、庄培因)，后有刘宋(刘逢禄、宋翔凤)，"运之于虚而不能证之以实，言之成理而不能持之有故"②。总

① 《刘师培全集》第三册第330页，中共中央党校出版社1997年版。

② 《刘师培全集》第三册第345页，中共中央党校出版社1997年版。

之，各派之间，各有得失。问题是他们的末流，或学有馀而思不足，或思有馀而学不足，甚至把学术作为敲门砖，志在仕途，更不足论。

整体上说，刘师培更推崇清代前期的汉学家，自然也就偏于古文经学。他早年交往的学界名流，也多与古文经学有密切关系。但他也不排斥今文经学，甚至还与他们多有来往。譬如他追随端方到四川之后，曾与著名学者廖平交往颇密，两人都很推崇洪适的《隶释》、《隶续》，认为可为研读经史之助。在治学方面，他们都不拘一隅，求新求变。廖平兼通古今，一生六变。《经学初程》说自己治学先由训诂入手，始觉唐宋人文"宽泛无实，不如训诂书字字有意"①。我们在后面还要谈到，刘师培对于明代以来古文家所推崇的唐宋派也颇多微辞。所不同者，廖平《知圣录》对于纪晓岚、阮元等评价不高，而刘师培对于乡贤阮元则推崇备至。毕竟，刘师培与廖平，还是有着较大的差异。可以这样说，刘师培的学术研究，确实很难用传统意义上的今古文经学，或者汉学、宋学所能规范，因为他的研究已经具有鲜明的现代色彩。

三

说到刘师培研究的现代色彩，就不能不提到他的文学研究；刘师培的文学研究，具有承前启后的意义。

刘师培生活在社会急剧转型的时代，世纪之交，内忧外患，促使那一代知识分子最早睁开眼看世界。他们从中西哲学思想的比较中，从华夏文明盛衰际遇的嬗变中，反思家庭文化与西方探险精神的矛盾，探寻科技思想和义利观念的冲突，衡量创新意识与社会体制革新的关系，评估中国传统礼乐文化的本质特性与发展方向。这是刘师培那一代人关注伦理学、关注教育学，尤

① 廖宗泽《六译先生年谱》第5页，骆凤文校著，中共中央文献出版社2007年版。

其关注文学的精神动力所在。在刘师培看来,移风易俗,改造人心,文学可以发挥重要作用。“大之可以振尚武之风,小之可以为养生之助,而征引往迹,杂陈古事,则又抒怀旧之蓄念,发思古之幽情,为劝戒人民之一助”①。

中国文学从它诞生之日起,就一直处在一种融合变化之中。春秋战国时期,主要是华夏各民族文化的融合;两汉以降,随着封建帝国统治的强化与中外文化交流的拓展,中西文化的融通成为一时潮流。作为文化重要组成部分的文学思想,也遵循着这种演变规律,在融合中获得发展,在发展中增强融合。刘师培《论文杂记》开篇第一则论中国文章之学,就与印度佛书作比较。他认为,印度佛书分为三类:一是经,二是论,三是律。而中国古代书籍,亦大抵可以分成三类:一是文言,藻绘成文,便于记诵,如《周易》卦辞爻辞之类,近似于佛书的经类;二是语,或记事之文,或论难之文,多用散体,如《春秋》、《论语》等书,犹如佛书的论类;三是例,语简事赅,便于遵行,如《周礼》、《仪礼》、《礼记》等书,好像是佛书的律类②。由此笔锋一转,作者又将视野转到欧洲,第二则征引英国哲学家的论断,推论语言进化演变由文趋质、由深趋浅的一般规律。《文章原始》也说:“昔罗马文学之兴也,韵文完备,乃有散文;史诗既工,乃生戏曲。而中土文学之秩序,适与相符,乃事物进化之公例,亦文体必经之阶级也。”③在世界多种文明的比较中反观自己,中国文学的特性也就凸显出来。这大约是二十世纪初叶成长起来的知识分子普遍的观感。那个时候出版的中国史、文学史、哲学史著作,往往开宗明义,总要先从中西比较中确定自己论述的价值,这几乎成为一种叙述模式。稍后的钱锺书《管锥编》也是如此。第一则论《周易》之“易”,乃“一名而含三义”,作者旁征博引,比较汉语与西方语言修辞的差异,指出异中有同、同中有异。《管锥编》自始至终,都

① 《刘师培全集》第三册第447页,中共中央党校出版社1997年版。

② 《中国中古文学史·论文杂记》第109页,人民文学出版社1959版。

③ 《刘师培全集》第三册第450页,中共中央党校出版社1997年版。

是在这种比较中展开论述。因此,刘师培的“文学”观念,显然不是他个人冥思苦想的独创,而是时代所赐。

基于这样一种文学观念,刘师培论文学起源,论文学功能,论文学发展,论文章各体,就与“五经”为本的传统文论形成较大的反差。譬如论各种文体,他认为很多出于巫祝之官。他熟练地运用传统训诂手段,逐一辨析“巫”与“祝”的原始意义,从而指出:“文章各体,多出于斯。又颂以成功告神明,铭以功烈扬先祖,亦与祠祀相联。是则韵语之文,虽匪一体,综其大要,恒由祀礼而生,欲考文章流别者,曷溯源于清庙之守乎?”[①]《论文杂记》中,他还指出:“上古之时,先有语言,后有文字。有声音,然后有点画;有谣谚,然后有诗歌。谣谚二体,皆为韵语。‘谣’训‘徒歌’,歌者永言之谓也。‘谚’训‘传言’,言者直言之谓也。”[②]也就是说,中国早期叙事文体无一不是和神圣信仰、祭祀仪式、权力话语相关联。

由此延申,他认为中国的各体文章,也多用于各种祭祀的场合。《周末学术史序·文章学史序》这样写道:

> 吾观成周之制,宗伯掌邦礼,于宗庙鬼神之典,叙述尤详。而礼官协辅宗伯者,于祭祀之典,咸有专司,如巫史祝卜是也。试观周礼太祝掌六祈以司鬼神,即后世祭文之祖也。殷史辛甲作虞箴以箴王缺,即后世官箴之祖也。又太祝所掌六祠,命居其次,诔殿其终也者,后世哀册之祖也。诔也者后世行状诔文之祖也。颂列六义之一,以成功告于神明,屈平《九歌》其遗制也。铭为勒器之词,以称扬先祖功烈,汉魏墓铭其变体也。且古重卜筮,咸有繇词,遂启《易林》、《太玄》之体。古重盟诅,咸有誓诰,遂开绝秦诅楚之先。况古代祖宗之官,能辨姓氏之源,以率遵旧

① 《文学出于巫祝之官说》,载《刘师培全集》第三册第87页,中共中央党校出版社1997年版。
② 《中国中古文学史·论文杂记》第110页,人民文学出版社1959年版。

典，由是后世有传志叙记之文。德刑礼义记于史官，由是后世有典志之文。文章流别，夫岂无征？[①]

《论文杂记》论箴、铭、碑、颂等所谓有韵之文，起源很早，也多与实用功能相关。箴者，古人谏诲之词。铭者，古人儆励之词。碑者，古人记功之文。颂者，古人揄扬之词[②]。有韵之文，便于传诵，所以起源最早。这就足以说明早期的文学，主要在实用。春秋之后，言与语、文与质分为二途，言与文相联，而语与质相通。所谓"直言者谓之言，论难者谓之语，修词者谓之文，不独言与文分，亦且言与语分，故出言亦分文质。言之质者，纯乎方言者也。言之文者，纯乎雅言者也"[③]。因此，两汉以后的赋、颂、箴、铭等，皆属于文的范畴，而论、辩、书、疏等，则带有语的色彩。

在古今中外的比较中，刘师培对于中国汉语所固有的特性有了更加清晰的体认。他主张，无论是文学创作还是文学研究，都应当从具体的字句入手，然后才能谈到声、情、文的修饰问题。《文说》即从析字说起，特别指出："西汉词赋，首标卿云，摛词贵当，隶字必工。此何故哉？则辨名正词之效也。司马《凡将》、子云《训纂》，详征字义，旁及物名，分别部居，区析昭明。及撮其单词，俪为偶语，故撷择精当，语冠群英。则字学不明，奚能出言有章哉?!"[④]《文章原始》又指出："积字成句，积句成文。文章之源起，先穷造字之源流。""然扬马之流，类皆湛深小学，故发为文章，特沈博典丽，雍容揄扬。注之者，既备述典章，笺之者，复详征诂。故非徒词主骈俪，遂足冠冕。"[⑤] 这里，刘师培一

① 《文章学史序》载《刘师培全集》第一册第523—524页，中共中央党校出版社1997年版。

② 《中国中古文学史·论文杂记》第112页，人民文学出版社1959年版。

③ 《文章原始》，载《刘师培全集》第三册第448页，中共中央党校出版社1997年版。

④ 《刘师培全集》第三册第71页，中共中央党校出版社1997年版。《中华读书报》2010年3月24日第7版葛云波《金粉丹青属阿谁——揭露刘师培'抄袭'〈四六丛话〉》，指出《文说·耀采第四》多袭用孙梅《四六丛话》。"析字"为《文说》第一篇，未查核是否也属于这种情况。

⑤ 《刘师培全集》第三册第448页，中共中央党校出版社1997年版。

而再、再而三地提到了司马相如和扬雄与他们的文字学著作，说他们的辞赋创作追求奇古华赡，“以艰深之词，文浅易之说”（苏轼评扬雄《法言》、《太玄》语），并非偶然现象，而是有着特定的历史背景。

所谓特定的历史背景，就是秦汉时期，读书识字已经作为一种法律被规定下来。因此，当时的文字学著作特别盛行。秦代统一之后，出于“书同文”的考虑，李斯、赵高、胡毋敬分别著有《仓颉篇》、《爰历篇》和《博学篇》等文字学著作作为时人读本。这些著作在西汉初年曾广为流传。武帝时的司马相如著有《凡将篇》，西汉后期的扬雄根据李斯、赵高、胡毋敬的书合编而成《苍颉训纂》一篇[①]。另有《别字》十三篇[②]、《苍颉传》一篇。同时代的史游还著有《急就章》、李长著有《元尚篇》等，都是为了当时读书的需要。故《论衡·别通篇》云：“夫苍颉之章，小学之书，文字备具。”[③]最近一百年，在居延等地发现的汉简中，时常提到《苍颉篇》、《急就章》等。在西北边陲，童蒙读物如此流行，说明秦汉时期普通人对于习字的重视程度。

《论衡·效力篇》还说：“叔孙通定仪，而高祖以尊；萧何造律，而汉室以宁。”[④]所谓萧何造律，系指其《九章》之律，亦大抵因秦旧制。其中与文化相关的内容主要见于《汉书·艺文志》中一段话：“汉兴，萧何草律，亦著其法，曰：‘太史试学童，能讽书九千字以上，乃得为史。又以六体试之，课最者，以为尚书、御史、史书令史。吏民上书，字或不正，辄举劾。’六体者，古文、奇字、篆

---

① 《汉书·艺文志》：“《苍颉》七章者，秦丞相李斯所作也；《爰历》六章者，车府令赵高所作也；《博学》七章者，太史令胡毋敬所作也：文字多取《史籀篇》，而篆体复颇异，所谓秦篆者也。是时始造隶书矣，起于官狱多事，苟趋省易，施之于徒隶也。汉兴，闾里书师合《苍颉》、《爰历》、《博学》三篇，断六十字以为一章，凡五十五章，并为《苍颉篇》。武帝时司马相如作《凡将篇》，无复字。元帝时黄门令史游作《急就篇》，成帝时将作大匠李长作《元尚篇》，皆《苍颉》中正字也。《凡将》则颇有出矣。至元始中，征天下通小学者以百数，各令记字于庭中。扬雄取其有用者以作《训纂篇》，顺续《苍颉》，又易《苍颉》中重复之字，凡八十九章。”中华书局 1962 年版，第 1721 页。

② 钱大昕《汉书考异》以为即扬雄撰《方言》十三卷。

③ 参见曹道衡、刘跃进著《先秦两汉文学史料学》下编第三章，中华书局 2005 年版。

④ 黄晖《论衡校释》第 588 页，中华书局 1990 年版。

书、隶书、缪篆、虫书。”古文、奇字亦在其中，汉赋大量出现奇字，或与此政策有直接关系。《汉书》还记载，石奋(建)上书，写“马”字少一笔，惊恐万状，甚至以为要“获谴死”[①]。由此可见当时法律的威慑力量。

司马相如、杨雄等人所编这类字书，大约就是当时的童蒙读物，而他们的辞赋创作，所以充满古文奇字，很可能也与文字传播功能相关。由此还可以扩大说来，秦汉文章特别是应用文章的最大特点，诚如刘师培所说：“摘词贵当，隶字必工。”如果脱离这段特殊的历史背景，就像明代古文家所推崇的那样，以为秦汉文人殚见洽闻，无端求工，真是皮相之谈[②]。

从识字辨体推演开来，他的文学史发展观，也注意从更大范围内审视文学发展的脉络，有着明晰的史的概念。譬如他在《论文杂记》中论汉代至魏晋的文章变迁，分为四端：

> 西汉之时，箴铭赋颂，源出于文；论辩书疏，源出于语。观邹、枚、扬、马之流，咸工作赋，沉思翰藻，不歌而诵；旁及箴、铭、骚、七，咸属有韵之文。若贾生作论，史迁报书，刘向、匡衡之献疏，虽记事记言，昭书简册，不欲操觚率尔，或加润饰之功，然大抵皆单行之语，不杂骈骊之词；或出语雄奇，或行文平实，咸能抑扬顿挫，以期语意之简明。东京以降，论辩诸作，往往以单行之语，运排偶之词，而奇偶相生，致文体迥殊于西汉。建安之世，七子继兴，偶有撰著，悉以排偶易单行；即非有韵之文，亦用偶

① 《汉书·万石卫直周张传》载：“建为郎中令，奏事下，建读之，惊恐曰：‘书“马”者与尾而五，今乃四，不足一，获谴死矣！’”颜师古注：“马字下曲者为尾，并四点为四足，凡五。”中华书局1962年版，第2196页。

② 刘师培《论文杂记》：“史篇起源，始于仓圣。《周官》之制，太史之职，掌谕书名。而宣王之世，复有史籀作《史篇》，书虽失传，然以李斯《仓颉篇》、史游《急就篇》例之，大抵韵语偶文，便于记诵，举民生日用之字，悉列其中，盖史篇即古代之字典也。又孔子之论学诗也，亦曰‘多识于鸟兽草木之名’，是诗歌亦不啻古人之文典也。盖古代之时，教曰‘声教’，故记诵之学大行，而中国词章之体，亦从此而生。”又说司马相如、扬雄创作“所用古文奇字甚多，非明六书假借之用者，不能通其词也”。人民文学出版社1959年版，第111、117页。

文之体，而华靡之作，遂开四六之先，而文体复殊于东汉。其变迁者一也。

西汉之书，言词简直，故句法贵短，或以二字成一言，而形容事物，不爽锱铢。东汉之文，句法较长，即研炼之词，亦以四字成一语。魏代之文，则合二语成一意，由简趋繁，昭然不爽。其变迁者二也。

西汉之时，虽属韵文，而偶对之法未严。东汉之文，渐尚对偶。若魏代之体，则又以声色相矜，以藻绘相饰，靡曼纤冶，致失本真。其变迁者三也。

西汉文人，若扬、马之流，咸能洞明字学，故选词遣字，亦能古训是式，非浅学所能窥。东汉文人，既与儒林分列，故文词古奥，远逊西京。魏代之文，则又语意易明，无俟后儒之解释。其变迁者四也。①

这种变化，也可以用四句话加以概括，即：以排偶易单行，由简略趋繁富，渐尚声律色采，语意由深奥向浅显。联系到《中国中古文学史讲义》所论汉魏文学变化的四个特征，这还是一个很有意义的论题。

我们知道，一切存在的基本形式是时间和空间，脱离时空的存在，都是不可能的。文学发展自然也不例外，她一定是发生在特定的时空之间。我们只有把作家和作品置于特定的时空中加以考察，才能确定其特有的价值，才不会流于空泛。九十多年前，刘师培就已经注意到文学空间的变化对于文学特色的影响。他的《南北文学不同论》承袭了《北史·文苑传》的观点又有发展②。不仅文学如此，艺术的发展同样遵循着这样的规律。刘师培继承阮元《南北书派论》、《北碑南帖论》之说，在《中国美术学变迁论》论汉魏之际美术发展时写道：

① 《中国中古文学史·论文杂记》第116—117页，人民文学出版社1959年版。
② 《刘师培全集》第一册第556页，中共中央党校出版社1997年版。

> 晋代以降，学士大夫以书画奕棋相尚，南人简旷，标清远之风；北学拘虚，守庄严之度。以言乎书法，则南人长于书帖，北人长于书碑。南派疏放妍妙，行草之体盛行。……北派直质谨严，笔多波磔。……文词则南人清新俊逸，北人硗确自雄。南派虽崇妍练，然出于自然，秀气灵襟，超轶楮墨。及乎末流，遂流轻绮，雕几既极，色泽空存。北派叙事简严，发言刚劲。工者以严凝之骨饰流丽之词。[①]

同样的观点，亦见于其《论美术援地而区》，他认为，古代美术或成于一人，或萃于一地的缘由，也与地缘相关。不过，他亦在《汉魏六朝专家文研究》中专辟一节，论述文学研究不可为地理及时代之见所囿，因为很多优秀的作家，其文学特色与成就早已超越他所处的时代和区域。就文学研究而言，刘师培倡导的用时空观念梳理历代文学发展的方法，还是很有参考价值的。

四

尹炎武在《刘师培外传》中称："其为文章则宗阮文达笔对之说，考型六代而断至初唐，雅好蔡中郎，兼嗜洪适《隶释》、《隶续》所录汉人碑版之文。"[②]这段话比较准确地概括了刘师培文学史研究的重点，即秦汉魏晋南北朝文学，用刘师培《汉魏六朝专家文研究》的概括，即"汉魏六朝文学"。

这段文学史，历来评价不一。尤其是六朝文学，每当文学变革之际，它几乎总是清道夫们抨击的对象。今天所能看到的研究资料很多是否定性的评价，如李谔《上隋高帝革文华书》、王通《文中子》等就开始兴师问罪，以为"江左齐梁，其弊弥盛"，所写内容不出月露之形和风云之状，亟欲把它踢出文学

① 《刘师培全集》第三册第343页，中共中央党校出版社1997年版。
② 《刘师培全集》第一册第17页，中共中央党校出版社1997年版。

的伊甸园。唐代的陈子昂、李白、白居易、韩愈等更是不遗馀力地口诛笔伐。陈子昂说“齐梁间诗，彩丽竞繁而兴寄都绝”。李白也说“自从建安来，绮丽不足珍”。白居易以为齐梁间诗不过“嘲风雪，弄花草”而已。而韩愈索性说“齐梁及陈隋，众作等蝉噪”。但否定归否定，历代文人又往往离不开六朝文学。譬如《昭明文选》，隋唐时期就曾作为科举考试、尤其是进士科考试的重要参考书，“文选学”之说由此而起。以严羽《沧浪诗话》为代表的宋代诗话，凡是论及唐前文学，所例举的作品，几乎没有超出《文选》范围。在某种程度上说，《文选》就是先唐文学的代称。近代著名学者李详(1859—1931)在其《文选学著述五种》中对于杜甫、韩愈等唐代人的作品作了详尽的考察，结论是唐代诗人几乎没有不受《文选》影响的①。

其中的原因，其实也不难推想。在中国文学史上，这个时期的学术思想表现得最为活跃，甚至呈现出一种鲜明的异端色彩。传统儒学的衰微，新兴玄学的繁荣，外来佛学的传播，为当时的文人雅士的思想提供了广阔的拓展空间。个性的张扬，意味着儒学束缚的挣脱，意味着自由发展的趋势。表现在文学创作方面，“永明体”出现对于近体诗的成熟无疑起到催化剂的作用；六朝小说的繁荣为唐代传奇的发展奠定了坚实的基础；六代骈文更是取得了空前绝后的成就。表现在文学理论方面，这一时期，是中国文学批评史基本形态、主要范畴、理论框架的最重要的创始阶段，或者说是成形阶段。归结到一点，就是对独创性的自觉追求。这是非常独特的历史现象，因此，这一时期的文学也就一直吸引着很多学者关注。

刘师培研究汉魏六朝文学，首先是从史料的整理开始的。《搜集文章志材料方法》发表于1919年5月20日《国故》月刊第3期。这年11月，作者病逝，因此，这是作者临终前的重要文字。该文以挚虞《文章流别论》为范本，从

① 《李审言文集》第1—158页，江苏古籍出版社1989版。

当时的文学批评资料入手，提出四种收集资料的方法：

第一，论完整保存之书，除正史之外，还要博涉旁收，包括杂史如《汉纪》、《华阳国志》、《十六国春秋》等，古注如《世说新语》刘注、《三国志》裴注、《汉书》颜注等，子书如《法言》、《论衡》、《潜夫论》、《风俗通义》、《抱朴子内外篇》、《颜氏家训》、《金楼子》、《刘氏新论》等，也应竭泽而渔。

第二，论亡佚之书，亦当辑录钩沉。因为是以辑著历代文章志为例，所以作者认为首先应当关注汉魏六朝时期的文章志著作。《隋书·经籍志》著录有挚虞《文章志》四卷，傅亮《续文章志》二卷，宋明帝《晋江左文章志》三卷，沈约《宋世文章志》二卷，荀勖《杂撰文章家集叙》十卷，张隐《文士传》五十卷，此外，顾恺之《晋文章纪》，丘渊之《文章录》，虽书名不见于《隋志》，然《世说新语注》等书所引，仍有佚文。用这种方法辑录钩沉，可以鲁迅《古小说钩沉》为代表。《玉海·艺文志》记录大量的宋代流传的著作，颇值得关注，亦可作为辑录的对象①。刘师培还提到《太平御览》"文部"，凡二十二卷，论述各种文体，以往的论著似关注不多。说到这部分内容，还应结合"学部"十三卷参照论析。关于辑佚方面的成果，刘师培特别推崇严可均的《全上古三代秦汉三国六朝文》，视为先唐文学研究的资料渊薮。全书七百四十六卷，为十五集，辑录上古至隋代 3497 人的作品。当然，限于各种条件，严氏漏辑误辑还有不少，有些书虽已辑录，仍有漏辑者不说，更多的是当时国内有书而难以借用者，如《永乐大典》、《四库全书》、《大藏经》、《道藏》、大量的乡邦文献以及地方志等等，还有当时国内无书而无法观览者，如《文馆词林》(严氏仅见四卷)、《玉烛宝典》及后来出土的帛书、简牍、石刻、碑铭等。

第三，论诗评文之书，论及《文心雕龙》、《诗品》、《史通》以及《全唐文》和野史杂记之类。只是这部分内容涉猎的范围还比较狭窄。从罗常培辑的《文

---

① 参见拙文《〈玉海·艺文〉的特色及其价值》，载《复旦学报》2009 年第 4 期。

心雕龙讲录》看，作者似有专门的论述，可惜多已失传。

第四，论文集的存佚以及文集目录的价值。作者描述了中国古籍四部分类的演变过程，认为汉代尚未有“集”的概念，书以册分，也无“卷”的提法。从整体上说，是确信不移的[①]。文集的详细著录，现存以《隋书·经籍志》为大宗。这是唐初官修的一部目录，建立在《汉书·艺文志》基础之上，依据隋代、唐初的政府藏书，并参考以前的有关目录书记，著录各书的存佚情况，反映了东汉魏晋南北朝时期的思想文化状况，确立了史家目录四部分类的规范。

《中国中古文学史讲义》可以说是作者综合运用上述四种方法整理而成的典范之作。全书总共五讲，即：一，概论；二，文学辨体；三，论汉魏之际文学变迁；四，魏晋文学之变迁；五，宋齐梁陈文学概论。这部著作的价值不仅仅是中古文学系统研究的开山之作，更重要的意义还在于，这部著作的问世，从总体上改变了人们对于这段文学史评价上的偏颇，看到这段文学的积极意义。对此，鲁迅曾给予了较高评价，认为“研究那时的文学，现在较为容易了，因为已经有人做过工作……辑录关于这时代的文学评论有刘师培编的《中国中古文学史》……对于我们的研究有很大的帮助，能使我们看出这时代的文学的确有点异采”。因此，鲁迅先生在讲座中，特别说明“我今天所讲，倘若刘先生的书里已详的，我就略一点；反之，刘先生所略的，我就较详一点”[②]。可见这部书在鲁迅先生心目中的重要位置。鲁迅的演讲，是在 1927 年，而刘师培的这部著作原本也是演讲稿，是作者 1917 年起在北京大学讲授中古文学史的讲稿，早于鲁迅十年。鲁迅也是汉魏六朝文学研究的大家，除了这篇著

① 或许也有少许例外。如《汉书·谷永杜邺传》应劭注引有《谷永集》，知其著作在汉末已经有别集行世。这是值得注意的现象。因为《汉书·艺文志》称汉人著作通常称多少篇，少有称“集”者。又《汉书·扬雄传》有“又旁《惜诵》以下至《怀沙》一卷，名曰《畔牢愁》”。这里称“卷”也不是《汉书》著录各人著作的习惯用法。

② 《而已集·魏晋风度及文章与药及酒之关系》，《鲁迅全集》第三册第 502 页，人民文学出版社 1981 年版。

名演讲外，他还曾专门从事《古小说钩沉》、《小说备校》、《嵇康集》、《谢承〈后汉书〉》、《虞预〈晋书〉》、《虞喜〈志林〉》、《张隐〈文士传〉》、《众家文章记录》等汉魏晋南北朝文献的辑校工作①。因此，他对于刘师培的评论，就不是泛泛而论，而是真正意义上的行家之论。那么，这部著作的价值主要体现在哪些方面呢？

第一，资料的系统性。刘师培在《汉魏六朝专家文研究》中特别强调，评论各家文章之得失应以当时人的批评为准，他认为“历代文章得失，后人评论每不及同时人评论之确切。良以汉魏六朝之文，五代后已多散佚，传于今者益加残缺”。六朝史传中的文论资料很多，但是散见各处，只有集中起来，才能更清晰地看出流行一时的文学观念，这可能比专门一家之言更具有代表性。《中国中古文学史讲义》最引人瞩目的特点，就是丰富的辑录，且有系统的编排，细大不捐，详略兼顾，省却读者很多翻检之劳。

第二，论断的精准性。每讲前有解题，辑录后有案语，议论不多却自成体系。如总论部分，论及“声律说之发明、文学之区分”，系统地辑出当时所能看到的绝大多数的原始材料，排比考订，细心辨析，基本上勾勒出汉魏六朝文学发展的概貌。又如第三讲，阐释了建安文学的四个特点，即清峻、通脱、骋词、华靡。鲁迅先生《魏晋风度及文章与药及酒之关系》本此而论曰：“汉末魏初的文章可说是清峻、通脱、华丽、壮大。”这一观点已为当今大多数研究者所认同。

第三，教学的实用性。譬如第三讲“论汉魏之际文学变迁”，为了便于教学，作者还辑录了祢衡、陈琳、吴质、应璩、陶丘一、丁仪、刘廙、蒋济、杜恕、夏侯玄、王肃等人的十二篇作品作为参考。这种授课方法，他常常贯穿运用于整个教学之中。譬如诔文和碑文，其文体特点如何？历代诔碑名文的运思之

① 上述著作并见《鲁迅辑录古籍丛编》，人民文学出版社 1999 年版。

妙又体现在哪里？由于历史久远，这些后世已经不常用的文体，很多读者莫究其详。刘师培在《〈文心雕龙〉讲录二种》中不仅详尽论述了这两种文体的源流特点，还从《文选》等典籍中辑录曹植《王仲宣诔》，潘岳《杨荆州诔》、《杨仲武诔》、《夏侯常侍诔》、《马汧督诔》，颜延之《阳给事诔》、《陶征士诔》，谢庄《宋孝武宣贵妃诔》以及蔡邕《郭有道碑文》、《陈太丘碑文》，王俭《褚渊碑文》，王中《头陀寺碑文》，沈约《齐故安陆昭王碑文》，任昉《刘先生夫人墓志铭》等，对其中重要段落和字句，章分句析，逐一疏解，金针度人，有裨读者举一反三。这种有论有辑、有疏有解的授课方式，最有启发意义。黄侃《文心雕龙札记》、范文澜《文心雕龙注》，无不采用这种方法①。

当然，这部著作也留下一些遗憾，譬如总集如《文选》、《玉台新咏》，文学批评著作如《文心雕龙》、《诗品》，均未曾专门论列。虽名以“中古”，然其论述的范围始于汉末曹氏当政，终于陈代，上不及秦汉，下未论北朝及隋代，显得很不全面②。不过，幸而有罗常培先生根据听课笔记而整理出的《汉魏六朝专家文研究》，让我们对刘师培的先唐文学研究业绩有了比较全面系统的认识。此外，作者还有《文例举隅》、《文例释要》等文③，类似俞樾的《古书疑义举例》，也有重要的参考作用。

《汉魏六朝专家文研究》除绪论和各家总论外，归为二十个专题：1. 学文四忌（忌奇僻、忌驳杂、忌浮泛、忌繁冗）；2. 谋篇之术；3. 文章之转折与贯串；4. 文章之音节；5. 文章有生死之别；6.《史》、《汉》之句读；7. 蔡邕精雅与陆机清新；8. 各家文章与经子之关系；9. 文章有主观客观之别；10. 神似与形

---

① 参见拙文《〈文心雕龙〉研究的划时代著作——读范文澜〈文心雕龙注〉散记》，载《走向通融——世纪之交的中国古典文学研究》第 276 页，知识产权出版社 2005 年版。

② 关于“中古”的时间断限问题，笔者在《关于魏晋南北朝文学研究的若干问题》中有所展开，可以参看。收录在《走向通融——世纪之交的中国古典文学研究》第 195 页，知识产权出版社 2005 年版。

③ 两文并收录在《刘师培全集》第三册第 454、457 页，中共中央党校出版社 1997 年版。

似;11. 文质与显晦;12. 文章变化与文体迁讹;13. 汉魏六朝之写实文学;14. 研究文学不可为地理及时代之见所囿;15. 各家文章之得失应以当时人之批评为准;16. 洁与整;17. 记事文之夹叙夹议;18. 传赞碑铭之繁简有当;19. 轻滑与蹇涩;20. 文章宜调称。

就题目而言,或涉及一个时代的文学,或论及某一作家,或旁及某一文体,更多的是文章的具体修辞写作的方法,与文学理论方面的一些基本问题,譬如神似与形似问题,文质与显晦问题,还有如何处理简洁与完整的关系等问题,不仅是中国古代文话、诗话每每论及的话题,也是现代文学理论常常要触及的问题。

正如书名所示,这部著作以汉魏六朝文作为研究对象,《史记》、《汉书》和《后汉书》是作者主要讨论的著作,蔡邕和陆机是作者最关注的两位作家。关于前三史,还有陆机,我们的文学史大多给予较多关注,也有丰富的研究成果。相比较而言,有关蔡邕的研究就比较冷落了。

蔡邕的文章,最为后人推崇的是碑文。《文心雕龙·诔碑篇》认为蔡邕的碑文,代表了汉代最高的水平。刘勰说:"后汉以来,碑碣云起,才锋所断,莫高蔡邕。观杨赐之碑,骨鲠训典;陈郭二文,词无择言;周胡众碑,莫非清允。"对此,刘师培深表赞同,他在为《诔碑篇》作疏解时说:"此段推崇蔡中郎之碑文为第一,盖非一人之私言,实千古之定论也。"[①]这里,刘勰依次论及了蔡邕的《太尉杨赐碑》、《陈太丘碑》、《郭有道碑》、《汝南周勰碑》、《太傅胡公碑》等,将其视为蔡邕碑文写作的代表。其中,《太傅胡公碑》凡三篇,是蔡邕四十岁时的作品。《太尉杨赐碑》凡四篇,是蔡邕五十三岁时的作品。《陈太丘碑》凡三篇,是蔡邕五十四岁的作品。据《傅子》记载,陈寔死后,会丧者多达三万馀人,场面之大,不难想见,蔡邕应邀撰写三篇碑文,各有侧重。刘师培在《论谋

① 刘师培《〈文心雕龙·诔碑篇〉口义》,载陈引驰编《刘师培中古文学论集》第168页,中国社会科学出版社1997年版。

篇之术》一节中指出："就蔡中郎之文论之，其所为碑铭，往往一人数篇，而篇法各异。如《陈太丘碑》共有三篇，一篇但发议论，一叙事实；两篇同叙事实，而一详生前，一详死后，使非谋篇在前，安能选材各异？世谓碑铭之文千篇一律，惟修辞有工拙者，岂其然乎？"①刘勰称颂陈、郭碑文"词无择言"，择言，即败言，也评价甚高。

刘勰评价《太尉杨赐碑》的特点是"骨鲠训典"，即以《尚书》中的《尧典》和《伊训》为全文的骨干，显得典雅庄重，与简单的叙述传主生平事迹的传统碑文区别开来，具有了神圣典雅的风范。刘师培称其："叙《尚书》经义，并摹拟《尚书》文调者，如《杨赐碑》。"

《后汉书·郭符许传》载蔡邕谓卢植说："吾为碑铭多矣，皆有惭德。唯《郭有道》无愧色耳。"所谓"无愧色"，我的理解，即在字里行间流露着真情实感，没有藻饰，没有矫情，更远离了虚伪。据《后汉书·郭符许传》记载："郭太字林宗，太原界休人也。家世贫贱，早孤。母欲使给事县廷。林宗曰：'大丈夫焉能处斗筲之役乎？'遂辞。就成皋屈伯彦学，三年业毕，博通坟籍。善谈论，美音制。乃游于洛阳。始见河南尹李膺，膺大奇之，遂相友善，于是名震京师。后归乡里，衣冠诸儒送至河上，车数千辆，林宗唯与李膺同舟而济，众宾望之，以为神仙焉。"②在蔡邕的心目中，郭泰就是这样的"神仙"，所以碑文盛称郭泰"孝友温恭，仁笃慈惠"、"器量弘深，姿度广大"、"砥节砺行，直道正辞"等。蔡邕认为这些评语气韵天成，恰到好处，故"无愧色"。刘师培在《〈文心雕龙·诔碑〉口义》中称："此段一气呵成，为普通碑文之所无。普通碑文叙事虽亦得法，而文气散漫，不能贯串。惟蔡中郎辞调变化无方，故文章层出不穷，有一题数篇，而篇篇俱佳者，此其所以为汉碑冠也。"蔡邕《郭有道碑》从

① 刘师培《汉魏六朝专家文研究》，载陈引驰编《刘师培中古文学论集》第118页，中国社会科学出版社1997年版。

② 《后汉书》第2225页，中华书局1965年版。

"凡我四方同好之人"至"亦赖之于见述也"一段，刘师培评论说："应看其词令之雅处。碑铭用字与辞赋不同，应力祛冷僻。试观蔡中郎碑文之用字与《子虚》、《上林》及《封禅文》、《典引》之类迥殊：盖用字深僻则文气音节俱不能畅矣。故读此篇者，第一应看其叙事繁简适中；第二应看其用字典雅合度，第三应看其音调和谐。至于文章之有关修辞者，则'器量弘深，咨度广大'二句全用表像；'收文武之将坠，拯微言之未绝'及'砥节砺行，直道正辞'四句全用正写；'犹百川之归巨海，鳞介之宗龟龙'二句用明比；'翔区外以舒翼，超天衢以高峙'四句用暗比：此皆其用笔之变化也。"①

胡广是蔡邕的老师，在《蔡邕集》中有好几篇碑文与胡广有关。蔡邕先是为胡广的继母、胡广之子作碑文，极尽赞美之能事。胡广与左雄就察举事情上曾有很深的分歧。这在当时是一件大事。胡广认为应该广开门路，不必有所限制。但是灵帝接受了左雄的建议，胡广为此左迁汝南太守。这段背景，蔡邕有意避而不谈，只是平述事实，不作断语。刘勰以为"清允"或指此而言。而刘师培在"论文章之转折与贯串"一节中说，"《胡公碑》以'七被三事，再作特进'八字消纳胡广屡次之黜陟"，这里就有为尊者讳的成分。

此外，《太尉桥玄碑》称赞桥玄"疾华尚朴，有百折不挠、临大节而不可夺之风"，"其拔贤如旋流，讨恶如霆击"，对仗工整，词采华丽。总之，蔡邕的碑文千变万化，层出不穷。"有重复之字句，而无重复之音调，无重复之笔法，洵非当时及后世所能企及也"②。如果借用刘勰的话来概括，就是："其叙事也该而要，其缀采也雅而泽；清词转而不穷，巧义出而卓立。察其为才，自然而至。"

---

① 刘师培《〈文心雕龙·诔碑篇〉口义》第170—171页，载陈引驰编《刘师培中古文学论集》，中国社会科学出版社1997年版。

② 刘师培《〈文心雕龙·诔碑篇〉口义》第172页，载陈引驰编《刘师培中古文学论集》，中国社会科学出版社1997年版。

从上引各则看，刘师培认为蔡邕的碑文主要有这样几个特点：一是词调变化，引类无穷，篇篇可诵；二是有韵之文容易散漫，而蔡邕的碑文，音节和雅；三是蔡邕的碑文繁简适度，剪裁合宜。集中到一点，就是《文心雕龙·才略篇》所概括的那样，“蔡邕精雅”。刘师培以为“精雅”二字“实为定评”。他特别指出：

研治蔡文者应自此入手。精者，谓其文律纯粹而细致也；雅者，谓其音节调适而和谐也。今观其文，将普通汉碑中过于常用之句，不确切之词，及辞采不称，或音节不谐者，无不刮垢磨光，使之洁净。故虽气味相同，而文律音节有别。凡欲研究蔡文者，应观其奏章若者较常人为细，其碑颂若者较常人为洁；音节若者较常人为和，则于彦和所称“精雅”当可体味得之。

在《汉魏六朝专家文研究》中，作者反复征引刘勰之说以为佐证，说明刘师培所归纳的这些写作要求，在很大程度上是总结了汉魏六朝文学批评的业绩。尤其是《文心雕龙》，更是刘师培有关中古文学史研究的重要学术资源。《中国中古文学史讲义》中虽然没有设立专章对《文心雕龙》本身问题展开讨论，但他多次征引《文心雕龙》。尤其是《汉魏六朝专家文研究》的写作，几乎就是以《文心雕龙》的理论框架作为基本依据和写作指南；同时，作者又结合近代以来的学术思潮，用更广阔的视野来审视汉魏六朝的各种文学现象，较之《文心雕龙》又有新的拓展。如果读者认可这种说法，那么研究《文心雕龙》就应当参考《汉魏六朝专家文研究》；反之，为了更好地理解《汉魏六朝专家文研究》，就应当对《文心雕龙》有深入的研讨。两者相辅相成，相得益彰。

行文至此，很自然地就会联想到另外一部《文心雕龙》研究的名著，即黄侃的《文心雕龙札记》，联想到黄侃与刘师培同样对《文选》研究的重视。黄侃有《文选平点》专书，刘师培对《文选》也推崇备至。他的《文章原始》本于阮元

《文韵说》而又有所发挥。他说:"昭明之辑《文选》也,以沉思翰藻者为文。凡文之入选者,大抵皆偶词韵语之文,即间有无韵之文,亦必奇偶相成,抑扬咏叹,八音谐唱,默契律吕之深。故经子诸史悉屏遗。是则文也,乃经史诸子之外,别为一体者也。"①显而易见,刘师培、黄侃,还有他们的前辈阮元、王闿运、李详等,无不对汉魏六朝文学推崇有加。他们研究《文心雕龙》,研究《文选》,还不遗馀力地编纂各类文钞、诗选,乍看似乎有着某种地缘上的渊源,但从目前所掌握材料看,更多的还是与当时的学派纷争有着密切关系。

清代乾嘉以来,就在经学上的汉学与宋学途乖趣别之际,文学上也渐生两派,一是桐城文派,倡导唐宋古文;一是六朝文派,推崇《昭明文选》。而刘师培显然是站在后者的立场上。他在《古文辞辨》一文中着意指出,词与辞,原本不同,秦汉以降,逐渐含混不清。"实则字各一义,非古代通用字也,乃习俗相沿,误词为辞。俗儒不察,遂创为古文辞之名。此则字义不明之咎也"②。在《论文杂记》第 22 则亦持类似见解。他说:"近世以来,正名之义久湮。由是,于古今人之著作,合记事、析理、抒情三体,咸目为古文辞。"③在这言辞的背后,他想要说明的是,那些《古文辞类纂》一派的学人,连词与辞的分别都没有闹清楚,就肆意标榜,诚然可笑。他在《汉魏六朝专家文研究》中论"汉魏六朝之写实文学"甚至说"中国文学之弊,皆自唐宋以后始"④。这里主要是就写实文学、尤其是应酬干谒一类的文字而言,但也足以说明他对于唐宋文派的成见之深。为此,他大力倡导文与语的区别,主张回到汉魏六朝时代,回归文学本体。

黄侃、李详也有类似的主张。《黄侃日记》1928 年 6 月 20 日记载了这样

① 《刘师培全集》第三册第 450 页,中共中央党校出版社 1997 年版。

② 《刘师培全集》第三册第 88 页,中共中央党校出版社 1997 年版。

③ 《中国中古文学史·论文杂记》第 138 页,人民文学出版社 1959 年版。

④ 《刘师培中古文学论集》第 138 页,中国社会科学出版社 1997 年版。《中国中古文学史讲义》亦有类似论断,如谓:"唐宋以降,文学陵迟,仅工散体,恒立专传。"

一件事：朱义胄曾恳请黄侃为林纾文题辞，未曾想朱义胄竟将此私下题辞刊刻在林纾《文微》中，黄侃颇感不快，斩截写到："纾（林纾）书必不足传，我虽无似，亦决不至荒陋与纾等。虽刻我文，亦无损于我耳。"[①]表示耻与林纾为伍。李详看到林纾《畏庐文集》出版后，胸中不平之气无所发泄，愤而撰写《论桐城派》，言词之激烈，令海内人士为之侧目。后来，李详又与钱基博书信往来，凡四通，主要是针对桐城末流尤其是林琴南颇多伐挞。他痛斥林纾"一意周旋通伯及姚氏昆弟，将桐城派致之元天之上，其意云何？不过为觅食计耳"[②]。黄侃、刘师培、李详等人以《文心雕龙》、《文选》作为重型武器，攻击桐城派末流；林琴南似乎还只是其中一个代表而已。

两派之争，不乏文人义气用事，用语难免刻薄尖酸，而最终却没有赢家。"五四"新文化运动兴起之后，桐城派和《文选》派，竟均被冠以"妖孽"和"谬种"的恶谥，成为新文化干将口诛笔伐的对象。就在"五四"运动爆发的那年冬天，刘师培因肺结核病逝，年仅三十六岁。1935 年，黄侃也因胃出血病逝，年仅五十岁。李详长寿，卒于 1931 年，享年七十三岁。从此，两派文人之争逐渐淡出人们的视野；留下来的，是他们的学术著作。

2010 年 3 月 20 日修订于京城爱吾庐

① 《黄侃日记》第 303 页，江苏教育出版社 2001 年版。
② 《李审言文集》第 1048 页，江苏古籍出版社 1989 年版。

第一课　概　论

概论一课，可比照作者《论文杂记》、《广阮氏文言说》等，足相参印。

物成而丽，交错发形，分动而明，刚柔判象，在物佥然，文亦犹之。惟是捈欲通㠓，纮埏实同，偶类齐音，中邦臻极。何则？准声署字，修短揆均，字必单音，所施斯适。远国异人，韦违颉诵，翰藻弗殊，侔均斯逊。是则音泮轾轩，象昭明两，比物丑类，泯踦从齐，切响浮声，引同协异，乃禹域所独然，殊方所未有也。

此一则明俪文律诗为诸夏所独有，今与外域文学竞长，惟资斯体。

《易大传》曰："物相杂故曰文。"《论语》曰："郁郁乎文哉。"由《易》之说，则青白相比、玄黄厝杂之谓也；由《语》之说，则会集众彩、含物化光之谓也。嗣则洨长《说文》，诂遣相诠；成国《释名》，即绣为辞。准萌造字之基，顾諟正名之指，文匪一端，殊途同轨。必重明丽正，致饰尽亨，缀兆舒疾，周旋矩规，然后考命物以极情性，观形容以况物宜，故能光明上下，劈措万类，未有志白贲而诋翰如，执素功以该缋事者也。

此一则申明文诂，俾学者顾名思义，非偶词俪

《易经》是一部有关远古时代巫术信仰的卜筮之书，而《易传》则是解释《易经》的哲学著作。现在人们所说的《易经》一般指的是《周易》，由《易经》和《易传》两部分组成。《易经》分两个部分，即《卦辞》和《爻辞》。《易传》共有七种十篇，故亦称"十翼"，即：《彖传》上下、《象传》上下、《系辞》上下、《文言》、《说卦》、《序卦》、《杂卦》等。传统的看法认为，这十翼是孔子作的。如《史记·孔子世家》："孔子晚而喜《易》，序《彖》、《系》、《象》、《说卦》、《文言》。"唐代张守节《正义》明确说"夫子作'十翼'"。而现代学者多怀疑此说，认为其非成于一时，很可能产生于战国中期以前，当然，有个别文字的年代可能还要晚至秦汉。

古人论文，厥出两途：一则物相杂陈，一则含物化光。文义虽殊，实则同轨。凡可观可象，秩然有章者，咸谓之文。

语，弗足言文。

文区科臬，流衍万殊：董贾摛词，未均羡绌；彦和综律，始阐音和。清浊周疏，间世斯审，后贤所阐，古或未昭。何则？人性之能，别声被色而已。声弗过五，而生变比音，弗可胜奏；色弗过五，而成文不乱，不可胜宣。故舞佾在庭，方员自形，蕤宾孔和，林钟遐应，因物而作，或秉自然。至若龙璪齐晖，上下异昭，笙镛节律，间代而鸣，彰彩谐音，率繇世巧。由是而言，前哲因情以纬文，后贤截文以适轨。故沉思翰藻，今古斯同，而美媲黄裳，六朝臻极。挽近论文，恒以后弗承前为诟，然六爻之位，皆繇左右，剪偶隆奇，曷云成列？况周冕玉藻，前后邃延，骤易夏收，必乖俯仰。至于律吕宫商，虽基沇沦，然锡銮失和，虽有金辂樊缨，末由昭其度，双璜错鸣，虽有缊韨幽衡，末由侔其娓。故文而弗俪，治丝益棼之说也；俪不和律，琴瑟姱壹之说也。

此一则证明齐梁文词于律为进，弗得援后世弗迩程律之作，上薄齐梁。

著诚去伪，从质舍文，两词颇似，旨弗同科。世儒瞀犹，以质诠诚。不知说而丽明，物睽斯类，明不可息，奚升奚贞？古入公门，必彰列彩，杂服是习，不愆安礼。火龙可贱，於昔蔑闻。夫蔑席之平，素衣之襮，犹必画纯铄其华，朱绣炜其裼，况于记久明远，经纬天地者乎？孔崇先进，旨主刺时，

董贾，指董仲舒和贾谊。前者著《春秋繁露》八十二篇，后者著《新语》五十八篇。

彦和综律，指《文心雕龙·声律篇》。彦和，刘勰字。

因情纬文，出《宋书·谢灵运传论》。

沉思翰藻，出《文选序》。

治丝益棼，出《左传·隐公四年》："犹治丝而棼之也。"

上古之时，先有语言，后有文字。因情歌咏，著于文字。周秦以来，渐臻极盛。此六朝文学之渊薮，未可轻易哂之。

质文之辨，由来已久。纸张发明之前，著录文字，力求简质。降及东周，文字渐繁；魏晋以下，文与笔分，文质相称。

故有质无文，葛卢垂贬。质果可复，则是彪蒙匪吉，虎炳匪孚，子羽未可休，棘成未足绌也。又隋唐以前，便章文笔，五代而降，捋类龠观。袒裼在躬，袭蒙衮裳之名，土铏是饭，因云雕俎可齐。董仲舒有言：“名生于真，非其真，弗以为名。”背厥真名，此万民所由丧察也。

此一则诠明沉思翰藻，弗背文律，归、茅、方、姚之伦，弗得以华而弗实相訾。

文崇六代，惟主考型。若夫宣究流衍，撢引绪耑，习肄所及，两汉实先。譬之大飨，丹漆丝纩，庭实旅陈，蒲越稿鞂，兼昭贵本，于礼有然，庸伤翩反？况复娴习雅故，底究六籍，扬、马、张、蔡，各臻厥茂，伐柯取则，执一封域，率迪众长，或庶几焉。

此一则明六朝以前之文，必当研习。

此则概论六朝文脉，源自两汉。扬雄、马融、张衡、蔡邕，实为六朝文人之鼻祖。

归，归有光；茅，茅坤。皆明代古文家。方，方苞；姚，姚鼐。他们均为清代桐城派代表。

扬、马、张、蔡，指扬雄、马融、张衡、蔡邕。

第二课　文学辨体

"文学辨体"的体是指文与笔，可与第五课总论"文笔之区别"相互参看。

阮元（1764—1849）字伯元，号芸台，又号雷塘庵主，晚号怡性老人，扬州仪征人，生于乾隆二十九年，卒于道光二十九年，享寿八十六岁。清代著名学者、文人。编著有《皇清经解》、《经籍籑诂》、《畴人传》、《石渠随笔》、《山左金石志》、《两浙金石志》、《诂经精舍文集》、《十三经校勘记》。又搜罗《四库全书》未收书，编为《四库未收书目提要》。

文笔之分，是魏晋南北朝文学发展史上一个十分引人瞩目的重要现象。从本书辑录看，现存《晋书》为唐人所修，且仅此一条，因此，名义上说起自晋代，实际上更多是的宋齐梁陈以后才为时人所熟知。

文笔对称，但确是两途。能兼工者固有之，如颜延之；更多的是各有侧重。颜延之两个儿子，各得一途。颜竣工笔，颜测工文。后来又有所谓沈诗任笔之说。

此篇以阮氏《文笔对》为主，特所引群书，以类相从，各附案词，以明文轨。

《晋书·蔡谟传》：文笔论议，有集行于世。

《宋书·傅亮传》：高祖登庸之始，文笔皆是记室参军滕演，北征广固，悉委长史王诞。

《北史·魏高祖纪》：有大文笔，马上口授。

《魏书·温子昇传》：台中文笔，皆子昇为之。

《北史·温子昇传》：张皋写子昇文笔，传于江外。

《北齐书·李广传》：毕义云集其文笔十卷。

《陈书·陆琰传》：其所制文笔多不存本。

《陈书·刘师知传》：工文笔。

《陈书·徐伯阳传》：年十五以文笔称。

据上九证，知古云文笔，犹今人所云诗文、诗词，确为二体。

《南史·颜延之传》：宋文帝问延之诸子才能。延之曰："竣得臣笔，测得臣文。"

据上一证，知文之与笔，弗必两工，犹今工文者，弗必工诗也。

梁元帝《金楼子·立言篇》云：夫子门徒，转相师受，通圣人之经者谓之儒。屈原、宋玉、枚乘、长卿之徒，止于辞赋，则谓之文。今之儒，博穷子史，但能识其事，不能通其理者，谓之学。至如不便为诗如阎纂，善为章奏如伯松，若此之流，泛谓之笔；吟咏风谣，流连哀思者谓之文。

又云：笔，退则非谓成篇，进则不云取义，神其巧惠，（案：惠、慧古通。）笔端而已。至如文者，惟须绮縠纷披，宫徵靡曼，唇吻遒会，情灵摇荡。而古之文笔，今之文笔，其源又异。

刘勰《文心雕龙·总术篇》云：今之常言，有文有笔，以为无韵者笔也，有韵者文也。

据上三证，是偶语韵词谓之文，凡非偶语韵词概谓之笔。盖文以韵词为主，无韵而偶，亦得称文。《金楼》所诠，至为昭晰。

《汉书·楼护传》：长安号曰"谷子云笔札"。

《梁书·任昉传》：尤长载笔。

《南史·沈约传》：彦昇工于笔。

《陈书·徐陵传》：国家有大手笔，皆陵草之。

《陈书·陆琼传》：讨周迪、陈宝应等，都官符及诸大手笔，并敕付琼。

《唐书·蒋偕传》：三世踵修国史，世称良笔。

据上六证，是官牍史册之文，古概称笔。盖笔从"聿"声，古名"不聿"，"聿"、"述"谊同。故其为体，惟以直质为工，据事直书，弗尚藻彩。《礼·曲

《金楼子》，萧绎著，最早著录于《隋书·经籍志》子部杂家类："《金楼子》十卷，梁元帝撰。"此书大约散佚于元末明初。宛委山堂本《说郛》仅辑录成一卷。明初编《永乐大典》于各韵下颇收录其佚文，远非完帙。清初四库馆臣从中辑出十四篇，厘为六卷：《兴王篇》、《箴戒篇》、《后妃篇》、《终制篇》、《戒子篇》、《聚书篇》、《二南五霸》、《说蕃篇》、《立言篇》、《著书篇》、《捷对篇》、《志怪篇》、《杂记篇》、《自序篇》。清代以来流传各种版本《金楼子》，均未出《永乐大典》辑本范围。

刘宋以来，学术与文学区别开来，范晔著《后汉书》，于《儒林传》外，另辟《文苑传》。入《儒林传》者谓之"学"，入《文苑传》者谓之"文"。

从《文心雕龙》、《金楼子·立言》篇看，所谓文与笔的区分，形式上，无韵者称笔，有韵者为文。内容上，文为意在言外，摇荡性灵，而笔则更加重视实用功能。

所谓国家大手笔，又如唐代燕许大手笔，乃据事直书，理胜词质之谓。

礼篇》曰:“史载笔。”孔修《春秋》亦曰“笔则笔,削则削。”后世以降,凡体之涉及传状者,均笔类也。陆机《文赋》,诠述诗赋十体,弗及传记,亦其明征。

陆机《文赋》分为十体,多为文,即便是论、诔,在韵,仍为文,而非笔,故曰“文赋”。南朝以降,最突出的文学现象即“笔”类特异而起,任昉为大家。

《南史·孔珪传》:与江淹对掌辞笔。

《陈书·岑之敬传》:雅有辞笔。

据上二证,均辞笔并言,“辞”字作“词”,“词”与“文”同。《说文》云:“词,意内而言外也。”《周易·乾文言》曰:“修辞立其诚。”又《系辞上》曰:“系辞焉以尽其言。”修饰互文,系辍同情,是词之为体,迥异直言。屈宋之作,汉标《楚辞》,亦其证也。是知六朝之辞,亦以偶语韵文为限。

《梁书·刘潜传》:字孝仪,秘书监孝绰弟也。绰常曰“三笔六诗”,三即孝仪,六孝威也。

《梁书·庾肩吾传》载简文《与湘东王论文》曰:诗既若此,笔又如之。

《北史·萧圆肃传》:撰时人诗笔为《文海》四十卷。

《杜甫集·寄贾司马严使君诗》:贾笔论孤愤,严诗赋几篇。

赵璘《因话录》:韩文公与孟东野友善。韩公文至高,孟长于五言,时号“孟诗韩笔”。

南朝后期,诚如《金楼子·立言》所示,文笔的区分,不徒有韵无韵,更在藻绘与理趣。文则体现在诗上,笔则体现在文上。一分为诗与文的区别。

据上五证,均诗笔并言。盖诗有藻韵,其类亦可称文;笔无藻韵,唐人散体概属此类。故昌黎之作,在唐称笔;后世文家,奉为正宗;是均误笔为文者也。

《南齐书·晋安王子懋传》：文章诗笔，乃是佳事。

据上一证，是笔与诗、文并殊。

刘禹锡《中山集·祭韩侍郎文》：子长在笔，予长在论。

据上一证，是笔与论殊。盖笔主直书，论则兼尚植指，故《文赋》隶论于文，于记事之体则否。

合前列各证观之，知散行之体，概与文殊。唐宋以降，此谊弗明，散体之作，亦入文集。若从孔子正名之谊，则言无藻韵，弗得名文，以笔冒文，误孰甚焉。又文苑列传，前史佥同。唐宋以降，文学陵迟，仅工散体，恒立专传，名实弗昭，万民丧察，因并辨之。

文章与诗笔并称，正是南朝后期文笔演变的例证。

论，本来属笔，而在唐代亦视为两途。诚如刘师培所说，笔更重质直，所以唐代以后便较少为人道及。

《汉魏六朝专家文研究》中论“汉魏六朝之写实文学”，甚至说“中国文学之弊，皆自唐宋以后始”。这里主要是就写实文学尤其是应酬干禄一类的文字而言，但也足以说明作者对于唐宋文派的成见之深。

汉魏之际，主要是指建安时期，为东汉献帝最后一个年号，即公元196年至220年。

第三课　论汉魏之际文学变迁

《论文杂记》第九则论"由汉至魏，文章变迁，计有四端"，即以排偶易单行，由简略趋繁富，渐尚声律色采，语意由深奥向浅显。

汉末建安中的变化归为四端：清峻、通侻、骋词、华靡。鲁迅《魏晋风度及文章与药及酒之关系》本此而论曰："汉末魏初的文章可以说是'清峻、通脱、华丽、壮大'。"导致清峻者刑名，侈陈哀乐、渐藻玄思为通侻，导致骋词者纵横，导致华靡者俳词。

图谶，谶纬图书。《后汉书·方术传》："及光武尤信谶者，士之赴趣时宜者，皆驰骋穿凿争谈之也。故王梁、孙咸，名应图箓，越登槐鼎之任。"槐鼎指三公。

杜笃（？—78）字季雅，京兆杜陵人。高祖延年，宣帝时为御史大夫。杜笃少博学，不修小节，不为乡人所礼。大司马吴汉薨，光武帝诏诸儒诔之，杜笃文辞最高。案：《吴汉诔》见载于《艺文类聚》卷四十七。《文心雕龙·诔碑》："杜笃之诔，有誉前代。"即指此。

建安文学，革易前型，迁蜕之由，可得而说：两汉之世，户习七经，虽及子家，必缘经术；魏武治国，颇杂刑名，文体因之，渐趋清峻，一也。建武以还，士民秉礼，迨及建安，渐尚通侻，侻则侈陈哀乐，通则渐藻玄思，二也。献帝之初，诸方棋峙，乘时之士，颇慕纵横，骋词之风，肇端于此，三也。又汉之灵帝，颇好俳词（见杨赐《蔡邕传》），下习其风，益尚华靡，虽迄魏初，其风未革，四也。今摘史乘群书之文，涉及文学变迁者，条列如下：

《文心雕龙·时序篇》：自哀、平陵替，光武中兴，深怀图谶，颇略文华。然杜笃献诔以免刑，班彪参奏以补令，虽非旁求，亦不遐弃。及明帝叠耀，崇爱儒术，肄礼璧堂，讲文虎观，孟坚珥笔于国史，贾逵给札于瑞颂；东平擅其懿文，沛王振其通论，帝则藩仪，辉光相照矣。自安、和已下，迄至顺、桓，则有班、傅、三崔，王、马、张、蔡，磊落鸿儒，才不时乏，而文章之选，存而不论。然中兴之后，群才稍改前辙，华实所附，斟酌经辞，盖历政讲聚，故渐靡儒风者也。降及灵帝，时好辞制，造羲皇之书，开鸿都之赋，而乐松之徒，招集浅陋，故杨赐号为驩兜，蔡邕比之俳优，其馀风遗文，盖蔑如也。自献帝播迁，文学蓬转。建安之末，区宇方辑。魏武以相王之尊，雅爱诗章；文帝以副君之重，妙善辞赋；陈思以公子之豪，下笔琳琅。并体貌英逸，故俊才云蒸。仲宣委质于汉南，孔璋归命于河北，伟长从宦于青土，公幹徇质于海隅，德琏综其斐然之思，元瑜展其翩翩之乐，文蔚、休伯之俦，于叔（邯郸淳字，元作子俶）、德祖（杨修字）之侣，傲雅觞豆之前，雍容衽席之上，洒笔以成酣歌，和墨以藉谈笑。观其时文，雅好慷慨，良由世积乱离，风衰俗怨，并志深而笔长，故梗概而多气也。至明帝纂戎，制诗度曲，征篇章之士，置崇文之观，何（晏）、刘（劭）群才，迭相照耀。少主相仍，唯高贵英雅，顾盼合章，动言成论。于时正始馀风，篇体轻澹，而嵇、阮、应、缪，并驰文路矣。

案：此篇略述东汉三国文学变迁，至为明晰，诚学者所当参考也。

《魏志·王粲传》：粲字仲宣，山阳高平人也。献帝西迁，粲徙长安。左中郎将蔡邕见而奇之。时邕才学显著，贵重朝廷，常车骑填巷，宾客盈坐。闻粲在门，倒屣迎之。粲至，年既幼弱，容状短小，一坐尽惊。邕曰："此王公孙也。有异才，吾不如也。吾家书籍文章，尽当与之。"年十七，司徒辟，诏除黄门侍郎，以西京扰乱，皆不就，乃之荆州依

班彪（3—54）字叔皮，扶风安陵人。曾事隗嚣，后随窦融东归洛阳。《后汉书》本传载："帝雅闻彪才，因召入见，举司隶茂才，拜徐令，以病免。"

鸿都之赋，鸿都，门名，灵帝置鸿都门学生。《后汉书·杨赐传》载杨赐上书曰："鸿都门下招会群小，造作赋说，以虫篆小技见宠于时。"

驩兜，尧时凶人，为舜放逐。

俳优，善于表演的人。蔡邕《上封事陈政要七事》就对于灵帝重用那些浅陋文人表示过不满："夫书画辞赋，才之小者，匡国理政，未有其能。陛下即位之初，先涉经术，听政馀日，观省篇章，聊以游意，当代博弈，非以教化取士之本。而诸生竞利，作者鼎沸。其高者颇引经训风喻之言；下则连偶俗语，有类俳优；或窃成文，虚冒名氏。"

崇文观，《三国志·魏志·明帝纪》载："青龙四年，置崇文观，征善属文者以充之。"

少主相仍，魏明帝后三个少主，即齐王芳、高贵乡公髦、陈留王奂，先后为司马氏所废黜。

轻澹，正始时为清峻，而此时为轻澹。清峻有风骨，清澹则玄虚。

刘表。表以粲貌寝而体弱通侻,不甚重也。表卒,粲劝表子琮,令归太祖。太祖辟为丞相掾,赐爵关内侯,后迁军谋祭酒。魏国既建,拜侍中。博物多识,问无不对。时旧仪废弛,兴造制度,粲恒典之。初,粲与人共行,读道边碑,人问曰:“卿能暗诵乎?”曰:“能。”因使背而诵之,不失一字。观人围棋,局坏,粲为复之,棋者不信,以帊盖局,使更以他局为之,用相比较,不误一道。其强记默识如此。性善算,作《算术》,略尽其理。善属文,举笔便成,无所改定,时人常以为宿构,然正复精意覃思,亦不能加也。著诗、赋、论、议,垂六十篇。建安二十一年,从征吴。二十二年春,道病,卒,时年四十一。始文帝为五官将,及平原侯植,皆好文学。粲与北海徐幹字伟长、广陵陈琳字孔璋、陈留阮瑀字元瑜、汝南应瑒字德琏、东平刘桢字公幹,并见友善。幹为司空军谋祭酒掾属,五官将文学。琳前为何进主簿。进欲诛诸宦官,太后不听,进乃召四方猛将,并使引兵向京城,欲以劫恐太后,竟以取祸。琳避难冀州,袁绍使典文章。袁氏败,琳归太祖。瑀少受学于蔡邕。建安中,都护曹洪欲使掌书记,瑀终不为屈。太祖并以琳、瑀为司空军谋祭酒,管记室,军国书檄,多琳、瑀所作也。琳徙门下督,瑀为仓曹掾属。瑒、桢各被太祖辟为丞相掾属。瑒转为平原侯庶子,后为五官将文学。桢以不敬被刑,刑竟署吏。咸著文赋数十篇。瑀以十七年卒，幹、琳、瑒、桢二十二年卒。文帝书与元城令吴质曰：“昔年疾疫，亲故多离其灾：徐、陈、应、刘，一时俱逝。观古今文人，类不护细行，鲜能以名节自立。而伟长独怀文抱质，恬淡寡欲，有箕山之志，可谓彬彬君子矣；著《中论》二十馀篇，辞义典雅，足传于后。德琏常斐然有述作意，其才学足以著书，美志不遂，良可痛惜。孔璋章表殊健，微为繁富。公幹有逸气，但未遒耳。元瑜书记翩翩，致足乐也。仲宣独自善于辞赋，惜其体弱，不起其文，至于所善，古人无以远过也。昔伯牙绝弦于钟期，仲尼覆醢于子路，痛知音之难遇，伤门人之莫逮也。诸子但为未及古人，自一时之俊也。”自颍川邯郸淳、繁钦，陈留路粹，沛国丁仪、丁廙，弘农杨修，河内荀纬等，亦有文采，而不在此七人之例。瑒弟璩、璩子贞，咸以文章显。璩官至侍中，贞咸熙中参相国军事。瑀子籍，才藻艳逸，而倜傥放荡，行己寡欲，以庄周为模则，官至步兵校尉。时又有谯郡嵇康，文辞壮丽，好言老庄，而尚奇任侠，至景元中坐事诛。景初中，下邳桓威，出自孤微，年十八而著《浑舆经》，依道以见意，从齐国门下书佐、司徒署吏，后为安成令。吴质，济阴人，以文才为文帝所善，官至振威将军，假节都督河北诸军事，封列侯。（摘录）

蔡邕（133—192）字伯喈，陈留圉（今河南杞县）人。年少博学，师事太傅胡广。喜好辞章、数术、天文，精通音律。熹平四年（175），奏求正定《六经》文字，邕自写经于碑，使工匠镌刻，立于太学门外，世称“熹平石经”。他生活在东汉王朝末年，对于朝廷中的腐败现象，敢于针锋相对地予以揭露和批判。不久，即遭宦官的诬陷，“与家属髡钳徙朔方”。遇赦后浪迹江湖，远适吴会达十二年之久。汉灵帝死，董卓专权，器重蔡邕才学，诏他作官，封高阳乡侯。董卓被诛，邕亦死在狱中，年六十一岁。所著诗、赋、碑、诔、铭、赞、连珠、箴、吊、论议、《独断》、《劝学》、《释诲》、《叙乐》、《女训》、《篆执》、祝文、章表、书记，凡百四篇。今存明人所辑《蔡中郎集》。

七子之集亦由曹丕编纂，其《与吴质书》曰：“顷撰其遗文，都为一集。观其姓名，已为鬼录。”《与吴质书》作于建安二十四年（219），则七子之集在此前已经完成。

昔年疾疫，此瘟疫发生在建安二十二年。曹植《说疫气》：“家家有僵尸之痛，室室有号泣之声。”郭沫若《论曹植》对此事有比较详尽考证。

《中论》，曹丕《典论·论文》：“唯幹著论，成一家言。”曹丕两次提到《中论》，并说有“二十馀篇”。今存二十篇，分上下两卷。

应璩《百一诗》，《文心雕龙·明诗篇》云：“若乃应璩《百一》，独立不惧，辞谲义贞，亦魏之遗直也。”

附　录

《卫觊传》：觊字伯儒。少夙成，以才学称，受诏典著作，又为《魏官仪》，凡所撰述数十篇。建安末，河南潘勖，黄初时，河内王象，亦与觊并以文章显。

《刘廙传》：廙字恭嗣，著书数十篇，及与丁仪共论刑礼，并传于世。

《刘劭传》：劭字孔才。凡所撰述《法论》、《人物志》之类百馀篇。同时东海缪袭，亦有才学，多所述叙。袭友人山阳仲长统，汉末作《昌言》。陈留苏林、京兆韦诞、谯国夏侯惠、任城孙该、河东杜挚等，亦著文赋，颇传于世。

《陈思王植传》：撰录植前后所著赋、颂、诗、铭、《新论》，凡百馀篇。

《中山恭王衮传》：能属文，凡所著文章二万馀言。才不及陈思王，而好与之侔。

《王朗传》：朗著《易》、《春秋》、《孝经》、《周官》传，奏议、论、记咸传于世。

《刘放传》：善为书檄，三祖诏命，有所招喻，多放所为。

《蜀志·郤正传》：凡所著述，诗、论、赋之属垂百篇。

《吴志·韦曜、华覈传》：曜、覈所论事章疏，咸传于世也。

据以上诸传，可审三国人文之大略。

章太炎《国故论衡》："后汉子书朋兴，迄魏初几百种。然其深达理要者，辨事不过《论衡》，议政不过《昌言》，方人不过《人物志》。"

刘劭《人物志》，是现存最早的一部系统研究人才与个性关系的专门著作。唐初编《隋书·经籍志》著录三卷，宋人晁公武《郡斋读书志》所见为十二篇，王应麟《玉海·艺文》逐一记录篇目，与今传本相同。

《三国志·王卫二刘傅传》："（缪）袭友人山阳仲长统，汉末为尚书郎，早卒。著《昌言》，词佳可观省。"裴注："袭撰统《昌言》表，称统字公理，少好学，博涉书记，赡于文辞。……延康元年卒。时年四十馀。统每论说古今世俗行事，发愤叹息，辄以为论，名曰《昌言》，凡二十四篇。"《隋书·经籍志》著录"仲长子《昌言》十二卷，录一卷"。《崇文总目》著录称"今所存十五篇"，是宋代即已经遗失。现存除《后汉书》本传节录的《理乱》、《损益》、《法诫》三篇外，严可均还从各种古籍中辑出两卷，为目前所辑最完备者。书中批判了天命观和谶纬迷信，提出了"人事为本，天命为末"的论点，指出天下由治而乱，是由于统治阶级"熬天下之脂膏，斫生人之骨髓"的残酷剥削，深刻地揭露了汉末的黑暗现实。

《魏志·文帝纪评》：文帝天资文藻，下笔成章，博闻强识，才艺兼该。

《陈思王植传评》：陈思文才富艳，足以自通后叶。

《王粲等传评》：昔文帝、陈王以公子之尊，博好文采，同声相应，才士并出。惟粲等六人，最见名目。

又云：卫觊亦以多识典故，相时王之式。刘劭该览学籍，文质周洽。刘廙以清鉴著。

《蜀志·秦宓传评》：文藻壮美。

《郤正传评》：文辞粲烂，有张、蔡之风。

《吴志·王蕃、楼玄、贺邵、韦曜、华覈传评》：薛莹称蕃弘博多通，玄才理条畅，邵机理清要，曜笃学好古，有记述之才。胡冲以为玄、贺、蕃一时清妙，略无优劣；必不得已，玄宜在先，邵当次之，华覈文赋之才，有过于曜，而典诰不及也。（节录）

据以上诸评，可审三国文体之大略。

魏文帝《典论》：文人相轻，自古而然。傅毅之于班固，伯仲之间耳，而固小之，与弟超书曰："武仲以能属文为兰台令史，下笔不能自休。"夫人善于自见，而文非一体，鲜能备善，是以各以所长，相轻所短。里语曰："家有弊帚，享之千金。"斯不自见之患也。今之文人，鲁国孔融文举、广陵陈琳孔璋、山阳王粲仲宣、北海徐幹伟长、陈留阮瑀元瑜、汝南应瑒德琏、东平刘桢公幹，斯七子者，于学无

曹丕（187—226）字子桓，魏武帝曹操之子。建安十六年（211）为五官中郎将，副丞相。当时，很多文人如王粲、刘桢、陈琳、阮瑀、应瑒、徐幹、吴质、杨修等，并集于邺下，形成有影响的文人集团，曹丕与曹植为这个集团的领袖。建安二十二年（217），在谋臣司马懿、吴质等人帮助下，在立储之争中战胜曹植，被立为太子。建安二十五年（220），曹操病逝，曹丕继位为魏王，十月，汉献帝禅位于曹丕，改元黄初。黄初七年（226）五月病卒，时年四十岁。谥为魏文帝。《隋书·经籍志》著录他有集二十三卷，又有《列异传》三卷，《士操》一卷，《典论》五卷，均佚。明人张溥辑《汉魏六朝百三名家集》，有《魏文帝集》一卷。

曹植（192—232）字子建。《三国志》本传说他幼时聪颖，因此赢得曹操的欢心，甚至想传位给他。由此引起了哥哥曹丕的嫉恨。建安二十二年（217）冬十月，曹操几经犹豫，确立曹丕为太子。三年后，曹操去世，曹丕嗣位为魏王，随即代汉称帝。不久即实施对曹植的报复行动，清除曹植的党羽。黄初二年（221），曹植被贬为安乡侯，又改封鄄城侯。黄初七年（226）曹丕病死，其子曹叡继位，是为明帝。作为皇叔，曹植依然收到挤压和猜忌。太和六年（232）二月，曹植被封为陈王，不久，抑郁而死，被追谥为"思"，故后人称他"陈王"或"陈思王"。曹植文才富艳：谢灵运谓天下才十斗，子建独得八斗，他得一斗，其馀人分一斗。

首次提出七子之名。

所遗，于辞无所假，咸以自骋骥騄于千里，仰齐足而并驰，以此相服，亦良难矣。盖君子审已以度人，故能免于斯累而作论文。王粲长于辞赋，徐幹时有齐气，然粲之匹也。如粲之《初征》、《登楼》、《槐赋》、《征思》，幹之《玄猿》、《漏卮》、《圆扇》、《橘赋》，虽张、蔡不过也。然于他文，未能称是。琳、瑀之章、表、书记，今之隽也。应瑒和而不壮，刘桢壮而不密。孔融体气高妙，有过人者，然不能持论，理不胜词，以至乎杂以嘲戏，及其所善，扬、班俦也。常人贵远贱近，向声背实，又患暗于自见，谓己为贤。夫文本同而末异，盖奏议宜雅，书论宜理，铭诔尚实，诗赋欲丽，此四科不同，故能之者偏也，唯通才能备其体。文以气为主，气之清浊有体，不可力强而致。譬诸音乐，曲度虽均，节奏同检，至于引气不齐，巧拙有素，虽在父兄，不能以移子弟。盖文章经国之大业，不朽之盛事，年寿有时而尽，荣乐止乎其身，二者必至之常期，未若文章之无穷。是以古之作者，寄身于翰墨，见意于篇籍，不假良史之辞，不托飞驰之势，而声名自传于后。故西伯幽而演《易》，周旦显而制礼，不以隐约而弗务，不以康乐而加思。夫然，则古人贱尺璧而重寸阴，惧乎时之过已。而人多不能强力，贫贱则慑于饥寒，富贵则流于逸乐，遂营目前之务，而遗千载之功，日月逝于上，体貌衰于下，忽然与万物迁化，斯志士之大痛也。融等已逝，唯幹著论，成

时有齐气，《文心雕龙·风骨篇》："故魏文称文以气为主，气之清浊有体，不可力强而致；故其论孔融，则云体气高妙；论徐幹，则云时有齐气；论刘桢，则云时有逸气。公幹亦云，孔氏卓卓，信含异气，笔墨之性，殆不可胜，并重气之旨也"。刘勰首先是从"气"的理解入手。清人黄琳评曰："气是风骨之本。"纪昀评曰："气即风骨，更无本末。"由此看来，曹丕、刘勰都认为，"气"是身体内在的气脉，发之于外则为"风"，即人的内在气质的外在表现，固有清浊之别、高下之分。具体对齐气的理解，李善注"齐气"曰："言齐俗文体舒缓，而徐幹亦有斯累。"

《后汉书·孔融传》载，曹操攻屠邺城，曹丕私纳袁熙妻甄氏，孔融乃与曹操书曰："武王伐纣，以妲己赐周公。"曹操不悟，问出何典。孔融答："以今度之，想当然耳。"曹操制酒禁，孔融撰写《难曹公酒禁书》。曹操征讨乌桓，他又作《嘲曹公讨乌桓书》。这些文章，冷吵热讽，叫曹操很难堪。

此前的《独断》，比较注重应用文体，而此处则主要是从文学的角度论述了奏议、书论、铭诔、诗赋的特点。

《典论·论文》作于曹丕为太子之后。在这前后，曹植作《与杨德祖书》，其基本观点与曹丕似乎截然相反。他说："辞赋小道，固未足以揄扬大义彰示来世也。"曹丕、曹植兄弟生活在同样的环境中，对于文学的看法何以相去如此之远？鲁迅在著名的《魏晋风度及文章与药及酒之关系》这篇讲演中曾比较两人对于文学的不同看法，认为曹植所以轻视辞赋，只因为他自己文章做得好，故可如此大言。另一方面，曹植政治方面不甚得意，遂说文章是无用的。

一家言。

案：此篇推论建安文学优劣，深切著明。文气之论，亦基于此。

魏文帝《与吴质书》：昔年疾疫，亲故多离其灾，徐、陈、应、刘，一时俱逝，痛可言邪！昔日游处，行则连舆，止则接席，何曾须臾相失？每至觞酌流行，丝竹并奏，酒酣耳热，仰而赋诗，当此之时，忽然不自知乐也。谓百年已分，可长共相保，何图数年之间，零落略尽，言之伤心！顷撰其遗文，都为一集，观其姓名，已为鬼录，追思昔游，犹在心目，而此诸子，化为粪壤，可复道哉！观古今文人，类不护细行，鲜能以名节自立。而伟长独怀文抱质，恬淡寡欲，有箕山之志，可谓彬彬君子者矣，著《中论》二十馀篇，成一家之言，辞义典雅，足传于后，此子为不朽矣。德琏常斐然有述作之意，其才学足以著书，美志不遂，良可痛惜。间者历览诸子之文，对之抆泪，既痛逝者，行自念也。孔璋章表殊健，微为繁富。公幹有逸气，但未遒耳，其五言诗之善者，妙绝时人。元瑜书记翩翩，致足乐也。仲宣独自善于辞赋，惜其体弱，不足起其文，至于所善，古人无以远过。昔伯牙绝弦于钟期，仲尼覆醢于子路，痛知音之难遇，伤门人之莫逮。诸子但为未及古人，自一时之隽也。今之存者，已不逮矣，后生可畏，来者难诬，然恐吾与足下不及见也。年行已长大，所怀万端，时有所虑，至通夜不

迷信称人死灵魂为鬼。已死去的人的名录，称为鬼录。

尧将天下让给许由，许由拒不接受而避居箕山，故箕山之志谓高蹈独立之意。

抆泪，抹泪。辛弃疾《摸鱼儿》（登建康赏心亭）："倩何人换取红巾翠袖，抆英雄泪。"

《吕氏春秋·本味篇》载，伯牙弹琴，钟子期闻后，能够感知伯牙志在泰山，于是说："巍巍乎若泰山。"既而伯牙志在流水，钟子期又说："汤汤乎若流水。"子期死后，伯牙毁琴，终身不再弹奏。

《礼记·檀弓篇》，孔子的弟子子路死于卫国，孔子听闻后在房屋前庭哭子路。而后，报丧的人说子路死后被剁成了肉酱，孔子叫人赶快倒掉自己吃的肉酱。

瞑，志意何时复类昔日？已成老翁，但未白头耳。光武言："年三十馀，在兵中十岁，所更非一。"吾德不及之，年与之齐矣。以犬羊之质，服虎豹之文；无众星之明，假日月之光，动见瞻观，何时易乎？恐永不复得为昔日游也！少壮真当努力，年一过往，何可攀援？古人思秉烛夜游，良有以也。（此篇据《文选》录）

曹子建《与杨德祖书》：仆少小好为文章，迄至于今，二十有五年矣。然今世作者，可略而言也。昔仲宣独步于汉南，孔璋鹰扬于河朔，伟长擅名于青土，公幹振藻于海隅，德琏发迹于北魏，足下高视于上京。当此之时，人人自谓握灵蛇之珠，家家自谓抱荆山之玉。吾王于是设天网以该之，顿八纮以掩之，今悉集兹国矣。然此数子，犹复不能飞轩绝迹，一举千里。以孔璋之才，不闲于辞赋，而多自谓能与司马长卿同风，譬画虎不成反为狗也。前书嘲之，反作论盛道仆赞其文。夫钟期不失听，于今称之，吾亦不能妄叹者，畏后世之嗤余也。世人著述，不能无病。仆尝好人讥弹其文，有不善者，应时改定。昔丁敬礼常作小文，使仆润饰之，仆自以才不过若人，辞不为也。敬礼谓仆："卿何所疑难？文之佳恶，吾自得之。后世谁相知定吾文者耶？"吾尝叹此达言，以为美谈。昔尼父之文辞，与人通流，至于制《春秋》，游、夏之徒，乃不能措一辞。过此而言不病者，吾未之见也。盖有南

此文作于建安二十三年(218)，曹丕时年三十岁。古人年过三十，就多有称老翁者。如潘岳三十六岁，称自己头有二毛，也寓老翁之意。

汉乐府诗《长歌行》："少壮不努力，老大徒伤悲。"陶渊明《杂诗》："盛年不重来，一日难再晨。及时当勉励，岁月不待人。"

古诗十九首："生年不满百，常怀千岁忧。昼短苦夜长，何不秉烛游？"

杨德祖，即杨修(175—219)，字德祖，有俊才。建安中举孝廉，任郎中。后为丞相曹操主簿。与曹植友善，力助其争太子。后曹植失宠，曹操虑有后患，借故杀死杨修。见《后汉书·杨震列传》及《三国志·任城陈萧王传》裴注引《典略》。史载其"著赋、颂、碑、赞、诗、哀辞、表、记、书凡十五篇"。《隋书·经籍志》著录后汉丞相主簿《杨修集》一卷，梁二卷，录一卷。

二十有五年，乃习赋之年，而非有生之年。

威之容，乃可以论于淑媛；有龙泉之利，乃可以议其断割。刘季绪才不能逮于作者，而好诋诃文章，掎摭利病。昔田巴毁五帝、罪三王、呰五霸于稷下，一日而服千人，鲁连一说，使终身杜口。刘生之辩，未若田氏，今之仲连，求之不难，可无息乎？人各有好尚：兰茝荪蕙之芳，众人所同好，而海畔有逐臭之夫；《咸池》、《六茎》之发，众人所共乐，而墨翟有非之之论，岂可同哉？今往仆少小所著辞赋一通相与。夫街谈巷说，必有可采，击辕之歌，有应风雅，匹夫之思，未易轻弃也。辞赋小道，固未足以揄扬大义，彰示来世也，昔扬子云先朝执戟之臣耳，犹称壮夫不为也。吾虽德薄，位为蕃侯，犹庶几戮力上国，流惠下民，建永世之业，留金石之功，岂徒以翰墨为勋绩，辞赋为君子哉！

又，德祖答书亦云：若仲宣之擅江表，陈氏之跨冀城，徐、刘之显青、豫，应生之发魏国，斯皆然矣。至于修者，听采风声，仰德不暇，自周章于省览，何遑高视哉！

案：以上数书，于建安诸子文学得失，足审大凡。

《文心雕龙·才略篇》：孔融气盛于为笔，祢衡思锐于为文，有偏美焉。潘勖凭经以骋才，故绝群于锡命；王朗发愤以托志，亦致美于序铭。然自卿、渊已前，多俊才而不课学；雄、向已后，颇引书以助文，此取与之大际，其分不可乱者也。魏文之

辞赋小道，此乃违心之论。

戮力上国，《高祖纪》："臣与将军戮力攻秦。"颜注："戮力，并力也。"钱大昭以为"戮"当作"勠"。《说文》：勠，并力也。而戮，乃杀戮也。其义迥别。《左传·昭二十五年》石经"勠力壹心"。钱说甚确。曹植《与杨德祖书》："戮力上国，流惠下民。"此戮字当作勠。

祢衡(173—198)汉末文学家，字正平，平原般(今山东临邑东北)人，性格刚毅傲慢，不为权贵所容，独与孔融友善。曾裸身击鼓，羞辱曹操。操怒，遣送刘表，仍不合，转送江夏太守黄祖，黄祖子射，与衡友善，一次大会宾客，有人献鹦鹉，衡受命作《鹦鹉赋》，"文不加点，辞采甚丽"。文载《文选》而甚为流传。是咏物小赋中的优秀作品，后因冒犯黄祖，终被杀，年仅二十六岁。

潘勖(？—215)汉末文学家，初名芝，后改勖，字符茂。陈留中牟(今属河南)人，西晋文学家潘尼之祖。建安十八年，曹操加九锡，册命即出潘勖之手。文载《文选》卷三十五。潘勖在文中先列曹操功德，十言"此又君之功也"，后世策九锡文多以此为模式。《文心雕龙·才略》："潘勖凭经以骋才，故绝群于锡命。"何焯《义门读书记》评此文为"大手笔，惟退之《平淮西碑》与之角耳"。此文又是汉魏文风转变之一重要典范之作，如《论文杂记》第9则论建安文风转变，"悉以排偶易单行"，所举例证即是此文，认为"其最著者也"。原有集二卷，今存文四篇，见《全上古三代秦汉三国六朝文》。

才，洋洋清绮，旧谈抑之，谓去植千里，然子建思捷而才俊，诗丽而表逸；子桓虑详而力缓，故不竞于先鸣。而乐府清越，《典论》辩要，迭用短长，亦无懵焉。但俗情抑扬，雷同一响，遂令文帝以位尊减才，思王以势窘益价，未为笃论也。仲宣溢才，捷而能密，文多兼善，辞少瑕累，摘其诗赋，则七子之冠冕乎。琳、瑀以符檄擅声，徐幹以赋论标美，刘桢情高以会采，应瑒学优以得文，路粹、杨修颇怀笔记之工，丁仪、邯郸亦含论述之美，有足算焉。刘劭《赵都》，能攀于前修；何晏《景福》，克光于后进。休琏（应璩）风情，则《百壹》标其志；吉甫（璩子应贞字）文理，则《临丹》成其采。

《文心雕龙·体性篇》：仲宣躁锐，故颖出而才果；公幹气褊，故言壮而情骇。

《文心雕龙·风骨篇》：故魏文称文以气为主，气之清浊有体，不可力强而致。故其论孔融则云体气高妙，论徐幹则云时有齐气，论刘桢则云时有逸气。公幹亦云孔氏卓卓，信含异气，笔墨之性，殆不可胜。并重气之旨也。

案：彦和所论三则，于建安文学得失，品评綦当。

《宋书·谢灵运传论》：若夫平子艳发，文以情变，绝唱高踪，久无嗣响。至于建安，曹氏基命，二祖、陈王，咸蓄盛藻，甫乃以情纬文，以文被质。自汉至魏，四百馀年，辞人才子，文体三变：相如巧为

刘勰用“思捷”与“虑详”来概括曹植与曹丕的性格特征是比较贴切的。他们代表了两种不同的性格类型。从心理机能上说，曹丕属于理智型，以理智来衡量一切；而曹植则是情绪型的，体验较为深刻。从心理活动倾向上说，曹丕内向、沉静，反应较迟；曹植则外向，善于交际。从社会活动方面来看，曹丕是权力型的人物，而曹植则是审美型的。性格的不同，反映在创作中，就有明显的风格差异。

文气，指作者的才性、气质形成的作品风格。

清浊，本指音乐上指清亮或重浊的声音，引申为作品风格有阴阳不同性质。

平子，指张衡；艳发，指张衡的作品以艳丽为主，如《四愁诗》、《同声歌》之类。

用情感组织文辞，用文辞润色内容。纬，组织。文与质，皆由情来。

形似之言，班固长于情理之说，子建、仲宣以气质为体，并标能擅美，独映当时。是以一世之士，各相慕习。源其飚流所始，莫不同祖《风》、《骚》，徒以赏好异情，故意制相诡。

案：此节独标气质为说，与彦和所论文气合。

《文心雕龙·明诗篇》：又古诗佳丽，或称枚叔，其《孤竹》一篇，则傅毅之词，比采而推，两汉之作乎。观其结体散文，直而不野，婉转附物，惆怅切情，实五言之冠冕也。至于张衡《怨篇》，清曲可味，《仙诗》、《缓歌》，雅有新声。暨建安之初，五言腾踊。文帝、陈思，纵辔以骋节；王、徐、应、刘，望路而争驱。并怜风月，狎池苑，述恩荣，叙酣宴，慷慨以任气，磊落以使才，造怀指事，不求纤密之巧，驱词逐貌，惟取昭晰之能，此其所同也。

案：此节明建安诗体殊于东汉中叶之作。

《文心雕龙·乐府篇》：至宣帝雅颂，诗效《鹿鸣》，迩及元、成，稍广淫乐，正音乖俗，其难也如此。暨后郊庙，惟杂雅章，辞虽典文，而律非夔、旷。至于魏之三祖，气爽才丽，宰割辞调，音靡节平。观其“北上”众引，“秋风”列篇，或述酣宴，或伤羁戍，志不出于淫荡，辞不离于哀思，虽三调之正声，实《韶》、《夏》之郑曲也。

案：此节明建安乐府变旧作之体。

《文心雕龙·诠赋篇》：及仲宣靡密，登端必遒；伟长博通，时逢壮采。

文体三变，司马相如长于形似之言，班固擅于情理之说，曹丕则以气质为体。

古诗，这里指古诗十九首，最早收录在《昭明文选》中，编者因不知道这组诗的作者，就笼统地管它们叫做“古诗十九首”。尽管作者不详，但是其惊人的艺术成就却令后人由衷赞叹。钟嵘《诗品》即把这组诗列入篇首，认为其“文温而丽，意悲而远，惊心动魄，可谓一字千金”。

辞赋，王粲为大家。故《典论·论文》说：“王粲长于辞赋。”

此段评述建安其他文体，包括赋、赞、诔、碑、哀、吊、谐隐、论说、诏策、章表、奏启、书记等。

曹植《文皇诔》凡千馀言，文末百馀言都是自己的陈述。

《文章流别论》："文帝与临淄侯各失稚子，命徐幹、刘桢等为之哀辞。"徐幹《行女》已佚，曹植有《行女哀辞》。

曹丕《笑书》未见著录。或魏文当作魏人，似指邯郸淳《笑林》。

《三国志·魏志·傅嘏传》注引《傅子》："（傅）嘏既达治好正，而有清理识要，好论才行，原本精微，鲜能及之。"

《荐祢衡表》称其"气辨骋辞"，其实此亦可移之于孔融的创作。

《文心雕龙·颂赞篇》：魏晋辨颂，鲜有出辙。

《文心雕龙·诔碑篇》：至如崔骃诔赵，刘陶诔黄，并得宪章，工在简要。陈思叨名，而体实烦缓，《文皇诔》末，旨言自陈，其乖甚矣。

又云：自后汉以来，碑碣云起，才锋所断，莫高蔡邕。孔融所创，有慕伯喈，张、陈两文，辨给足采，亦其亚也。

《文心雕龙·哀吊篇》：建安哀辞，惟伟长差善，《行女》一篇，时有恻怛。

《文心雕龙·谐隐篇》：至魏文因俳说以著《笑书》，薛综凭宴会而发嘲调，虽抃推（疑"雅"字）席而无益时用矣。

又云：荀卿《蚕赋》，已兆其体。至魏文、陈思，约而密之。高贵乡公博举品物，虽有小巧，用乖远大。

《文心雕龙·论说篇》：魏之初霸，术兼名、法。傅嘏、王粲，校练名、理。

《文心雕龙·诏策篇》：建安之末，文理代兴。潘勖《九锡》，典雅逸群；卫觊《禅诰》（疑有脱字），符命炳耀，弗可加矣。

《文心雕龙·章表篇》：昔晋文受册，三辞从命，是以汉末让表，以三为断。曹公称为表不必三让，又勿得浮华。所以魏初表章，指事造实，求其靡丽，则未足美矣。

又云：文举之荐祢衡，气扬采飞；孔明之辞后主，志尽文畅，虽华实异旨，并表之英也。琳、瑀章表，有誉当时，孔璋称健，则其标也。陈思之表，独冠群才，观其体赡而律调，辞清而志显，应物掣巧，随变生趣，执辔有馀，故能缓急应节矣。

《文心雕龙·奏启篇》：魏代名臣，文理迭兴，若高堂《天文》，黄观（即王观）《教学》，王朗《节省》，甄毅《考课》，亦尽节而知治矣。

《文心雕龙·书记篇》：公幹笺记，丽而规益，子桓弗论，故世所共遗，若略名取实，则有美于为诗矣。

案：以上各条，于建安文章各体之得失，以及与两汉异同之故，均能深切著明，故摘录之（魏人所作文集，具详《隋经籍志》，兹不赘述）。

又案：建安文学，实由文帝、陈王提倡于上。观文帝《典论·选篇》云："所著书、论、诗、赋，凡六十篇。"（《御览》九十三引）又《与王朗书》曰："惟立德扬名，可以不朽，其次莫如著篇籍。故论撰所著《典论》、诗、赋，盖百馀篇，集诸儒于肃城门内，讲论大义，侃侃无倦。"（《魏志·文帝纪》注）又作《叙诗》云："为太子时，北园及东阁讲堂并赋诗，命王粲、刘桢、阮瑀、应瑒称同作。"（《初学记》十引）此均文帝自述之词也（卞兰《赞述太子赋》序，亦谓"沉思泉涌，发藻云浮"）。

又案：陈思王《前录·序》曰："故君子之作也。俨乎若高山，勃乎若浮云，质素也如秋蓬，摛藻也

高堂隆《疏》见载于《三国志·魏志》本传，而黄观的教学疏已佚。王朗有《奏宜节省》。

刘桢《谏曹植书》文丽而得规谏之体。

据此，《典论》成于曹丕任太子时期。《三国志·魏志·文帝传》裴注引曹丕建安二十二年作太子时所作《与王朗书》称自己"论撰所著《典论》诗赋，盖百馀篇"。曹丕非常重视这部著作，曾抄写副本给孙权。魏明帝时又刻石立于庙门之外及太学。

曹植生前曾自编过《前录》，据《自序》，似是辞赋，共有七十八篇。景初(237—239)中，魏明帝下诏搜集曹植前后所著赋颂诗铭杂论百馀篇，编辑成集。《隋书·经籍志》著录《曹植集》三十卷、《列女传颂》一卷、《画赞》五卷。今存最早版本是南宋嘉定六年(1213)刻本《曹子建集》，仅有十卷，含诗、赋、文共二〇六篇。

如春葩，汜乎洋洋，光乎皓皓，与《雅》、《颂》争流可也。余少而好赋，其所尚也，雅好慷慨，所著繁多，虽触类而作，然芜秽者众，故删定别撰，为《前录》七十八篇。”（《艺文类聚》五十五篇）此为思王自述之词。故明帝《追录陈思王遗文诏》亦曰：“自少至终，篇籍不离于手。”又曰：“撰录植前后所著赋、颂、诗、铭、著论，凡百馀篇，副藏内外。”（《魏志·植传》）是思王之文，久为当世所传，故一时文人兴起者众。至于明帝，虽文采渐衰，然亦笃好艺文，观其《以所作〈平原公主诔〉手诏陈王植》曰：“吾既薄才，至于赋、诔特不闲。从儿陵上还，哀怀未散，作儿诔，为田公家语耳。”（《御览》五百九十六引。案此诔不传。）陈王答表则言：“文义相扶，章章殊兴，句句感切。”（《御览》五百九十六引）此为明帝工文之证。又高贵乡公《原和逌等作诗稽留诏》云：“吾以暗昧，爱好文雅，广延诗赋，以知得失。”（《魏志》本纪）此又少王提倡文学之证也。故有魏一朝，文学独冠于吴、蜀。

《诗品》：“叡不如丕，亦称三祖。”由此知道，三曹，原指曹操、曹丕和曹叡。后来，曹叡让位于曹植。

又案：魏代名贤，于当时文学之士，亦多评品之词。如吴质《答魏太子笺》曰：“陈、徐、应、刘，才学所著，于雍容侍从，实其人也。”（《文选》）《答东阿王书》亦曰：“众贤所述，亦各有志。”（《文选》）均即七子之文言也。

又案：陈思王《王仲宣诔》曰：“文若春华，思若涌泉，发言可咏，下笔成篇。”（《文选》）王粲《阮文

刘师培《〈文心雕龙·诔碑〉口义》有专门分析。见本书第229页。

瑜诔》曰："简书如雨，强力敏成。"(《艺文类聚》引)鱼豢《魏略·武诸王传论》曰："植之华采，思若有神。"(《魏志·任城王等传》裴注引)亦均文章定论。自此以外，若陈思王《与吴季重书》云："后所来讯，文采委曲，晔若春华，浏若清风。"(《文选》)殷褒《荐朱俭表》曰："飞辞抗论，骆驿奇逸。"(《艺文类聚》五十三引)明帝诏何桢云："扬州别驾何桢，有文章才。"(《御览》五百八十七引)亦足补史传之缺。至若吴质论元瑜、孔璋，以为不能持论。(吴质《答魏太子笺》谓："东方朔、枚皋之徒，不能持论，即阮、陈之俦也。")鱼豢论王、繁诸子，仅云"光泽足观。"(《魏志·王粲传》注引鱼豢《魏略·王、繁、阮、陈、路传论》曰："寻省往者，鲁连、邹阳之徒，援譬引类，以解缔结，诚彼时文辨之隽也。今览王、繁、阮、陈、路诸人，前后文旨，亦何昔不若哉！其所以不论者，时世异耳。"又曰："譬之朱漆，虽无桢幹，其为光泽，亦壮观也。")虽为一时之言，亦千古之定说也。

又案：文章各体，至东汉而大备。汉魏之际，文家承其体式，故辨别文体，其说不淆。如魏文《答卞兰教》云："赋者，言事类之所附也。颂者，美盛德之形容。"(《魏志·卞后传》注引)又陈思王《上卞太后诔表》曰："臣闻铭以述德，诔以述哀。"(《艺文类聚》十五)均其证也。惟东汉以来，赞颂铭诔之文，渐事虚辞，颇背立诚之旨。故桓范《世

建安品评之风，亦见于曹植《与杨德祖书》、曹丕《与吴质书》、《典论·论文》等。

这种形象化的语言成为后世诗文评的主要方式。比较典型的是宋代敖陶孙称曹操如幽燕老将，称曹植如三河少年，非常形象生动。

笔者有《〈独断〉与秦汉文体研究》对此有专论，载《秦汉文学论丛》，凤凰出版社 2008 年版。

要论·赞象篇》曰:“夫赞象所作,所以昭述勋德,思咏政惠。此盖诗颂之末流,宜由上而兴,非专下而作也。若言不足纪,事不足述,虚而为盈,亡而为有,此圣人之所疾,庶人之所耻。”又《铭诔篇》曰:“夫渝世富贵,乘时要世,爵以赂至,官以贿成。而门生故吏,合集财货,刊石纪功,称述勋德:高邈伊、周,下陵管、晏,远追豹、产,近逾黄、邵。势重者称美,财富者文丽,欺耀当时,疑误后世。”(以上二篇均见《群书治要》)于当时文弊,诠论至详(其《铭诔篇》又谓诔谥乃人主权柄,而汉世不禁,使私称与王命争流,臣子与君上俱用。盖谓诔文乃君上所锡,不当私作,其说亦与古合)。盖文而无实,始于斯时,非惟韵文为然也,即作论著书,亦蹈此失。故《世要论·序作篇》曰:“世俗之人,不解作体,而务泛溢之言,不存有益之义。”(《群书治要》)文胜之弊,即此可睹。故援引其说,以见当时文学之得失,亦以见文章各体,由质趋华,非一朝一夕之故,其所由来者渐矣(汉人惟为己书作序,未有为他书作序者。有之,自三国始)。

东汉桓帝时期,门阀世族逐渐形成气候。高门之间,多以名节道德相标榜,或以荣辱与共相联结,门生故吏与举主座师,多含有很深的政治利害关系。他们同声相应,竭诚相报,虽死不辞,结成了紧密的文人利益集团。其结拜形式繁杂不一,私谥即是重要的手段之一。蔡邕等与朱穆门生弟子私立谥议,表明他试图通过各种关系努力介入到当时的政治联盟阵营中。

如徐幹同时期人所作《中论序》。当然最有名的是王羲之《三月三日兰亭诗序》、皇甫谧《三都赋序》等。南朝之后,为他作序已经常见。

第三课附录

汉魏之际,文学变迁,既如上课所述矣。然其变迁之迹,非证以当时文章各体,不足以考其变迁之由。今略录祢衡以下文章十二篇,以明概略。

一　祢衡《鲁夫子碑》　受天至精，纯粹睿哲。崇高足以长世，宽容足以广包，幽明足以测神，文藻足以辨物。然而敏学以求之，下问以诹之，虚心以受之，深思以咏之。愍周道之回遹，悼九畴之乖悖，故发愤忘食，应聘四方。鲁以大夫之位，任以国政之权，譬若飞鸿鸾于中庭，骋骐骥于间巷也。是以期月之顷，五教克谐，移风易俗，邦国肃焉，无思不服。懿文德以纡余，缀三五之纪纲，流洪耀之休赫，旷万世而扬光。夫文明以动，天则也；广大无疆，地德也；六经混成，洪式也。备此三者，圣极也。合吉凶于鬼神，遂殂落于梦寐。是以风烈流行，无所不通，故立石铭勋，以示昭明。辞曰：煌煌上天，笃降若人，邈矣幽哉，千祀一邻。明德弘监，情性存存，奕奕纯嘏，稽宪乾坤。曜彼灵祇，以训黎元，终日乾乾，配天之行。在险而正，在困而亨，穷达之运，委诸穹苍。日月则阴，天地不光，圣睿殂崩，大猷不纲。(《艺文类聚》二十。案：此篇《类聚》所引，似缺篇首数语。)

林昌彝《书祢衡传后》评价《鲁夫子碑》曰："人但知祢衡有《鹦鹉赋》，而不知其所撰《鲁孔子碑》及颜子碑为有道之人，非诸人所能及。"

二　祢衡《吊张衡文》　南岳有精，君诞其姿，清和有理，君达其机，故能下笔绣辞，扬手文飞。昔伊尹值汤，吕尚遇旦，嗟矣君生，而独值汉。苍蝇争飞，凤凰已散，元龟可羁，河龙可绊。石坚而朽，星华而灭，唯道兴隆，悠悠永绝。□□靡滞，君音与浮，河水有竭，君声永流。周旦先没，发梦孔丘，余生虽后，身亦存游，士贵知己，君其勿忧。

《文心雕龙·哀吊》："祢衡之吊平子，缛丽而轻清。"文载《太平御览》卷五九六。

何焯评《鹦鹉赋》曰："正平豪气不免有樊笼之感，读此为之慨然。"

（《太平御览》五百九十六）

案：东汉之文，均尚和缓。其奋笔直书，以气运词，实自衡始。《鹦鹉赋序》谓："衡因为赋，笔不停缀，文不加点。"知他文亦然。是以汉魏文士，多尚骋辞，或慷慨高厉，或溢气坌涌（孔融《荐祢衡疏》语），此皆衡文开之先也（孔融引重衡文，即以此启。故融之所作，多范伯喈，惟荐衡表，则效衡体，与他篇文气不同）。

陈琳《为曹洪与魏文帝书》，《典论·论文》：琳、瑜之章表书记，今之隽也。

三　陈琳《为曹洪与魏文帝书》　十一月五日洪白：前初破贼，情奓意奢，说事颇过其实。得九月二十日书，读之喜笑，把玩无厌。亦欲令陈琳作报，琳顷多事，不能得为，念欲远以为欢，故自竭老夫之思。辞多不可一二，粗举大纲，以当谈笑。汉中地形，实有险固，四岳三涂，皆不及也。彼有精甲数万，临高守要，一夫挥戟，万夫不得进。而我军过之，若骇鲸之决细网，奔兕之触鲁缟，未足以喻其易。虽云王者之师，有征无战，不义而强，古今常有。故唐、虞之世，蛮夷猾夏，周宣之盛，亦仇大邦，《诗》、《书》叹载，言其难也。斯皆凭阻恃远，故使其然。是以察兹地势，谓为中材处之，殆难仓卒。来命陈彼妖惑之罪，叙王师旷荡之德，岂不信然！是夏、殷所以丧，苗、扈所以毙，我之所以克，彼之所以败也，不然，商、周何以不敌哉？昔鬼方聋昧，崇虎谗凶，殷辛暴虐，三者皆下科也。然高宗有三年之征，文王有退修之军，孟津有再驾之役，然后殪戎胜殷，有此武功。未有星流景集，飚奋霆击，长驱山河，朝至暮捷，若今者也。由此观之，彼固不逮下愚，则中才之守不然，明矣。在中才则谓不然，而来示乃以为彼之恶稔，虽有孙、田、墨、氂，犹无所救，窃又疑焉。何者？古之用兵，敌国虽乱，尚有贤人，则不伐也。是故三仁未去，武王还师；宫奇在虞，晋不加戎；季梁犹在，强楚挫谋。暨至众贤奔绌，三国为墟，明其无道有人，犹可救也。且夫墨子之守，萦带为垣，高不可登；折箸为械，坚不可入。若乃距阳平，据石门，摅八阵之列，骋奔牛之权，焉肯土崩鱼烂哉？设令守无巧拙，皆可攀附，则公输已陵宋城，乐毅已拔即墨矣，墨翟之术何称？田单之智何贵？老夫不敏，未之前闻。盖闻过高唐者，效王豹之讴；游睢、涣者，学藻缋之彩。间自入益部，仰司马、扬、王遗风，有子胜斐然之志，故颇奋文辞，异于他日。怪乃轻其家丘，谓为倩人，是何言欤？未騄骥垂耳于林坰，鸿雀戢翼于污池，亵之者固以为园囿之凡鸟，外厩之下乘也。及整兰筋，挥劲翮，陵厉清浮，顾盼千里，岂可谓其借翰于晨风，假足于六驳哉？恐犹未信丘言，必大噱也。洪白。（《文选》）

案：孔璋之文，纯以骋辞为主，故文体渐流繁富。《文选》所载《檄豫州》、《檄吴将校部曲》二文，亦与此同。文之由简趋烦，盖自此始。

四　吴质《答东阿王书》　质白：信到。奉所

《与杨德祖书》："以孔璋之才，不闲于词赋，而多自谓能与司马长卿同风。"

何焯评吴质《答东阿王书》："书中多含规讽，与《公宴》诸诗一味颂美者不同。季重人品想高于徐、陈辈。"

惠贶，发函伸纸，是何文采之巨丽，而慰喻之绸缪乎！夫登东岳者，然后知众山之逦迤也；奉至尊者，然后知百里之卑微也。自旋之初，伏念五六日，至于旬时，精散思越，惘若有失。非敢羡宠光之休，慕猗顿之富。诚以身贱犬马，德轻鸿毛，至乃历玄阙，排金门，升玉堂，伏虚槛于前殿，临曲池而行觞。既威仪亏替，言辞漏渫，虽恃平原养士之懿，愧无毛遂耀颖之才；深蒙薛公折节之礼，而无冯谖三窟之效；屡获信陵虚左之德，又无侯生可述之美。凡此数者，乃质之所以愤积于胸臆，怀眷而悁邑者也。若追前宴，谓之未究，倾海为酒，并山为肴，伐竹云梦，斩梓泗滨，然后极雅意，尽欢情，信公子之壮观，非鄙人之所庶几也。若质之志，实在所天，思投印释黻，朝夕侍坐，钻仲父之遗训，览老氏之要言，对清酤而不酌，抑嘉肴而不享，使西施出帷，嫫母侍侧，斯盛德之所蹈，明哲之所保也。若乃近者之观，实荡鄙心，秦筝发徽，二八迭奏，埙箫激于华屋，灵鼓动于座右，耳嘈嘈于无闻，情踊跃于鞍马。谓可北慑肃慎，使贡其楛矢；南震百越，使献其白雉。又况权、备，夫何足视乎！还治讽采所著，观省英玮，实赋颂之宗，作者之师也。众贤所述，亦各有志。昔赵武过郑，七子赋诗，《春秋》载列，以为美谈。质，小人也，无以承命，又所答贶，辞丑义陋，申之再三，赧然汗下。此邦之人，闲习辞赋，三事大夫，莫不讽诵，何但小吏之有乎？

毛遂脱颖而出之事，见《史记·平原君虞卿列传》。

冯谖为孟尝君营造三窟事，见《战国策·齐策四》。

《楚辞》曰：挟秦筝而弹徽。李斯《谏逐客书》："夫击瓮叩缶，弹筝搏髀，而歌呼呜呜快耳者，真秦之声也。"杨恽也称："家本秦也，能为秦声。妇，赵女也，雅善鼓瑟。奴婢歌者数人，酒酣耳热，仰天拊缶，而呼呜呜。"秦声呜呜，仰天高亢，其遗风馀绪，似仍见存于今天的秦腔。

重惠苦言，训以政事，恻隐之恩，形乎文墨。墨子回车，而质四年，虽无德与民，式歌且舞，儒墨不同，固以久矣。然一旅之众，不足以扬名；步武之间，不足以骋迹，若不改辙易御，将何以效其力哉！今处此而求大功，犹绊良骥之足，而责以千里之任；槛猿猴之势，而望其巧捷之能者也。不胜见恤，谨附遗白答，不敢繁辞。吴质白。(《文选》)

五　应璩《与曹长思书》　璩白：足下去后，甚相思想。叔田有无人之歌，闉阇有匪存之思，风人之作，岂虚也哉！王肃以宿德显授，何曾以后进见拔，皆鹰扬雄视，有万里之望。薄援助者，不能追参于高妙，复敛翼于故枝，块然独处，有离群之志。汲黯乐在郎署，何武耻为宰相，千载揆之，知其有由也。德非陈平，门无结驷之迹；学非扬雄，堂无好事之客；才劣仲舒，无下帷之思；家贫孟公，无置酒之乐。悲风起于闺闼，红尘蔽于机榻。幸有袁生，时步玉趾，樵苏不爨，清谈而已，有似周党之过闵子。夫皮朽者毛落，川涸者鱼逝，春生者繁华，秋荣者零悴，自然之数，岂有恨哉？聊为大弟陈其苦怀耳。想还在近，故不益言。璩白。(《文选》)

尺幅有喷薄之势。

六　陶丘一《荐管宁表》　臣闻龙凤隐耀，应德而臻；明哲潜遁，俟时而动。是以鹙鹭鸣岐，周道兴隆；四皓为佐，汉帝用康。伏见太中大夫管宁，应二仪之中和，总九德之纯懿，含章素质，冰洁渊清，玄虚澹泊，与道逍遥，娱心黄、老，游志六艺，

据《三国志·魏志·袁张凉国田王邴管传》载，正始二年(241)，陶丘一为太仆与永宁卫尉孟观、侍中孙邕、中书侍郎王基等共同荐举管宁。

升堂入室，究其阃奥，韬古今于胸怀，包道德之机要。中平之际，黄巾陆梁，华夏倾荡，王纲弛顿，遂避时难，乘桴越海，羁旅辽东，三十馀年。在《乾》之《姤》，匿景藏光，嘉遁养浩，韬韫儒墨，潜化傍流，畅于殊俗。黄初四年，高祖文皇帝畴咨群公，思求隽乂，故司徒华歆举宁应选。公车特征，振翼遐裔，翻然来翔，行遇屯厄，遭罹疾病，即拜太中大夫。烈祖明皇帝嘉美其德，登为光禄勋。宁疾弥留，未能进道。今宁旧疾已瘳，行年八十，志无衰倦，环堵筚门，偃息穷巷，饭鬻糊口，并日而食，吟咏诗书，不改其乐。困而能通，遭难必济，经危蹈险，不易其节，金声玉色，久而弥彰。揆其终始，殆天所祚，当赞大魏，辅亮雍熙，衮职有阙，群下属望。昔高宗刻象，营求贤哲，周文启龟，以卜良佐。况宁前朝所表，名德已著，而久栖迟，未时引致，非所以奉遵明训，继成前志也。陛下践阼，纂承洪绪，圣敬日跻，超越周成，每发德音，动咨师傅。若继二祖，招贤故典，宾礼俊迈，以广缉熙，济济之化，侔于前代。宁清高恬泊，拟迹前轨，德音卓绝，海内无偶。历观前世，玉帛所命，申公、枚乘、周党、樊英之俦，测其渊源，览其清浊，未有厉俗独行若宁者也。诚宜束帛加璧，备礼征聘，仍授几杖，延登东序，敷陈坟索，坐而论道，上正璇玑，协和皇极，下阜群生，彝伦攸叙，必有可观，光益大化。若宁固执匪石，守志箕山，追迹洪崖，参踪巢、许，斯

裴注引《傅子》曰："宁以衰乱之时，世多妄变氏族者，违圣人之制，非礼命姓之意，故著氏姓论以原本世系，文多不载。每所居姻亲、知旧、邻里有困穷者，家储虽不盈担石，必分以赡救之。与人子言，教以孝；与人弟言，训以悌；言及人臣，诲以忠。貌甚恭，言甚顺，观其行，邈然若不可及，即之熙熙然，甚柔而温，因其事而导之于善，是以渐之者无不化焉。宁之亡，天下知与不知，闻之无不嗟叹。醇德之所感若此，不亦至乎！"

武帝建元年（前140），议立明堂。诏申公来京师传授学问，因其年老，以蒲裹轮，确保安稳。《汉书·儒林传》："申公，鲁人也，少与楚元王交俱事齐人浮丘伯受诗。"枚乘，字叔，淮阴人。为吴王濞郎中，曾《上书谏吴王》劝止反叛，吴王不听，卒听擒灭。吴楚七国之乱既平，枚乘由是知名。武帝以安车蒲轮征枚乘，卒于道中。

亦圣朝同符唐、虞，优贤扬历，垂声千载，虽出处殊途，俯仰异体，至于兴治美俗，其揆一也。(《魏志·管宁传》)

案：以上三文，体虽不同，然均词浮于意，足以考文体恢张之渐。盖东汉之文，虽多反复申明之词，然不以隶事为主，亦不徒事翰藻也。

七　丁仪《刑礼论》　天垂象，圣人则之。天之为岁也，先春而后秋；君之为治也，先礼而后刑。春以生长为德，秋以杀戮为动；礼以教训为美，刑以威严为用。故先生而后杀，天之为岁也；先教而后罚，君之为治也。天不以久远更其春冬，而人得以古今改其礼刑哉？太古之世，民故质朴，质朴之民，宜其易化。是以中古之君子，或结绳以治，或象刑惟明。夏后肉辟，民转奸诈，刑弥兹繁，礼亦如之。由斯言之，古之刑省，礼亦宜略。今所论辨，虽出传记之前，夫流东源不得西，景正形不得倾，自然之势也。后世礼刑，俱失于前，先后之宜，故自有常。今夫先刑者，用其末也，由礼禁未然之前，谓难明之礼，古人不能行也。按如所云礼，嫂叔不亲之属也，非太古之礼也。所云礼者，岂此也哉？古者民少而兽多，未有所争，民无患则无所思，故未有君焉。后民祸多，强暴弱，于是有贤人焉，平其多少，均其有无，推逸取劳，以身先之，民获其利，归而乐之，乐之得为君焉。夫刑之记君也，精具筋力，民畏其强，而不敢校，得为君也。恐

《诗品序》："若专用比兴，则患在意深，意深则词踬。若但用赋体，则患在意浮，意浮则文散，嬉成流移，文无止泊，有芜蔓之累矣。"

《三国志·任城陈萧王传》注引《魏略》曰："丁仪字正礼，沛郡人也。父冲，宿与曹操亲善。闻丁仪为令士，欲以爱女妻之，为曹丕所阻止。丁仪衔恨，遂与曹植亲善，力劝曹操立曹植为太子。后为曹丕所杀。"

上古未具刑罪之品，设逋亡之法，惧彼为我，而以勇力侵暴于己。能与则校，不能归奉之，明矣。且上古之时贼耳，非所谓君也（此段有误文）。上古虽质，宜所以为君，会当先别男女，定夫妇，分土地，班食物，此先以礼也。夫妇定而后禁淫焉，万物正而后止窃，此后刑也。（《艺文类聚》五十四）

案：东汉论文，如延笃、《仁孝》之属，均详引经义，以为论断。其有直抒己意者，自此论始。魏代名理之文，其先声也（又：《类聚》十一引王粲《难钟荀太平论》，二十引孔融《圣人优劣论》，亦与此体略同，惟非全文）。

八　刘廙《政论·疑贤篇》　自古人君，莫不愿得忠贤而用之也，既得之，莫不访之于众人也。忠于君者，岂能必利于人？苟无利于人，又何能保誉于人哉？故常愿之于心，而常失之于人也。非愿之之不笃而失之也，所以定之之术非也。故为忠者，获小赏而大乖违于人，恃人君之独知之耳，而获访之于人，此为忠者福无几，而祸不测于身也。得于君，不过斯须之欢；失于君，而终身之故患。荷赏名而实穷于罚也。是以忠者逝而遂，智者虑而不为。为忠者不利，则其为不忠者利矣。凡利之所在，人无不欲；人无不欲，故无不为不忠矣。为君者以一人而独虑于众奸之上，虽至明而犹困于见暗，又况庸君之能睹之哉？庸人知忠之无益于己，而私名之可以得于人，得于人可以重于

延笃，字叔坚。南阳犨人。少从颍川唐溪典受《左氏传》，又从马融受业，博通经传及百家之言。生平事迹见《后汉书·吴延史卢赵列传》。能著文章，有名京师。所著诗、论、铭、书、应讯、表、教令，凡二十篇，最著名的作品是《仁孝论》。

圣人优劣论，还有王粲《英雄论》、刘劭《人物论》等，反映当时人对于圣人不再迷信。故曹操诗歌直接引用《诗经》，而不加回避，甚至以周公自比。

刘廙（180—221）字恭嗣，南阳安众人。兄望之，有名于世，刘表辟为从事，刘廙与兄同赴荆州。后望之为刘表所杀，刘廙遂奔扬州，归曹操。曹丕即位，以刘廙为侍中，赐爵关内侯。刘廙著书数十篇。其《政论》五卷，见《隋书·经籍志》著录。

君也，故笃私交，薄公义，为已者殖而长之，为国也抑而割之，是以直实之人黜于国，阿欲之人盈于朝矣。由是田、季之恩隆，而齐、鲁之政衰也。虽戒之市朝，示之刀锯，私欲益盛，齐、鲁日困，何也？诚威之以言，而赏之以实也。好恶相错，政令日弊。昔人曰：为君难，不其然哉？（《群书治要》）

九　蒋济《万机论·刑论篇》　患之巨者，狡猾之狱焉。狡黠之民，不事家事，烦贷乡党，以见厌贱，因反忿恨，看国家忌讳，造诽谤，崇饰戏言，以成丑语。被以叛逆，告白长吏，或内利疾恶尽节之名，外以为功，遂使无罪，并门灭族，父子孩耄，肝脑涂地，岂不剧哉！求媚之臣，侧人取舍，虽燕子啖君，孤已悦主，而不惮也。况因捕叛之时，无悦亲之民，必获尽节之称乎？夫妄造诽谤，虚书叛逆，狡黠之民也。而诈忠者，知而族之，此国之大残，不可不察也。（《群书治要》）

蒋济《万机论》，《隋书·经籍志》子部杂家类著录。魏晋以来，子书发达。蒋济还有《眸子论》等。

案：上二篇足稔魏代子书，纯以推极利弊为主，不尚华词，与东汉异。

十　杜恕《请令刺史专民事不典兵疏》　帝王之道，莫尚乎安民；安民之术，在于丰财；丰财者，务本而节用也。方今二贼未灭，戎车亟驾，此自熊虎之士展力之秋也。然缙绅之儒，横加荣慕，扼腕抗论，以孙、吴为首；州郡牧守，咸共忽恤民之术，修将率之事。农桑之民，竞干戈之业，不可谓务本。帑藏岁虚，而制度岁广，民力岁衰，而赋役岁

杜恕，字务伯，太和中为散骑黄门侍郎。常引纲维以正言，于是侍中辛毗等器重之。

吕昭以镇北将军领冀州，故有此论。《三国志》裴注引《世语》曰："昭字子展，东平人。长子巽，字长悌，为相国掾，有宠于司马文王。次子安，字仲悌，与嵇康善，与康俱被诛。次子粹，字季悌，河南尹。粹子预，字景虞，御史中丞。"

袁绍曾总兵冀州，势力颇大。曹操灭袁绍后，自领冀州牧，为天下重镇。

兴，不可谓节用。今大魏奄有十州之地，而承丧乱之弊，计其户口，不如往昔一州之民。然而二方僭逆，北虏未宾，三边遘难，绕天略匝。所以统一州之民，经营九州之地，其为艰难，譬策羸马以取道里，岂可不加意爱惜其力哉？以武皇帝之节俭，府藏充实，犹不能十州拥兵，郡且二十也。今荆、扬、青、徐、幽、并、雍、凉缘边诸州，皆有兵矣。其所恃内充府库，外制四夷者，惟兖、豫、司、冀而已。臣前以州郡典兵，则专心军功，不勤民事，宜别置将守，以尽治理之务。而陛下复以冀州宠秩吕昭。冀州户口最多，田多垦辟，又有桑枣之饶，国家征求之府，诚不当复任以兵事也。若以北方当须镇守，自可专置大将以镇安之。计所置吏士之费，与兼官无异。然昭于人才尚复易，中朝苟乏人，兼才者势不独多。以此推之，知国家以人择官，不为官择人也。官得其人，则政平讼理。政平，故民富实；讼理，故囹圄虚空。陛下践阼，天下断狱百数十人，岁岁增多，至五百馀人矣。民不益多，法不益峻。以此推之，非政教陵迟，牧守不称之明效欤？往年牛死，通率天下，十能损二，麦不半收，秋种未下。若二贼游魂于疆场，飞刍挽粟，千里不及。究此之术，岂在强兵乎？武士劲卒愈多，愈多愈病耳。夫天下犹人之体，腹心充实，四支虽病，终无大患。今兖、豫、司、冀，亦天下之腹心也。是以愚臣悽悽，实愿四州之牧守，独修务本之业，以堪四支之重。然孤论难持，犯欲难成，众怨难积，疑似难分，故累载不为明主所察。凡言此者，类皆疏贱，疏贱之言，实未易听。若使善策必出于亲贵，固不犯四难以求忠爱，此古今之所常患也。(《三国志·杜畿传》)

十一　夏侯玄《时事议》　夫官才用人，国之柄也。故铨衡专于台阁，上之分也；孝行存乎闾巷，优劣任之乡人，下之叙也。夫欲清教审选，在明其分叙，不使相涉而已。何者？上过其分，则恐所由之不本，而干势驰骛之路开；下逾其叙，则恐天爵之外通，而机权之门多矣。夫天爵下通，是庶人议柄也；机权多门，是纷乱之原也。自州郡中正品度官才之来，有年载矣，缅缅纷纷，未闻整齐，岂非分叙参错，各失其要之所由哉！若令中正但考行伦辈，伦辈当行均，斯可官矣。何者？夫孝行著于家门，岂不忠恪于在官乎？仁恕称于九族，岂不达于为政乎？义断行于乡党，岂不堪于事任乎？三者之类，取于中正，虽不处其官名，斯任官可知矣。行有大小，比有高下，则所任之流，亦焕然明别矣。奚必使中正干铨衡之机于下，而执机柄者有所委仗于上，上下交侵，以生纷错哉？且台阁临下，考功校否，众职之属，各有官长，旦夕相考，莫究于此。闾阎之议，以意裁处，而使匠宰失位，众人驱骇，欲风俗清静，其可得乎？天台县远，众所绝意，所得至者，更在侧近，孰不修饰以要所求？

夏侯玄，字太初，沛国谯人。少知名。曹爽辅政，为散骑常侍。嘉平元年(249)高平陵之变，被夺兵权，六年后被杀。玄为正始名士，作《道德论》、《乐毅论》。其《乐毅论》有传为王羲之写本，尤著名。

此文对于九品中正制提出批评，说明他很有政治眼光。

所求有路，则修己家门者，已不如自达于乡党矣。自达乡党者，已不如自求之于州邦矣。苟开之有路，而患其饰真离本，虽复严责中正，督以刑罚，犹无益也。岂若使各帅其分，官长则各以其属能否献之台阁；台阁则据官长能否之第，参以乡闾德行之次，拟其伦比，勿使偏颇；中正则唯考其行迹，别其高下，审定辈类，勿使升降。台阁总之，如其所简，或有参错，则其责负自在有司。官长所第，中正辈拟，比随次率而用之，如其不称，责负在外。然则内外相参，得失有所，互相形检，孰能相饰？斯则人心定而事理得，庶可以静风俗而审官才矣（《三国志·玄传》。此上系议之首篇，《志》之所载，尚有《论官制》及《论文质》二篇，兹弗录）。

文质为当时著名的命题。应瑒《文质论》从文化上论文质，没有论到文辞，故刘勰《文心雕龙·序志》说它"华而疏略"。

案：东汉奏疏，多含蓄不尽之词。魏人奏疏之文，纯尚真实，无不尽之词。观此二篇，足稔大概。

十二　王肃《请恤杀平刑疏》　大魏承百王之极，生民无几，干戈未戢，诚宜息民而惠之以安静遐迩之时也。夫务畜积而息疲民，在于省徭役而勤稼穑。今宫室未就，功业未讫，运漕调发，转相供奉。是以丁夫疲于力作，农者离其南亩，种谷者寡，食谷者众，旧谷既没，新谷莫继，斯则有国之大患，而非备豫之长策也。今见作者三四万人，九龙可以安圣体，其内足以列六宫。显阳之殿，又向将毕。惟泰极已前，功夫尚大，方向盛寒，疾疢或作。诚愿陛下发德音，下明诏，深愍役夫之疲劳，厚矜

王肃，字子雍，王朗之子。十八岁即从宋忠读《太玄》。生平事迹见《三国志·钟繇华歆王朗传》。史载，"初，肃善贾（逵）、马（融）之学，而不好郑氏，采会同异，为《尚书》、《诗》、《论语》、《三礼》、《左氏》解，及撰定父朗所作《易传》，皆列于学官。其所论驳朝廷典制、郊祀、宗庙、丧纪、轻重，凡百馀篇。时乐安孙叔然，受学郑玄之门，人称东州大儒。征为秘书监，不就。肃集《圣证论》以讥短玄，叔然驳而释之，及作《周易》、《春秋例》、《毛诗》、《礼记》、《春秋三传》、《国语》、《尔雅》诸注，又注书十馀篇"。

兆民之不赡，取常食廪之士，非急要者之用，选其丁壮，择留万人，使一期而更之，咸知息代有日，则莫不悦以及事，劳而不怨矣。计一岁有三百六十万夫，亦不为少。当一岁成者，听且三年，分遣其馀，使皆即农，无穷之计也。仓有溢粟，民有馀力，以此兴功，何功不立？以此行化，何化不成？夫信之于民，国家大宝也。仲尼曰："自古皆有死，民非信不立。"夫区区之晋国，微微之重耳，欲用其民，先示以信。是故原虽将降，顾信而归，用能一战而霸，于今见称。前车驾当幸洛阳，发民为营，有司命以营成而罢。既成，又利其功力，不以时遣。有司徒营其目前之利，不顾经国之体。臣愚以为：自今以后，傥复使民，宜明其令，使必如期，若有事以次，宁复更发，无或失信。凡陛下临时之所行刑，皆有罪之吏，宜死之人也，然众庶不知，谓为仓卒。故愿陛下下之于吏，而暴其罪，钧其死也，无使污于宫掖，而为远近所疑。且人命至重，难生易杀，气绝而不续者也，是以圣贤重之。孟轲称："杀一无辜以取天下，仁者不为也。"汉时，有犯跸惊乘舆马者，廷尉张释之奏使罚金。文帝怪其轻，而释之曰："方其时，上使诛之则已。今下廷尉。廷尉，天下之平也，一倾之，天下用法皆为轻重，民安所措其手足？"臣以为大失其义，非忠臣所宜陈也。廷尉者，天子之吏也，犹不可以失平，而天子之身，反可以惑谬乎？斯重于为己，而轻于为君，不忠之甚

张释之，字季，南阳堵阳人。生平事迹见《汉书·张冯汲郑传》。

廷尉，秦官，掌刑辟。景帝中六年（前151）更名大理，武帝建元四年（前137）复为廷尉。

也。周公曰:“天子无戏言。言则史书之,工诵之,士称之。”言犹不戏,而况行之乎?故释之之言,不可不察;周公之戒,不可不法也。(《魏志》本传)

案:此疏与前二疏同。

又案:《文心雕龙》诸书,或以魏代文学与汉不异。不知文学变迁,因自然之势。魏文与汉不同者,盖有四焉:书檄之文,骋词以张势,一也;论说之文,渐事校练名理,二也;奏疏之文,质直而屏华,三也;诗赋之文,益事华靡,多慷慨之音,四也。凡此四者,概与建安以前有异,此则研究者所当知也。

开篇论汉魏之际的特点是:清峻、通脱、骋词、华靡。这里论汉代与魏代的不同。书檄:骋词张势。论说:校练名理。奏疏:质直屏华。诗赋:华靡慷慨。

《诗品》用“汉音”与“魏响”分别之。

第四课 魏晋文学之变迁

魏晋之际指魏明帝太和至齐王曹芳正始年间(227—249),是中古文学又一繁荣时期。

魏代自太和以迄正始,文士辈出。其文约分两派:一为王弼、何晏之文,清峻简约,文质兼备,虽阐发道家之绪,实与名、法家言为近者也。此派之文,盖成于傅嘏,而王、何集其大成,夏侯玄、钟会之流,亦属此派。溯其远源,则孔融、王粲实开其基。一为嵇康、阮籍之文,文章壮丽,总采骋辞,虽阐发道家之绪,实与纵横家言为近者也。此派之文,盛于竹林诸贤。溯其远源,则阮瑀、陈琳已开其始。惟阮、陈不善持论,孔、王虽善持论,而不能藻以玄思,故世之论魏晋文学者,昧厥远源之所出。今征引群籍,以著魏晋文学之变迁,且以明晋宋文学之渊源,以备参考(凡论文学之变迁,当观其体势若何,然后文派异同,可得而说)。

孔融、王粲开启王弼、何晏之风,清峻简约,文质兼备。

阮瑀、陈琳开启嵇康、阮籍之风,文章壮丽,综采骋辞。

甲 傅嘏及王何诸人

《三国志·魏·傅嘏传》:常论才性同异,钟会集而论之。

《三国志·嘏传》注引《傅子》曰:嘏既达治好

傅嘏著《才性论》，钟会著《四本论》，并佚。

正，而有清理识要，好论才性，原本精微，鲜能及之。司隶校尉钟会，年甚少，嘏以明智交会。

《世说新语·文学篇》：傅嘏善言虚胜，荀粲谈尚玄远，每至共语，有争而不相喻。裴冀州释二家之义，通彼我之怀，常使两情相得，彼此具畅。（案：刘注引《荀粲别传》云：“粲到京邑与傅嘏谈，嘏善名理，粲尚玄远。”）

荀粲为荀彧之子，系出名门。诸兄儒者，唯荀粲善言名理，崇尚玄远，可惜未见作品流传。

案：与嘏同时善言名理者，为荀粲。裴松之《三国志·荀彧传注》引何邵《荀粲传》曰：“粲字奉倩（即彧少子）。诸兄并以儒术论议，而粲独好言道。常以为子贡称‘夫子之言性与天道，不可得闻’，然则六籍虽存，固圣人之糠秕。粲兄俣难曰：‘《易》亦云圣人立象以尽意，系辞焉以尽言，则微言胡为不可得而闻见哉？’粲答曰：‘盖理之微者，非物象之所举也。今称立象以尽意，此非通于意外者也；系辞焉以尽言，此非言乎系表者也。斯则象外之意，系表之言，固蕴而不出矣。’当时能言者莫能屈。”（案：《世说注》摘引此文，称《荀粲别传》，知《别传》即邵所撰《粲传》也）“粲与嘏善，夏侯玄亦亲。常谓嘏、玄曰：‘子等在世途间，功名自胜我，但识劣我耳。’嘏难曰：‘能盛功名者，识也。天下孰有本不足而未有馀者耶？’粲曰：‘功名者，志局之所奖也。然则志局自一物耳，固非识之所独济也。’”此荀粲善言名理之证。又《世说·文学篇》刘注引《管辂传》曰：“裴使君（即谓裴徽，徽字文季，曾为冀州刺史）有高才逸度，善言玄妙。”《世说·文学篇》亦曰：“王辅嗣弱冠诣裴徽。徽问曰：‘夫无者，诚万物之所资。圣人莫肯致言，而老氏申之无已，何耶？’弼曰：‘圣人体无，无又不可以训，故言必及有。老、庄未免于有，恒训其所不足。’”此裴徽喜言名理之证。徽、粲言理之文，今鲜可考，然清谈之风，实基于此。盖嘏、粲诸人，其辨理名理，均当明帝太和时，固较王、何为尤早也。

《文心雕龙·论说篇》：傅嘏、王粲，校练名理。

案：嘏文载于《魏志》本传者，有《征吴对》、《难邵考课法》各篇（《难邵考课法》，语语核实，近于名、法家言。是知嘏言名理，实由综核名实为基）。又，《艺文类聚》所引，有《请立贵妃为皇后表》、《皇初颂》。其《才性论》不传。

又案：《雕龙》以嘏与王粲并言。《艺文类聚》所引粲文，有《难钟荀太平论》，其词曰：“圣莫盛于尧，而洪水方割，丹朱淫虐，四族凶佞矣。帝舜因之，而三苗畔戾矣。禹又因之，而防风为戮矣。此三圣，古之所大称也，继踵相承，且二百年，而刑罚未尝一世而乏也。然则此三圣能平，三圣能平则何世能致之乎？孔子称曰：‘唯上智与下愚不移。’不移者，丹朱、四凶、三苗之谓也。当纣之世，殷罔不小大，好草窃奸宄。周公迁殷顽民于洛邑，其下愚之人必有之矣。周公之于三圣，不能逾也。三圣有所不化矣，有所不移矣。周公之不能化殷之

有无之辨为当时清谈著名命题。《老子》第四十章“天下万物生于有，有生于无”。第三十二章“道常无名”。《晋书·王弼传》：“魏正始中，何晏、王弼等祖述老庄，立论以为天地万物皆以无为本。无也者，开物成务，无往不存者也。阴阳恃以化生，万物恃以成形，贤者恃以成德，不肖恃以免身。故无之为用，无爵而贵矣。”

傅嘏还有《请立贵嫔为皇后表》、《请葛恪扬声欲向青徐议》、《皇初颂》等文。

顽民，所可知也。苟不可移，必或犯罪，罪而弗刑，是失所也；犯而刑之，刑不可错矣。孟轲有言：'尽信书不如无书。'有大而言之者，'刑错'之属也。岂亿兆之民，历数十年而无一人犯罪，一物失所哉？谓之无者，尽信书之谓也。"又《安身论》曰："盖崇德莫盛乎安身，安身莫大乎存政，存政莫重乎无私，无私莫深乎寡欲。是以君子安其身而后动，易其心而后语，定其交而后行。然则动者，吉凶之端也；语者，荣辱之主也；求者，利病之几也；行者，安危之决也。故君子不妄动也，必适于道；不徒语也，必经于理；不苟求也，必造于义；不虚行也，必由于正。夫然，用能免或击之凶，厚自天之佑。故身不安则殆，言不顺则悖，交不审则惑，行不笃则危，四者存乎中，则忧患接乎外矣。忧患之接，必生于自私，而兴于有欲。自私者不能成其私，有欲者不能济其欲，理之至也。"观此二文，知粲工持论，雅似魏晋诸贤。其它所著，别有《儒吏论》、《务本论》、《爵论》，亦见《类聚》诸书所引，均于名法之言为近。《魏志·粲传》引《典略》曰："粲才既高，辩论应机。"岂不信哉（王辅嗣为王业之子，业即粲之嗣子也。知辅嗣善持论，亦承仲宣之传）？

王粲还有《三辅论》。

钟会（225—264），三国魏文人，玄学家。颍川长社人，书法大家钟繇之子。善相家蒋济谓其"非常人"。十二岁即能诵五经及《论语》、《孝经》。十五入太学。齐王芳正始中为秘书郎。后迁中书郎、黄门侍郎、司隶校尉等，为司马昭腹心。后为乱兵所杀。钟会弱冠能文，精研名理，著有《周易尽神论》、《周易无互体》、《四本论》、《道论》，注《老子》，有集十卷，今存文十三篇。

《三国志·魏·钟会传》：会弱冠，与山阳王弼并知名。弼好论儒道，辞才逸辩，注《易》及《老子》，为尚书郎，年二十馀卒。（裴注云："弼字辅嗣。")

又《曹爽传》:何晏,何进孙也。少以才秀知名,好老、庄言,作《道德论》及诸文赋,著述凡数十篇。(摘录。裴注:"晏字平叔。")《世说新语·文学篇》刘注引《魏氏春秋》曰:晏少有异才,善谈《易》、《老》。

又引《文章叙录》曰:晏能清言,而当时权势,天下谈士,多宗尚之。

又引《文章叙录》曰:自儒者论,以老子非圣人,绝礼弃学。晏说与圣人同,著论行于世也。

《三国志·魏·夏侯玄传》:玄字太初,少知名。裴注引《魏略》曰:玄尝著《乐毅》、《张良》及《本无肉刑论》,辞旨通远,咸传于世。

《三国志·魏·钟会传》:少敏慧夙成。及壮,有才数技艺,而博学精练名理。会尝论《易》无互体、才性同异。及会死后,于会家得书二十篇,名曰《道论》,而实刑名家也,其文似会。(《世说·文学篇》刘注引《魏志》作:"会论'才性同异'传于世。")《三国志·会传》注引何邵《王弼传》曰:弼幼而察慧,年十馀,好老氏,通辩能言。父业,为尚书郎。时裴徽为吏部郎,弼未弱冠,往造焉。徽一见而异之,问弼曰:"夫无者,诚万物之所资也。然圣人莫肯致言,而老子申之无已者何?"弼曰:"圣人体无,无又不可以训,故不说也。老子是有者也,故恒言无所不足。"寻亦为傅嘏所知。于时何晏为

《文心雕龙·明诗》评何晏云:"及正始明道,诗杂仙心,何晏之徒,率多浮浅。"何晏诗存世不多。《世说新语·规箴》"何晏、邓飏令管辂作卦"注引《名士传》云:"是时曹爽辅政,识者虑有危机。晏有重名,与魏姻戚,内虽怀忧,而无复退也。著五言诗以言志曰:'鸿鹄比翼游,群飞戏太清。常畏大网罗,忧祸一旦并。岂若集五湖,从流唼浮萍。永宁旷中怀,何为怵惕惊?'盖因辂言,惧而赋诗。"《初学记》卷二十七引何晏诗云:"转蓬去其根,流飘从风移。芒芒四海涂,悠悠焉可弥。愿为浮萍草,托身寄清池。且以乐今日,其后非所知。"又《北堂书钞》卷一百五十引何晏诗云:"浮云翳白日,微风轻尘起。"统观何晏之诗,道家逸世情味很浓,确实杂有"仙心";言辞平白质直,亦有"浮浅"之嫌。不过,何晏的地位与名望使得其不能真正做到逸世,其能言善辩的文才亦不该作诗直白,若此,何晏的"仙心"与"浮浅"可能有其深层的原因。钟嵘《诗品》将何晏列入中品,称"平叔'鸿雁'之篇,风规见矣"。可见何晏之诗是用道家的深邃哲理自励自勉。所以,许学夷《诗源辨体》卷四云:"何晏五言二篇,托物兴寄,体制犹存。"

《乐毅论》、《肉刑论》存,《张良论》佚。

吏部尚书，甚奇弼，叹之曰："仲尼称后生可畏，若斯人者，可与言天人之际乎！"正始中，弼补台郎。初除，觐爽，请间。爽为屏左右，而弼与论道，移时，无所他及。淮南人刘陶，善论纵横，为当时所称，每与弼语，常屈弼。弼天才卓出，当其所得，莫能夺也。性和理，乐游宴，解音律，善投壶。其论道，附会文辞，不如何晏，自然有所拔得，多晏也。颇以所长笑人，故时为士君子所疾。弼与钟会善，会论议以校练为家，然每服弼之高致。何晏以为圣人无喜怒哀乐，其论甚精，钟会等述之。弼与不同，以为圣人茂于人者，神明也，同于人者，五情也。神明茂，故能体冲和以通无；五情同，故不能无哀乐以应物。然则圣人之情，应物而无累于物者也。今以其无累，便谓不复应物，失之多矣。弼注《易》，颍川人荀融难弼"大衍"义，弼答其意，白书以戏之曰："夫明足以寻极幽微，而不能去自然之性。颜子之量，孔父之所预在，然遇之不能无乐，丧之不能无哀。又常狭斯人，以为未能以情从理者也，而今乃知自然之不可革。足下之量，虽已定乎胸怀之内，然而隔逾旬朔，何其相思之多乎？故知尼父之于颜子，可以无大过矣。"弼注《老子》，为之指略，致有理统；著《道略论》，注《易》，往往有高丽言。太原王济好谈，病老庄，尝云："见弼《易注》，所悟者多。"然弼为人浅而不识物情。正始十年，曹爽废，以公事免。其秋遇疠疾亡，时年二十

刘义庆《幽冥录》记载与王弼有关的一个故事曰："王辅嗣注《易》，辄笑郑玄为儒，云'老奴甚无意'。于时夜分，忽然闻门外阁有著屐声。须臾进，自云郑玄，责之曰：'君年少，何以轻穿文凿句，而妄讥诮老子邪？'极有忿色，言竟便退。辅心生畏恶，经少时，遇厉疾卒。"刘义庆卒于元嘉二十一年(444)，则这个故事流行于元嘉年间。元嘉二十二年，颜延之为国子祭酒，大力推崇玄学。故《南齐书·陆澄传》载陆澄《与王俭书》称："元嘉建学之始，玄、弼两立。逮颜延之为祭酒，黜郑置王，意在贵玄，事成败儒。"这个故事和颜延之"黜郑置王"历史背景告诉我们：郑玄、王弼之争已经进入白热化。

《老子》、《庄子》、《周易》，称为三玄，是当时知识分子必读书目。王弼曾为《老子》、《周易》作注，风靡一时。

四。无子，绝嗣。弼之卒也，晋景王闻之，嗟叹者累日，其为高识所惜如此。（摘录。案：此传多为《世说》诸书所本。《世说》刘注引《魏氏春秋》亦云：“弼论道，约美不如晏，自然出拔过之。”所云论道约美，即指《老》、《易》诸注言。）

案：晏文传于今者，以《景福殿赋》（《文选》）、《瑞颂》（《艺文类聚》）、《论语集解序》为最著。其议礼之文，有《难蒋济叔嫂无服论》（《通典》）、《祀五郊六宗厉殃议》（同上）。论古之文，有《白起论》（《史记·起传集解》）、《冀州论》（《御览》引）。据《世说·文学篇》，则晏曾注《老子》，后见弼注，改以所注为《道德二论》，今已不传。其析理之文传于今者，有《列子·仲尼篇》张注所引《无名论》，其文曰：“为民所誉，则有名者也；无誉，无名者也。若夫圣人，名无名，誉无誉，谓无名为道，无誉为大。则夫无名者可以言有名矣，无誉者可以言有誉矣，然与夫可誉可名者，岂同用哉？此比于无所有，故皆有所有矣，而于有所有之中，当与无所有相从，而与夫有所有者不同。同类无远而相应，异类无近而不相违。譬如阴中之阳，阳中之阴，各以物类自相求从。夏日为阳而夕夜远，与冬日共为阴；冬日为阴而朝昼远，与夏日同为阳，皆异于近而同于远也。详此异同，而后无名之论可知矣。凡所以至于此者何哉？夫道者，惟无所有者也。自天地已来，皆有所有矣。然犹谓之道者，以其能

《景福殿赋》见载于《文选》，李善注引《典略》曰：“何晏，字平叔，南阳人也。尚金乡公主。有奇才，颇有材能，美容貌。魏明帝将东巡，恐夏热，故许昌作殿，名曰景福。既成，命人赋之，平叔遂有此作。”

《论语集解叙》末云：“光禄大夫关内侯臣孙邕、光禄大夫臣郑冲、散骑常侍中领军安乡亭侯臣曹羲、侍中臣荀顗、尚书附马都尉关内侯臣何晏等上。”据此而知，《论语集解》实出五人之手，独署何晏名，可能他出力最勤，功劳最大。

复用无所有也。故虽处有名之域，而没其无名之象，由以在阳之远体，而忘其自有阴之远类也。夏侯玄曰：天地以自然运，圣人以自然用。自然者道也，道本无名，故老氏曰'强为之名'。仲尼称尧'荡荡无能名焉'，下云'巍巍成功'，则强为之名，取世所知而称耳，岂有名而更当云'无能名焉'者邪？夫惟无名，故可得遍以天下之名名之，然岂其名也哉？唯此足喻而终莫悟。是观泰山崇崛，而谓元气不浩芒者也。"观晏此论，知晏之文学，已开晋、宋之先，而晏、玄所持之理，亦可悉其大略矣。

《文心雕龙·论说》："何晏之徒，始盛玄论，于是聃周当路，与尼父争途矣。"

又案：弼文传于世者，今鲜全篇，惟《易注》、《易略例》、《老子注》均为完书。其《易略例·明象篇》曰："自统而寻之，物虽众，则知可以执一御也；由本以观之，义虽博，则知可以一名举也。处旋机以观大运，则天地之动，未足怪也；据会要以观方来，则六合辐凑，未足多也。故举卦之名，义有主矣，观其彖词，则思过半矣。夫古今虽殊，军国异容，中之为用，故未可远也。品制万变，宗主存焉。"又《明爻篇》曰："情伪之动，非数之所求也。故合散屈伸，与体相乖。形躁好静，质柔爱刚，体与情反，质与愿违。巧历不能定其算数，圣明不能典要，法制所不能齐，度量所不能均也。召云者龙，命吕者律。二女相违，而刚柔合体。隆坻永叹，远壑必盈。投戈散地，则六亲不能相保；同舟而济，则胡、越何患乎异心。故苟择其情，不忧乖

《易略例》："辅嗣之两例，平叔之二论，并师心独见，锋颖精密，盖论之英也。""两例"，范文澜注以为当作略例，即指此《易略例》。而何晏"二论"，应指《无名论》、《无为论》。

远；苟明其趣，不烦强武。”观此二则，可以窥辅嗣文章之略，盖其为文，句各为义，文质兼茂，非惟析理之精也。

又案：王、何注经，其文体亦与汉人迥异。如《易·乾卦》三爻，王注云：“处下体之极，居上体之下，在不中之位，履重刚之险。上不在天，未可以安其尊也；下不在田，未可以宁其居也。纯修下道，则居上之德废；纯修上道，则处下之礼旷。故终日乾乾，至于夕惕，犹若厉也。”又《复卦·象传》注云：“复者，反本之谓也。天地以本为心者也。凡动息则静，静非对动者也；语息则默，默非对语者也。然则天地虽大，富有万物，雷动风行，运化万变，寂然至无，是其本矣。故动息地中，乃天地之心见也。若其以有为心，则异类未获具存矣。”又何晏《论语集解·为政篇》“百世可知”注云：“物类相召，世数相生，其变有常，故可预知。”又《里仁篇》德不孤章注云：“方以类聚，同志相求，故必有邻，是以不孤。”又《子罕篇》唐棣之华章注云：“夫思者当思其反。反是不思，所以为远；能思其反，何远之有？言权可知，惟不知思耳。思之有次序，斯可知矣。”举斯数则，足审大凡。厥后郭象注《庄子》，张湛注《列子》，李轨注《法言》，范宁注《穀梁》，其文体并出于此，而汉人笺注文体无复存矣。

又案：玄之所著，有《夏侯子》，其遗文偶见《太平御览》。其《肉刑论》（见《通典》）、《乐毅论》（《艺

汉人注经，以名物训诂为主。王、何注经，重在阐发精微。

郭象注《庄子》，陆德明《经典释文序录》：“郭象注三十三篇。字子玄，河内人，晋太傅主簿。内篇七，外篇十五，杂篇十一，为音三卷。”

张湛注《列子》，见《隋书·经籍志》著录。其序称：“先君所录书中有列子八篇。及至江南，仅有存者。列子唯馀杨朱、说符、目录三卷。比乱，正舆为扬州刺州，先来过江，复在其家得四卷。寻从辅嗣女婿赵季子家得六卷。参校有无，始得全备。”唐代柳宗元《辨列子》疑《列子》系后人伪造。

李轨注《法言》，见《隋书·经籍志》著录：“《扬子法言》十五卷、解一卷，扬雄撰，李轨注。梁有《扬子法言》六卷，侯苞注，亡。”

范宁注《穀梁传》，见《晋书·范宁传》。唐石经拓本载自序：“《左氏》则有服、杜之注，《公羊》则有何、严之训，释《穀梁传》者虽近十家，皆肤浅末学，不经师匠，辞理典据，既无可观，又引《左氏》、《公羊》以解此传，文义违反，斯害也已。于是乃商略名例，敷陈疑滞，博示诸儒同异之说……乃与二三学士及诸子弟，各记所识，并言其意，业未及终，严霜夏坠，从弟雕落，二子泯没，天实丧予，何痛如之。今撰诸子之言，各记其姓名，名曰《春秋穀梁传集解》。”

《夏侯子》，严可均据《太平御览》辑录三则。

文类聚》)，至今具存。(馀文详本传。)《御览》所引，别有《辨乐论》二则，盖与嗣宗辨难之文也。(其一则云："阮生云：'律吕协则阴阳和，音声适则万物类。天下无乐，而欲阴阳和调，灾害不生，亦以难矣。'此言律吕音声，非徒化治人物，可以调和阴阳，荡除灾害也。夫天地定位，刚柔相摩，盈虚有时。尧遭九年之水，忧民阻饥；汤遭七年之旱，欲迁其社。岂律吕不和，音声不通哉？此乃天然之数，非人道所协也。")

钟会《檄蜀文》为《文选》所收。《文心雕龙·檄移》："钟会檄蜀，征验甚明。"被目"壮笔"。

又案：会文传于今者，以《檄蜀文》、《平蜀上言》(本传)、《母夫人张氏传》(本传注)为最著。其《御览》诸书所引，别有《刍荛论》，与《魏志》所云《道论》或即一书(《隋志》五卷)。其析论之文，如《魏志》所载"《易》无互体"、"才性同异"诸论，今均不传。《世说·文学篇》云："钟会撰《四本论》，欲使嵇公一见。"刘注云："四本者，有才性同、才性异、才性合、才性离也。尚书傅嘏论同，中书令李丰论异，侍郎钟会论合，屯骑校尉王广论离。"据刘说，则"才性同异论"即《四本论》，乃与嘏等同作，复集合其义而论之者也(会作《老子注》，其逸文时见各家甄引)。

《四本论》，即"才性同，才性异，才性合，才性离"，是当时著名的清谈命题。陈寅恪《金明馆丛稿初编》收录《书〈世说新语·文学〉类钟会撰〈四本论〉始毕条后》认为由此可以洞察两大政治阵营的分野，即以曹氏为代表的寒族以为才性相异相离，而以司马氏为代表的望族则认为才性相同相合。

乙　嵇阮之文

《三国志·魏·王粲传》：阮瑀子籍，才藻艳逸，而倜傥放荡，行己寡欲，以庄周为模。（裴注：籍字嗣宗。）

案：《魏志》以“才藻艳逸”评籍，最为知言。籍为元瑜之子，瑜之所作，如《为曹公作书与孙权》诸篇，均尚才藻，多优渥之言，此即籍文所自出也。

阮籍才藻艳丽，乃使气命诗。

嵇叔良《魏散骑常侍阮嗣宗碑》曰：先生承命世之美，希达节之度。得意忘言，寻妙于万物之始；穷理尽性，研几于幽明之极。（《广文选》、杨慎《丹铅总录》以此文为东平太守嵇叔良撰，是也。或作叔夜撰，非是。）

臧荣绪《晋书》曰：籍善属文论，初不苦思，率尔便成。（《文选·五君咏》李注引）

案：籍才思敏捷，盖亦得自元瑜。《世说·文学篇》谓魏封晋王为公，备礼九锡，就籍求文，籍时宿醉，书札为之，无所点定，足与臧书之说互明（刘注引顾恺之《晋文章记》曰：“阮籍劝进，落落有弘致。”）。

《三国志·魏·王粲传》：时又有谯郡嵇康，文辞壮丽，好言老庄，而尚奇任侠。（裴注：“康字叔夜。”）

案：《魏志》以“文辞壮丽”评康，亦至当之论。

嵇康文辞壮丽，乃师心遣论。

《三国志》注引嵇喜所撰《康传》曰：家世儒学，少有隽才，旷迈不群，高亮任性，学不师授，博洽多闻。长而好老、庄之业，恬静无欲。善属文、弹琴、咏诗，自足于怀抱之中。著《养生篇》。撰录上古

以来圣贤隐逸、遁心遗名者，集为传赞。（摘录）

《三国志》注引《魏氏春秋》曰：康所著文论六七万言，皆为世所玩咏。

案：《世说注》诸书所引，有《嵇康集目录》，《太平御览》引作《嵇康集序》。

《御览》引李充《翰林论》曰：研求名理而论生焉。论贵于允理，不求支离。若嵇康之论，成文矣。

案：李氏以论推嵇，明论体之能成文者，魏、晋之间，实以嵇氏为最。

《文心雕龙·体性篇》：嗣宗俶傥，故响逸而调远；叔夜隽侠，故兴高而采烈。

案：彦和以"响逸调远"评籍文，与《魏志》"才藻艳逸"说合。盖阮文之丽，丽而清者也。以"兴高采烈"评康文，亦与《魏志》"文词壮丽"说合。盖嵇文之丽，丽而壮者也。均与徒事藻采之文不同。

《文心雕龙·时序篇》：正始馀风，篇体轻澹，而嵇、阮、应、缪，并驰文路。

案：彦和此论，盖兼王、何诸家之文言，故言篇体轻澹。其兼及嵇、阮者，以嵇、阮同为当时文士，非以轻澹目嵇、阮之文也。即以诗言，嵇诗可以轻澹相目，岂可移以目阮诗哉？

《文心雕龙·才略篇》：嵇康师心以遣论，阮籍使气以命诗，殊声而合响，异翮而同飞。

案：此节以论推嵇，以诗推阮。实则嵇亦工

《世说新语》诸书所引有《嵇康集目录》。《隋书·经籍志》著录十五卷。原书久佚。鲁迅辑校《嵇康集》十卷（文学古籍刊行社1956年影印）、戴明扬《嵇康集校注》（人民文学出版社1962年版）、殷翔等《嵇康集注》（黄山书社1981年版）、夏明钊《嵇康集译注》（黑龙江人民出版社1987年版）等对嵇康诗文注释较为详明。

《文心雕龙·才略篇》云："嵇康师心以遣论，阮籍使气以命诗，殊声而合响，异翮而同飞。"师心，谓依循自己的主观意愿；使气，谓任凭自己的情感志气。二者都要求立足于主体个性从事创作，都强调主观情感与个人想象的充分展示，只不过前者偏重于思维的成分，后者偏重于情感的力度而已。这种"师心"、"使气"，是嵇、阮作品"文章壮丽，总采骋辞"的内在原因。

诗，阮亦工论，彦和特互言见意耳。

《文心雕龙·明诗篇》：正始明道，诗杂仙心，何晏之徒，率多浮浅。惟嵇志清峻，阮旨遥深，故能标焉(《明诗篇》又谓“叔夜含其润”)。

案：嵇、阮之文，艳逸壮丽，大抵相同。若施以区别，则嵇文近汉孔融，析理绵密，阮所不逮；阮文近汉祢衡，托体高健，嵇所不及，此其相异之点也。至其为诗，则为体迥异，大抵嵇诗清峻，而阮诗高浑。彦和所谓遥深，即阮诗之旨言，非谓阮诗之体也。

又案：钟氏《诗品》谓阮籍《咏怀》之诗，可以陶性灵，发幽思，言在耳目之内，情寄八荒之外，会于风雅，厥旨渊放，归趣难求。又谓康诗露才，颇伤渊雅之志，然托喻清远，良有鉴裁，亦未失高流。与彦和所评相近，亦嵇、阮诗体不同之证也。要之，魏初诗歌，渐趋轻靡，嵇、阮矫以雄秀，多为晋人所取法，故彦和评论魏诗，亦惟推重二子也。

又案：阮氏之文传于今者，有《东平赋》、《首阳山赋》、《鸠赋》、《猕猴赋》、《清思赋》、《元父赋》，大抵语重意奇，颇事华采。其意旨所寄，所为《大人先生传》，其体亦出于汉人设论(如《解嘲》之属)，然杂以骚赋各体，为汉人所未有。若《文选》所录《为郑冲劝晋王笺》、《诣蒋公奏记辞辟命》，文虽雅健，非阮氏文章之本色也。其论文传于今者，若《通老论》诸文，今均弗完，惟见《御览》诸书所引。

清峻，又有称作峻切或峻烈者，如《诗品》中称嵇康诗“颇似魏文。过为峻切，讦直露才，伤渊雅之致。然托谕清远，良有鉴裁，亦未失高流矣”。《艺概·诗概》云：“叔夜之诗峻烈。”清远与峻烈，是嵇康诗的两个主要特色。

阮籍用语深刻含蓄，实属无可奈何。《晋书·阮籍传》说他“属魏晋之际，天下多故，名士少有全者，籍由是不与世事，遂酣饮为常”。

阮籍的作品，见于《晋书·阮籍传》著录者："作咏怀诗八十馀篇，为世所重。著《达庄论》，叙无为之贵，文多不录。"《隋书·经籍志》著录别集十卷，久佚。今传各本皆为后人所辑。最早为阮籍诗文作注的是颜之推、沈约，均散见在李善《文选》注中。黄节《阮步兵咏怀诗注》最早为阮籍全部诗歌作注。通行本有1957年人民文学出版社排印本。陈伯君《阮籍集校注》对阮籍著作进行了全面整理，并附录各种研究资料，中华书局1985年出版。

他认为政治的核心问题是刑、教、礼、乐。刑与教为外在表现，礼与乐为内在修养。相比较而言，乐更重于礼，故著《乐论》。

伏义亦有《答阮籍书》。

其见于明人所刻《阮集》者，(《阮集》，《隋志》十三卷，今其存者仅矣。)有《通易论》、《达庄论》、《乐论》三篇。《通易》综贯全经之义，以推论世变之由，其文体奇偶相成，间用韵语；《达庄论》亦多韵语，然词必对偶，以气骋词；《乐论》文尤繁富，辅以壮丽之词。(如首段云："夫乐者，天地之体，万物之性也。合其体，得其性，则和；离其体，失其性，则乖。昔者圣人之作乐也，将以顺天地之体；作万物之性也。故定天地八方之音，以迎阴阳八风之声；均黄钟中和之律，开群生万物之情。故律吕协则阴阳和，音声适而万物类；男女不易其所，君臣不犯其位；四海同其观，九州一其节。奏之圜丘，而天神下降；奏之方岳，而地祇上应。天地合其德，则万物和其生，刑赏不用，而民自安矣。乾坤易简，故雅乐不烦；道德平淡，故五声无味。不烦，则阴阳自通；无味，则百物自乐。日迁善成化而不自知，风俗移易而同于是乐，此自然之道，乐之所始也。")阮氏之文，盖以此数篇为至美。别有《答伏义书》一书，亦足窥阮氏文体之概略。其词曰："承音览旨，有心翰迹。夫九苍之高，迅羽不能寻其巅；四溟之深，幽鳞不能测其底。矧无毛分，所能论哉！且玄云无定体，应龙不常仪。或朝济夕卷，翕忽代兴；或泥潜天飞，晨降宵升。舒体则八维不足以畅迹，促节则无间足以从容。是又瞽夫所不能瞻，瞁虫所不能解也。然则，弘修渊邈者，非近力所能究矣；灵变神化者，非局器所能察矣。何吾子之区区，而吾真之务求乎？人力势不能齐，好尚舛异。鸾凤凌云汉以舞翼，鸠䳏悦蓬林以翱翔；螭浮八滨以濯鳞，鳖娱行潦而群逝。斯用情各从其好，以取乐焉。据此非彼，胡可齐乎？夫人之立节也，将舒网以笼世，岂樽樽以入罔？方开模以范俗，何暇毁质以通（或作适）检？若良运未协，神机无准，则腾精抗志，邈世高超。荡精举于玄区之表，摅妙节于九垓之外。而翔翱之乘景，跃踸踔，陵忽荒，从容与道化同逌，逍遥与日月并流。交名虚以齐变，及英祇以等化。上乎无上，下乎无下，居乎无室，出乎无门。齐万物之去留，随六气之虚盈。总玄网于太极，抚天一于廖廓。飘埃不能扬其波，飞尘不能垢其洁，徒寄形躯于斯域，何精神之可察？虽业无不闻，略无不称，而明有所逮，未可怪也。观君子之趋，欲衒倾城之金，求百钱之售，制造天之礼，拟肤寸之检。劳玉躬以役物，守臊秽以自毕；沉牛迹之浥薄，愠河汉之无根。其陋可愧，其事可悲。亮规略之悬逾，信大道之弘幽，且局步于常衢，无为思远以自愁。比连疹愦，力喻不多。”此文亦阮氏意旨所寄，观其文体，馀可类推。

李兆洛《骈体文钞》评介《乐论》曰：“骏迈似东方生（朔），晋人叙情之篇多类此，而每苦润漫。”

又案：嵇氏之文传于今者，以《琴赋》、《太师箴》为最著，别有《卜疑》（文仿《卜居》）、《家诫》、《与山巨源绝交书》、《与吕长悌绝交书》，其文体均

《与山巨源绝交书》、《与吕长悌绝交书》并见《文选》收录，为后世传诵的名篇。《家诫》多见类书所引。张溥《汉魏六朝百三家集题辞》称：“嵇中散任诞魏朝，独《家诫》恭谨，教子以礼。”

《养生论》,《文选》收录。李善注引嵇喜为康传曰:“康性好服食,常采御上药。以为神仙禀之自然,非积学所致。至于导养得理,以尽性命,若安期、彭祖之伦,可以善求而得也。著《养生篇》。”苏轼《跋嵇叔夜养生论》:“东坡居士以桑榆之末景,忧患之馀生,而后学道,虽为达者所笑,然犹贤乎已者也。以嵇叔夜《养生论》颇中余病,故手写数本。”

儒家认为八音与政通,即《毛诗序》所谓“治世之音安以乐,其政和;乱世之音怨以怒,其政乖;亡国之音哀以思,其民困”。而嵇康却主张“声无哀乐”,故有此论。

变汉人之旧。论文自《养生论》外,有《答向子期难养生论》、《无私论》、《管蔡论》、《明胆论》、《难宅无吉凶摄生论》、《答某氏难宅无吉凶摄生论》(本集作《答张辽叔》),析理绵密,亦为汉人所未有(嵇文长于辨难,文如剥茧,无不尽之意,亦阮氏所不及也)。其所著《声无哀乐论》,文词尤为繁富,今摘录其首节,其词曰:“夫天地合德,万物贵生,寒暑代往,五行以成。故章为五色,发为五音。音声之作,其犹臭味在于天地之间。其善与不善,虽遭遇浊乱,其体自若而不变也,岂以爱憎易操,哀乐改度哉?及宫商集化,声音克谐,此人心至愿,情欲之所钟。古人知情不可恣,欲不可极,因其所用,每为之节,使哀不至伤,乐不至淫,斯其大较也。然乐云乐云,钟鼓云乎哉?哀云哀云,哭泣云乎哉?因兹而言,玉帛非礼敬之宝,歌舞非悲哀之主也。何以明之?夫殊方异俗,歌哭不同,使错而用之,或闻哭而欢,或听歌而戚,然而哀乐之情均也。今用均同之情,而发万殊之声,斯非音声之无常哉?然声音和比,感人最深者也。劳者歌其事,乐者舞其功。夫内有悲痛之心,则激切哀言,言比成诗,声比成音,杂而咏之,聚而听之,心动于和声,情感于苦言,嗟叹未绝,而泣涕流涟矣。夫哀心藏于苦心内,遇和声而后发,和声无象,而哀心有主。夫以有主之哀心,因乎无象之和声,其所觉悟,唯哀而已。岂复知吹万不同,而使其自已哉?风俗之流，遂成其政。是故国史明政教之得失，审国风之盛衰，吟咏情性，以讽其上，故曰亡国之音哀以思也。夫喜怒哀乐爱憎惭惧，凡此八者，生民所以接物传情，区别有属，而不可溢者也。夫味以甘苦为称，今以甲贤而心爱，以乙愚而情憎，则爱憎宜属我，而贤愚宜属彼也。可以我爱而谓之'爱人'，我憎而谓之'憎人'，所喜则谓之'喜味'，所怒则谓之'怒味'哉？由此言之，则外内殊用，彼我异名。声音自当以善恶为主，则无关于哀乐；哀乐自当以情感为主，则无系于声音。名实俱去，则尽然可见矣。"又，《难张辽叔自然好学论》曰："夫民之性，好安而恶危，好逸而恶劳。故不扰，则其愿得；不逼，则其志从。洪荒之世，大朴未亏，君无文于上，民无竞于下；物全理顺，莫不自得；饱则安寝，饥则求食；怡然鼓腹，不知为至德之世也。若此，则安知仁义之端，礼律之文？及至人不存，大道陵迟，乃始作文墨，以传其意；区别群物，使有类族；造立仁义，以婴其心；制其名分，以检其外；勤学讲文，以神其教。故《六经》纷错，百家繁炽，开荣利之途，故奔骛而不觉。是以贪生之禽，食园池之粱菽；求安之士，乃诡志以从俗。操笔执觚，足容苏息；积学明经，以代稼穑。是以困而后学，学以致荣，计而后习，好而习成，有似自然，故令吾之谓之自然耳。推其原也，《六经》以抑引为主，人性以从欲为欢。抑引则违其愿，从欲则得自然。然则自然之

主张自然而然，而非求名得实。

孔子说："学而时习之，不亦乐乎！"嵇康作《难自然好学论》非议其说，以为"六经纷错，百家繁炽，开荣利之途，故奔骛而不觉"。

得，不由抑引之《六经》；全性之本，不须犯情之礼律。故仁义务于理伪，非养真之要术；廉让生于争夺，非自然之所出也。由是言之，则鸟不毁以术驯，兽不群而求畜，则人之真性无为，正当自然，耽此礼学矣。论又云：‘嘉肴珍膳，虽所未尝，尝必美之，适于口也。处在暗室，睹烝烛之光，不教而悦得于心。况以长夜之冥，得照太阳，情变郁陶，而发其蒙，虽事以未来，情以本应，则无损于自然好学。’难曰：夫口之于甘苦，身之于痛痒，感物而动，应事而作，不须学而后能，不待借而后有，此必然之理，吾所不易也。今子以必然之理，喻未必然之好学，则恐似是而非之议，学如一粟之论，于是乎在也。今子立《六经》以为准，仰仁义以为主，以规矩为轩驾，以讲诲为哺乳，由其途则通，乖其路则滞。游心极视，不睹其外，终年驰骋，思不出位，聚族献议，唯学为贵，执书摘句，俯仰咨嗟，使服膺其言，以为荣华。故吾子谓《六经》为太阳，不学为长夜耳。今若以讲堂为丙舍，以诵讽为鬼语，以《六经》为芜秽，以仁义为臭腐；睹文籍则目瞧，修揖让则变伛，袭章服则转筋，谭礼典则齿龋，于是兼而弃之，与万物为更始。则吾子虽好学不倦，犹将阙焉，则向之不学，未必为长夜，《六经》未必为太阳也。俗语曰：‘乞儿不辱马医。’若遇上有无文之治，可不学而获安，不勤而得志，则何求于《六经》，何欲于仁义哉？以此言之，则今之学者，岂不先计

把《六经》比作太阳，不学为长夜，似矣，然未确也。后人常有申论，如段玉裁《十三经注疏释文校勘记序》：“《六经》，犹日月星辰也。如日月星辰则无寒暑昏明，无《六经》则无人道。”《六经》的意义自不必说，但说无《六经》则无人道，似过。不学为长夜，则至理名言也。

此俗语来自《列子·说符》篇：“齐有贫者，常乞于城市。城市患其亟也，众莫之与。遂适田氏之厩，从马医作役，而假食郭中。人戏之曰：‘从马知而食，不以辱乎？’乞儿曰：‘天下之辱莫过于乞。乞犹不辱，岂辱马医哉？’”

后世求学者，多乃趣名利之途使然。

而后学？苟计而后动，则非自然之应也。子之云云，恐故得菖蒲菹耳。”观此二文，足审嵇氏论文之体矣。

又案：魏晋文章，其文体与阮氏相近者，为伏义《答阮籍书》（见明刊本《阮嗣宗集》。义字公表）、张辽叔《自然好学论》（见明刊本《嵇中散集》。辽叔此文与阮为近）、刘伶《酒德颂》（见《晋书》。伶文惟传此篇，《世说·文学篇》以为意气所寄）、嵇叔良《阮嗣宗碑》（此文盖仿阮文为之），其与嵇氏相近者，厥惟向秀一人。向氏论文，其传于今者，虽仅《难嵇氏养生论》一篇（见《嵇中散集》），然其析理绵密，不减嵇氏诸难。（《隋志》有《向秀集》十二卷，知向氏之文，六朝之时传者甚众，然其所工，盖尤在析理一体。据《世说·言语篇》注引《向秀别传》谓：“弱冠著《儒道论》。”《世说·文学篇》又谓：“向秀于庄子旧注外为《解义》，妙析奇致，大畅玄风，郭象窃为己注。”是今所传《庄子注》，多属向氏之书也。）自是以外，若李康《运命论》、曹元首《六代论》，虽较汉人论体为恢，然与嵇、阮所作异也。

又案：嵇、阮学术文章，其影响及于当时及后世者，实与王、何诸人异派。据《世说·文学篇》谓袁彦伯作《名士传》，刘氏注云：“宏以夏侯太初、何平叔、王辅嗣为正始名士；阮嗣宗、嵇叔夜、山巨源、向子期、刘伯伦，阮仲容、王濬仲为竹林名士；

《酒德颂》：有大人先生者，以天地为一朝，万期为须臾，日月为扃牖，八荒为庭衢。行无辙迹，居无室庐，幕天席地，纵意所如。止则操卮执觚，动则挈榼提壶，唯酒是务，焉知其馀。有贵介公子，缙绅处士，闻吾风声，议其所以，乃奋袂攘襟，怒目切齿，陈说礼法，是非锋起。先生于是方奉罂承槽，衔杯漱醪，奋髯箕踞，枕曲藉糟。无思无虑，其乐陶陶，兀尔而醉，慌尔而醒。静听不闻雷霆之声，熟视不见太山之形，不觉寒暑之切肌，利欲之感情。俯观万物之扰扰，如江汉之载浮萍。二豪侍侧焉，如蜾蠃之与螟蛉。

李康《运命论》，《文选》所录，为当时名篇，运用史实证明“治乱，运也；穷达，命也；贵贱，时也”。王充《论衡·逢遇》、《累害》命意相近，故刘勰说“至如李康《运命》，同《论衡》而过之”。李善注引《集林》曰：“李康，字萧远，中山人也。性介立，不能和俗。著游山九吟，魏明帝异其文，遂起家为寻阳长。政有美绩。病卒。”又注运命曰“运谓五德更运，帝王所禀以生也。”

曹元首《六代论》，《文选》收录。

竹林七贤，《陈寅恪魏晋南北朝史讲演录》认为“是东晋好事者捏造出来的。‘竹林’并无其处”；“七贤所游‘竹林’，则为假托佛教名词，即‘Velu’或‘Veluvana’之译语，乃释迦牟尼说法处”。《寒柳堂集》第161页、《金明馆丛稿初编》第181页也认为“竹林之游”，“迨西晋之末僧徒比附内典外书之'格义'风气盛行，东晋初年乃取天竺'竹林'之名加于'七贤'之上，至东晋中叶以后江左名士孙盛、袁宏、戴逵辈遂著之于书"。

中朝名士，中朝，这里特指偏安江左的东晋。名士，《史记·律书》："自是之后，名士迭兴。"《正义》："蔡氏云：名士者，谓其德行贞绝，道术通明，王者不得臣而隐居不在位者也。贤者，名士之次，亦隐者也。"知名士居贤士之上，不仅仅是指有名之士。《世说新语·任诞》："王孝伯言：名士不必须奇才。但使常得无事，痛饮酒，熟读《离骚》，便可称名士。"

《晋纪》，干宝著，《晋书》本传载："著《晋纪》，自宣帝迄于愍帝，五十三年，凡二十卷。其书简略，直而能婉，咸称良史。"全书已佚，而《总论》保存在《文选》中。

裴楷则、乐彦辅、王夷甫、庾子嵩、王安期、阮千里、卫叔宝、谢幼舆为中朝名士。"此即嵇、阮诸人与王、何异之确证也。迄于西晋，一时文士，盖均承王、何之风，以辨析名理为主，即干宝《晋纪·总论》所谓"学者以庄老为宗，谈者以虚薄为辨"者也。故史册所载当时人士，或云通《老》、《易》，《老》、《庄》。如王衍妙善玄言，惟说《老》、《庄》为事（《晋书·王衍本传》）；裴楷特精《易》义（《世说·德行篇》注引《晋诸公赞》）；阮修好《老》、《易》，能言理（《世说·文学篇》注引《名士传》）；谢鲲性通简，好《老》、《易》（《文学篇》注引《晋阳秋》）；郭象能言《庄》、《老》（《世说·赏誉篇》注引《名士传》）；庾敳自谓老、庄之徒（《世说·文学篇》注引《晋阳秋》）是也。或以理识相高，如满奋清平有识（《世说·言语篇》注引荀绰《冀州记》），闾丘冲清平有鉴识（《世说·品藻篇》注引荀绰《衮州记》），乐广冲旷有理识（《世说·言语篇》注引虞预《晋书》），刘漠以清识为名（《世说·赏誉篇》注引《晋后略》），杨髦清平有贵识（《世说·品藻篇》注引《冀州记》）是也。或以善言名理相标，如裴頠善谈名理（《世说·言语篇》引王衍语，注引《冀州记》），王济能清言（《世说·言语篇》注引《晋诸公赞》），裴遐少有理称（《世说·文学篇》注引《晋诸公赞》），以辩论为业（《文学篇》注引邓粲《晋记》），王承言理辨物，但明旨要（《世说·品藻篇》注引

《江左名士传》),王敦少有名理(《文学篇》注引《敦别传》),蔡洪有才辩(《世说·言语篇》注引《洪集录》)是也。又据《世说·文学篇》注引《晋诸公赞》云:“自魏太常夏侯玄、步兵校尉阮籍等,皆著《道德论》,于时侍中乐广、吏部郎刘汉亦体道而言约,尚书令王夷甫讲理而才虚,散骑常侍戴奥以学道为业,后进庾敳之徒皆希慕简旷。裴頠疾世俗尚虚无之理,故著《崇有》二论以折之,才博喻广,学者不能究。”(《崇有论》见《晋书》。又《世说·文学篇》注引《惠帝起居注》云:“頠著二论以规虚诞之弊,文词精富,为世名论。”)又据《言语篇》注引《晋诸公赞》谓:“夷甫好尚清谈,为时人物所宗。”盖清谈之风成于王衍诸人,而溯其远源,则均王、何之馀绪,迄于裴頠、(《世说·文学篇》注引《晋诸公赞》谓:“裴頠谈理与王夷甫不相上下。”)乐广、卫玠(《世说·赏誉篇》注引《玠别传》云:“玠少有名理,善通《老》、《庄》。”《文学篇》注引《玠别传》云:“玠少有名理,善《易》、《老》。”)而其风大成。即王敦所谓“不悟永嘉之中,复开正始之音”者也(《世说·赏誉篇》注引《玠别传》)。故范宁之徒,即以王、何为罪人。孙盛《晋阳秋》亦曰:“正始中,王弼、何晏好《庄》、《老》之谈,而俗遂贵玄。”(《文选》注引)其他晋人所论,并与相同,均其证也。然王、何虽工谈论,及著为文章,亦为后世所取法。迄于西晋,则王衍、乐广之流,文藻鲜传于世,用是言

裴頠,字逸民,河东闻喜人。累迁侍中、尚书左仆射。后为赵王伦所杀。裴頠弘雅博学,颇能清言,善谈名理,时人称曰:“言谈之林薮。”《魏志·裴潜传》注称:“頠理具渊博,赡于论难,著《崇有》、《贵无》二论以矫虚诞之弊。文辞精富,为当世名论。”原有集三卷,今存文十三篇。

《崇有论》,乃有无之辨中的重要文章,谓“理之所体,所谓有也”。力斥“立言藉于虚无”、“处官不亲所司”。

语、文章，分为二途。（《世说·文学篇》谓："乐令善于清言，而不长于手笔。将让河南尹，请潘岳为表，述己所以为让，二百许语，潘直取错综，便成名笔。"又谓："太叔广甚辩给，而挚仲洽长于翰墨。每至公坐，广谈，仲洽不能对。退著笔难广，广又不能答。"又谓："江左殷太常父子并能言理，亦有辩讷之异。扬州口谈至剧，太常辄云：'汝更思吾论。'"是当时言语、文学分为二事。）惟出口成章，便成文彩（具见《晋书》及《世说》各书）。迄于宋、齐，其风未替，亦足窥当时之风尚矣。至当时之文，其确能祖述王、何文体者，惟石崇《巢许论》（其词曰："盖闻圣人在位，则群材必举，官才任能，轻重允宜。大任已备，则不抑大才使居小位；小才已极其分，则不以积久而令处过才之位。然则稷播嘉谷，契敷五教，皋陶、夔、龙，各已授职，其联属之官，必得其才，则必不重载兼置，斯可知也。巢、许则元、凯之俦。大位已充，则宜敦廉让以厉俗，崇无为以化世，然后动静之效备，隐显之功著。故能成巍巍之化，民莫能名，将何疑焉？"此文见《艺文类聚》引）以及郭象《庄子注序》、（《世说·文学篇》注引《文士传》："郭象作《庄子注》，最有清词道旨。"所评至尽，其序文尤佳。今录如下。其词曰："夫庄子者，可谓知本矣。故未始藏其狂言，言虽无会而独应者也。夫应而非会，则虽当无用；言非物事，则虽高不行。与夫寂然不动，不得已而后起

石崇《巢许论》，《艺文类聚》卷三十七作《许巢论》。

郭象注《庄子》，或谓窃向秀之成果。《世说新语·文学》："初，注《庄子》者数十家，莫能究其旨要。向秀于旧注外为解义，妙析奇致，大畅玄风。唯《秋水》、《至乐》二篇未竟而秀卒。秀子幼，义遂零落，然犹有别本。郭象者，为人薄行，有俊才，见秀义不传于世，遂窃以为己注。乃自注《秋水》、《至乐》二篇，又易《马蹄》一篇，其馀众篇，或定点文句而已。后秀别本出，故今有向、郭二《庄》，其义一也。"

者，固有间矣，斯可谓知无心者也。夫心无为则随感而应，应随其时，言唯谨尔。故与化为体，流万代而冥物，岂曾设对独遘，而游谈乎方外哉？此其所以不经而为百家之冠也。然庄生虽未体之，言则至矣。通天地之统，序万物之性，达死生之变，而明内圣外王之道，上知造物无物，下知有物之自造也。其言宏绰，其旨玄妙，至至之道，融微旨雅，泰然遣放，放而不敖，故曰不知义之所适，猖狂妄行，而蹈其大方，含哺而熙乎澹泊，鼓腹而游乎混芒，至人极乎无亲，孝慈终于兼忘，礼乐复乎已能，忠信发乎天光，用其光则其朴自成，是以神器独化于玄冥之境，而源流深长也。故其长波之所荡，高风之所扇，畅乎物宜，适乎民愿，弘其鄙，解其悬，洒落之功未加，而矜夸所以散。故观其书，超然自以为已，当经昆仑，涉太虚，而游恍惚之庭矣。虽复贪婪之人，躁进之士，而揽其馀芳，味其溢流，仿佛其音影，犹足旷然有忘形自得之怀，况探其远情而玩永年者乎？遂绵邈清遐，去离尘埃，而返冥极者也。"）欧阳建《言尽意论》（其词曰："有雷同君子问于违众先生曰：'世之论者，以为言不尽意，由来尚矣。至乎通才达识，咸以为然。若夫蒋公之论眸子，钟、傅之言才性，莫不引此为谈证，而先生以为不然，何哉？'先生曰：'夫天不言而四时成焉，圣人不言而鉴识存焉，形不待名而方圆已著，色不俟称而黑白以彰。然则名之于物无施者也，言之于

欧阳建，西晋诗人，渤海重合（今河北乐陵）人，世为当地豪族。曾为贾谧"二十四友"之一。永康元年(300)赵王伦政变，贾谧被杀，欧阳建等亦被收杀，临刑前作《临终诗》，后被收录到《文选》中，文甚凄楚。钟嵘《诗品》列入下品，称其"平典不失古体"。欧阳建为当时玄学家。写有《言尽意论》。诗亦为时人所称。有别集二卷，久佚。今存文二篇、诗二首。

言意之辨：《周易·系辞上》："子曰：书不尽言，言不尽意。然则圣人之意，其不可见乎？子曰：圣人立象以尽意，设卦以尽情伪，系辞焉以尽其言。"《庄子·外物》："筌者所以在鱼，得鱼而忘筌；蹄者所以在兔，得兔而忘蹄；言者所以在意，得意而忘言。"这就是所谓言意之辨的原来命题。王弼《周易略例·明象》说："夫象者，出意者也；言者，明象者也。尽意莫若象，尽象莫若言。言生于象，故可寻言以观象；象生于意，故可寻象以观意。意以象尽，象以言著。故言者所以明象，得象而忘言；象者所以存意，得意而忘象。"关键在"得象而忘言"、"得意而忘象"两句。欧阳建《言尽意论》，见《艺文类聚》十九、《世说·文学篇》注。

理无为者也。而古今务于正名,圣贤不能去言,其故何也?诚以理得于心,非言不畅;物定于彼,非名不辩。言不畅心,则无以相接;名不辩物,则鉴识不显。鉴识显而名品殊,言称接而情志畅。原其所以,本其所由,非物有自然之名,理有必定之称也。欲辩其实,则殊其名;欲宣其志,则立其称。名逐物而迁,言因理而变。此犹声发响应,形存影附,不得相与为二。苟其不二,则无不尽,吾故以为尽矣。'"此文亦见《艺文类聚》所引。)诸篇而已。

又案:西晋之士,其以嗣宗为法者,非法其文,惟法其行。用是清谈而外,别为放达。据《世说·德行篇》注引王隐《晋书》谓:"魏末,阮籍嗜酒荒放,露头散发,裸袒箕踞。其后贵游子弟阮瞻、王澄、谢鲲、胡毋辅之之徒,皆祖述于籍,谓得大道之本。"据《晋书》所载,则山简、张翰、毕卓、庾敳、光逸、阮孚之流,皆属此派,即傅玄所谓"魏氏虚无放诞之论,盈于朝野"(《文选·晋纪总论》注引干氏《晋纪》载玄上书),应詹所谓"以容放为夷达"(《文选·晋纪总论》注引刘谦《晋纪》所载詹表)是也。然山简以下,其文采亦少概见。其以文学著名者,首推张翰,(翰诗尤长于文。《文选》张季鹰《杂诗》注引王俭《七志》云:"翰字季鹰,文藻新丽。")次则谢鲲、阮孚而已。即其推论名理,亦出乐广诸人之下。

放达,《世说新语》专辟"任诞"一栏,即此类。

张翰,即见秋风起思家乡鲈鱼脍而命驾而归者。

丙　潘陆及两晋诸贤之文

《文选·文赋》李注引臧荣绪《晋书》曰：陆机字士衡，与弟云勤学，天才绮练，当时独绝，新声妙句，系踪张、蔡。

案：臧书以机文为"绮练"，所评至精。

《文选·籍田赋》注引臧荣绪《晋书》：潘岳字安仁，总角辩慧，摛藻清艳。

《世说·文学篇》引孙兴公(即孙绰)云：潘文烂若披锦，无处不善；陆文若排沙简金，往往见宝。又引孙兴公云：潘文浅而净，陆文深而芜。

案：刘注引《文章传》曰："机善属文。司空张华见其文章，篇篇称善，犹讥其作文大治，谓曰：'人之作文，患于不才，至子为文，乃患太多也。'"又引《续文章志》曰："岳为文，选言简章，清绮绝伦。"盖陆氏之文工而缛，潘氏之文虽绮而清，故孙氏论文，以为潘美于陆。(《御览》引《抱朴子》云："欧阳生曰：'张茂先、潘正叔、潘安仁文远过二陆。二陆文词源流，不出俗检。'")

又案：《世说·文学篇》注引《晋阳秋》曰："岳夙以才颖发名，善属文，清绮绝世，蔡邕不能过也。"亦以岳文为"清绮"，即《续文章志》之所本也。

《意林》、《北堂书抄》引葛洪《抱朴子》佚篇曰：吾见二陆之文，犹玄圃积玉，莫非夜光，方之他人，

西晋265—316，东晋317—420。

刘勰《文心雕龙》论及陆机的创作，常常用"繁"字来形容。如《史传篇》："至于晋代之书，繁乎著作，陆机肇始而未备。"《议对篇》："及陆机断议，亦有锋颖，而谀辞弗剪，颇累文骨。"《体性篇》："士衡矜重，故情繁而辞隐。"《镕裁篇》："至如士衡才优，而缀辞尤繁；士龙思劣，而雅好清省。"《才略篇》："陆机才欲窥深，辞务索广，故思能入巧，而不制繁。"《序志篇》："陆机(《文赋》)巧而碎乱。"在刘勰看来，陆机创作之"繁"主要集中在三个方面：第一是著作之繁，第二是文情之繁，第三是词藻之繁。

若江汉之与潢汙，及其精处，妙绝汉魏之人也。(又：每读二陆之文，未尝不废书而叹，恐其尽卷。又云：《陆子》十篇，词之富者，虽覃思不能损。)《文心雕龙·镕裁篇》曰：至如士衡才优，而缀辞尤繁；士龙思劣，而雅好清省。及云之论机，亟恨其多，而称清新相接，不以为病(案：见云集《与兄平原书》)。

陆云《与兄平原书》："云今意视文，乃好清省，欲无以尚，意之至此，乃出自然。"

《文心雕龙·才略篇》曰：陆机才欲窥深，辞务索广，故思能入巧，而不制烦。士龙朗练，以识检乱，故能布采鲜净，敏于短篇。

案：诸家所论，均谓士衡之文偏于繁缛。又《雕龙·定势篇》云："陆云自称往日论文，先词而后情，尚势而不取悦泽。及张公论文，则欲宗其言。(亦见《与兄书》。)可谓先迷后能从善。"亦足为士云之文定论(案：云集《与兄平原书》其中数首，于机文评论极当，允宜参考)。

《初学记》引李充《翰林论》：潘安仁为文，犹翔禽之羽毛，衣被之绡縠。

《文心雕龙·才略篇》曰：潘岳敏给，辞自和畅，钟美于《西征》，贾馀于哀诔，非自外也。

《文选·籍田赋》李善注引臧荣绪《晋书》称潘岳年少有才曰"总角辩慧，摛藻清艳"，乡里称为奇童。

案：彦和以"敏给"推岳，与《时序篇》义同。

《文心雕龙·体性篇》曰：安仁轻敏，故锋发而韵流；士衡矜重，故情繁而词隐。

案：六朝论西晋文学者，必以潘、陆为首。故《宋书·谢灵运传论》以为降及元康，潘、陆特秀；

《南齐书·文学传论》亦谓潘、陆齐名，机、岳之文永异也。然西晋一代，文士实繁。《雕龙·才略篇》于评论潘、陆外，又谓“张华短章，奕奕清畅”；“左思奇才，业深覃思，尽锐于《三都》，拔萃于《咏史》”。又谓“孙楚缀思，每直置以疏通；挚虞述怀，必循规以温雅，其品藻流别，有条理焉。傅玄篇章，义多规镜；长虞笔奏，世执刚中，并桢幹之实才，非群华之韡萼也。成公子安选赋而时美，夏侯孝若具体而皆微，曹摅清靡于长篇，季鹰辨切于短韵，各其善也。孟阳、景阳，才绮而相埒，可谓鲁卫之政，兄弟之文也。刘琨雅壮而多风，卢谌情发而理昭，亦遇之于时势也。”（以上均《雕龙》语）彦和所举，舍张华（张华之文，陆云《与兄平原书》评之甚详）、挚虞、傅玄、傅咸兼长学业（时学人工文者，别有皇甫谧、束皙、葛洪诸家），刘琨兼擅事功外，均以文学著名。彦和所未举者，别有应贞、潘尼、欧阳建、木华、王瓒诸人，亦长文学，今略摘史册所记，录之如左（张翰见前）：

应贞字吉甫　《三国志·王粲传》：贞以文章显。

孙楚字子荆　《晋书·楚传》载：王济铨楚品状云：天才英博。

张载字孟阳　《文选·七哀诗》注引臧荣绪《晋书》：载有才华。

张协字景阳，载弟　钟氏《诗品》谓：协诗雄于

钟嵘《诗品》列张华为中品：“其体华艳，兴托不奇，巧用文字，务为妍冶。虽名高曩代，而疏亮之士，犹恨其儿女情多，风云气少。”

三都，指魏、蜀、吴三都，因左思并未曾去过吴、蜀二地，因此他便诣时任著作郎的张载访岷邛之事，又据唐写本《文选集注》所载《文选钞》注引王隐《晋书》说，他还曾访问陆机询问有关吴地的事。可见左思写作《三都赋》所下过的功夫。

《咏史诗》八首是组诗，收录在《文选》中，具体的写作时间颇难确定，大约是不同时期、不同地点和不同心境的作品。

挚虞，字仲洽，京兆长安人。曾仿《离骚》作《思游赋》，后死于战乱。著有《决疑要注》、《三辅决录注》，最著名者为《文章流别论》。

刘琨，钟嵘《诗品》将刘琨与卢谌并列，称：“其源出于王粲。善为凄戾之词，自有清拔之气。琨既体良才，又罹厄运，故善叙丧乱，多感恨之词。中郎仰之，微不逮者矣。”

潘岳，靡于太冲，风流条达，实旷代之高手。（协弟亢，字季阳，与载、协并称三张。《晋书》谓其亦有文誉。）

潘尼字正叔，岳从子　《文选·赠陆机诗》注引《文章志》：尼有清才。

潘尼，钟嵘《诗品》："正叔绿蘩之章，虽不具美，而文彩高丽，并得虬龙片甲，凤凰一毛。事同驳圣，宜居中品。"

何邵字敬祖　《文选·游仙诗》注引臧荣绪《晋书》：邵博学多闻，善属篇章。

何邵，钟嵘《诗品》："笃而论之，朗陵为最。"何邵封为朗陵公，故称此。

左思字太冲　《世说·文学篇》注引《思别传》：博览名文，有文才。

夏侯湛字孝若　《世说·文学篇》引《文士传》：湛有盛才，文章巧思，名亚潘岳。（岳有《湛诔》。）

夏侯湛，钟嵘《诗品》："孝冲（古直谓当作孝若）虽曰后进，见重安仁。"

成公绥字子安　《文选·啸赋》注引臧荣绪《晋书》：绥少有俊才，辞赋壮丽。

成公绥，最著名的作品是《啸赋》。

嵇含字君道　《太平御览》引《嵇氏世家》：书檄云集，含不起草。（《北堂书钞》引《抱朴子》逸文：君道摛毫妙观，难与并驱。）

嵇含，嵇康之子。

曹摅字颜远　《太平御览》引《晋书》：摅诗文多雄才。

曹摅，钟嵘《诗品》："季伦（石崇）、颜远（曹摅），并有英篇。"

卢谌字子谅　《文选·览古诗》注引徐广《晋纪》：谌有才理。

欧阳建字坚石　《御览》引《欧阳建别传》：文词美赡，构理精微。

木华字玄虚　《文选·海赋》引傅亮《文章志》云：玄虚为《海赋》，文甚隽丽。

木华，《海赋》为其代表作。

王瓒字正长　《文选·杂诗》注引臧荣绪《晋书》:瓒博学有俊才。

又案:西晋人士,其于当时有文誉者,别有周处(石拓《周处碑》云:"文章绮合,藻思罗开。")、张畅(陆机《荐畅表》:"畅才思清敏。")、张赡(《晋书·陆云传》:"移书荐赡云:言敷其藻。又曰:篇章光觌。")、蔡洪(《世说·言语篇》注引洪集录:"洪有才辩。")、崔君苗(陆云《与兄平原书》:"君苗自复能作文。")诸人,其著作见《文选》者,见有石崇、枣据、郭泰机,其诗文集传于后世者,据《晋书》及《隋书·经籍志》所载,则王濬二卷、羊祜二卷以下,以及山涛五卷、杜预十八卷、司马彪四卷、何邵二卷、王浑五卷、王济二卷、贾充五卷、荀勖三卷、何曾五卷、裴秀三卷、裴楷二卷、刘毅二卷、庾峻二卷、薛莹三卷、盛彦五卷、刘实二卷、刘颂三卷、虞溥二卷、陈咸三卷、吴商五卷、曹志二卷、王沈五卷、卫展十五卷、江统十卷、庾儵二卷、袁准二卷、殷巨二卷、卞粹五卷、索靖三卷、嵇绍二卷、华峤八卷、江伟六卷、陆冲二卷、孙毓六卷、郭象二卷、裴頠九卷、山简二卷、庾敳五卷、邹谌三卷、王瓒五卷、张辅二卷、夏侯淳二卷、阮瞻二卷、阮修二卷、阮冲二卷、张敏二卷、刘宝三卷、宣舒五卷、谢衡二卷、蔡充二卷、刘弘三卷、牵秀四卷、卢播二卷、贾彬三卷、杜育二卷、孙惠十一卷、闾丘冲二卷之属,均有专集(又:左贵嫔集四卷,王浑妻钟琰集五卷,

王瓒,钟嵘《诗品》:"正长朔风之后,虽有累札,良亦无闻。"

周处碑,或疑伪托之作。

各家著述详细情况,参见姚振宗《隋书经籍志考证》以及日本学者兴膳宏、川合康三主编《隋书经籍志详注》等。

东晋文学，玄学、佛理均浸染其中，兴盛一时。

亦见《隋志》)，足征西晋文学之盛矣。

又案：东晋人士，承西晋清谈之绪，并精名理，善论难，以刘琰、王蒙、许询为宗，其与西晋不同者，放诞之风，至斯尽革。又西晋所云名理，不越老、庄。至于东晋，则支遁、法深、道安、惠远之流，并精佛理。故殷浩、郄超诸人，并承其风，旁迄孙绰、谢尚、阮裕、韩伯、孙盛、张凭、王胡之，亦均以佛理为主，息以儒玄；嗣则殷仲文、桓玄、羊孚，亦精玄论。大抵析理之美，超越西晋，而才藻新奇，言有深致，即孙安国所谓"南人学问，精通简要"(见《世说·文学篇》)也。故其为文，亦均同潘而异陆，近嵇而远阮。《文心雕龙·才略篇》曰："景纯艳逸，足冠中兴，《郊赋》既穆穆以大观，《仙诗》亦飘飘而凌云矣。庾元规之表奏，靡密以闲畅；温太真之笔记，循理而清通，亦笔端之良工也。孙盛、干宝，文胜为史，准的所拟，志乎典训，户牖虽异，而笔彩略同。袁宏发轸以高骧，故卓出而多偏；孙绰规旋以矩步，故伦序而寡状。殷仲文之孤兴，谢叔源之闲情，并解散辞体，缥缈浮音，虽滔滔风流，而大浇文意。"(以上均《雕龙》语)彦和所举，舍庾亮、温峤兼擅事功，孙盛、干宝尤长史才外，均以文学著名。(王隐诸人，亦长史才。)彦和所未举者，别有庾阐、曹毗、王珣、习凿齿、嵇含，亦长文学，今略摘史册所记，录之如左：

东晋史学也颇兴盛，参见胡宝国《汉唐间史学的发展》。

郭璞字景纯　《世说·文学篇》注引《璞别

传》：文藻粲丽，诗赋赞颂，并传于世。

袁弘字彦伯，小名虎　《世说·文学篇》注引《续晋阳秋》：虎少有逸才，文章绝丽。（钟氏《诗品》云："彦伯虽文体未遒，而鲜明紧健，去凡俗远矣。"）

孙绰字兴公　《世说·言语篇》注引《中兴书》：绰少以文称。

许询字玄度　《文选·杂体诗》注引《晋中兴书》：询有才藻，善属文。

庾阐字仲初　《世说·文学篇》注引《中兴书》：阐九岁便能属文。

曹毗字辅佐　《世说·文学篇》注引《中兴书》：毗好文籍，能属词。

王珣字元琳　《世说·文学篇》注引《续晋阳秋》：珣文高当世（《赏誉篇》注又引《续晋阳秋》："王珉才辞富赡。"珉字季琰，珣之弟）。

习凿齿字彦威　《世说·文学篇》注引《晋阳秋》：凿齿才情秀逸（《言语篇》注引《中兴书》："凿齿少以文称。"）。

殷仲文字仲文　《世说·文学篇》：仲文天才弘赡（注引《续晋阳秋》："仲文雅有才藻，著文数十篇。"）。

谢混字叔源　《文选·游西池诗》注引臧荣绪《晋书》：混善属文。

又案：东晋人士，其于当时有文誉者，别有孔

袁宏，今传著名作品为《后汉纪》，与此前荀悦《汉纪》合成双璧。

孙绰的代表作是《游天台山赋》，收录在《文选》而流传千古。《文心雕龙·诔碑》："孙绰为文，志在碑诔。"今存《丞相王导碑》、《太宰郗鉴碑》、《太尉庾亮碑》等，辞句清新，叙事简括。

谢混的代表作《游西池》，其中"水木湛清华"，水木清华，清华大学即取名于此。

顾恺之为当时著名画家，参见潘天寿专著《顾恺之》。

桓玄为当时著名的政治家，亦长文学。

坦（《世说·言语篇》注引王隐《晋书》："坦有文辩。"）、伏滔（《世说·言语篇》注引《中兴书》："滔少有才学。"）、袁乔（《世说·文学篇》注引《袁氏家传》："乔有文才。"）、杨方（《晋书·方传》载贺遁书："方文甚有奇致。"）、谢万（《世说·文学篇》注引《中兴书》："万善属文，能谈论。"）、顾恺之（《世说·文学篇》引《晋阳秋》："恺之博学有才气。"）、王修（《世说·赏誉篇》云："谢镇西道敬仁文学锹镞，无能不新。"敬仁，即修字。）、桓玄（《世说·文学篇》注引《晋安帝纪》："玄文翰之美，高于一世。"）。其诗文集传于后世者，据《晋书》及《隋志》所载，则彭城王纮二卷、谯王无忌九卷、会稽王道八卷、贺遁二十卷、顾荣五卷、周颤三卷、王导十一卷、王敦十卷、王廙三十四卷、应詹五卷、华谭二卷、郄鉴十卷、陶侃二卷、蔡谟四十三卷、刘隗二卷、刘超二卷、沈充二卷、卞壶二卷、荀崧一卷、殷蚀十卷、何允五卷、谷俭一卷、温峤十卷、傅纯二卷、梅陶二十卷、张闿二卷、诸葛恢五卷、戴邈五卷、王愆期一卷、熊远十二卷、孔坦十七卷、庾冰二十卷、庾翼二十二卷、谢尚十卷、江彪五卷、江逌九卷、桓温二十卷、殷浩五卷、范汪十卷、孔严十一卷、王彪之二十卷、荀组三卷、王旷五卷、张虞十卷、罗含三卷、王述五卷、王坦之七卷、郄愔四卷、范宁十六卷、顾和五卷、王濛五卷、李充十卷、王羲之十卷、虞预十卷、应亨二卷、孙统九卷、王胡之十卷、谢沈十卷、王忱五卷、李颙二十卷、庾和二卷、王洽五卷、郄超十卷、张望十二卷、范弘之六卷、刘恢二卷、徐禅六卷、王献之十卷、庾康之十卷、王谧十卷、殷允十卷、殷康五卷、黄整十卷、张凭五卷、徐彦十卷、庾统八卷、王恭五卷、孔汪十卷、应硕二卷、张悛五卷、韩伯十六卷、伏系之十卷、郑袭四卷、徐邈二十卷、戴逵十卷、袁崧十卷、殷仲堪十二卷、喻希一卷、苏希七卷、徐乾二十一卷、祖台之二十卷、何瑾十一卷、羊徽十卷、周祗二十卷、殷阐十卷，均有专集(又，傅统妻辛萧集一卷，王凝之妻谢道韫集三卷，陶融妻陈窈集一卷，徐藻妻陈玢集一卷，刘臻妻陈璆集七卷，刘柔妻王邵之集十卷，钮滔母孙琼集二卷，亦见《隋志》)。足征东晋文学之盛矣。

东晋涌现出许多女诗人，颇有特点，他们的生活与创作，《世说新语》以及当时的笔记多所记载。

丁　总论

《晋书·文苑传序》曰：金行纂极，文雅斯盛。张载擅铭山之美，陆机挺焚砚之奇，潘、夏连辉，颉颃名辈。至于吉甫、太冲，江右之才俊；曹毗、庾阐，中兴之时秀。信乃金相玉润，野会川冲。《晋书·夏侯湛、潘岳、张载等传论》曰：孝若掞蔚春华，时标丽藻；安仁思绪云骞，词锋景焕。贾论政范，源王化之幽赜；潘著哀词，贯人灵之情性。机文喻海，潘藻如江。

张载铭的代表作是《剑阁铭》，收录在《文选》而流传千古。李善注引臧荣绪《晋书》曰："张载父收为蜀郡太守，载随父入蜀，作《剑阁铭》。益州刺史张敏见而奇之，乃表上其文。世祖遣使镌石记焉。"

《宋书·谢灵运传论》曰：降及元康（晋惠帝年号），潘、陆特秀，律异班、贾，体变曹、王，缛旨星稠，繁文绮合，缀平台之逸响，采南皮之高韵，遗风馀烈，事极江右。在晋中兴，玄风独秀，为学穷于柱下，博物止于七篇，驰骋文词，义殚乎此。自建武暨于义熙，历载将百（建武，元帝年号），虽比响联词，波属云委，莫不寄言上德，托意玄珠，遒丽之词，无闻焉耳。仲文始革孙、许之风，叔源大变太元之气（太元，孝武年号）。

柱下，指老子，曾为周柱下史。

七篇，指庄子，《庄子》分内外篇，其中《内篇》多数学者认为出自庄子本人手笔，凡七篇。

案：休文以江左文学"遒丽无闻"，又谓"为学穷于柱下，博物止于七篇"，亦举其大要言之。若综观东晋诸贤，则休文之论，未为尽也。

《南齐书·文学传论》：属文之道，事出神思，感召无象，变化不穷。俱五声之音响，而出言异句；等万物之情状，而下笔殊形。吟咏规范，本之雅什，流分条散，各以言区。若陈思《代马》群章，王粲《飞鸾》诸制，四言之美，前超后绝。少卿离辞，五言才骨，难与争鹜。"桂林湘水"，平子之华篇；"飞馆玉池"，魏文之丽篆，七言之作，非此谁先？卿、云巨丽，升堂冠冕；张、左恢廓，登高不继，赋贵披陈，未或加矣。显宗之述傅毅，简文之摛彦伯，分言制句，多得颂体。裴颜内侍，无规凤池，子章以来，章表之选。孙绰之碑，嗣伯喈之后；谢庄之诔，起安仁之尘。颜延《杨瓒》，自比《马督》，以多称贵，归庄为允。王褒《僮约》，束皙《发蒙》，滑

陈思，曹植被封为陈思王。

少卿，苏武的字。世传苏武、李陵有赠答诗。

稽之流，亦可奇玮。五言之制，独秀众品。习玩为理，事久则渎。在乎文章，弥患凡旧，若无新变，不能代雄。建安一体，《典论》短长互出；潘、陆齐名，机、岳之文永异。江左风味，盛道家之言，郭璞举其灵变，许询极其名理，仲文玄气，犹不尽除，谢混情新，得名未盛颜、谢并起，乃各擅奇，休、鲍后出，咸亦标世。朱蓝共妍，不相祖述。

休、鲍，指汤惠休和鲍照。

案：萧氏亦以东晋文学变于殷仲文、谢混，与沈氏所论略同。

《文心雕龙·丽辞篇》曰：至魏晋群才，析句弥密，联字合趣，割毫析厘。然契机者入巧，浮假者无功。

《文心雕龙·情采篇》曰：后之作者，采滥忽真，远弃风雅，近师词赋。故体情之制日疏，逐文之篇愈盛。

《文心雕龙·练字篇》曰：自晋以来，用字率从简易。时并习易，人谁取难？今一字诡异，则群句震惊；三人弗识，则将成字妖矣！

案：晋文异于汉、魏者，用字平易，一也；偶语益增，二也；论序益繁，三也。彦和所论三则，殆尽之矣。

晋人用字简易，“时并习易”。晋宋以来，无不如此，如沈约即主张“三易”之说。

《文心雕龙·时序篇》曰：逮晋宣始基，景、文克构，并迹沉儒雅，而务深方术。至武帝惟新，承平受命，而胶序篇章，弗简皇虑。降及怀、愍，缀旒而已。然晋虽不文，人才实盛：茂先摇笔而散珠，太冲动墨而横锦；岳、湛曜联璧之华，机、云标二俊之采；应、傅、三张之徒，孙、挚、成公之属，并结藻清英，流韵绮靡。前史以为运涉季世，人未尽才，诚哉斯谈，可为叹息。元皇中兴，披文建学，刘、刁礼吏而宠荣，景纯文敏而优擢。逮明帝秉哲，雅好文会，升储御极，孳孳讲艺，练情于诰策，振采于辞赋，庾以笔才逾亲，温以文思益厚，揄扬风流，亦彼时之汉武也。及成、康促龄，穆、哀短祚，简文勃兴，渊乎清峻，微言精理，函满玄席，澹思浓采，时洒文囿。至孝武不嗣，安、恭已矣，其文史则有袁、殷之曹，孙、于之辈，虽才或浅深，珪璋足用。自中朝贵玄，江左称盛，因谈馀气，流成文体。是以世极迍邅，而辞意夷泰，诗必柱下之旨归，赋乃漆园之义疏。故知文变染乎世情，兴废系乎时序，原始以要终，虽百世可知也。

案：《雕龙》此节推论两晋文学之变迁，最为详尽。

魏慕汉风，晋望魏采：三国文学多承两汉雄风，两晋文人更重魏人文采。

《文心雕龙·通变篇》曰：魏之篇制，顾慕汉风。晋之词章，瞻望魏采。

又曰：魏、晋浅而绮。

案：《雕龙·通变篇》所论，于魏、晋文学亦得大凡。

隐秀，张戒《岁寒堂诗话》引《文心雕龙·隐秀篇》："情在词外曰隐，状溢目前曰秀。"

又案：晋人文学，其特长之处，非惟析理已也。大抵南朝之文，其佳者必含隐秀，然开其端者，实惟晋文。又出语必隽，恒在自然，此亦晋文所特擅。齐、梁以下，能者鲜矣（彦和以魏、晋之文为浅者，亦以用字平易，不事艰深，即《练字篇》所谓“自晋以来，用字率从简易”也）。

《文心雕龙·诠赋篇》曰：太冲、安仁，策勋于鸿规；士衡、子安，底绩于流制。景纯绮巧，缛理有馀；彦伯梗概，情韵不匮（案：晋人词赋传今较多，惟张华、潘尼、夏侯湛、二傅、二张、孙楚、挚虞、束皙、嵇含、曹毗、顾恺之诸人）。

案：东汉以来，词赋虽逞丽词，左思《三都》矫之，悉以征实为主。自是以降，则庾阐《扬都》，于当时最有盛誉。然孙绰《天台山赋》，词旨清新，于晋赋最为特出。其他诸家所作，大抵规模前作，少有新体。其与时作稍异者，惟曹摅《述志赋》、庾敳《意赋》而已。

《世说·文学篇》注引《续晋阳秋》论许询曰：自司马相如、王褒、扬雄诸贤，世尚赋颂，皆体则《诗》、《骚》，傍综百家之言。及至建安，而诗章大盛。逮乎西朝之末，潘、陆之徒，虽时有质文，而宗归不异也。正始中，王弼、何晏好庄、老玄胜之谈，而世遂贵焉。至过江，佛理尤盛。故郭璞五言，始会合道家之言而韵之。询及太原孙绰，转相祖尚，又加以三世之辞，而《诗》、《骚》之体尽矣。询、绰并为一时文宗，自此作者悉体之，至义熙中，谢混始改（《世说·文学篇》亦云：“简文称许掾云：‘玄度五言诗，可谓妙绝时人。’”）。

《诗品》以孙绰、许询并列在下品，称“孙、许弥善恬淡之词”。晋简文帝称“许玄度五言诗，可谓妙绝时人”。原有集八卷，久佚。今存诗二首，见《先秦汉魏晋南北朝诗》，已经很难看出影响一代文风的玄言风貌。存文二篇，都是铭文。其一《墨麈尾铭》，其二《白麈尾铭》，表现魏晋清谈时名士必备的麈尾的物态，寄托其委运自然的情思，也颇见情志。见《全上古三代秦汉三国六朝文》。

《宋书·谢灵运传论》称：“叔源大变太元之气。”《南齐书·文学传论》又说：“谢混情新，得名未胜。”

《文心雕龙·明诗篇》曰：晋世群才，稍入轻绮。张、潘、左、陆，比肩诗衢。采缛于正始，力柔于建安，或析文以为妙，或流靡以自妍，此其大略也。江左篇制，溺乎玄风，嗤笑徇务之志，崇盛亡机之谈。袁、孙以下，虽各有雕采，而辞趣一揆，莫与争雄。所以景纯仙篇，挺拔而为俊矣。宋初文咏，体有因革；庄、老告退，而山水方滋。

山水文学的兴起，其实很早。钱钟书《管锥编》论《楚辞章句》多有论述。而山水诗的大规模登陆文坛，确实始于东晋晚期，尤以庾阐、殷仲文和谢混等人为代表，最终完成于谢灵运。详见《南齐书·文学传论》论述。

案：晋代之诗如张华、张载之属，均与士衡体近。然左思、刘琨、郭璞所作，浑雄壮丽，出于嗣宗。东晋之诗，其清峻之篇，大抵出自叔夜。惟许询、支遁所作，虽多玄言，其体仍近士衡。自渊明继起，乃合嵇、阮之长，此晋诗变迁之大略也。

元好问《论诗绝句三十首》："一语天然万古新，豪华落尽见真纯。北窗白日曦皇上，未害渊明是晋人。"

《文心雕龙·乐府篇》曰：逮于晋世，则傅玄晓音，创定雅歌，以咏祖宗；张华新篇，亦充庭万。然杜夔调律，音奏舒雅，荀勖改悬，声节哀急，故阮咸讥其离声，后人验其铜尺，和乐精妙，固表里而相资矣。

《晋书·乐志》："及晋武受命之初，百度草创。泰始二年，诏郊祀明堂礼乐，权用魏仪。……但改乐章而已。使傅玄为之词云。"所作《祠宣皇帝登歌》、《祠景皇帝登歌》等都是祭祖之词。此外，傅玄的诗歌创作亦以乐府最为杰出。

案：本篇又谓"子建、士衡咸有佳篇，并无诏伶人，故事谢丝管"。盖歌行或不入乐，自魏、晋始。

《文心雕龙·颂赞篇》：魏晋辨颂，鲜有出辙。陆机积篇，惟《功臣》最显，其褒贬杂居，固末代之讹体也。

又云：景纯注《雅》，动植赞之，义兼美恶，亦犹颂之变耳。

郭璞知识渊博，精通古文字及训诂之学，曾对《周易》、《尔雅》、《山海经》、《楚辞》等古书作过注释。其中《尔雅注》和《山海经注》一直流传至今，是今人研究这两部书的依据。郭璞还精于历算及术数之学，以善于卜筮闻名。

《文心雕龙·铭箴篇》：张载《剑阁》，其才清采，迅足骎骎，后发前至，勒铭岷、汉，得其宜矣。

又云：至于潘勖《符节》，要而失浅；温峤《傅臣》，博而患繁。王济《国子》，引广事杂；潘尼《乘舆》，义正体芜。凡斯继作，鲜有克衷。（此段论箴。）

《文心雕龙·诔碑篇》曰：孙绰为文，志在碑诔，温、王、郄、庾，词多枝杂，《桓彝》一篇，最为辨裁。

案：晋人碑铭之文，如傅玄《江夏任君墓铭》、孙楚《牵招碑》、潘岳《杨使君碑》、潘尼《杨萧侯碑》、夏侯湛《平子碑》，均以汉作为楷模，然气清辞畅，则晋贤之特色，非惟孙绪、王导、郄凿、庾亮、庾冰、褚褒诸碑已也。（彦和以为枝杂，持论稍过。）碑铭以外，颂之佳者，则有江伟《傅浑颂》、孙绰《徐君颂》诸篇。（陆云《盛德》诸颂以及潘尼《释奠颂》，过于繁富。）箴之佳者，则有陆云《逸民箴》、李充《学箴》诸作。赞自夏侯湛《东方朔画赞》、袁弘《三国名臣赞》外，若庾亮《翟征君赞》、戴逵《闲游赞》，均有可观。（孙绰《列仙传》诸赞、郭元伯《列仙传赞》，均与郭氏赞体同。又陆云《登遐颂》，亦赞体。）诔则左贵嫔《元皇后诔》、陆机《愍怀太子诔》，（陆云各诔尤繁。）文之尤善者也。

王隐《晋书》：潘岳善属文，哀诔之妙，古今莫比，一时所推。《文心雕龙·祝盟篇》曰：潘岳之祭庾妇，奠祭之恭哀也。《文心雕龙·哀吊篇》：建安

《符节箴》、《国子箴》已亡佚。《侍臣箴》、《乘舆箴》今存。

《桓彝碑》已亡佚。

潘岳悼亡最为著名，《悼亡诗》表现夫妻永诀之情，呻吟反复，触景皆情。他的辞赋碑诔也善于写哀情。他的作品传下来的有《寡妇赋》、《悼亡赋》、《杨荆州诔》、《杨仲武诔》、《伤弱子哀辞》、《金鹿哀辞》、《阳城刘氏妹哀辞》、《哀永逝文》、《哭弟文》等。刘师培《〈文心雕龙·诔碑篇〉口义》逐句分析了潘岳《杨仲武诔》、《夏侯常侍诔》、《马汧督诔》等。参见书末附录。

哀词，惟伟长差善，《行女》一篇，时有恻怛。及潘岳继作，实踵其美。观其虑善辞变，情洞悲苦，叙事如传，结言摹诗，促节四言，鲜有缓句，故能义直而文婉，体旧而趣新，《金鹿》、《泽兰》，莫之或继也。

又云：陆机之《吊魏武》，序巧而文繁。

案：晋代祭文传于今者，若庾亮《祭孔子文》、周祗《祭梁鸿文》（庾文清约，周文畅逸）。吊文传于今者，若李充《吊嵇中散文》、嵇含《吊庄周文》，均为佳作。惟晋人文集所载，别有吊书（如《陆云集·吊陈永长书》五首、《吊陈伯华书》二首是也）、哀策文（张华、武帝及元皇后哀策文、潘岳《景献皇后哀策文》、郭璞《元帝哀策文》、王珣《孝武帝哀策》是也。）各体，文亦多工。

李充《吊嵇中散文》，见《太平御览》五九六引。

嵇含《吊庄周文》，收在《晋书·嵇含传》。

《文心雕龙·诏策篇》曰：晋氏中兴，惟明帝崇才，以温峤文清，故引入中书。自斯以后，体宪风流矣。（《艺文类聚》引《晋中兴书》："明帝元年，以峤为中书令，所下手诏，有'文清旨远，宜居机密'之语。"）

又云：教者效也。若诸葛孔明之详约，庾稚恭之明断，并理得而辞中，教之善也。

《文心雕龙·檄移篇》曰：陆机之《移百官》，言约而事显。

陆机《移百官》，文已散佚。

案：晋代诏书，前后若一，惟明帝《讨钱凤诏》、简文帝《优恤兵士诏》（晋明帝、简文帝、孝武帝均有文集），较为壮美。诏书而外，教之佳者，王沈、虞溥、庾亮也；檄之佳者，庾阐、袁豹也。

《文心雕龙·论说篇》：迄至正始，务欲守文，何晏之徒，始盛玄论，于是聃、周当路，与尼父争途矣。详观兰石之《才性》，仲宣之《去伐》，叔夜之《辨声》，太初之《本玄》，辅嗣之两例，平叔之二论，并师心独见，锋颖精密，盖人伦之英也。至如李康《运命》，同《论衡》而过之；陆机《辨亡》，效《过秦》而不及，然亦其美矣。次及宋岱、郭象，锐思于几神之区；夷甫、裴頠，交辨于有无之域，并独步当时，流声后代。然滞有者全系于形用，贵无者专守于寂寥，徒锐偏解，莫诣正理。动极神源，其般若之绝境乎！逮江左群谈，惟玄是务，虽有日新，而多抽前绪矣。

案：晋代论文，其最为博大者，惟陆机《辨亡》、《五等》，干宝《晋纪·总论》诸篇。东晋之世，则纪瞻《太极》、庾阐《蓍龟》、殷浩《易象》、罗含《更生》、韩伯《辨谦》、支遁《逍遥》，均理精词隽，不事繁词。又，张韩《不用舌论》、王修《贤才论》、袁弘《去伐》、《明谦》二论、孙盛《太伯三让》、《老聃非大贤论》、戴逵《放达为非道论》、《释疑论》、殷仲堪《答桓玄四皓论》，亦均清颖有致，雅近王、何。若孙绰《喻道》，体近于嵇；王坦之《废庄》，体近于阮，亦其选也。至若刘寔《崇让》、潘尼《安身》，虽为史书所载，然文均繁缛。其论事之文，以江统《徙戎》、伏

《辨亡论》，见《文选》收录。《晋书》本传："机以祖父世为将相，有大勋于江表，深慨孙皓举而弃之，乃论权所以得，皓所以亡，又欲述祖父功业，作《辨亡》二篇。"

《五等论》，收录在《文选》，又称《五等诸侯论》。李善注："五等，公侯伯子男也。言古者圣王立五等以治天下，至汉封树，不依古制，乃作此论。"与柳宗元《封建论》为前后名文。

《徙戎论》，元康末，氐人反。九年，氐帅齐万年被擒，江统上此文，以为当徙氐、羌、匈奴等于边城，为当时名文。

滔《正淮》为尤善。择而观之,可以得作论之式矣。

《文心雕龙·奏启篇》:晋氏多难,灾屯流移。刘颂殷勤于时务,温峤恳切于费役,并体国之忠规矣。

又云:傅咸劲直,而按词坚深;刘隗切正,而劾文阔略,各其志也。

《文心雕龙·议对篇》:何曾蠲出女之科,秦秀定贾充之谥,事实允当,可谓达议体矣(《御览》引李充《翰林论》云:"驳不以华藻为先。傅长虞每奏驳事,为邦之司直矣。")。

又云:陆机断议,亦有锋颖,而谀词弗翦,颇累风骨(《初学记》引李充《翰林论》云:"士衡之议,可谓成文矣。")。

《文心雕龙·章表篇》:晋初笔札,则张华为俊。其三让公封,理周辞要,引义比事,必得其偶,世珍《鷦鹩》,莫顾章表。及羊公之辞开府,有誉于前谈;庾公之让中书,信美于往载,序志显类,有文雅焉。刘琨《劝进》,张骏《自序》,文致耿介,并陈事之美表也(《御览》引《翰林论》:"裴公之辞侍中,羊公之让开府,可谓德音。")。

案:昭明《文选》于晋人之文,惟录张悛、桓温诸表。然晋代表疏,或文词壮丽(如卢谌《理刘司空表》、刘琨《劝进表》是也),或择言雅畅(如王导《请修学校疏》、孙绰《请移都洛阳疏》是也),其弊或流于烦冗(刘毅《请罢中正疏》、刘颂《治淮南

张悛《为吴令谢询求为诸孙置守冢人表》,收录在《文选》。李善注孙盛《晋阳秋》曰:"张悛,字士然,吴国人也。元康中,吴令谢询表为孙氏置守冢人,悛为其父,诏从之。晋百官名曰:悛为太子庶子。"

刘琨《劝进表》,收录在《文选》。李善注:"何法盛《晋书》曰:刘琨连名劝进,中宗嘉之。《晋纪》曰:刘琨作劝进表,无所点窜,封印既毕,对使者流涕而遣之。"

疏》)，为汉、魏所无。又，晋代学人，如司马彪、傅咸、吴商、孙毓、束皙、挚虞、虞潭、虞喜、蔡谟、贺循、王敞、何琦、范汪、范宁、王彪之、范宣、徐邈、谢沈、郑袭之伦，其议礼之文，明辩畅达，亦文学之足述者也。

《文心雕龙·书记篇》曰：嵇康《绝交》，实志高而文伟矣；赵至《叙离》，乃少年之激切也。

又云：刘廙《谢恩》，喻切以至；陆机《自理》，情周而巧，笺之为善者也。

案：晋人之书，或质(如《法书要录》阁帖所载诸王诸帖，及陆云与兄书。)或文，(如赵至《与嵇茂齐书》、辛旷《与皇甫谧书》、孙楚《为石仲容与孙皓书》。)其辩论义理，(如罗含《答孙安国书》、孙盛《与罗君章书》、戴逵《答周居王书》、王洽《与林法同书》、王谧答桓玄诸书、桓玄与慧远、王谧各书是。)亦汉、魏所无。

《文心雕龙·杂文篇》曰：景纯《客傲》，情见而采蔚；庾敳《客咨》，意荣而文悴。

又云：自桓麟《七说》以下，左思《七讽》以上，枝附影从，十有馀家。或文丽而义睽，或理粹而辞驳。

又云：自《连珠》以下，拟者间出。惟士衡运思，理新文敏，而裁章置句，广于旧篇。

案：晋代杂文传于今者，如夏侯湛《抵疑》、束景玄《居释》、王沈《释时论》、曹毗《对儒》，均为设

嵇康《与山巨源绝交书》，收录在《文选》中。李善注引《魏氏春秋》曰："山涛为选曹郎，举康自代。康答书拒绝，因自说不堪流俗，而非薄汤、武。大将军闻而恶焉。"王世贞《艺苑卮言》卷三云："嵇叔夜土木形骸，不事雕饰，想于文亦尔。如《养生论》、《绝交书》，类信笔成者。或遂重犯，或不相续。然独造之语，自是奇丽超逸，览之跃然而醒。"

《客傲》写客人讥笑郭生自以才高而名位微末，郭生答以各人志趣不同。

七体，枚乘所创。《文心雕龙·杂文》评为"腴辞云构，夸丽风骚"。《七发》问世后，模仿者络绎不绝。仅唐代以前模仿《七发》的作者就不下四十馀家。《文选》专设"七"类。除《七发》外，还收录有曹植《七启》、张协《七命》等三篇。其影响之久远，于此可见一斑。

连珠，扬雄所创。《文心雕龙·杂文》："扬雄覃思文阔，业深综述，碎文璅语，肇为连珠，其辞虽小而明润矣。……自连珠以下，拟者间出。杜笃贾逵之曹，刘珍潘勖之辈，欲穿明珠，多贯鱼目。可谓寿陵匍匐，非复邯郸之步，里丑捧心，不关西施之嚬矣。唯士衡运思，理新文敏，而裁章置句，广于旧篇。岂慕朱仲四寸之珰乎！夫文小

论。(又:王该《日烛》,体虽特创,亦设论之变体。)自是以外,《骚》莫高于《九愍》(陆云作),"七"莫高于《七命》(张协作),《连珠》舍士衡所作外,传者鲜矣。

《文心雕龙·谐隐篇》曰:潘岳《丑妇》之属,束皙《卖饼》之类,尤而效之,盖以百数。魏晋滑稽,盛相驱扇。

案:晋人之文,如张敏《头责子羽文》、陆云《嘲褚常侍》、鲁褒《钱神论》,亦均谐文之属。

《文心雕龙·史传篇)曰:《后汉)纪传,发源《东观》。袁、张所制,偏驳不伦;薛、谢之作,疏谬少信。若司马彪之详实,华峤之准当,则其冠也。(袁谓袁弘,张谓张璠、张莹,谢谓谢承、谢沈,薛谓薛莹。)

又云:魏代三雄,记传互出。《阳秋》、《魏略》之属,《江表》、《吴录》之伦,或激抗难征,或疏阔寡要。惟陈寿《三志》,文质辨洽。(《阳秋》,谓习凿齿《汉晋阳秋》,非谓孔衍《汉魏春秋》及孙盛《魏氏春秋》也;《魏略》,谓鱼豢《魏略》;《江表传》,虞溥撰;《吴录》,张勃撰。)

又云:晋代之书,繁乎著作。陆机肇始而未备,王韶续末而不终。干宝述《纪》,以审正得序;孙盛《阳秋》,以约举为能。(《才略篇》:"孙盛、干宝,文盛为史。"与此互见云。)

又云:邓粲《晋纪》,始立条例。又撮略汉、魏,

易周,思闲可赡。足使义明而词净,事圆而音泽,磊磊自转,可称珠耳。"《玉海》卷五三"艺文"类"汉连珠"有著录。

潘岳《丑妇赋》已佚。

束皙《饼赋》形容中带有嘲戏。

《头责子羽》,《世说新语·排调》刘注引《张敏集》详载其文。

《钱神论》,见《晋书》本传记载,文中有"亲之如兄,字曰孔方"诸语,故后世因称银钱为"孔方兄"。

宪章殷、周。及安国（即孙盛）立例，乃邓氏之规。

案：彦和此篇，于晋人所撰史传，舍推崇陈寿《三志》外，其属于后汉者，则崇司马彪、华峤之书，（司马彪撰《续汉书》，起于世祖，终于孝献，为纪志传八十篇，见《晋书·彪传》。华峤作《后汉书》，为帝纪十二卷，皇后纪二卷，十典十卷，传七十卷，及三谱序传目录，凡九十七卷，见《晋书·峤传》。今惟彪书八志存）谓胜袁（弘，著《后汉纪》）、谢（吴谢承著《后汉书》百三十卷，晋谢沈作《后汉书》八十五卷及外传）、薛（薛莹，撰《后汉纪》百卷）、张（张莹，撰《后汉南纪》五十五卷；张璠，撰《后汉纪》三十卷）、诸作（晋袁山松亦撰《后汉书》）。其属于晋代者，惟举陆（机，撰《晋纪》四卷，《史通》谓其直叙其事，竟不编年）、干（宝，作《晋纪》二十卷，《晋书》谓其书简略，直而能婉）、邓（粲，撰《晋纪》十一卷）、孙（盛，撰《晋阳秋》三十二卷，《晋书》谓其词直理正）、王（宋王韶之，撰《晋安纪》十卷）五家。于王隐（隐撰《晋书》九十三卷）、虞预（预撰《晋书》四十四卷）、朱凤（凤撰《晋书》十四卷）、曹嘉之（嘉之作《晋纪》十卷）之书，则略而弗举。是犹论魏、吴各史，深抑《阳秋》（习凿齿撰《汉晋阳秋》四十七卷）、《吴录》（张勃作《吴录》三十卷）诸书也（晋环纪亦撰《吴纪》九卷）。刘氏《史通》外篇谓："中朝华峤、陈寿、陆机、束晳，江左王隐、虞预、干宝、孙盛，并史官之尤美，著作之茂撰。"亦与彦和之说互

诸家《后汉书》，除袁宏《后汉纪》、范晔《后汉书》比较完整保存外，其馀均散佚。周天游在清人汪文台《七家后汉书》辑本基础上成《八家后汉书辑注》。

诸家《晋书》，清人汤球辑为《九家旧晋书辑本》。

明。故《史通》一书，于晋人所作，惟推华峤（内篇谓：“班固、华峤、予长之流。”又谓：“创纪传者五家，推其所长，华氏居最。”）、干宝（《序例篇》谓：“令升先觉，远绍丘明，重立凡例，勒成《晋纪》，邓、孙以下，遂蹑其踪。”又谓：“干宝理切多功。”），于王隐、何法盛、孙盛、习凿齿、邓粲均有微词（《书事篇》谓：“王隐、何法盛专访州闾细事，委巷琐言，聚而编之。”《采撰篇》谓：“盛述《阳秋》，以刍荛鄙说，列为竹帛正言。”《论赞篇》谓：“孙安国都无可采，习凿齿时有可观。”《序例篇》谓：“邓粲词烦寡要。”均其证也）。盖汉、魏以降，史传一体，均由实趋华，而史才则有高下也（《史通·烦省篇》谓：“魏、晋以还，烦言弥甚。”《模拟篇》谓：“自魏以前，多效二史，从晋已降，喜学五经。”又谓：“编字不只，捶句必双。”均足为晋人史传定评）。

《文心雕龙·诸子篇》：两汉以后，体势漫弱，虽明乎坦途，而类多依采。

案：晋人所撰子书，文体亦异。其以繁缛擅长者，则有葛洪《抱朴子外篇》；其质实近于魏人者，则有傅玄《傅子》及袁准《正论》。自是以外，若陆云（著《陆子新书》）、杨泉（著《物理论》）、杜夷（著《幽求子》）、华谭、孙绰（谭作《新论》，绰作《孙子》）、苏彦（著有《苏子》），均著子书。然隋、唐以下，存者仅矣。

又案：晋人论文之作，以陆机之赋为最先，观

《抱朴子》分内外篇，《晋书》本传引其自序：“故予所著子，言黄白之事，名曰内篇；其馀驳难通释，名曰外篇。大凡内外一百一十六篇。”《内篇》谈神仙家言，《外篇》“言人间得失，世事臧否”。

《傅子》，分内、外、中三篇，凡有四部、六录，共百四十首，数十万言。全书已佚，严可均辑本收录在《全晋文》。

其所举文体，惟举赋、诗、碑、诔、铭、箴、颂、论、奏、说，不及传、状之属，是即文、笔之分也。又，陆云《答兄平原书》，多论文之作，于文章得失，诠及细微；其于前哲，则伯喈、仲宣之作，多所诠评；其于时贤，则张华、成公绥、崔君苗之文，并多评核。二陆工文，于斯可验。自是以外，其论及文体正变及各体源流者，晋人撰作，亦多可采：如傅玄《七谟序》、《连珠序》，推论二体之起源，旁及汉、魏作者之得失（均见《艺文类聚》引）；皇甫谧《三都赋序》（《文选》）、左思《三都赋序》（《文选》）、卫权《三都序略解序》、刘逵《蜀都吴都赋注序》（并见《晋书·思传》），推论赋体之起源，与汉儒“铺陈”之训，宛为符合（又，郭象文《碑铭论》，今不传）。其著为一书者，则有挚虞《文章流别论》二卷，今群书所引尚十馀则（见严辑《全晋文》），于诗、赋、箴、铭、哀、词、颂、七、杂文之属，溯其起源，考其正变，以明古今各体之异同，于诸家撰作之得失，亦多评品，集古今论文之大成。又，李充《翰林论》五十四卷，今群书所引亦仅七则（见《全晋文》），大抵于各体之文，均举佳篇为式。彦和论文，多所依据，亦评论文学之专书。汇而观之，足知晋代名贤于文章各体研核至精，固非后世所能及也。

现存《文赋》最早的传本都是唐人所编录：一是陆柬之抄本，现藏台湾故宫博物院，上海书画出版社1978年据照版影印发行；二是《文选》辑本；三是《文镜秘府论》本；四是《艺文类聚》本。《文赋》的译注本有两种：一是北京出版社出版的张怀瑾《文赋译注》，一是中州古籍出版社出版的周伟民《文赋注释》。两书重点在普及，较有学术价值的是上海古籍出版社出版的张少康《文赋集释》。

《文章流别论》，《晋书·挚虞传》载：“虞撰《文章志》四卷……又撰古文章，类聚区分为三十卷，名曰《流别论》，各为之论，辞理惬当，为世所重。”《隋书·经籍志》著录挚虞《文章流别集》四十一卷，《文章流别志·论》二卷。此由来看，《文章流别集》应是文章选本，《隋书·经籍志》冠于总集之首。据《晋书》所说，“论”大概是原附于《集》的，又摘出别行，成为文体专论。两书久佚，今存为辑本。

《翰林论》，《隋书·经籍志》著录五十四卷，《翰林》当是文章总集。“论”则是评论部分的集成。书已久佚。

第五课　宋齐梁陈文学概略

宋齐梁陈，始于公元420年刘裕代晋，止于公元589年隋文帝灭陈。

中国文学，至两汉、魏、晋而大盛，然斯时文学，未尝别为一科（故史书亦无《文苑传》），故儒生学士，莫不工文。其以文学特立一科者，自刘宋始。考之史籍，则宋文帝时，于儒学、玄学、史学三馆外，别立文学馆（《宋书》本纪），使司徒参军谢元掌之（《南史·雷次宗传》）。明帝立总明观，分儒、道、文、史、阴阳为五部（《宋书》本纪），此均文学别于众学之征也。故《南史》各传，恒以“文史”、“文义”并词，而“文章志”诸书，亦以当时为最盛（《文章志》始于挚虞，嗣则傅亮著《续文章志》，宋明帝撰《江左文章志》，沈约作《宋世文章志》，均见《隋书·经籍志》，今遗文时见群书所引）。更即簿录之学言之：晋荀勖因魏《中经》区书目为四部，其丁部之中，诗、赋、图赞，仍与汲冢书并列；自齐王俭撰《七志》，始立“文翰”之名；梁阮孝绪撰《七录》，易称“文集”（《七录》序云：“王以诗赋之名，不兼馀制，故改为文翰。窃以顷世文词，总谓之集，变翰为集，于名尤显。故序‘文集录’为内篇第四。”），而“文集录”中，又区楚辞、别集、总集、杂文为四

玄、儒、史、文四馆开设于宋文帝元嘉十五年（438），见《宋书·雷次宗传》。

总明观立于宋明帝泰始六年（470），置东观祭酒、访举各一人，举士二十人，分为儒、道、文、史、阴阳五部学。见《南史·宋明帝纪》。

荀勖（217—288）字公曾，颍川颍阴人。曹魏时期著名学者。十馀岁能文，为外祖钟繇所赏识。嘉平元年（249），曹爽被司马懿所杀，门生故吏无敢赴丧者，荀勖独吊之。曾与张华等依刘向《别录》整理内府藏书，撰为目录《中经簿》，分为四部。又撰有《杂撰文章家集叙》十卷，别集三卷。

部，此亦文学别为一部之证也。

今将由宋迄陈文学，区为三期：一曰宋代，二曰齐、梁，三曰陈代。

甲　宋代文学

《文心雕龙·才略篇》：宋代逸才，辞翰鳞萃。

《文心雕龙·通变篇》：宋初讹而新。

《宋书·谢灵运传论》：爰逮宋氏，颜、谢腾声。灵运之兴会飙举，延年之体裁明密，并方轨前秀，垂范后昆。

《文心雕龙·时序篇》：自宋武爱文，文帝彬雅，秉文之德。孝武多才，英采云构。自明帝以下，文理替矣。尔其缙绅之林，霞蔚而飙起，王、袁联宗以龙章，颜、谢重叶以凤采，何、范、张、沈之徒，亦不可胜数也。

《齐书·文学传论》曰：颜、谢并起，乃各擅奇；休、鲍后出，咸亦标世，朱蓝共妍，不相祖述（馀见前课）。

案：宋代文学之盛，实由在上者之提倡。《南史·临川王义庆传》谓："文帝好文章，自谓人莫能及。"《南史·孝武纪》谓："帝少读书，七行俱下，才藻甚美。"《齐书·王俭传》亦谓："宋武帝好文章，天下悉以文采相尚。"又《宋书·明帝纪》亦谓："帝爱文义，（裴子野《雕虫论》谓："帝才思朗捷。"）撰

王俭（452—489）字仲宝，琅琊临沂人。为刘宋末叶著名学者。曾依刘歆《七略》而编《七志》，收录典籍二千二十帙，一万五千七十四卷，分经典、文翰、军书、阴阳、术艺、图谱等七类。又附以释典、仙道二类，为梁代阮孝绪所效仿。

阮孝绪（479—536）字士宗，陈留尉氏人。梁代著名学者。编有《七录》十二卷，分经典、记传、子兵、文集、术伎、佛法、仙道等录，收集群书6288种。《广弘明集》录存其目录。又撰有《高隐传》、《正史削繁》、《杂文》等。

宋代，公元420年至479年。

刘宋三大家：谢灵运、颜延之、鲍照。

江左以来《文章志》。”均其证也。(《前废帝纪》亦谓:“帝颇有文才,自造《孝武诔》及杂篇章,往往有辞采。”)故一时宗室,自南平王刘铄外,(《宋书·铄传》:“有文才,未弱冠,拟古三十馀首,时人以为迹亚陆机。”)若建平王弘、卢陵王爰真、江夏王义恭等,并爱文义(见《宋书》及《南史》本传)。又据《宋书·临川王义庆传》谓:“其爱好文义,才学之士,远近必至。袁淑文冠当时,引为卫军咨议。其馀吴郡陆展、东海何长瑜、鲍照等,并有辞章之美,引为佐吏国臣。”其《始兴王濬传》亦谓:“濬好文籍,与建平王弘、侍中王僧绰,中书郎蔡兴宗等,并以文义往复。”又《建平王景素(弘之子)传》云:“景素好文章,招集才义之士,以收名誉。”此均宋代文学兴盛之由也。

南平王刘铄,二十岁前即作《拟古诗》三十首,时人以为亚迹于陆机。今存五首。

临川王刘义庆,《隋书·经籍志》著录别集八卷。今存诗二首,存文八篇。著作有《江左名士传》、《宣验记》、《幽明录》、《徐州先贤传》、《世说》、《小说》、《集林》等,其中《世说新语》今存,而《宣验记》、《幽明录》后人有辑本。

又案:晋、宋之际,若谢混、陶潜、汤惠休之诗,均自成派。至于宋代,其诗文尤为当时所重者,则为颜延之、谢灵运。(《宋书·灵运传》云:“文章之美,与颜延之为江左第一,纵横俊发,过于延之,深密则不如也,所著文章传于世。”又,《南史·延之传》云:“字延年,文章冠绝当时。”又云:“延之与谢灵运俱以辞采齐名,而迟速悬绝。延之尝问鲍照,已与灵运优劣。照曰:‘谢五言如初发芙蓉,自然可爱;君诗若铺锦列绣,亦雕缋满眼。’斯时议者,以延之、灵运自潘岳、陆机之后,文士莫及,江右称潘、陆,江左称颜、谢焉。”)颜、谢而外,文人辈出,

颜、谢优劣论,自然与雕绘之分别。

（案：晋、宋之际，人才最盛。然当时人士，如孔淳之、臧寿、雷次宗、徐广、裴松之均通经史，宗少文、周续之、戴颙综达儒玄，不仅以文章著。）以傅亮、（《宋书·颜延之传》："傅亮自以文义一时莫及。"又《宋书》："傅亮，字季友，博涉经史，尤善文辞。武帝受命，表策文诰，皆亮辞也。"）范晔、（《宋书·范泰传》："好为文章，文集传于世。子晔，字蔚宗，善为文章，为《后汉书》，其《与甥侄书》，谓诸序论不减《过秦》，非但不愧班氏，赞无一字空设，奇变不穷。"）袁淑、（《宋书·淑传》："字阳源，文采遒逸，纵横有才辩，文集传于世。子觊，好学美才。"又《南史·临川王义庆传》亦谓："太尉袁淑，文冠当时。"）谢瞻、（《宋书·瞻传》："字宣远，六岁能属文，文章之美，与从叔琨、族弟灵运相抗。"又，《谢密传》云："瞻等才词辩富。"）谢惠连、（《宋书·惠连传》："十岁能属文，灵运见其新文，每叹曰：'张华重生，不能易也。'文章并行于世。"）谢庄、（《宋书·庄传》："字希逸，七岁能属文。袁淑叹曰：'江东无我，卿当独步。'著文章四百馀首行于世。"又，《殷淑仪传》谓："谢庄作哀策文奏之。帝流涕曰：'不谓当今复有此才。'都下传写，纸墨为之贵。"）鲍照（《南史·临川王义庆传》云："照字明远，文辞赡逸，尝为古乐府，文甚遒丽。元嘉中，为《河清颂》，其叙甚工。"《史通·人物篇》亦谓："鲍照文学宗府，驰名海内，方之汉代，褒、朔之流。"）为尤工。

范晔知音。

谢家文学。

鲍照寒门。

(谢庄、鲍照诗文,尤为后世所祖述,次则傅亮诸人。)若陆展、何长瑜、(《宋书·谢灵运传》:"东海何长瑜,才亚惠连。")何承天、(《南史·承天传》:"所纂文及文集,并传于世。")何尚之、(《宋书·尚之传》:"爱尚文义,老而不休。")沈怀文、(《宋书·怀文传》:"少好玄理,善为文,集传于世。弟怀远,颇娴文笔。")王诞、(《宋书·诞传》:"少有才藻。")王僧达、(《宋书》本传云:"少好学,善属文。")王微、(《宋书·微传》:"字景玄,少善属文,为文多古言,所著文集传于世。")张敷、(《宋书·敷传》:"好读玄言,兼属文论。")王韶之、王淮之、(《宋书·韶之传》:"博学有文辞。宋武帝使领西省事,凡诸诏,皆其词也。"又云:"宋庙歌词,韶之所制也。文集行于世。"又《王淮之传》云:"赡于文词。")殷淳、殷冲、殷淡、(《宋书·淳传》:"爱好文义,未尝违舍。弟冲,有学义文辞。冲弟淡,大明世以文章见知。")江智深、(《宋书》本传:"爱好文雅,辞采清赡。")颜竣、颜测、(《南史·颜延之传》:"延之曰:'竣得臣笔,测得臣文。'")释慧琳(《南史·颜延之传》:"时沙门释慧琳,以才学为文帝所赏。")亦其次也。

王韶之,宋初乐府歌词,多出于王韶之手。

慧琳,刘宋初年与谢灵运等颇多交往,为当时著名沙门。

又案:宋代臣僚,若谢晦、(《宋书》本传称:"晦涉猎文义,时人以方杨德祖。")蔡兴宗、(《宋书》本传:"文集传于世。")张永、(《宋书》本传:"能为文章。")江湛、(《宋书·湛传》:"爱文义。")孔琳之、

谢晦为刘宋初年重臣及谢家文人代表。

（《宋书·琳之传》：“少好文义。”）萧惠开、（《宋书》本传云：“涉猎文史。”）袁粲、（《宋书》本传：“有清才，著《妙德先生传》。”）刘勔（《宋书》本传：“兼好文义。”）亦有文学。自是而外，别有鲍令晖、（工诗。）荀伯子、（《宋书》本传：“少好学，文集传世。”）孔宁之、（《宋书·王华传》：“会稽孔宁之，为文帝参军，以文义见赏。”）谢恂、（《宋书·恂传》：“少与族兄庄齐名。”）荀雍、羊璿之、（《宋书·谢灵运传》：“与族弟惠连、东海何长瑜、颍川荀雍、太山羊璿之以文章赏会。长瑜才亚惠连，雍、璿之不及也。”）苏宝、（《南史·王僧达传》：“时有苏宝生者，本寒门，有文义之美。”）王昙生、（《宋书·王弘之传》：“子昙生好文义。”）顾愿、（《宋书·顾恺之传》：“弟子愿，好学有才词。”）江邃之、（《南史·江秉之传》：“宗人邃之，有文义，撰《文释》传于世。”）袁炳、（《齐书·王智深传》：“陈郡袁炳，有文学，为袁粲所知。”）卞铄、（《南史·文学传》：“铄为袁粲主簿，好诗赋。”）吴迈远、（《南史·文学传》：“迈远好为篇章。”）王素（《南史·素传》：“著《蚿赋》自况。”）诸人（又《南史·宋武穆裴皇后传》：“妇人吴郡韩兰英，有文辞，宋孝武时，献《中兴赋》。”附志于此）。此可证宋代文学之盛矣。

苏宝生，《宋书》草创者之一。《宋书·徐爰传》载，元嘉中，何承天草创《宋书》，山谦之、苏宝生继之，而成于沈约之手。

吴迈远，好为篇章，每作诗，得到佳句，辄掷地而呼：“曹子建何足数哉！”宋明帝闻而召之，等见到后，不喜，说：“此人连绝之外，无所复有。”吴迈远善为乐府诗，今存十一首诗，有九首乐府。迈远有意气，诗风峭拔，立意不凡，在刘宋诗人中别树一帜。钟嵘《诗品》列于下品，称他“善于风人答赠”。

乙 齐梁文学

齐梁主政者均为兰陵萧氏，始于萧道成建元元年(479)，终于梁敬帝太平二年(557)。

此段文字是考证《文心雕龙》成书于齐末的重要根据。参见刘毓崧《书〈文心雕龙·时序篇〉后》，见范文澜《文心雕龙注》引。

《文心雕龙·时序篇》：暨皇齐驭宝，运集休明。太祖以圣武膺箓，高祖(即武帝)以睿文纂业，文帝(即文惠太子)以贰离含章，中宗(即明帝)以上哲兴运，并文明自天，缉熙景祚。今圣历方兴，文思充被，海岳降神，才英秀发，驭飞龙于天衢，驾骐骥于万里，经典礼章，跨周轹汉，唐、虞之文，以其鼎盛乎！

五马南渡，西晋末，皇族司马氏五位王爷，即琅琊王、汝南王、西阳王、南顿王、彭城王等躲避战乱，南渡长江，最后琅琊王司马睿在建邺(今南京)建立东晋王朝。《晋书·元帝纪》："太安中，童谣曰：五马游渡江，一马化为龙。后中原大乱，宗藩多绝，唯琅邪、汝南、西阳、南顿、彭城同至江东，而元帝嗣统矣。"

《南史·文学传序》云：自中原沸腾，五马南渡，缀文之士，无乏于时。降及梁朝，其流弥甚。盖由时主儒雅，笃好文章，故才秀之士，焕乎俱集。

《梁书·文学传序》曰：高祖旁求儒雅，文学之盛，焕乎俱集。其在位者，则沈约、江淹、任昉，并以文采妙绝当时。若彭城刘溉、吴兴丘迟、东海王僧孺、吴郡张率等，皆后来之秀也(又《隋书·文学传序》云："太和、天保之间，洛阳、江左文学尤盛。于是作者江淹、任昉、沈约、温子昇、邢子才、魏伯起等，并学穷书圃，思极人文，英华秀发，波澜浩荡。"亦与此序互明)。

《南史·梁武帝本纪论》曰：自江左以来，年逾二百，文物之盛，独美于兹。(魏征《梁论》亦谓："魏晋以来，未有若斯之盛。")《文心雕龙·明诗篇》：俪采百字之偶，争价一句之奇，情必极貌以写物，辞必穷力而追新，此近世之所竞也（江淹《杂拟诗》自序曰："五言之兴，谅非变古。但关西邺下，既以罕同；河外江南，颇为异语。"亦齐、梁之诗与古不同之证）。

《文心雕龙·通变篇》：今才颖之士，刻意学文，多略汉篇，师范宋集，虽古今备阅，亦近附而远疏矣（《情采篇》所云："后之作者，采滥忽真，远弃风雅，近师词赋，故体情之制日疏，逐文之篇愈甚。"亦兼赅魏、晋、宋及齐言）。

多略汉篇，师范宋集，齐梁作家多以刘宋文学为典范，诚如下文所引，谢灵运、颜延之、鲍照各开途径。

《文心雕龙·指瑕篇》：近代词人，率多猜忌，至乃比语求蚩，反音取瑕。

近代词人，指刘宋以来的文人。

《文心雕龙·总术篇》：凡精虑造文，各竞新丽，多欲练辞，莫肯研术（即《风骨篇》所谓"文术多门，明者弗授，学者弗师，习华随侈，流遁忘反"也）。

《南齐书·张融传》：融为《门律自序》曰：中代之文，道体阙变，尺寸相资，弥缝旧物。（又谓："文岂有常体，但以有体为常。"）《南齐书·文学传论》：今之文章，作者虽众，总而为论，略有三体：一则启心闲绎，托辞华旷，虽存巧绮，终致迂回。宜登公宴，本非准的，而疏慢阐缓，膏肓之病，典正可采，酷不入情。此体之源，出灵运而成也。次则缉事比类，非对不发，博物可嘉，职成拘制。或全借古语，用申今情，崎岖牵引，直为偶说。唯睹事例，顿失精采。此则傅咸《五经》、应璩《指事》，虽不全似,可以类从。次则发唱惊挺,操调险急,雕藻淫艳,倾炫心魂。亦犹五色之有红紫,八音之有郑卫。斯鲍照之遗烈也。三体之外,请试妄谈。若夫委自天机,参之史传,应思悱来,勿先构聚。言尚易了,文憎过意,吐石含金,滋润婉切。杂以风谣,轻唇利吻,不雅不俗,独申胸怀。轮扁斫轮,言之未尽,文人谈士,罕或兼工。非唯识有不周,道实相妨,谈家所习,理胜其辞,就此求文,终然翳夺。故兼之者鲜矣。

梁简文帝《与湘东王书》:比见京师文体,懦钝殊常,竞学浮疏,争事阐缓。玄冬修夜,思所不得,既殊比兴,正背风骚。若夫六典三礼,所施则有地;吉凶嘉宾,用之则有所。未闻吟咏情性,反拟《内则》之篇;操笔写志,更摹《酒诰》之作;"迟迟春日",翻学《归藏》;"湛湛江水",遂同《大传》。吾既拙于为文,不敢轻有掎摭。但以当世之作,历方古之才人,远则扬、马、曹、王,近则潘、陆、颜、谢,而观其遣辞用心,了不相似。若以今文为是,则古文为非;若以昔贤可称,则今体宜弃。俱为盍各,则未之敢许。又时有效谢康乐、裴鸿胪文者,亦颇有惑焉。何者?谢客吐言天拔,出于自然,时有不拘,是其糟粕;裴氏乃是良史之才,了无篇什之美。是为学谢,则不届其精华,但得其冗长;师裴,则蔑绝其所长,惟得其所短。谢故巧不可阶,裴亦质不宜慕。故胸驰臆断之侣,好名忘实之类,方分肉于

京师文体,指建康流行的文体,这里似乎暗指萧统。《梁书·伏挺传》载伏挺致书徐勉,自称"挺诚好属文,不会今世,不能促节局步,以应流俗"。信中抱怨"时宗",似针对萧统。

裴鸿胪,指裴子野,著有《宋略》,故称其"良史之才,了无篇什之美"。

巧不可阶,即难寻模拟的途径。

仁兽，逞郤克于邯郸，入鲍忘臭，效尤致祸。决羽谢生，岂三千之可及？伏膺裴氏，惧两唐之不传。故玉徽金铣，反为拙目所嗤；《巴人》、《下里》，更合郢中之听。《阳春》高而不和，妙声绝而不寻。竟不精讨锱铢，核量文质，有异巧心，终愧妍手。是以握瑜怀玉之士，瞻郑邦而知退；章甫翠履之人，望闽乡而叹息。诗既若此，笔又如之。徒以烟墨不言，受其驱染；纸札无情，任其摇襞。甚矣哉，文之横流，一至于此(裴鸿胪即裴子野)！

宋玉《对楚王问》："客有歌于郢中者，其始曰《下里》、《巴人》，国中属而和者数千人；其为《阳阿》、《薤露》，国中属而和者数百人；其为《阳春》、《白雪》，国中属而和者不过数十人；引商刻羽，杂以流徵，国中属而和者不过数人而已。是其曲弥高其和弥寡。"

姚铉《唐文粹自序》曰：至于魏、晋，文风下衰，宋、齐以降，益以滋薄。然其间鼓曹、刘之气焰，耸潘、陆之风格，舒颜、谢之清丽，藹何、刘之婉雅，虽风兴或缺，而篇翰可观(案：铉说简约，故附录于此)。

案：齐、梁文学之盛，虽承晋、宋之绪馀，亦由在上者之提倡。据《齐书·高帝纪》谓："帝博学善属文。"(《南史》本纪谓："帝所著文诏，中书侍郎江淹撰次之。")故高帝诸子，若鄱阳王锵好文章，江夏王锋能属文，并见《齐书》、《南史》，非惟豫章王嶷工表启、武陵王晔工诗已也。(《齐书·晔传》："好文章，与诸王共作短句，诗学谢灵运体。")嗣则文惠太子、竟陵王子良(《南史·太子传》云："文武士多所招集，虞炎、范岫、周颙、袁廓，并以学行才能应对左右。"《梁书·范岫传》云："文惠在东宫，沈约之徒，以文才见引。"又，《齐书·子良传》云：

豫章王萧嶷、武陵王萧晔并有文人云集周围，如刘绘、王俭、谢朓、王僧孺、刘祥等并从其游。

文惠太子萧长懋、竟陵王萧子良为"竟陵八友"之核心。

"礼才好士,天下才学,皆游集焉。士子文章,及朝贵辞翰,皆发教撰录。所著内外文笔数十卷。"又,《梁书·武帝纪》谓:"齐竟陵王开西邸,招文学。帝与沈约、谢朓、王融、萧琛、范云、任昉、陆倕等并游,号曰八友。"沈约、范云各传并同。又,《南史·刘绘传》云:"永明末,都下人士,盛为文章谈义,皆凑竟陵西邸。"又,《王僧孺传》云:"子良开西邸,招文学,僧孺与虞羲、丘国宾、萧文琰、丘令楷、江洪、刘季孙,并以善辞藻游焉。")、衡阳王钧(《南史·钧传》:"善属文,与琅琊王智深以文章相会,齐阳江淹亦游焉。")、随王子隆(《齐书·子隆传》:"有文才。武帝以为'我家东阿'。文集行于世。"又《谢朓传》云:"为子隆镇西文学。子隆好辞赋,朓尤被赏。"),均爱好文学,招集文士。又开国之初,王俭之伦,亦以文章提倡。(详任昉《王文宪集序》及《齐书》各传。)故宗室多才,(《梁书·萧几传》:"年十岁,能属文,十五撰《杨公则诔》。子为,亦有文才。"又《齐书·萧颖胄传》云:"好文义。"均其证也。)而庶姓之中,亦人文蔚起。梁承齐绪,武帝尤崇文学。(《南史》本纪谓:"帝博学多通,及登宝位,躬制赞、序、诏、诰、铭、诔、箴、颂、笺、奏诸文百二十卷。"又《文学传序》云:"武帝每所临幸,辄命群臣赋诗,其文之善者,赐以金帛。是以缙绅之士,咸知自励。"又《袁峻传》:"武帝雅好词赋,时献文章于南阙者相望焉。"《王筠传》亦云:"敕撰《中

永明体,出现于南朝齐永明(483—494)年间的一种诗歌形态,是近体诗的雏形,基本特征是"始用四声,以为新变"。使用四声是方法问题,而追求新变则是目的。永明体的句式由长变短,句式渐渐定型。用韵多押宽韵,但也押窄韵;以押平声韵为主;押本韵很严,押通韵多已接近唐人。

我家东阿,意谓我家曹子建。曹植封东阿王。

梁武帝著作,《梁书》本纪载有:《乐社义》、《毛诗答问》、《春秋答问》、《尚书大义》、《中庸讲疏》、《孔子正言》、《老子讲疏》、《金策》、《制旨孝经义》、《周易讲疏》及六十四卦、二《系》、《文言》、《序卦》等义以及诸佛经义记复数百卷。另有文集一百二十卷等。

书表奏》三十卷，及所上赋颂，都为一集。”）嗣则昭明太子、简文帝、元帝，并以文学著闻，（《梁书·昭明太子传》：“每游宴祖道，赋诗至十数韵，或命作剧韵，皆属思便成。所著文集二十卷，又撰古今典诰文言为《正序》十卷，五言诗之善者为《文章英华》二十卷，《文选》三十卷。”又《南史·简文帝纪》谓：“帝六岁能文，及长，辞藻艳发，雅好赋诗。其自序云：‘七岁有诗，长而不倦。’所著文集一百卷行世。”又《元帝纪》谓：“帝天才英发，出言为论，军书羽檄，文章诏诰，点毫便就。著《词林》三卷，文集五十卷。世子方等有俊才，撰《三十国春秋》。”）而昭明、简文，均以文章为天下倡，（《梁书·昭明传》：“引纳才学之士，赏爱无倦，或与学士商榷古今，继以文章著述。于时名才并集，文学之盛，晋、宋以来所未有也。”又《王锡传》云：“武帝敕锡与张缵入宫与太子游宴，又敕陆倕、张率、谢举、王规、王筠、刘孝绰、到洽、张缅为学士十人。”《刘孝绰传》云：“昭明好士爱人，孝绰与殷芸、陆倕、王筠、到洽等同见礼。”此昭明重文之证。又《南史·简文纪》云：“及居监抚，弘纳文学之士。”《庾肩吾传》云：“简文开文德省置学士，肩吾子信、徐摛子陵、吴郎、张长公、北地傅弘、东海鲍至等充其选。”此简文重文士之征。）此即《南史·梁纪》所谓“文物之盛，独美于兹”也（《雕龙》所云：“唐、虞之文，其鼎盛乎。”亦与《南史》之说相合）。故武帝诸子能

昭明太子著作，《梁书》本传载，有《正序》十卷，《文章英华》二十卷，《文选》三十卷，《古今诗苑英华》，《隋志》十九卷以及文集二十卷。

萧纲著作，《梁书》本纪载有《法宝联璧》三百卷，《长春义记》一百卷，《昭明太子传》五卷，《诸王传》三十卷及《老子义》《庄子义》等多种，复有文集一百卷，久佚。明人张溥辑其诗文为《梁简文帝集》，收在《汉魏六朝百三家集》中。

萧绎著作，《梁书》本纪载其著作多种。张溥辑为《梁元帝集》，在《汉魏六朝百三家集》中。

所谓高台十学士也。

梁室子弟并有文采。

文者，有豫章王综、（《梁书·综传》："有才学，善属文。"），邵陵王纶、（《梁书·纶传》："博学，善属文，尤工尺牍。"）武陵王纪；（《梁书·纪传》："有文才。"）其诸孙能文者，有后梁主詧、（《周书·詧传》："好文义，所著文集十五卷。子世宗岿，有文学，文集行世。后主琮，博学有文义。"）南康王会理、建安县侯乂理、（并南康王绩子。《梁书·会理传》："少好文史。弟乂理，有文才，尝祭孔文举墓，并为立碑，制文甚美。"）寻阳王大心、南郡王大连、乐良王大圜；（并简文子。《梁书·大心、大连传》并云"能属文。"《周书·大圜传》："有文集。"）其宗室能文者，则有长沙王业、（《梁书·业传》："文集行于世。子孝俨，献《相风乌》、《华光殿》、《景阳山》等颂，其文甚美。孙南安侯骏，工文章。"）安成王秀、（《南史·秀传》："精意学术。子机，所著诗赋数千言，元帝集而序之。机弟推，好属文，深为简文所亲赏。"）南平王伟、（《梁书·伟传》："制《性情》、《几神》等论。"）鄱阳王范、（《南史·范传》："招集文才，率意题章，时有奇致。弟谘，十一能属文。"）上黄侯晔，（《南史·晔传》："献《储德颂》。"）而安成、南平二王，尤好文士。（《南史·秀传》："尤好人物，招刘孝标使撰《类苑》。当时高才游王门者：东海王僧孺，吴郡陆倕，彭城刘孝绰，河东裴子野。"又《伟传》云："四方游士，当时知名者，莫不毕至。"）任昉之流，亦为当时文士所归。（《南史·

刘孝标《类苑》，约成于天监十五年（516）。《南史》本传云："及峻《类苑》成，凡一百二十卷，帝即命诸学士撰《华林遍略》以高之。"

陆倕传》云："昉为中丞，预其宴者：殷芸、到溉、刘苞、刘孺、刘显、刘孝绰及陆倕而已，号曰龙门聚。"《南史·到溉传》："任昉为御史中丞，后进皆宗之。时有彭城刘孝绰、刘苞、刘孺，吴郡陆倕、张率，陈郡殷芸，沛国刘显及溉、洽，车轨日至，号曰兰台聚。"《昉传》亦谓："昉好交结，奖进士友。"）此亦梁代文学兴盛之由也。

又案：宋、齐之际，亦中古文学兴盛之时。齐初，臣僚如褚渊、王僧虔（《齐书·僧虔传》："与袁淑、谢庄善，淑叹为文情鸿丽。"）之流，虽精文学，（又《齐书·崔元祖传》云："善属文。"《沈文季传》云："爱好文章。"亦其证。）然集其大成者，惟王俭（《齐书·俭传》："字仲宝，甚闲辞翰。大典将行，礼仪诏策，皆出于俭。"又云："手笔典裁，为当时所重。文集行于世。"任昉有《王文宪集序》）。自嗣而降，文士辈出，（据《齐书》各传，如刘绘诸人，均以文义擅盛一时。周显诸人，尤精谈议，不仅以文学名。至若臧荣绪、沈驎士、陆澄、刘瓛、刘琏、明僧绍、刘虬、关康之诸人，兼通经业，所长不仅文章，然《齐书》瓛等各传，并云"有文集行世"。嗣则崔慰祖、贾希镜、祖冲之，亦不仅以文章名。）其兼工诗文者，厥唯王融、（《齐书·融传》："字元长，博涉，有文才。武帝使为《曲水诗序》，当时称之。文辞捷速，有所造，援笔立就。"又云："融文行于世。"又《南史·任昉传》："王融有才俊，自谓无对。"）谢

《王文宪集序》，收录在《文选》中。王文宪，指王俭，刘宋时期重要作家。

王融（467—493）字元长，"竟陵八友"之一。当时，北魏曾派遣使臣到南齐求取书籍，朝议不许，王融以为当许，并断言书籍入北魏后，可促使北魏汉化，引起北方汉族与鲜卑贵族的矛盾，以便坐收渔人之利。此议虽未实行，但颇为齐武帝所赞赏。永明后期，齐武帝曾有北伐的意图，王融又表示拥护，因此深受重用。永明九年（491）三月，齐武帝在芳林园宴请群臣，命王融作《曲水诗序》，以文藻富丽，为当时所称赞，而且扬名北魏。永明十一年谋立萧子良未果，未几下狱死。王融的诗所存不多，钟嵘《诗品》把他列入下品，认为王融和刘绘"并有盛才，词美英净。至于五言之作，几乎尺有所短"。

朓。(《南史·朓传》:“字玄晖,文章清丽,长五言诗。沈约常云:‘二百年来无此诗也。’敬皇后迁祔山陵,朓撰哀策文,齐世莫有及者。”钟氏《诗品》亦谓:“朓奇章秀句,往往惊遒,足使叔源失步,明远变色。”)齐、梁之际,则沈约、范云、江淹、丘迟并工诗文,(《南史·约传》:“字休文,善属文。时谢玄晖善为诗,任彦昇工于笔,约兼而有之,然不能过。著《文章志》三十卷,文集一百卷。”又《范云传》:“字彦龙,善属文,下笔辄成,有集三十卷。”又《江淹传》:“字文通,留情文章。齐高帝让九锡及诸章表,皆淹制也。少以文章显,晚节才思微退。凡所著述,自撰为前后集。”又《丘迟传》:“字希范,八岁属文,辞采丽逸,劝进梁王及殊礼,皆迟文也。帝作连珠诏,群臣继作者数十人,迟文最美。”又据钟嵘《诗品》谓:“休文五言最优,辞密于范,意浅于江。”又谓:“范云婉转清便,如流风回雪;丘迟点缀映媚,似落花依草。”)任昉尤长载笔。(《南史·昉传》:“字彦昇,八岁能属文。王俭每见其文,以为当时无辈。王融见其文,恍然自失。”又云:“昉尤长载笔,颇慕傅亮,才思无穷。当时王公表奏,莫不请焉,起草即成。沈约深所推挹。梁台建禅让文诰,多昉所具。所著文章数十万言,盛行于世。王僧孺谓过董生、扬子。”)嗣则刘孝绰、(《梁书·孝绰传》:“七岁能属文。王融深赏异之,任昉尤相赏好。梁武览其文,篇篇称赏,由是朝野改观。”又

谢朓的作品,《隋书·经籍志》著录十二卷,又有《逸集》一卷。到宋代,据陈振孙《直斋书录解题》著录有五卷本,注:“《谢宣城集》五卷,齐中书郎陈郡谢朓玄晖撰。集本十卷,楼炤知宣州,止以上五卷赋与诗刊之,下卷皆当时应用之文、衰世之事,可采者已见本传及《文选》,馀视诗劣焉,无传可也。”今存最早版本即南宋绍兴二十七(1157)楼炤序刻五卷本,《四库全书》即所录即此本。注本以郝立权《谢宣城诗注》为最早,1956年人民文学出版社排印。全校注本以曹融南《谢宣城集校注》最为完备,亦分五卷。

沈约的作品,据《梁书》等书记载,有《晋书》一百一十卷,《宋书》一百卷,《齐纪》二十卷,《高祖纪》十四卷,《迩言》十卷,《谥例》十卷,《宋文章志》三十卷,文集一百卷,《四声谱》一卷,《新定官品》二十卷,《俗说》三卷,《杂说》二卷,《袖中记》二卷,《珠丛》一卷,《集钞》十卷,《阮嗣宗咏怀诗注》、《竹书纪年沈约注》等。

江淹的作品,凡所著述百馀篇,自撰为前、后集,并《齐书》十志,并行于世。另有别集九卷,《后集》十卷,并佚。

任昉的作品,有《四部目录》,《杂传》二百馀卷,《地记》二百馀卷,文集三十四卷,均佚。又有《文章缘起》一卷,今存,论述诗文骚赋各体的起源。

云："孝绰辞藻，为后进所宗。时重其文，每作一篇，朝成暮遍，好事者咸传诵写，流闻河朔，亭苑柱壁，莫不题之。文集数十万言行于世。子谅，有文才。"）刘峻、（《梁书·峻传》："字孝标，文藻秀出。为《山栖志》，文甚美。"）裴子野、（《梁书·子野传》："字几原，善属文，武帝诸符檄皆令具草。"又云："为文典而速，不尚靡丽，制多法古，与今文体异。当时或有诋诃者，及其末，翕然重之。文集二十卷行于世。"）王筠、（《梁书·筠传》："字元礼，七岁能属文，十四为《芍药赋》，其辞甚美。又能用强韵，每公宴并作，辞必妍靡。沈约谓王志曰：'贤弟子文章之美，可谓后来独步。'自撰文章，以一官为一集，凡百卷，行于世。"）陆倕，（《南史·陆慧晓传》："三子僚、任、倕，并有美名，时人谓之三陆。倕字佐公，善属文。武帝雅爱倕文，敕撰《新漏刻铭》、《石阙铭》。"）其诗文均为当时所法。其尤以诗名者，则柳恽、吴均、（《梁书·柳恽传》："字文畅，著《述先颂》，文甚哀丽。少工篇什，王融见而嗟赏。和武帝《登景阳楼》篇，深见赏美，当时咸相称传。"又《吴均传》："字叔庠，有俊才。沈约见均文，颇相称赏。柳恽为吴兴，召补主簿，日引与赋诗。均文体清拔，有古气，好事者或效之，谓为吴均体。著文集二十卷。"）何逊（《梁书·逊传》："字仲言，八岁能赋诗。范云称为'含清浊，中古今'。梁元帝论之云：'诗多而能者沈约，少而能者谢朓、

刘峻字孝标，《世说新语注》为其代表作，征引各类典籍多至四百馀种，后人考据，多所取资。与《三国志》裴松之注、《文选》李善注并称名著，历来为学林所仰重。

吴均，《梁书》本传称："（吴均）文体清拔有古气，好事者或效之，谓为吴均体。"《玉台新咏》卷即录有纪少瑜《拟吴均体应教》一首，可见当时之影响。《与朱元思书》、《与顾章书》等为著名小品文。

何逊，何氏在齐梁虽非甲族，然能文者甚多。逊族叔涧，以才著称。逊与族兄弟思澄、子朗俱擅文名，时有"东海三何"之称，而以何逊最为优秀。他的诗多为赠答酬唱，送别伤离、摹写自然风光之作，风格清新自然，虽乏风骨而情辞宛转。如"游鱼乱水叶，轻燕逐风花"（《赠王左丞》）等表现了诗人观察景物的细致和选择语言的精当。此外，如《下方山》、《日夕出富阳浦口和朗公》等，也有不少佳句。在格律方面多已接近唐人。

何逊。'文八卷。")是也。

又案：宋、齐之际，有丘灵鞠、檀超、丘巨源、(《南史·文学传》："丘灵鞠，善属文，宋时文名甚盛，著《江左文章录》，文集行世。""檀超，少好文学。""丘巨源，有笔翰。")张融、(《齐书·融传》："字思光，至交州作《海赋》，文辞诡激，独与众异。为《门律自序》曰：'吾文章之体，多为世人所惊。'又戒其子曰：'吾文体屡变，变而屡奇。'文集数十卷行世。")谢超宗、(《南史》："凤子超宗，有文辞。宋殷淑仪卒，作诔奏之，帝大嗟赏。齐撰郊庙歌，作者十人，超宗辞独见用。")孔珪、(《齐书·珪传》："好文咏。高帝使与江淹对掌辞笔。")卞彬、(《南史·文学传》："卞彬，险拔有才，著《蚤》、《虱》等赋，文章传于闾巷。")顾欢，(《南史·欢传》："字景怡，六七岁作《黄雀赋》。善于著论，作《正名论》、《华夏论》。梁武帝诏欢诸子撰欢文议三十卷。")均以文学擅名。若虞愿、(《南史·愿传》："撰《会稽记》、文翰数十篇。")苏侃、(《南史·侃传》载所作《塞客吟》。)江敩、(《齐书》本传："敩好文辞。")袁彖、(《南史·彖传》："善属文及谈玄。")刘祥、(《南史·祥传》："少好文学，著连珠十五首寄怀。")谢颢、谢瀹、(《南史·谢庄传》："子颢，守豫章，免官，诣齐高帝自占谢，言辞清丽。弟瀹，齐帝起禅灵寺，敕为碑文。")王僧佑、(《南史》本传："齐孝武时献《讲武赋》。")王摛、(《南史·摛传》：

《门律自序》是文学批评的重要文献，见《南齐书》本传。张融有《以门律致书周颙等诸游生》。

孔稚圭，代表作《北山移文》，收在《文选》中，托山灵的口吻，嘲讽周颙不能坚守志操，出任海盐县令。

"王俭示以隶事，操笔便成，文章既异，辞亦华美。")檀道鸾，(《南史·檀超传》："叔父道鸾，有文学。")亦其次也。齐则陆厥、(《梁书·厥传》："字韩卿，善文章，文集行于世。")虞炎、(《齐书·陆厥传》："会稽虞炎，永明中以文学与沈约俱为文惠太子所遇。")王智深、(《齐书·智深传》："字云才，少从谢超宗学属文，成《宋书》三十卷。")虞羲，(《文选注》引《虞羲集序》："羲字子阳，七岁能属文。")并以文著。若孔广、孔逭、(《南史·文学传》："会稽孔广、孔逭，皆才学知名。逭有才藻，制《东都赋》，于时才士称之。")诸葛勖、(《南史·文学传》："琅琊诸葛勖作《云中赋》。")袁嘏、高爽、(《南史·文学传》："又有陈郡袁嘏，自重其文。广陵高爽，博学多才，作《镬鱼赋》，其才甚工。")庾铣、(《齐书·王智深传》："颍川庾铣，善属文，见赏豫章王。")孔凯、(《齐书·谢朓传》："会稽孔颉，粗有才笔。")王斌、(《南史·陆厥传》："时有王斌者，初为道人，雅有才辩，善属文。")丘国宾、丘令楷、萧文琰、江洪，(并见《南史·王僧孺传》。《吴均传》亦谓洪工属文。)亦其次也。齐、梁之际，则王僧孺、(《梁书·王僧孺传》："工属文，多识古事。其文丽逸，多用新事，人所未见者，时重其富博。文集三十卷。")萧子恪、萧子范、萧子显、萧子云、(《南史·子恪传》："字景冲，十二和竟陵王《高松赋》，王俭见而奇之。颇属文，随弃其本，故不传文集。

沈约作《宋书·谢灵运传论》提倡声病理论，认为"若前有浮声，则后须切响。一简之内，音韵尽殊；两句之中，轻重悉异。妙达此旨，始可言文"。最后，沈约自负地说："自骚人以来，此秘未睹。"陆厥特作书论难，以为"夫思有合离，前哲同不免，文有开塞，即事不得无之"。又说："意者亦质文时异，古今好殊，将急在情物，而缓于章句。情物，文之所及，美恶犹且相毕；章句，意之所缓，故合多而谬少。义兼于斯，必非不知明矣"。陆厥又说："一人之思，迟速天悬；一家之文，工拙壤隔。何独宫商律吕，必责其如一邪？论者乃可言未穷其致，曾不得言曾无先觉也。"

《南史·王僧孺传》载："司徒竟陵王子良开西邸，招文学，僧孺与太学生虞羲、丘国宾、萧文琰、丘令楷、江洪、刘孝孙并以善辞藻游焉。而僧孺与高平徐夤俱为学林。"

萧子显《南齐书》流传至今，为二十四史之一。

弟子范，字景则，南平王使制《千字文》，其词甚美，府中文笔，皆使具草。简文葬后，使制哀策，文理哀切。前后文集三十卷。子显，字景阳，工属文。著《鸿序赋》，沈约称为《幽通》之流。启撰《齐书》。武帝雅爱其才。尝为自序，略谓："颇好辞藻，屡上歌颂，每有制作，特广思功，须其自来，不以力构。文集二十卷。子云，字景乔，勤学有文藻，弱冠撰《晋书》。"）陶弘景、（《南史》："陶弘景，字通明，著《学苑》等书。"案：今传《弘景集》二卷。）江革、（《梁书·革传》："字休映，六岁解属文。王融、谢朓雅相敬重，竟陵王引为西邸学士。有集二十卷行世。"）徐勉、（《梁书·勉传》："六岁率尔为文，见称耆宿。长好学，善属文。凡所作前后二集，十五卷。"）范缜、（《南史·缜传》："字子直，作《伤暮诗》、《神灭论》，文集十五卷。"）周舍、（《南史·舍传》："字升逸，博学，精义理，文二十卷。"）王屮、（《文选》注引《姓氏英贤录》："屮字简栖，为《头陀寺碑》，文词巧丽，为世所重。"）柳惔、（《梁书·惔传》："字文通，工制文，尤晓音律。齐武帝称其属文遒丽。著《仁政传》及诸诗赋。"）袁峻、（《南史·峻传》："字孝高，工文辞，拟扬雄《官箴》奏之，奉敕与陆倕各制《新阙铭》。"）钟嵘、（《南史·嵘传》："字仲伟，与兄岏并好学。衡阳王令作《瑞室颂》，辞甚典丽。"又云："嵘品古今诗。"）刘勰、（《南史·勰传》："字彦和，撰《文心雕龙》五十篇，论古今文

《千字文》，今传为周兴嗣所作，参见启功先生《说千字文》，载《文物》1988年第7期。

徐勉在萧统《文选》编纂过程中起到重要作用。

《头陀寺碑》，收录在《文选》中。李善注引《姓氏英贤录》曰："王屮，字简栖，琅邪临沂人也。有学业。为头陁寺碑，文词巧丽，为世所重。起家郢州从事，征南记室。天监四年（505）卒。碑在鄂州，题云：齐国录事参军琅邪王巾制。"刘师培《文心雕龙·诔碑》讲录称："此篇行文隽妙，说理明晰，叙事细密，句句妥贴。"

体。为文长于佛理,都下寺塔及名僧碑志,必请制文。")谢朏、(《南史·朏传》:"字敬冲,谢庄子。十岁能属文。有文章行于世。")刘苞、刘孺、刘遵、(《南史·刘苞传》:"字孟尝,少能属文,受诏咏《天泉池荷》及《采菱调》,下笔即成。"又《刘孺传》:"字孝稚,七岁能属文。沈约与赋诗,大为嗟赏。少好文章,性又敏速,受诏为《李赋》,文不加点。文集二十卷。弟遒,工属文,皇太子令称为辞章博赡,玄黄成采。")刘昭、(《梁书·昭传》:"字宣卿,善属文,江淹早相称赏。集注《后汉》百八十卷,文集十卷。")周兴嗣、(《梁书·兴嗣传》:"字思纂,善属文。天监初,献《休平赋》,文甚美。武帝敕与陆倕各制《光宅寺碑》,帝用兴嗣所制。自是《铜表铭》、《栅塘碣》、《北伐檄》、《次韵王羲之书千字》,并使兴嗣为文。文集十卷。")王籍,(《南史·籍传》:"字文海,为诗慕谢灵运,至其合也,殆无愧色。湘东王集其文为十卷。")并工文章。(案:齐、梁之际,若伏曼容、何佟之、贺瑒、傅昭、何点、何胤、刘显、阮孝绪,均博于学术;张绪、张充、明山宾、庾诜,兼综儒玄,不仅以文学名,然其文亦均可观。)若范岫、(《南史·岫传》:"文集行世。")裴邃、(《梁书·邃传》:"十岁能属文。")袁昂、(《南史·昂传》:"有集三十卷。")谢几卿、(《南史·谢超宗传》:"子几卿,博学有文采,文集行于世。")王泰、(《南史·泰传》:"每预朝宴,刻烛赋诗,文不加

王籍,《梁书》本传载,七岁能属文,博学有才气,为任昉所知。南齐末,为冠军行参军,累迁外兵、记室、梁武帝天监初年,为安成王萧秀主簿。天监末为萧绎参军,随府至会稽。郡境有云门、天柱山,王籍纵游其中,或累日不返。至若邪溪赋诗,其略云:"蝉噪林逾静,鸟鸣山更幽。"当时以为文外独绝。

袁昂奉敕著《古今书评》,品评历代书法家,见《太平御览》引。《淳化阁贴》又载《评书》称:"从汉末至梁,有卅四人。"实际是在《古今书评》基础上附益而成,多大同小异。

点。”)孔休源、(《南史·休源传》:“与王融友善,为竟陵王西邸学士。凡奏议弹文,勒成十五卷。”)王彬、(《南史·彬传》:“好文章。齐武帝起旧宫,彬献赋,文辞典丽。”)顾宪之、(《南史》本传:“所著诗赋铭赞并《衡阳记》,数十篇。”)沈顗、(《南史》本传:“著文章数十篇。”)诸葛璩、(《南史·璩传》:“所著文章二十卷,门人刘暾集而录之。”)范述曾(《南史·述曾传》:“著杂诗赋数十篇。”)之流,亦其次也。梁则刘潜、(《南史·潜传》:“字孝仪,工属文,敕制雍州平等寺金像碑,文甚弘丽。文集二十卷行世。弟孝威,大同中上《白雀颂》,甚美。”)伏挺、(《南史·挺传》:“长有才思,为五言诗,善效谢康乐体,任昉深加叹异。文集二十卷。”)谢蔺、(《南史·蔺传》:“字希如,献《甘露颂》,武帝嘉之,使制《萧楷德政碑》、《宣城王奉述中庸颂》。所制诗赋碑铭数十篇。”)萧洽、(《梁书·洽传》:“博涉,善属文。敕撰《当涂庙碑》,辞甚赡丽。文集二十卷行于世。”)刘之遴、(《梁书·之遴传》:“字思贞,八岁能属文,沈约、任昉异之。前后文集五十卷。”)刘杳、(《梁书·杳传》:“字士深,博综群书。沈约叹美其文。著《林庭赋》,王僧孺叹曰:‘《郊居》以后,无复此作。’文集十五卷。”)张率、(《梁书·率传》:“字士简,十二能属文,日限为诗一篇。稍进,作赋颂,武帝谓兼马、枚王速。自少属文,《七略》及《艺文志》所载诗赋今无其文者,并补作

《隋书·经籍志》著录:“梁都官尚书《刘孝仪集》二十卷。”原集久佚。明人张溥辑有《刘孝仪刘孝威集》。

一代词宗沈约郊居新宅落成,刘杳赠赞二首,并以所撰文章呈沈约。沈约命工书人题其赞于壁,并作《报刘杳书》。

之。所著《文衡》十五卷，集四十卷。”）陆云公、（《梁书·云公传》：“字子龙，有才思。制《太伯庙碑》，张缵叹为‘今之蔡伯喈’。文集行世。”）谢微、（《梁书·微传》：“字玄度，善属文，于武德殿赋诗三十韵，二刻便成。又为临汝侯制《放生文》，亦见赏于世。文集二十卷。”）萧琛、（《梁书·琛传》：“字彦瑜，有才辩，撰诸文集数十万言。又二子密，博学有文词。”）谢览、谢举、（《梁书·览传》：“字景涤，与王、陈为时赠答，其文甚工。弟举，字言扬，年十四赠沈约诗，为约所赏。文集二十卷。”）王规、（《梁书·规传》：“字威明，献《太极新殿赋》，其词甚工。于文德殿赋诗五十字，援笔立奏，其文又美。文集二十卷。”）到沆、到溉、到洽、（《梁书·沆传》：“字茂瀣，善属文。武帝命为诗二百字，三刻便成，其文甚美。所著诗赋百馀篇。溉字茂灌，善于应答，有集二十卷。洽字茂沿，有才学，谢朓深相赏好。梁武使与萧琛、任昉赋二十韵诗，以洽辞为工。奉敕撰《太学碑》。文集行世。”）张缅、张缵、（《梁书·缅传》：“字元长，抄《江左集》未及成。文集五卷。弟缵，字伯绪，好学，为湘州刺史，作《南征赋》。文集二十卷。”）徐摛、（《梁书·摛传》：“字士秀，属文好为新变，不拘旧体。为太子家令，文体既别，春坊尽学之。”）徐悱、徐绲、（《梁书·绲传》：“为湘东王参军，辩于辞令，文冠一府，特有轻艳之才，新声巧变，人多讽习。”又《徐勉传》云：“子

到氏兄弟，曾追随任昉。任昉死后，诸子流离不能自振，生平旧交莫有垂顾。刘孝标特著《广绝交论》，先是描绘士人如何趋奉任昉，尔后笔锋一转，感慨人情冷暖。史载，到溉见其论，抵几于地，终身恨之。见《南史·任昉传》。

徐摛，徐陵之父，二人与庾肩吾、庾信父子的创作，合称“徐庾体”。

徐悱妻，即女诗人刘令娴。《梁书·刘孝绰传》："其三妹适琅琊王叔英、吴郡张嵊、东海徐悱，并有才学；悱妻文尤清拔。悱，仆射徐勉子，为晋安郡，卒，丧还京师，妻为祭文，辞甚凄怆。勉本欲为哀文，既睹此文，于是阁笔。"其文见于《艺文类聚》卷三十八，题《祭夫文》。

《梁书·何思澄传》，天监十五年，敕徐勉入华林撰《华林遍略》，勉荐举何思澄、顾协、刘杳、王子云、钟屿等五人应选。

皇侃《论语义疏》是南朝经疏仅存的一部。原书国内久佚，而《日本国见在书目录》已有著录，说明早在日本流传，清代乾隆年间引回国内，收录在《四库全书》中。

悱，字敬业，聪敏能属文。悱妻刘孝绰妹，文尤清拔。"）何思澄、（《南史·思澄传》："字元静，少工文，为《游庐山诗》，沈约大相称赏，自谓弗逮。傅昭请制《释奠诗》，辞文典丽。文集十五卷。"又云："思澄与宗人逊及子朗，俱擅文名。子朗早有才思，尝为《败冢赋》，文甚工，行于世。"）任孝恭、（《南史·孝恭传》："有才学，敕制《建陵寺刹下铭》，又启撰《武帝集序》，文并富丽，自是专掌公家笔翰。孝恭为文，敏速若不留思，每奏称善。文集行于世。"）纪少瑜、（《南史·少瑜传》："字幼瑒，十三能属文，王僧孺见而赏之曰：'此子才藻秀拔，方有高名。'"）庾肩吾、（《南史·肩吾传》："字慎之，八岁能赋诗，辞采甚美。"）刘縠、（《南史》："縠字仲宝，善辞翰，随湘东王在藩，当时文檄，皆其所为。"）颜协、（《南史·协传》："字子和，文集二十卷，遇火湮灭。"）鲍泉、（《南史·泉传》："字润岳，兼有文笔。元帝谓：'我文之外，无出卿者。'"）蔡大宝，（《周书·大宝传》："善属文，文词赡速，督之章表书记教令册诏，并大宝专掌之。著文集三十卷。"）并擅文词。（梁代士人，无不工文，而文人亦均博学，故有文名为学所掩者，如贺琛、殷芸、严植之、崔灵思、沈峻、孔子袪、皇侃之流是也。然览其遗文，均有可观。又以《南史》各传考之，如《顾协传》："文集十卷行于世。"《朱异传》："文集百馀篇。"《许懋传》："有集十五卷。"《司马褧传》："庾肩吾集其文为十卷。”协等诸人，亦不仅以文章著。）若萧子晖、萧滂、萧确，萧序恺、（《南史》：“萧子云弟子晖，有文才。”又云：“子范、子滂、确，并有文才。”又云：“子显、子序恺，简文与湘东王令，称为才子。”）萧贲、（《南史·萧同传》：“弟贲，有文才。”）萧介、（《梁书·介传》：“武帝置酒赋诗，介染翰便成，文不加点。”）臧严、（《南史·严传》：“幼作《屯游赋》七章，辞并典丽。文集十卷。”）谢侨、（《南史·侨传》：“集十卷。”）王承、王训、（《南史·承传》：“以文学相尚。弟训，文章为后进领袖。”）庾仲容、（《南史》本传：“文集二十卷行于世。”）江蒨、（《南史·蒨传》：“文集十五卷。”）江禄、（《南史·禄传》：“有文章。”）刘彀、（《南史·彀传》：“善辞翰。”）刘沼、（《南史·沼传》：“善属文。”）刘霁、（《南史·霁传》：“文集十卷。”）刘歊、（《南史·歊传》：“博学有文才，著《笃终论》。”）陆罩、（《南史·罩传》：“善属文，撰《简文帝集序》。”）何徊、（《南史·何逊传》：“从叔徊，亦以才著闻，著《拍张赋》。”）虞骞、孔翁归、江避、（《南史·何逊传》：“时有会稽虞骞，工为五言诗，名与逊埒。又有会稽孔翁归，工为诗。济阳江避，博学有思理。并有文集。”）罗研、李膺、（《梁书·研传、膺传》并云：“有才辨，以文达。”）吴规、（《梁书·张缵传》：“吴兴吴规，颇有才学，邵陵王深相礼遇。”）王子云、费昶、（《南史·何思澄传》：“太原王子云，江夏费昶，并

《玉台新咏》卷六载孔翁归《和湘东王班姬》。

江避还曾注释《论语》、《孝经》。

《玉台新咏》卷六载费昶《华观省中夜闻城外捣衣》。

为闾里才子。昶善乐府，又作鼓吹曲，武帝重之。子云尝为《自吊文》，甚美。”）、江子一（《南史·子一传》：“辞赋文章数十篇行于世。”）、刘慧斐（《南史》本传：“能属文。”）庾曼倩、（《南史·庾诜传》：“子曼倩，所著文章凡九十五章。”）傅准、（《梁书·傅昭传》：“子准，有文才。”）江从简、（《南史·江德藻传》：“弟从简，少有文情。”）谢侨、（《南史·侨传》：“集十卷。”）鲍行卿、（《南史·鲍泉传》：“时有鲍行卿，好韵语，上《玉璧铭》，武帝发诏褒赏。集二十卷。”）甄玄成、岑善方、傅准、萧欣、柳信言、范迪、沈君游，（准，后梁臣。《周书》云：玄成善属文，有文集二十卷。善方善辞令，著文集十卷。准有文才，善词赋，文集二十卷。欣善属文，与柳信言俱为一代文宗，有集二十卷。迪善属文，有文集十卷。君游有词采，有文集十卷。）亦其次也。齐、梁文学之盛，即此可窥。

陈代，公元557年至589年。

丙　陈代文学

后主，即陈叔宝，字符秀，小字黄奴，陈宣帝太建十四年（582）即位，翌年改元至德元年。589年，隋军灭陈，随至长安，仁寿四年（604）客死他乡。《陈书》载魏征论曰：“后主生深宫之中，长妇人之手，既属邦国殄瘁，不知稼穑艰难。”“古人有言，亡国之主，多有才艺，考之梁、陈及隋，信非虚论。然则不崇教义之本，偏尚淫丽之文，徒长浇伪之风，无救乱亡之祸矣。”《隋书·经籍志》著录文集三十九卷，今存文三十馀篇，诗九十馀首。

《陈书·文学传》云：后主雅尚文词，傍求学艺，焕乎俱集。每臣下表疏，及献上赋颂者，躬自省览，其有辞工，则神笔赏激，加其爵位。是以搢绅之徒，咸知自励矣。

《南史·文学传序》：至有陈受命，运接乱离，虽加奖励，而向时之风流息矣。岂金陵之数将终三百年乎？不然，何至是也？（案：此说与《陈书》相反。今以《陈书》各纪传考之，则此说实非。盖陈之文学，虽不及梁代之盛，然风流固未尝歇绝也。）

案：陈代开国之初，承梁季之乱，文学渐衰。然世祖以来，渐崇文学。（据《南史·世祖纪》及《陈书·世祖纪论》，并谓崇尚儒术，爱悦文义。）后主在东宫，汲引文士，如恐不及，（《陈书·姚察传》："补东宫学士。于时江总、顾野王、陆琼、陆瑜、褚玠、傅縡等，皆以才学之美，晨夕娱侍。"）及践帝位，尤尚文章。（《陈书·后主纪论》云："待诏之徒，争趋金马；稽古之秀，云集石渠。"是其证也。）故后妃宗室，莫不竞为文词。（《陈书·后主沈皇后传》："涉猎经史。后主薨，自为哀词，文甚酸切。"《陈书》又谓："后主以宫人有文学者为女学士。"又谓："高宗子岳阳王叔慎，后主子吴兴王胤，皆能属文，是时，后主尤爱文章，叔慎与衡阳王伯信，新蔡王伯齐等，每属诏赋诗，恒被嗟赏。"）又开国功臣如侯安都、孙瑒、徐敬成，均结纳文士。（《陈书·侯安都传》："为五言诗颇清靡。招聚文士褚玠、马枢、阴铿、张正见、徐伯阳、刘珊、祖孙登，或命以诗赋，第其高下。"《孙瑒传》："尝于山斋集玄儒之士。"《徐敬成传》："结交文义之士。"）而李爽之流，以文会友，极一时之选。故文学复昌，迄于亡国。（《南史·徐伯阳传》："太建初，与李

《陈书》与《南史》对于陈代文学的评价截然不同，缘于作者所处时代的不同。《陈书》的作者是当时人，而《南史》的作者为唐人。一般来说，对于前代的评价往往苛刻，从而证明自己替代的合法性。

女学士，后宫中也有人喜欢读书。据笔者考证，《玉台新咏》即成于陈代初年，也是为后宫而编写的读物。详见拙著《玉台新咏研究》，中华书局2000年版。

徐陵(507—583)字孝穆,祖籍东海郯(今山东郯城)人。梁代著名诗人徐摛之子。徐陵的创作以宫体诗及骈文著名。早在梁代,时人号徐摛、徐陵及庾肩吾、庾信的创作为“徐庾体”,为宫体诗的主要作者,流丽轻艳,风靡一时。《玉台新咏序》被公认是徐陵骈文的代表作。又有《文府》七卷、《玉台新咏》十卷、《六代诗集钞》六卷。同时,徐陵还是著名书法家。其作品唐代犹有流传,见《法书要录》所收《述书赋》。

沈炯著《归魂赋》,对于流落在北方的庾信影响很大,为此而作《哀江南赋》,参见陈寅恪《金明馆丛稿初编·读〈哀江南赋〉》考证。

顾野王在文学上的成就远远不及他的学术贡献。他的文字学著作《玉篇》至今流传,影响极大。

江总曾作《自叙》称“官陈以来,未尝逢迎一人,干预一事”。并引晋代陆玩的话说:“以我为三公,知天下无人矣。”《陈书》本传谓其“宽和温裕”,但不务政事,日与后主游狎,当时谓之狎客。好文学,伤于浮艳。陈亡后入北,作《秋日登广州城南楼》、《南还寻草市宅》、《哭鲁广达》等,一洗宫体的脂粉之气,为人称道。

爽、张见正、贺彻、阮卓、萧诠、王由礼、马枢、祖孙登、贺循、刘删等,为文会友,后有蔡凝、刘助、陈暄、孔范亦与焉,皆一时士也。游宴赋诗,动成卷轴。伯阳为其集序,盛传于世。”)然斯时文士,首推徐陵、(《陈书·陵传》:“字孝穆,摛子,八岁能属文。自有陈创业,文檄军书及禅授诏策,皆徐陵所制,而《九锡》尤美,为一代文宗。世祖、高宗之世,国家有大手笔,皆陵草之。其文颇变旧体,缉裁巧密,多有新意。每一文出手,好事者已传写成诵,遂被之华夷,家藏其本。存者三十卷。弟孝克,亦善属文,而文不逮。子义、俭,梁元帝叹赏其诗,以为徐氏复有文。俭弟份,九岁为《梦赋》,陵谓:‘吾幼属文,亦不加此。’”)沈炯,(《陈书·炯传》:“字礼明,少有隽才,王僧辩羽檄军书,皆出于炯。上表江陵劝进,其文甚工,当时莫逮。为西魏所虏。魏人爱其文才,尝经行汉武通天台,为表奏陈思归之意,寻获东归。文帝重其文。有集二十卷行世。”《南史》亦曰:“沈炯才思之美,足以继踵前良。”)次则顾野王、(《陈书·野王传》:“字希冯,九岁能属文,尝制《日赋》,朱异见而奇之,以笃学知之。著《玉篇》、《舆地志》等,及文集二十卷。”)江总、(《陈书·总传》:“字总持,笃学,有辞采。梁武览总诗,深降嗟赏。张缵等深相推重。”又云:“总能属文,于五言七言尤善,然伤于浮艳。文集三十卷行世。子溢,颇有文词。”)傅縡、(《陈书·縡传》:“字宜事,能属文。为文典丽,性又敏速,虽军国大事,下笔辄成,未尝起草,沉思者亦无以加。有集十卷。”)姚察、(《陈书·察传》:“字伯审,十二能属文。后主时,敕专知优册谥议等文笔。每有制述,多用新奇,人所未见,咸重富博。所撰寺塔及众僧文章,特为绮密,所著《汉书训纂》等,及文集二十卷行世。”)陆琼、(《陈书·琼传》:“字伯玉,云公子。六岁为五言诗,颇有词采,长善属文。后主即位,掌诏诰,有集二十卷。子从典,八岁拟沈约《回文砚铭》,便有佳致;十三为《柳赋》,其词甚美。”)陆琰、陆瑜,(《陈书·琰传》:“字温玉,琼从父弟。世祖使制《刀铭》,援笔即成。所制文笔多不存,后主求其遗文,撰成二卷。弟瑜,字干玉,美词藻。太建二年,命为《太子释奠诗序》,文甚赡丽。有集十卷。瑜从父兄玠,字润玉,能属文,有集十卷。从父弟琛,字洁玉,十八上《善政颂》,颇有词采。”)并以文著。若沈不害、(《陈书·不害传》:“字孝和,治经术,善属文,每制文操笔立成,曾无寻检。文集十四卷。”)孔奂、(《陈书·奂传》:“字休文,善属文。王僧辩为扬州,笺表书翰,皆出于奂。有集十五卷,弹文四卷。”)徐伯阳、(《陈书·伯阳传》:“字隐忍,年十五,以文笔称。侯安都令为谢表,文帝见而奇之。又为《辟雍颂》,甚见嘉赏。”)毛喜、(《陈书·喜传》:“字伯武,高宗为骠骑,府朝文翰,皆喜词也。有集十卷。”)赵知礼、

陈亡后,隋文帝命姚察修撰《梁书》、《陈书》二史,未成而卒,其子姚思廉旋续成之。

沈不害“治经术,善属文,虽博综坟典,而家无卷轴。每制文,操笔立成,曾无寻检。仆射汝南周弘正常称之曰:‘沈生可谓意圣人乎!’”著《治五礼仪》一百卷,文集十四卷。

(《陈书·知礼传》:“字齐旦,为文赡速,每占授军书,下笔便就。高祖上表元帝及与王僧辩论述军事,其文并知礼所制。”)蔡景历、(《陈书·景历传》:“字茂世,好学,善尺牍。高祖镇朱方,以书要之。景历对使答书,笔不停缀。将讨王僧辩,草檄立成,辞义感激。”又云:“景历属文,不尚雕磨,而长于叙事,应机敏速,为当时所称。有文集二十卷。子征,聪敏才赡。”)刘师知、(《陈书·师知传》:“工文笔,善仪体,屡掌诏诰。”)杜之伟、(《陈书·之伟传》:“字子大,幼有逸才。徐勉见其文,重其有笔力。”又云:“之伟为文,不尚浮华,而温雅博赡,所制多遗失,存者十七卷。”)颜晃、(《陈书·晃传》:“字元明,少有辞采,献《甘露颂》,词义该典。其表奏诏诰,下笔立成,便得事理,而雅有气质。有集十二卷。”)江德藻、(《陈书·德藻传》:“字德藻,善属文,著文笔十五卷。子椿,亦善属文。”)庾持、(《陈书·持传》:“字允德,尤善书记,以才艺闻。持善字书,每属词,好为奇字,文士亦以此讥之。有集十卷。”)许亨、(《陈书·亨传》:“字亨道,少为刘之遴所重。撰《齐书》、《梁史》。所制文笔六卷。”)褚玠、(《陈书·玠传》:“字温理,长能属文,词义典实,不好艳靡,所制章奏杂文二百馀篇,皆切事理。”)岑之敬、(《陈书·之敬传》:“字思礼,以经业进。雅有词笔,有集十卷行世。”)蔡凝、(《陈书·凝传》:“有文辞。”)何之元、(《陈

杜之伟,梁大同七年(541)梁皇子释奠于国学,时乐府无孔子、颜子等歌词,杜之伟撰词,伶人传习,以为故事。

蔡凝曾在郁郁不得志时作《小室赋》以见志,甚有辞理。

书·之元传》:"有才思。著《梁典》。")章华(《陈书·傅縡传》:"吴兴章华,善属文。")之流,或工诗文,或精笔翰,亦其选也。又梁代士大夫,多仕陈廷,以文学著,如萧允、(《陈书·允传》:"经延陵季子庙,为诗叙意,辞理清典。")周弘正、(《南史·弘正传》:"玄理为当时所宗。集二十卷。弟弘让、弘直。弘直幼聪敏,有集二十卷。")萧引、(《陈书·引传》:"善属文。弟密,有文词。")张种、(《南史·种传》:"有集十四卷。")王劢、(《南史·劢传》:"从登北顾楼,赋诗,辞义清典。")沈众、(《陈书·众传》:"沈约孙,有文才。梁武令为《竹赋》,手敕答曰:'文体翩翩,可谓无忝尔祖。'")、袁枢(《陈书·枢传》:"有集十卷行世。")谢嘏、(《陈书·嘏传》:"善属文,文集行世。"虞荔、虞寄(《陈书·荔传》:"善属文。梁武使制《士林馆碑》。弟寄,大同中上《瑞雨颂》,梁武谓其典裁清拔。")是也。(又案:梁、陈之际,若王通、谢岐、袁敬、袁泌、刘仲威、王质、萧乾、韦载、韦鼎、王固、萧济、沈君公,虽不以文名,亦均工文。若夫沈文阿、沈洙、王元规、郑灼、顾超之流,博综经术;张讥、马枢兼善玄言,亦不仅以文名。)其有尤工诗什者,自徐、沈外,则有阴铿、(《南史·铿传》:"字子坚,尤善五言诗,为当时所重。世祖使赋《新成安乐宫诗》,援笔立就。有集三卷行世。")张正见、(《陈书·正见传》:"字见赜,年十三献颂,梁简文深赞赏之。有集十四

何之元《梁典》三十卷,其序保留在《陈书》本传,李善注《文选》常引该书。

周弘正(496—574)字思行,祖籍汝南安成(今河南平舆)人,梁、陈著名学者、诗人。"四声"之说创立者周颙之子。少通《周易》、《老子》,为史学家裴子野所赏识。有《周易讲疏》十六卷,《论语疏》十一卷,《庄子疏》八卷,《老子疏》五卷,《孝经疏》两卷,集二十卷。《隋书·经籍志》亦著录文集二十卷,久已亡佚。今存文八篇,多数为应用文字,属于骈丽文风。诗十四首,比较质朴。

阴铿字子坚,祖籍武威姑臧(今甘肃武威)。《陈书》本传谓阴铿有集三卷,而《隋书经籍志》仅著录一卷,说明至唐初已有残佚。今存三十多首诗,多是后人从类书中辑得。其中《渡青草湖》、《晚泊五洲》、《五洲夜发》、《晚出新亭》诸诗为历代选家所重视。他的诗歌创作历来与何逊相提并论。杜甫多次在诗中推崇"阴何",如"颇学阴何苦用心",又称李白"李侯有佳句,往往似阴铿",其在唐人心目中的地位于此可见一斑。

张正见字见赜,祖籍清河东武城(今属山东)人。《陈书》本传记其"有集十四卷,其五言诗尤善,大行于世"。今存赋三篇、文一篇、诗约八十馀首。比较成功的作品是《秋日

卷。其五言诗尤善，大行于世。”）阮卓、（《陈书·卓传》：“尤工五言诗。”）谢贞（《陈书·贞传》：“八岁为《春日闲居》五言诗，有‘风定花犹落’句，王筠以为追步惠连。有集，值乱不存。”）诸人。若夫孔范、刘暄之流，惟工藻艳，（详下节。）亦又不足数矣。

别庾正员》。诗中“朔气凌疏木，江风送上潮”句，在陈代纤弱的诗风中，足可当“声骨雄整”的评语。不过，后代评论家对张正见一直评价很低，如严羽《沧浪诗话》说：“南北朝人，惟张正见诗最多，而最无足省发，所谓虽多亦以奚为？”

丁　总论

宋、齐、梁、陈文学之盛，既综述于前。试合当时各史传观之：自江左以来，其文学之士，大抵出于世族，而世族之中，父子兄弟各以能文擅名。如《南史》称刘孝绰兄弟及群从子侄，当时有七十人，并能属文，近古未之有（《孝绰传》）。又王筠与诸儿论家门文集书谓：“史传所称，未有七叶之中，人人有集如吾门者。”（《筠传》）此均实录之词。（当时文学之盛，舍琅琊王氏及陈郡谢氏、吴郡张氏外，则有南兰陵萧氏、陈郡袁氏、东海王氏、彭城到氏、吴郡陆氏、彭城刘氏、东莞臧氏、会稽孔氏、庐江何氏、汝南周氏、新野庾氏、东海徐氏、济阳江氏，均见《南史》。）惟当时之人，既出自世族，故其文学之成，必于早岁，（详前节。）且均文思敏速，或援笔立成，或文无加点，（亦详前节。故梁武集文士作诗文，均限晷刻。又《南史·王僧孺传》称：“齐竟陵王，集学士为诗四韵，刻烛一寸。”亦其证

王伊同《五朝门第》有详尽的论列。陈寅恪先生在《金明馆丛稿初编·崔浩与寇谦之》中指出：“东汉以后学术文化，其中心不在政治中心之首都，而分散于各地之名都大邑。是以地方大族盛门乃为学术文化之所寄托。”他在《唐代政治史述论稿》中篇《政治革命与党派分野》中又指出：“士族之特点既在其门风之优美，不同于凡庶，而优美之门风，实基于学业之因袭，故士族家世相传之学业乃于当时之政治社会有极重要之影响。”

兰陵萧氏文学，参见曹道衡先生《兰陵萧氏文学研究》。

也。若《徐勉传》:“下笔不休。”《朱异传》:“不暂停笔。”又当时诏诰书疏,词贵敏速之证。)此亦秦汉以来之特色。至当时文学得失,稽之史传及诸家各集,厥有四端:

一曰:矜言数典,以富博为长也。齐、梁文翰与东晋异,即诗什亦然。自宋代颜延之以下,侈言用事,(钟氏《诗品》谓:“文符应资博古,驳奏宜穷往烈,至于吟咏情性,亦何贵乎用事?颜延之喜用古事,弥见拘束,于时化之。故大明、泰始中,文章殆同书抄。尔来作者,浸以成俗,遂句无虚韵,语无虚字,拘挛补纳,蠹文已甚。”)学者浸以成俗。齐、梁之际,任昉用事,尤多慕者,转为穿凿。(《南史·任昉传》云:“既以文才见知,时人云,任笔沈诗。昉闻,甚以为病。晚节转好作诗,用事过多,属辞不得流便。自尔都下之士慕之,转为穿凿。”《诗品》亦云:“任昉博物,动辄用事,是以诗不得奇。”)盖南朝之诗,始则工言景物,继则惟以数典为工。(观齐、梁人所存之诗,自离合诗、回文诗、建除诗以外,有四色诗、八音诗、数名诗、州郡名诗、药名诗、姓名诗、鸟兽名诗、树名诗、草名诗、宫殿名诗各体,又有大言、小言诸诗,此均惟工数典者也。)因是各体文章,亦以用事为贵。(如王僧孺、姚察等传,并云“多用新事,人所未见”,是其证。)考之史传,《南史》称王俭尝使宾客隶事,(《南史·王谌传》:“王俭尝集才学之士,总校虚实,类

隶事用典,类书由此兴盛。

多用新事,即所谓今典。陈寅恪先生《读哀江南赋》对此有阐释。

《法宝联璧》凡二百二十卷，中大通六年成。湘东王萧绎序。此书在《隋书·经籍志》中没有著录，看来早已亡佚，而萧绎之序却因收录在《广弘明集》中而被保留下来。此序后面罗列了三十八位参与“抄纂”的文士的爵位、名字和年龄。

非对不发，萧子显认为肇自颜延之。

物隶之，谓之隶事，自此始也。俭尝使宾客隶事，多者赏之。摛后至，俭以所隶示之，操笔便成，文章既奥，辞亦华美，举坐击赏。”）梁武集文士策经史事。（《南史·刘峻传》云：“武帝每集文士策经史事，范云、沈约之徒，皆引短推长。峻忽请纸笔，疏十馀事，坐客皆惊。”）而类书一体，亦以梁代为盛，藩王宗室，以是相高，（《南史·刘峻传》：“安成王秀使撰《类苑》，凡一百二十卷。武帝即命诸学士撰《华林遍略》以高之。”《杜子伟传》：“补东宫学士，与刘陟等抄撰群书，各为题目。”《庾肩吾传》略同。《陆罩传》亦言：“简文撰《法宝联璧》，与群士抄掇区分。”均其证也。）虽为博览之资，实亦作文之助，即《诗品》所谓“文章略同书抄”，《齐书》所谓“缉事比类，非对不发，博物可嘉，职成拘制”也。（《南史·萧子云传》谓：“梁初，郊庙乐词，皆沈约撰。子云启宜改之，武帝敕曰：‘郊庙歌词，应须典诰大语，不得杂用子史文章浅言。’”此当时文章舛杂之征。又《萧贲传》：“湘东王为檄，贲读至‘偃师南望，无复储胥露寒；河阳北临，或有穹庐毡帐’，乃曰：‘圣制此句，非无过，似如体目朝廷，非关序赋。’王闻大怒。”此又文多溢词，不关实义之证也。举斯二事，足审其馀。）故当时世主所崇，非惟据韵，兼重长篇。（如梁武诏群臣赋诗，或限据韵，或限五百字，均见《南史》各传。）诗什既然，文章亦尔。用是篇幅益恢，（梁代文章，以篇逾千字为恒。)偶词滋众,此必然之理也。

二曰:梁代宫体,别为新变也。宫体之名,虽始于梁,然侧艳之词,起源自昔。晋、宋乐府,如《桃叶歌》、《碧玉歌》、《白纻词》、《白铜鞮歌》,均以淫艳哀音,被于江左。迄于萧齐,流风益盛。(《南史·袁廓之传》谓:"时何涧亦称才子,为文惠太子作《杨叛儿歌》,辞甚侧丽。廓之谏曰:夫《杨叛》者,既非典雅,而声甚哀。"亦其证。)其以此体施于五言诗者,亦始晋、宋之间,后有鲍照,(明远乐府,固妙绝一时,其五言诗亦多淫艳,特丽而能壮,与梁代之诗稍别。《齐书·文学传论》谓:"次则发唱惊挺,操调险急,雕藻淫艳,倾炫心魂,斯鲍照之遗烈。"其确证也。)前则惠休。(绮丽之诗,自惠休始。《南史·颜延之传》云:"延之每薄汤惠休诗,谓人曰:'惠休制作,委巷中歌谣耳,方当误后事。'"即据侧丽之诗言之。)特至于梁代,其体尤昌。《南史·简文记》谓:"帝辞藻艳发,然伤于轻靡,时号宫体。"(《南史·帝纪论》曰:"宫体所传,且变朝野。"魏征《梁论》亦曰:"大宗神采秀发,华而不实,体穷淫靡,义罕疏通,哀思之音,遂移风俗。")《徐摛传》亦谓:"属文好为新变,文体既别,春坊尽学之,宫体之号,自斯而始。"盖当此之时,文士所作虽多艳词,(如徐摛特有轻艳之才,新声巧变,人多讽习是。)然尤以艳丽著者,实惟摛及庾肩吾,嗣则庾信、徐陵承其遗绪,而文体特为南北

宫体诗可分为广义的和狭义的两种理解。广义的理解,所谓宫体,是指较轻艳的诗风。而狭义的理解,是特指梁陈时代流行的诗风。关于宫体诗研究的原始资料主要有三项:第一是萧纲的《与湘东王书》,见《梁书·庾肩吾传》;第二是前引萧绎的《法宝联璧序》;第三是《玉台新咏》,可以说是研究梁代后期诗歌创作的渊薮。

萧子显认为,江左轻艳诗风与鲍照、汤惠休的倡导有关。

即所谓"徐庾体"。

所崇。(《周书·庾信传》谓:"庾肩吾、徐摛、摛子陵及信,并为梁太子抄撮学士。既有盛才,文并绮丽,世号徐庾体。当时后进,竞相模范,每有一文,京都莫不传诵。"《隋书·文学传序》曰:"自大同以后,徐陵、庾信分路扬镳,而其意浅而繁,其文匿而采。"又唐杜确《岑嘉州集序》曰:"梁简文帝及庾肩吾之属,始为轻浮绮靡之辞,名曰宫体。自后沿袭,务为妖体。"均其证。)此则大同以后文体之一变也。(梁代妖艳之词,多施于词赋。至陈,则志铭书札,亦多哀思之音,绮靡之词。)又据《陈书》、《南史》"后主纪"及"张贵妃"各传,谓帝荒酒色,奏伎作诗,以宫人有文学者为女学士,与狎客共赋新诗,采其尤艳丽者以为曲调,被以新声,其曲有《玉树后庭花》、《临春乐》等。《江总传》谓其尤工五七言诗,溺于浮靡,日与后主游宴后庭,多为艳诗,好事者相传讽玩,于今不绝。又《孔范传》云:"文章赡丽,尤善五言诗,与江总等并为狎客。"《刘暄传》云:"后主即位,与义阳王叔达、孔范、袁权、王瑳、陈褒、沈瓘、王仪等陪侍游宴,暄以俳优自居,文章谐谬,语言不节。"是陈季艳丽之词,尤较梁代为盛,即魏征《陈论》所谓"偏尚淫丽之文"也。故初唐诗什,竞沿其体,历百年而不衰。

今人有谓《玉台新咏》乃为张贵妃所编,似证据不足。

三曰:士崇讲论,而语悉成章也。自晋代人士均擅清言,用是言语、文章虽分二途,而出口成章,悉饶词藻。(见前课。)晋、宋之际,宗炳之伦,承其流风，兼以施于讲学。宋则谢灵远、瞻之属，并以才辩辞义相高，王惠精言清理。（并见《宋书·王惠传》。）齐承宋绪，华辩益昌。《齐书》称张绪言精理奥，见宗一时，吐纳风流，听者皆忘饥疲（《绪传》）；又称周颙音辞辨丽，辞韵如流，太学诸生慕其风，争事华辨（《颙传》）；又谓张融言辞辩捷，周颙弥为清绮，刘绘音采不赡，丽雅有风则（《绘传》）。迄于梁代，世主尤崇讲学，国学诸生，惟以辩论儒玄为务，或发题申难，往复循环，具详《南史》各传。（梁代讲论之风，被于朝野，具详戚衮、周弘正、张讥、顾越、马枢、岑之敬各传。）用是讲论之词，自成条贯，及笔之于书，则为讲疏、口义、笔对，大抵辨析名理，既极精微，而属词有序，质而有文，为魏、晋以来所未有。当时人士，既习其风，故析理之文，议礼之作，迄于陈季，多有可观，则亦士崇讲论之效也。

周颙为四声之论的最早发明者。

四曰：谐隐之文，斯时益甚也。谐隐之文，亦起源古昔。宋代袁淑，所作益繁。惟宋、齐以降，作者益为轻薄，其风盖昌于刘宋之初。（《南史·谢灵运传》："何长瑜寄书宗人何勖，以韵语序陆展染发，轻薄少年遂演之。凡人士并有题目，皆加剧言苦句，其文流行。"是其证。）嗣则卞铄、丘巨源、卞彬之徒，所作诗文，并多讥刺。（《南史·文学传》："卞铄为词赋，多讥刺世人。丘巨源作《秋胡诗》，有讥刺语。卞彬拟《枯鱼赋》喻意，又著《蚤》、

参见《文心雕龙·谐隐篇》的论述。

《虱》、《蜗》、《虫》等赋，大有指斥。永明中，诸葛勖为国子生，作《云中赋》，指祭酒以下，皆有形似之目。")梁则世风益薄，士多嘲讽之文，(《梁书·临川王弘传》："豫章王综，以弘贪吝，作《钱愚论》，其文甚切。"又《南史·江德藻传》："弟从简，作《采荷调》刺何敬容，为当时所赏。"又《何敬容传》："萧琛子巡，颇有轻薄才，制《卦名离合诗》嘲敬容。")而文体亦因之愈卑矣。(孔稚珪《北山移文》、裴子野《雕虫论》亦属此派。)

要而论之，南朝之文，当晋、宋之际，盖多隐秀之词，嗣则渐趋缛丽。齐、梁以降，虽多侈艳之作，然文词雅懿，文体清峻者，正自弗乏。斯时诗什，盖又由数典而趋琢句，然清丽秀逸，亦自可观。又当此之时，张融之文，务为诡激；裴子野之文，制多法古。盖张氏既以新奇为贵，裴氏欲挽靡丽之风，然朝野文人，鲜效其体。观简文《与湘东书》，以为裴氏之文不宜效法，此可验当时之风尚矣。至当时文格所以上变晋、宋而下启隋、唐者，厥有二因：一曰声律说之发明，二曰文笔之区别。今粗引史籍所言，诠次如左。

文笔的辨析已经见本书第一篇。

(甲) 声律说之发明

《南史·陆厥传》曰：永明末，盛为文章。吴兴沈约、陈郡谢朓、琅琊王融以气类相推毂。汝南周颙善识声韵，为文皆用宫商。以平上去入为四声，

平上去入四声，后来入派三声，北方方言没有入声，平生分为阴平、阳平。参见陈寅恪先生《四声三问》。

以此制韵，有平头、上尾、蜂腰、鹤膝。五字之中，音韵悉异，两句之内，角徵不同，不可增减，世呼为“永明体”。

《周颙传》云：颙始著《四声切韵》行于时。

《陆厥传》又曰：时有王斌者，不知何许人，著《四声论》行于时。

《沈约传》曰：约撰《四声谱》，以为在昔词人，累千载而不悟，而独得胸襟，穷其妙旨，自谓入神之作，武帝雅不好焉。尝问周舍曰：“何谓四声？”舍曰：“‘天子圣哲’是也。”然帝竟不遵用。（又《南史·陆厥传》：“约论四声，颇有铨辩，而诸赋亦往往与声韵乖。”）

案：音韵之学，不自齐、梁始。封演《闻见记》谓：“魏时有李登者，撰《声类》十卷，以五声命字。”《魏书·江式传》亦谓：“晋吕静仿品登之法作《韵集》五卷，宫、商、角、徵、羽各为一篇。”是宫羽之辨，严于魏、晋之间，特文拘声韵，始于永明耳。考其原因，盖江左人士，喜言双声，（如《宋书·谢庄传》载答王玄谟：玄、护为双声，磝、碻为叠韵，以为捷速如此。又《王玄保传》：“好为双声。”并其证。）衣冠之族，多解音律。（如《南史》：“萧惠基解音律，尤好魏三祖曲及相和歌。”《颜师伯传》：“颇解声乐。”又《齐书·齐临川王映传》及《南史》褚沄、谢恂、王冲各传，或云善声律，或云晓音乐，或云解音律、声律。是其证。）故永明之际，周、沈之伦，文

钟嵘《诗品序》中说：“至平上去入，则余病未能；蜂腰鹤膝，闾里已具。”说明齐梁时期已有四声八病之名。平头、上尾、蜂腰、鹤膝，即所谓八病之前四种。后四种声病为大韵、小韵、旁纽、正纽。具体界说见《文镜秘府论》。

沈约四声谱，清人纪昀作《沈约四声考》。

梁武帝不识四声：阳松介《谈薮》载：“重公尝谒高祖，问曰：‘弟子闻在外有四声，何者为是？’重公应声答曰：‘天保寺刹。’及出，逢刘孝绰，说以为能。绰曰：‘何如道天子万福。’”

章皆用宫商，又以此秘为古人所未睹也。

《庾肩吾传》曰：齐永明中，王融、谢朓、沈约文章，始用四声，以为新变。至是转拘声韵，弥为丽靡。

又案：唐封演《闻见记》亦云："周颙好为韵语，因此切字皆有平上去入之异。永明中，沈约文辞精拔，盛解音律，遂撰《四声谱》。时王融、刘绘、范云之徒，慕而扇之。由是远近文学，转相祖述，而声韵之道大行。"

沈约《宋书·谢灵运传论》：夫五色相宣，八音协畅，由乎玄黄律吕，各适物宜。欲使宫羽相变，低昂舛节，若前有浮声，则后须切响。一简之内，音韵尽殊；两句之中，轻重悉异。妙达此旨，始可言文。至于先士茂制，讽高历赏，子建"函京"之作，仲宣"灞岸"之篇，子荆"零雨"之章，正长"朔风"之句，并直举胸情，非傍诗史，正以音律调韵，取高前式。自灵均以来，多历年代，虽文体稍精，而此秘未睹。至于高言妙句，音韵天成，皆暗与理合，匪由思至。张、蔡、曹、王，曾无先觉；潘、陆、颜、谢，去之弥远。世之知音者，有以得之，此言非谬。如曰不然，请待来哲。

陆厥《与沈约书》曰：范詹事自序："性别宫商，识清浊，特能适轻重，济艰难。古今文人，多不全了斯处，纵有会此者，不必从根本中来。"沈尚书亦云："自灵均以来，此秘未睹。或暗与理合，匪由思

正史中最早辟"文苑传"的是范晔《后汉书》。《宋书》虽始于刘宋元嘉时期，却没有"文苑传"，《谢灵运传论》类似于《宋书·文苑传论》。

陆厥（472—499）字韩卿，吴郡吴（今江苏苏州）人，南齐诗人。陆厥有集十卷，至初唐有所亡佚。《南齐书》本传谓其"好属文，五言诗体甚新变"。今存诗十首，多系乐府诗。《临江王节士歌》及《中山王孺子歌》较有新意。质疑已见本书103页评点。

至。张、蔡、曹、王，曾无先觉；潘、陆、颜、谢，去之弥远。”大旨“欲使宫羽相变，低昂舛节，若前有浮声，则后须切响。一简之内，音韵尽殊；两句之中，轻重悉异。”辞既美矣，理又善焉。但观历代众贤，似不都暗此处，而云“此秘未睹”，近于诬乎？案：范云“不从根本中来”，尚书云“匪由思至”，斯可谓揣情谬于玄黄，摘句差其音律也。范又云“时有会此者”，尚书云“或暗与理合”。则美咏清讴，有辞章调韵者，虽有差谬，亦有会合。推此以往，可得而言。夫思有合离，前哲同所不免；文有开塞，即事不得无之。子建所以好人讥弹，士衡所以遗恨终篇。既曰“遗恨”，非尽美之作，理可诋诃。君子执其诋诃，便谓合理为暗，岂如指其合理而寄诋诃为遗恨邪？自魏文属论，深以清浊为言；刘桢奏书，大明体势之致。岨峿妥怗之谈，操末续颠之说，兴玄黄于律吕，比五色之相宣，苟此秘未睹，兹论为何所指邪？故愚谓前英已早识宫徵，但未屈曲指的，若今论所申。至于掩瑕藏疾，合少谬多，则临淄所云“人之著述，不能无病”者也。非知之而不改，谓不改则不知，斯曹、陆又称“竭情多悔”，“不可力强”者也。今许以有病有悔为言，则必自知无悔无病之地，引其不了不合为暗，何独诬其一合一了之明乎？意者亦质文时异，古今好殊，将急在情物，而缓于章句。情物，文之所急，美恶犹且相半；章句，意之所缓，故合少而谬多。义兼于斯，

范晔有关声韵的论述并见其《狱中与诸甥侄书》。

魏文属论，即指《典论·论文》，谓“文以气为主，气之清浊有体，不可力强而致”。

临淄所云，即指曹植《与杨德祖书》。

必非不知，明矣。《长门》、《上林》，殆非一家之赋；《洛神》、《池雁》，便成二体之作。孟坚精正，《咏史》无亏于"东主"；平子恢富，《羽猎》不累于"凭虚"。王粲《初征》，他文未能称是；杨修敏捷，《暑赋》弥日不献。率意寡尤，则事促乎一日；翳翳愈伏，而理赊于七步。一人之思，迟速天悬；一家之文，工拙壤隔。何独宫商律吕，必责其如一邪？论者乃可言"未穷其致"，不得言"曾无先觉"也。(《齐书·厥传》)沈约《答陆厥书》：宫商之声有五，文字之别累万。以累万之繁，配五声之约，高下低昂，非思力所举，又非止若斯而已也。十字之文，颠倒相配，字不过十，巧历已不能尽，何况复过于此者乎？灵均以来，未经用之于怀抱，固无从得其仿佛矣。若斯之妙，而圣人不尚，何邪？此盖曲折声韵之巧，无当于训义，非圣哲立言之所急也。是以子云譬之"雕虫篆刻"，云"壮夫不为"。自古辞人，岂不知宫羽之殊，商徵之别？虽知五音之异，而其中参差变动，所昧实多。故鄙意所谓"此秘未睹"者也。以此而推，则知前世文士便未悟此处。若以文章之音韵，同弦管之声曲，则美恶妍蚩，不得顿相乖反。譬犹子野操曲，安得忽有阐缓失调之声？以《洛神》比陈思他赋，有似异手之作。故知天机启则律吕自调，六情滞则音律顿舛也。士衡虽云"炳若缛锦"，宁有濯色江波，其中复有一片是卫文之服？此则陆生之言，即复不尽者矣。韵

《长门》、《上林》殆非一家之赋，意谓《长门赋》非司马相如所作。《长门赋》被《文选》列为"哀伤类"之首，赋序点明司马相如代陈皇后作，但陈皇后奉金买赋与复得亲幸事，《汉书》陈后纪及司马相如本传并无记载，故历来有人怀疑其伪。是真是伪，已难究实。惟此赋受屈赋的影响至深，对后代文人士大夫的影响亦甚巨。唐韩偓有"长卿只为长门赋，未识君臣际会难"的讥讽(《中秋禁直》)，宋陈师道有"黄金拟买相如赋，未信君恩属画工"的感叹(《拟汉宫词》)，辛弃疾退一步讲："千金纵买相如赋，脉脉此情谁诉？"(《摸鱼儿·暮春》)

十字之文颠倒相配，意谓五言诗上下句应平仄相对，音调始谐。

与不韵，复有精粗，轮扁不能言，老夫亦不尽辨此。（同上）

《文心雕龙·声律篇》：夫音律所始，本于人声者也。声含宫商，肇自血气，先王因之，以制乐歌。故知器写人声，声非学器者也。故言语者，文章神明，枢机吐纳，律吕唇吻而已。古之教歌，先揆以法，使疾呼中宫，徐呼中徵。夫商徵响高，宫羽声下；抗喉矫舌之差，攒唇激齿之异，廉肉相准，皎然可分。今操琴不调，必知改张，摛文乖张，而不识所调。响在彼弦，乃得克谐，声萌我心，更失和律，其故何哉？良由内听难为聪也。故外听之易，弦以手定；内听之难，声与心纷，可以数求，难以辞逐。凡声有飞沉，响有双叠。双声隔字而每舛，叠韵杂句而必睽；沉则响发而断，飞则声飏不还。并辘轳相往，逆鳞相比。迂其际会，则往蹇来连，其为疾病，亦文家之吃也。夫吃文为患，生于好诡，逐新趣异，故喉唇纠纷，将欲解结，务在刚断。左碍而寻右，末滞而讨前，则声转于吻，玲玲如振玉；辞靡于耳，累累如贯珠矣。是以声画妍蚩，寄在吟咏，滋味，流于字句，气力穷于和韵。异音相从谓之和，同声相应谓之韵。韵气一定，故馀声易遣；和体抑扬，故遗响难契。属笔易巧，选和至难，缀文难精，而作韵甚易。虽纤毫曲变，非可缕言，然振其大纲，不出兹论。若夫宫商大和，譬诸吹籥；翻回取均，颇似调瑟。瑟资移柱，故有时而乖贰；

即所谓双声叠韵之说，双声如“仿佛”，叠韵如“徘徊”。《论文杂记》：“凡有两字同母，是为双声；两字同韵，谓之叠韵。”

飞沉，即后来的平仄之意。飞指扬，平声；沉指抑，仄声。

籥含定管，故无往而不壹。陈思、潘岳，吹籥之调也；陆机、左思，瑟柱之和也。概举而推，可以类见。又诗人综韵，率多清切，《楚辞》辞楚，故讹韵实繁。及张华论韵，谓士衡多楚，《文赋》亦称知楚不易，可谓衔灵均之声馀，失黄钟之正响也。凡切韵之动，势若转圜；讹音之作，甚于枘方。免乎枘方，则无大过矣。练才洞鉴，剖字钻响，识疏阔略，随音所遇，若长风之过籁，南郭之吹竽耳。古之佩玉，左宫右徵，以节其步，声不失序。音以律文，其可忘哉！

《楚辞》辞楚，即宋人黄伯思《东观馀论》所谓"作楚声"，与中原音韵多有不同。

又案：《雕龙》本篇赞云："标情务远，比音则近。吹律胸臆，调钟唇吻。声得盐梅，响滑榆槿。割弃支离，宫商难隐。"

钟嵘《诗品》下：昔曹、刘殆文章之圣，陆、谢为体贰之才，锐精研思，千百年中而不闻宫商之辨、四声之论。或谓前达偶然不见，岂其然乎？尝试言之曰：古诗颂皆被之金竹，故非调五音，无以谐会。若"置酒高堂上"、"明月照高楼"，为韵之首。故三祖之词，文或不工，而韵入歌唱，此重声韵之义也，与世之言宫商者异矣。今既不被管弦，亦何取于声韵耶？齐有王元长者，尝谓余云："宫商与二仪俱生，自古词人不知之，唯颜宪子乃云律吕音调，而其实大谬，唯见范晔、谢庄颇识之耳，常欲进《知音论》未就。"王元长创其首，谢朓、沈约扬其波。三贤或贵公子孙，幼有文辩，于是士流景慕，

曹、刘，即曹植和刘桢。陆、谢，指陆机与谢灵运。

王元长，指王融，《知音论》未见流传。

务为精密，襞积细微，转相凌架，故使文多拘忌，伤其真美。余谓：文制本须讽读，不可蹇碍，但令清浊通流，口吻调利，斯为足矣。至于平上去入，则余病未能，蜂腰鹤膝，闾里已具。

案：四声之说，盛于永明。其影响及于文学者，《南史》以为转拘声韵，而近人顾炎武《音论》又谓："江左之文，自梁天监以前，多以去人二声同用，以后则绝不相通。"其说至确。然沈、周之说，所谓判低昂，审清浊者，非惟平侧之别已耳，于声韵之辨，盖亦至精。彦和谓"响有双叠"，"双声隔字而每舛，叠韵杂句而必睽"，即沈氏所谓"一简之内，音韵尽殊"，（故彦和又云："异音相从谓之和，同声相应谓之韵。"）谓一句之内，不得两用同纽之字及同韵之字也。彦和谓"声有飞沉，沉则响发而断，飞则声飏不还"，即沈氏所谓"前有浮声，后须切响"，"两句之中，轻重悉异"，谓一句之内，不得纯用浊声之字，或清声之字也。至当时五言诗律，舍《南史》所举平头、上尾、蜂腰、鹤膝外，别有大韵、小韵、旁纽、正纽四端，是为八病。（平头，谓第二字不与第七字同声；上尾，谓第五字不与第十字同声；蜂腰，谓第二字不与第五字同声；鹤膝，谓第五字不与第十五字同声；大韵，谓五言诗两句除韵而外，馀九字不与韵犯；小韵，谓五言诗两句不得互用同韵之字；旁纽，谓五言诗两句不得两用同纽之字；正纽，谓一纽四声不得两句杂用。）此即永明

顾炎武《音论》，收录在《音学五书》中。

《文镜秘府论》论声病凡二十八种，当是在六朝人所倡"八病"基础上增加而成。

声律之大略也。《南史》以为"弥为丽靡",《诗品》以为"转伤真美",斯固切当之论。然四声八病,虽近纤微,当时之人,亦未必悉相遵守。惟音律由疏而密,实本自然,非由强制。试即南朝之文审之,四六之体,粗备于范晔、谢庄,成于王融、谢朓,而王、谢亦复渐开律体。影响所及,迄于隋、唐,文则悉成四六,诗则别为近体,不可谓非声律论开其先也。又四六之体既成,则属对日工,篇幅益趋于恢广,此亦必然之理。试以齐、梁之文上较晋、宋,陈、隋之文上较齐、梁,其异同之迹,固可比较而知也。

四六之体,即由骈文而成的一种文体,由四六句组成。刘师培《文章原始》(《刘师培全集》第三册第450页):"齐梁以下,四六之体渐兴,以声色相矜,以藻绘相饰,靡曼纤冶,文体亦卑。然律以沉思翰藻之说,则骈文一体,实为文体之正宗。"

近体,即指隋唐以来盛行的律诗。

(乙) 文笔之区别

《南史·范晔传》:晔《与诸甥侄书》曰:常谓情志所托,故当以意为主,以文传意。以意为主,则其旨必见;以文传意,则其词不流。然后抽其芬芳,振其金石耳。观古今文人,多不全了此处。年少中谢庄最有其分,手笔差易,于文不拘韵故也。吾思乃无定方,但多公家之言,少于事外远致,以此为恨,亦由无意于文名故也。

《南史·颜延之传》:帝尝问以诸子才能,延之曰:"竣得臣笔,测得臣文,㚟得臣义。"(又曰:"长子竣为孝武造书檄。元凶劭召延之,示以檄文,问曰:'此笔谁造?'延之曰:'竣之笔也。'又问:'何以知之?'曰:'竣笔体,臣不容不识。'")

梁元帝《金楼子·立言篇》云：今之门徒，转相师受，通圣人之经者谓之儒。屈原、宋玉、枚乘、长卿之徒，止于辞赋，则谓之文。今之儒，博穷子史，但能识其事，不能通其理者，谓之学。至如不便为诗如阎纂，善为章奏如伯松，若此之流，泛谓之笔；吟咏风谣，流连哀思者谓之文。

又云：笔退则非谓成篇，进则不云取义，神其巧惠，（案：惠、慧古通。）笔端而已。至如文者，惟须绮縠纷披，宫徵靡曼，唇吻遒会，情灵摇荡。而古之文笔，今之文笔，其源又异。

《文心雕龙·序志篇》：若乃论文取笔，则囿别区分。（案：《雕龙》他篇区别文笔者，如《时序篇》云："庾以笔才逾亲，温以文思益厚。"《才略篇》云："孔融气盛于为笔，祢衡思锐于为文。"并文笔分言之证。又《风骨篇》云："若风骨乏采，则鸷集翰林；采乏风骨，则雉窜文囿。惟藻耀之高翔，固文笔之鸣凤也。"《章句篇》云："是以搜句忌于颠倒，裁章贵于顺序，斯固情趣之指归，文笔之同致也。"亦文笔并词之证。）

《文心雕龙·总术篇》：今之常言，有文有笔，以为无韵者笔也，有韵者文也。夫文以足言，理兼诗书，别目两名，自近代耳。颜延年以为：笔之为体，言之文也。经典则言而非笔，传记则笔而非言。请夺彼矛，还攻其盾矣。何者？《易》之《文言》，岂非言文？若笔不言文，不得云经典非笔矣。

王充《论衡·超奇》将文人分为五种：俗人、儒生、通人、文人、鸿儒，认为鸿儒是最高的典范。徐幹《中论·治学》认为儒生也有高低之别，有通儒，有鄙儒。萧绎《金楼子》则将文人分为儒、学、文、笔四类。

《序志》乃《文心雕龙》最后一篇。案：先唐著作，作者自序通常放在最后，如《太史公自序》等即是。

将以立论，未见其论立也。予以为发口为言，属笔曰翰，常道曰经，述经曰传。经传之体，出言入笔，笔为言使，可强可弱。分经以典奥为不刊，非以言笔为优劣也。（又本篇赞曰："文场笔苑，有术有门。"亦分言文笔。）

案：自《晋书》张翰、曹毗、成公绥各传，均以文笔并词，或云诗赋杂笔。自是以降，如《宋书·沈怀文传》："弟怀远，颇闲文笔。"《齐书·晋安王子懋传》："世祖敕子懋曰：'文章诗笔，乃是佳事。'"又《竟陵王传》："所著内外文笔数十卷，虽无文采，多是劝戒。"《梁书·鲍泉传》："兼有文笔。"《陈书·陆琰传》："所制文笔多不存。"《陈书·姚察传》："每制文笔，后主敕便索本。后主所制文笔甚多，别写一本付察。"《虞寄传》："所制文笔，遭乱多散失。"《刘师知传》："工文笔。"《江德藻传》："著文笔十五卷。"《许亨传》："所制文笔六卷。"均文笔分言之证。其有诗笔分言者，如《南史·刘孝绰传》："弟孝仪、孝威，工属文诗。孝绰尝云：'三笔六诗。'三即孝仪，六谓孝威。"《沈约传》谓："谢玄晖善为诗，任彦昇工于笔，约兼而有之，然不能过。"《任昉传》谓："时人云：'任笔沈诗。'昉闻，甚以为病。"（又《庾肩吾传》："简文《与湘东王书》云：'诗既若此，笔亦如之。'"又云："谢朓、沈约之诗，任昉、陆倕之笔，斯文章之冠冕，述作之楷模。"）并其证也。亦或析言词笔，如《陈书·岑之敬传》"雅有

谢朓工诗，任昉长于笔，沈约兼而有之，但不及二人各自专长。

沈诗任笔，说明在时人心目中，诗文之才远远高于笔才。

辞笔"是也。(《谢朓传》亦云:"孔觊粗有才笔。")至文笔区别,盖汉、魏以来,均以有藻韵者为文,无藻韵者为笔。东晋以还,说乃稍别:据梁元《金楼子》,惟以吟咏风谣,流连哀思者为文;据范晔《与甥侄书》及《雕龙》所引时论,则又有韵为文,无韵为笔。今以宋、齐、梁、陈各史传证之:据《宋书·傅亮传》谓:"武帝登庸之始,文笔皆是参军滕演。北征广固,悉委长史王诞。自此之后,至于受命,表册文诰,皆亮词也。"又据《齐书·孔珪传》云:"为齐高帝骠骑记室,与江淹对掌辞笔。"又据《齐书·谢朓传》谓:"明帝辅政,掌霸府文笔,又掌中书诏诰。"《梁书·任昉传》谓:"武帝克建邺,以为骠骑记室,专主文翰。每制书草,沈约辄求同署。尝被急召,昉出而约在,是后文笔,约参制焉。"(又《任昉传》:"昉尤长载笔,当时王公表奏,莫不请焉。梁台建,禅让文诰,多昉所具。")《南史·萧子范传》谓:"南平王府中,文笔皆令具草。"《陈书·姚察传》亦云:"又敕专知优册谥议等文笔。"其文笔、辞笔并言,并与沈怀文各传相合。自是以外,或云手笔,(史传所载,有仅言手笔者,如《齐书·丘灵鞠传》:"敕知东宫手笔。"《王俭传》:"手笔典裁,为当时所重。"《陈书·姚察传》:"后主称姚察手笔,典裁精当。"是也。有云大手笔者,《南史·陆琼传》谓:"陈文帝讨周迪等,都官符及诸大手笔,并中敕付琼。"《徐陵传》:"国家有大手笔,必令

中书诏诰,笔也。由此来看,谢朓亦长于笔。

王公表奏,多请任昉。《文选》收录任昉这类文字最多。

陵草之。"是也。)或云笔翰。(《南史·任孝恭传》:"专掌公家笔翰。"《丘巨源传》:"有笔翰。太祖使于中书省撰符檄。巨源与袁粲书谓:'朝廷洪笔,何故假手凡贱?又有羽檄之难,必须笔杰。'"等说,是其证。)合以颜延之各传,知当时所谓笔者,非徒全任质素,亦非偶语为文,单语为笔也。盖当时世俗之文,有质直序事,悉无浮藻者,如今本《文选》任昉《弹刘整文》所引刘寅妻范氏诣台诉词是也;亦有以语为文,无复偶词者,如齐世祖《敕晋安王子懋》诸文是也。(如刘瓛《与张融王思远书》,亦质直不华。齐、梁之文类此者,正复弗乏。)然史传诸云"文笔"、"词笔",以及所云"长于载笔"、"工于为笔"者,笔之为体,统该符、檄、笺、奏、表、启、书、札诸作言,其弹事议对之属,亦属于史笔,册亦然。凡文之偶而弗韵者,皆晋、宋以来所谓笔类也。故当时人士于尺牍、书记之属,词有专工,(今以史传考之,所云尺牍,如《宋书·刘穆之传》:"与朱龄石并便尺牍。"《臧质传》:"尺牍便敏。"《梁书·徐勉传》:"既闲尺牍。"《邵陵王纶传》:"尤工尺牍。"《陈书·蔡景历传》:"善尺牍。"是也。所云书记,如《陈书·陈详传》:"善书记。"《庾持传》:"尤善书记,以才艺闻。"是也。自是以外,或云书疏,如《陈书·陆山才传》:"周文育出镇南豫州,不知书疏,乃以山才为长史。"是也。或云书翰,如《齐书·王晏传》:"齐高帝时,军旅书翰皆见委。"

《奏弹刘整》,今存《文选》多有删节,唐写本《文选》则保留很多原来的面貌。参见周勋初《〈文选〉所载诸本〈奏弹刘整〉一文诸注之分析》,载《周勋初文集》第三册。

尺牍为时人所重。《后汉书·窦融传》附窦章传注引《马融集·与窦伯向书》曰:"孟陵奴来,赐书,见手迹,欢喜何量,见于面也。书虽两纸,纸八行,行七字。"

《陈书·孙瑒传》:“尤便书翰。”是也。)而刀笔(刀笔之名见于史传者,如《南史·虞玩之传》:“少闲刀笔。”《王球传》谓:“彭城王义康,专以政事为本,刀笔干练者多被意遇。”《吴喜传》:“齐明帝以喜刀笔吏,不当为将。”是也。斯时所云刀笔,盖官府文书成于吏手者。)、笔札(笔札之名见于史传者,如《南史·宗央传》:“齐郁林为南郡王,使管书记,以笔札贞正见许。”又《沈庆之传》云:“庆之谓颜竣曰:‘君但当知笔札之事。’”皆其证也。)、笔记(如《齐书·丘巨源传》:“巨源与袁粲书:‘笔记贱伎,非杀活所待。’”是也。又《文心雕龙·才略篇》云:“路粹、杨修,颇怀笔记之工。”又云:“温太真之笔记,循理而清通。”亦笔记之名见于齐、梁著作者。)、笔奏(《雕龙·才略篇》:“长虞笔奏,世执刚中。”)之名,或详于史册,或杂见群书。又王僧孺、徐勉、孔奂诸人,其弹事之文,各与集别,(《南史·王僧孺传》:“文集三十卷,两台弹事不入集,别为五卷。”又《徐勉传》云:“左丞弹事五卷,所著前后二集五十卷,又为人章表集十卷。”《孔奂传》云:“有集十五卷,弹文集。”此均弹文别于文集之证。又《南史·孔休源传》云:“凡奏议弹文,勒成十五卷。”亦其证也。又案:《南史·刘瑀传》云:“刘瑀为御史中丞,弹萧惠开、王僧达,朝士莫不畏其笔端。”此亦弹事之体,南朝称笔之证也。)均足为文、笔区分之证。更即《雕龙》篇次言之,由第六迄于

刀笔,古时文书写在简牍上,用笔书写,用刀削误字。管文书的官又称刀笔吏。《史记·李将军列传》:“广年六十馀矣,终不能复对刀笔之吏。”

弹文,《隋书·经籍志》著录《晋弹事》十卷及诸《弹事》十四部,可见当时这类文字颇受关注。

第十五，以《明诗》、《乐府》、《诠赋》、《颂赞》、《祝盟》、《铭箴》、《诔碑》、《哀吊》、《杂文》、《谐讔》诸篇相次，是均有韵之文也；由第十六迄于第二十五，以《史传》、《诸子》、《论说》、《诏策》、《檄移》、《封禅》(篇中所举扬雄《剧秦美新》，为无韵之文。相如《封禅文》惟颂有韵。班氏《典引》，亦不尽叶韵。又东汉《封禅仪记》，则记事之体也。)、《章表》、《奏启》、《议对》、《书记》诸篇相次，是均无韵之笔也。此非《雕龙》隐区文笔二体之验乎？(《雕龙·章表篇》，以左雄奏议，胡广章奏，并当时之笔杰。又《才略篇》云："庾元规之表奏，靡密而闲畅，温太真之笔记，循理而清通，亦笔端之良工也。"又《史传篇》云："秉笔荷担，莫此之劳。"《论说篇》云："不专缓颊，亦在刀笔。"《书记篇》云："然才冠鸿笔，多疏尺牍。"《事类篇》云："事美而制于刀笔。"据上诸证，是古今无韵之文，彦和并目为笔。)盖晋、宋以降，惟以有韵为文，较之士衡《文赋》，并列表及论说者又复不同。故当时无韵之文，亦矜尚藻采，迄于唐代不衰。

或者曰：彦和既区文笔为二体，何所著之书，总以《文心》为名？不知当时世论，虽区分文笔，然笔不该文，文可该笔，故对言则笔与文别，散言则笔亦称文。据《陈书·虞寄传》载衡阳王出阁，文帝敕寄兼掌书记，谓"屈卿游藩，非止以文翰相烦，乃令以师表相事。"又《梁书·裴子野传》谓子野为

左雄作《上言察举孝廉》，建议孝廉年不满四十，不得察举，皆先诣公府，诸生试家法，文吏课笺奏，副之端门，练其虚实，以观异能，以美风俗。后来黄琼在儒学与文吏之外，增加孝悌与能从政者二科。从此，察举成为四科。《后汉书集解》引惠栋曰："《汉官仪》曰：尚书郎以孝廉年未五十，先试笺奏。初入台称郎中。满岁称侍郎。"故《文心雕龙·章表》："左雄奏议，台阁为式。"

《后汉书·胡广传》："举孝廉，既到京师，试以章奏，安帝以广为天下第一。"

喻魏文，武帝称曰："其文甚壮。"是奏记檄移之属，当时亦得称文。故史书所记，于无韵之作，亦或统称"文章"。观于王俭《七志》，于集部总称"文翰"。阮孝绪《七录》，则称"文集"。而昭明《文选》其所选录，不限有韵之词。此均文可该笔之证也。

又案：昭明《文选》，惟以沉思翰藻为宗，故赞论序述之属，亦兼采辑。然所收之文，虽不以有韵为限，实以有藻采者为范围，盖以无藻韵者不得称文也。

梁昭明太子《文选序》：自姬、汉以来，眇焉悠邈，时更七代，数逾千祀。词人才子，则名溢于缥囊；飞文染翰，则卷盈乎缃帙。自非略其芜秽，集其清英，盖欲兼功，太半难矣。若夫姬公之籍，孔父之书，与日月俱悬，鬼神争奥，孝敬之准式，人伦之师友，岂可重以芟夷，加之剪截？老、庄之作，管、孟之流，盖以立意为宗，不以能文为本，今之所撰，又以略诸。若贤人之美辞，忠臣之抗直，谋夫之话，辨士之端，冰释泉涌，金相玉振。所谓坐狙丘，议稷下，仲连之却秦军，食其之下齐国，留侯之发八难，曲逆之吐六奇，盖乃事美一时，语流千载，概见坟籍，旁出子史。若斯之流，又亦繁博，虽传之简牍，而事异篇章，今之所集，亦所不取。至于记事之史，系年之书，所以褒贬是非，纪别异同，方之篇翰，亦已不同。若其赞论之综缉辞采，序述之错比文华，事出于沉思，义归乎翰藻，故与夫篇什，

《文选》有四种文不录：第一，相传为周公、孔子的著作，即大体相当于中国传统目录学中经、史、子、集的经部；第二，老子、庄子、管子、孟子的著作，大体相当于子部；第三，贤人、忠臣、谋夫、辩士的辞令，即《国语》、《战国策》以及散见于史籍中的这一类著作；第四，记事、系年之书。

事出于沉思，义归乎翰藻：《文选》重在"文"，要求具有"综辑辞采"、"错比文华"。而经、史、子三部汇集的作品一般而言较为质朴，以实用为主。萧统通过这种编选，是要为"文"与"非文"划一疆界。

碑与铭起源都很早，但是用在墓葬，碑则立在墓上，而铭则入在墓穴。

让表谢笺，指升官辞让，以表谦虚。《三国志·魏志》注引《魏氏春秋》记载，大臣劝曹丕登基，三劝三让。曹丕登基后，感慨万端地说："舜、禹之事，吾知之矣。"

杂而集之。远自周室，迄于圣代，都为三十卷，名曰《文选》云耳。

案：昭明此序，别篇章于经、史、子书而外，所以明文学别为一部，乃后世选文家之准的也。

要而论之，一代之文，必有宗尚。故历代文人所作，各有专长。试即宋、齐、梁、陈四代言之：自晋末裴松之奏禁立碑，（《宋书·松之传》云："义熙初，松之以世立私碑，有乖事实，上表陈之：以为诸欲立碑者，宜悉令言上，为朝议所许，然后听之，庶可以防遏无征，显章茂实。由是普断。"）而志铭之文代之而起，（《文选注》及封演《闻见记》引齐王俭议谓："墓志起于宋元嘉中，颜延之为王球石志，素族无铭策，故以纪行。"又谓："储妃既有哀策，不烦石志。"然宋、齐以降，臣僚并有墓志，或由太子诸王撰立。据《南史·裴子野传》谓："湘东王为之墓志铭，陈于藏内。邵陵王又立墓志，堙于羡道。羡道列志自此始。"是当时志铭不止一石也。）然敕立、奏立之碑，时仍弗乏，（当时奏立之碑有二：一为墓碑，如梁刘贤等陈徐勉行状请刊石纪德，降诏立碑于墓是也；一为碑颂、碑记，如寿阳百姓为刘勔立碑记，南豫州人请为夏侯亶立碑是也。）寺塔碑铭作者尤众。又晋、宋而降，颇事虚文，让表谢笺，必资名笔，朝野文人，尤精树论。驳诘之词既盛，辩答之说益繁，（如《夷夏论》、《神灭论》及张融《问律》诸文，驳者既众，答者益繁，故篇章充积。）

故数体之文，亦以南朝为盛。自斯而外，若箴、铭、颂、赞、哀、诔、骚、七、设论、连珠各体，虽稍有通变，然鲜有出辙。其有文体舛讹，异于前作者，亦肇始齐、梁之世。如行状易为偶文，（如《文选》所载任昉《齐竟陵王行状》是。）祭文不为韵语，（齐、梁以前，祭文均为韵语，此正体也。若王僧孺《祭禹庙文》、任孝恭《祭杂坟文》，均偶而弗韵，北朝则魏孝文《祭恒岳文》、薛道衡《祭江文》、《祭淮文》并承其体，非祭文之正式也。）嗣则志铭之作，无异诔文，（铭以述德，诔以表哀，体本稍别。陈代志铭，词多哀艳，如后主等所撰是也。）赋体益恢，杂以四六，此则文体之变也。

总集如《文选》、《玉台新咏》未论列，是其不足之一。

文学批评著作，如《文心雕龙》、《诗品》未论列，是其不足之二。

佛教论著未论列，是其不足之三。

陶渊明未论列，是其不足之四。

附：搜集文章志材料方法

（自秦汉迄隋）

这篇文章发表于1919年5月20日《国故》月刊第3期。这年11月，作者病逝，因此，这是作者临终重要文字。

文学史者，所以考历代文学之变迁也。古代之书，莫备于晋之挚虞。虞之所作，一曰《文章志》，一曰《文章流别》。志者，以人为纲者也；流别者，以文体为纲者也。今挚氏之书久亡，而文学史又无完善课本，似宜仿挚氏之例，编纂《文章志》、《文章流别》二书，以为全国文学史课本，兼为通史文学传之资。惟斯事体大，必以搜集材料为主，今将搜集文章志材料方法略述于左：

《文章志》的编纂，以挚虞《文章流别论》为范本，从当时的文学批评资料入手。《文章流别论》已见85页旁注。鲁迅亦辑有《众家文章记录》，收录在《鲁迅辑录古籍丛编》。

此一则论完整保存之书，自当博涉旁收，竭泽而渔。

一　就现存之书分别采择也。正史文苑传，固为搜集材料之大宗，然正史或无文苑传，或文士别立专传，（如《后汉书》班固、张衡、崔骃、马融、蔡邕不列《文苑》是。）则全史之文，均应按卷披阅，其涉及文学者，单句只词，均宜摘采。正史以外，如袁宏《汉纪》、常璩《华阳国志》（宜搜川刻足本。）、崔鸿《十六国春秋》，（虽系明人辑刻，然均本古籍所引，与伪书不同。）以及《世说新语》、（刘注亦宜并采。）《水经注》之属，均宜博采。（《汉书注》、《后汉书注》、《三国志注》亦然。）其散见子书者，如《法言》、《论衡》、（《潜夫论》、《风俗通义》二书，亦间有可采。）《抱朴子内外篇》、《颜氏家训》、《金楼子》（鲍刻本）诸书，亦宜采择。（《刘氏新论》之属，亦间有可采。）汇而集之，或每书各为长篇，或一人分任数部，不出数月，宛然成册矣。

一　就既亡各书钩沉摭逸也。逸书之中，其首应搜辑者，为晋人、宋人、齐梁人所撰各文章志。考《隋书·经籍志》有挚虞《文章志》四卷（《唐志》卷同），《后汉书》李注、《三国志》裴注、《世说新语》刘注，均引其文。（其书体例虽不可考，据《三国志·陈思王传》注所引，有“刘修著诗赋颂六篇”各语，《后汉书·桓彬传》注所引有“桓麟文见在者十八篇，碑九首，诔七首，说一首”各语，似虞书体例，人各为传，详载所著文若干篇，及现存文若干篇。）又有傅亮《续文章志》二卷（《唐志》卷同），宋明帝《晋江左文章志》三卷（《唐志》作二卷），沈约《宋世文章志》二卷（《唐志》卷同，《梁书》约传作三十卷），舍沈书而外，《世说新语》刘注、《文选》李注以及《北堂书抄》各书，并多甄引。《隋志》又有《文章志》，不著撰名，《世说》刘注，亦多采录。自是以外，《隋志》所载有荀勖《杂撰文章家集叙》十卷（《唐志》杂作新，十卷作五卷），张隐《文士传》五十卷（《唐志》作《文林传》），荀书今鲜可征，张书则至宋犹存，（《玉海》引《中兴书目》：“《文志传》五卷，载六国文人，起楚芈原，终魏阮瑀。”又引《崇文书目》：“《文士传》十卷，终谢灵运。”盖北宋仍存晋、

此一则论亡佚之书，亦当辑录钩沉。鲁迅《古小说钩沉》即成功之例。

《玉海·艺文志》记录了大量的宋代流传的著作，颇值得关注。

《太平御览》文部凡二十二卷，论述各种文体，以往的论著似关注不多。此外还应结合学部十三卷论之。

宋五卷，南宋则仅存汉、魏以上也。《新唐书》张隐作张骘，系一人。）《后汉书注》、《文选注》以及《太平御览》，并多引录。别有顾恺之《晋文章纪》，丘渊之《文章录》，虽书名不见《隋志》，然《世说注》各书所引，并有明文。（丘书刘注所引，或作《文章叙》，或作《新集叙》，或作《文章叙录》，均系一书。）此均古代文学史之专书也。今宜检阅各书，剌取所引逸文，以备编辑。然逸书之应采择者，不仅此类，凡汉、魏、六朝逸史，以及既佚子书，均宜博采。（如魏文帝《典论》、魏桓范《世要论》，其论文章，并有专篇。）其已有辑本者，如汪文台所辑诸家《后汉书》，严可均《全两汉三国六朝文》所辑各子书，（如《典论》之属，严氏皆逐条纂辑，又挚虞《文章流别》、李充《翰林论》之属，关系文学史甚巨，其单篇只句，亦均采入《全晋文》中。）黄奭《汉学堂丛书》所辑《子史钩沉》，（所辑诸书，《晋书》最为完备。）似宜首先检阅，（《太平御览》文部，可采尤多。）以省日力。惟单文只句，偶与文学史相关，必应另册摘录耳。

此一则论诗文评之书，弥补《中古文学史讲义》之不足，可惜甚为简略。

一　古代论诗评文各书必宜详录也。刘氏《文心雕龙》集论文之大成，钟氏《诗品》集论诗之大成，此二书所论，凡涉及历代文章得失及个人诗文得失者，均宜分类摘录。自是以外，刘氏《史通》所论，虽以史书为主，其涉及文章者，亦宜略采。又唐人评论古代文学，虽精密不逮六朝，然可采之词，亦自不乏，似宜检阅《全唐文》一过，凡各文之中，有涉及评论前人文学者，另编抄录，以备择采。（唐人杂史及笔记各书，亦宜略事检阅。）

一　文集存佚及现存篇目必宜详考也。自《汉志》本刘氏《七略》列诗赋为四类，诸家所作，均以篇计，《后汉书》各传亦云凡著文若干篇，是两汉并无集名也。集名始于魏、晋。厥后齐王俭作《七志》有文翰志，（此书佚文，多为《文选》所引，于文学史多有关系，亦宜辑录。）梁阮孝绪作《七录》有文集录，（《隋志》称"梁有今亡"者，皆据此书。）今皆不传。其足考古代文集卷目者，实以《隋经籍志》为大宗。《隋志》以下，则《唐志》为大宗。嗣则宋《崇文书目》（嘉定钱氏有辑校本，广东所刻）、《南宋中兴书目》（见王氏《玉海》中）、晁氏《郡斋读书志》（以湖南刻本为完备）、陈氏《直斋书录解题》（武英殿本）、马氏《文献通考·经籍考》（《通志·艺文略》多抄摄史志及《崇文书目》而成，不足据。）、明《文渊阁书目》（《读书斋丛书》本）、焦氏《国史经籍志》、清《四库全书提要》，均宜检阅。（明、清私家藏书目录，如范氏天一阁、毛氏汲古阁、黄氏千顷堂各书目，宜就校中所有者，分别检阅，次及其馀。）凡汉、魏、六朝各专集，存于今者，卷数异同，均宜详录；其有今无专集者，宜就梅氏、严氏所辑各诗文，注明今存若干篇，以符挚氏《文章志》旧式，（古诗辑本，以梅氏《古诗纪》为大宗，

此一则论文集的存佚以及文集目录的价值。《汉书·谷永杜邺传》应劭注引有《谷永集》，知其著作在汉末已经有别集行世。这是值得注意的现象。因为《汉书·艺文志》称汉人著作多称多少篇，少有称"集"者。又《汉书·扬雄传》有"又旁《惜诵》以下至《怀沙》一卷，名曰《畔牢愁》"，这里称"卷"也不是《汉书》著录各人著作的习惯用法。

《隋书·经籍志》是唐初官修的一部目录，是继《汉书·艺文志》以后的一部重要史志目录。它主要依据隋代、唐初的政府藏书，并参考以前的有关目录书编纂而成。主要价值：第一，反映了东汉魏晋南北朝时期的思想文化状况；第二，确立了史家目录四部分类的规范。从序中知道，按照经、史、子、集四部分类，始于郑默而成于荀勖，《隋书·经籍志》乃集其大成，凡著录存书 3127 部，佚书 1064 部。附录佛、道二录。第三，在《汉书·艺文志》的基础上著录各书的存佚情况。

《崇文总目》是宋代的官修书目，著录经籍共 3445 部，30669 卷，是北宋最大的目录书。全书已佚，清儒从《永乐大典》中辑出，编入《四库全书》。

严可均辑录《全上古三代秦汉三国六朝文》为先唐文学研究的资料渊薮。总共七百四十六卷，为十五集，计：《全上古三代文》十六卷，《全秦文》一卷，《全汉文》六十三卷，《全后汉文》一百六卷，《全三国文》七十五卷，《全晋文》一百六十七卷，《全宋文》六十四卷，《全齐文》二十六卷，《全梁文》七十四卷，《全陈文》十八卷，《全后魏文》六十卷，《全北齐文》十卷，《全后周文》二十四卷，《全隋文》三十六卷，《先唐文》一卷，辑录上古至隋代三千五百馀人的作品。

严氏漏辑者远不止于此。有些书虽已辑录，仍有漏辑者不说，更多的是当时国内有书而难以借用者，如《永乐大典》、《四库全书》、《大藏经》、《道藏》、大量的乡邦文献以及地方志等等，还有当时国内无书而无法观览者，如《文馆词林》(严氏仅见四卷)、《玉烛宝典》及后来出土的帛书、简牍、石刻、碑铭等。

文章辑本，以严氏《全秦汉三国六朝文》为大宗。梅氏所辑，略得十分之六，所阙甚多。近杨氏守敬精心补辑，其目录不下十厚册，均梅氏所未采，惜杨氏书无刻本，其稿本亦难借阅。至严氏所辑，实较梅氏为备，略得百分之九十五，其遗漏未采者，一为道光后续出之古书，为严氏所未见，如《玉烛宝典》之属是也；一为单词只句，见于古籍所引，而严氏偶漏者，如《文心雕龙·风骨篇》引刘桢文“孔氏卓卓，信含异气”四语，严辑桢文，偶未列入是也。又严氏之例，于前人所作，有目无文者，亦附列其目，然所漏甚多，如据魏文《典论》知王粲有《征思赋》、徐幹有《玄猿》、《漏卮》各赋，又据《文心雕龙》各篇，知崔骃有《赵□诔》、刘陶有《黄□诔》、孔融有《陈□碑》、徐幹有《哀行女文》，严均未列其目是也。其他谬误，亦随在而有。如误以蔡邕《封事》第六事，误列张衡文是也。然其大体，则详博可据。今欲记古人诗文现存篇目，似宜注明梅氏辑诗若干首，严氏辑文若干篇，以见大略。)以补富顺陈氏《历代文章志》之未备，(今辑文章志，宜以陈书之例为主，以广其未备。所谓广其未备者，其例有三：一、每代之文宜有总序；二、唐文以下存目，亦宜兼引，不得仅据《隋志》；三、宜兼详现存篇目。三例而外，谨守陈书之式可也。)此则征实之学也。

附:汉魏六朝专家文研究

仪征刘申叔先生遗说

《汉魏六朝专家文研究》,重庆独立出版社1945年出版。作者有《文例举隅》、《文例释要》与此相类,发凡举例,足相参印。

弁　言

——左盦文论之四——

罗常培

曩年肄业北大,从仪征刘申叔师(师培)研治文学,不贤识小,辄记录口义。以备遗忘。间有缺漏,则从同学天津董子如(威)兄抄补。两年之所得,计有:一、群经诸子,二、中古文学史,三、文心雕龙及文选,四、汉魏六朝专家文研究,四种。日积月累,遂亦裒然成帙。惟二十年以来,奔走四方,未暇理董:复以兴趣别属,此调久已不弹。友人知有斯稿者,每从而索阅;二十五年秋,钱玄同师为南桂馨氏辑刻《左盦丛书》亦拟以此入录,终以修订有待,未即付刊。非敢敝帚自珍,实恐示人以璞。及避地南来,此稿携置行箧,朋辈复频勖我订正问世。乃抽暇誊正,公诸世人,用以纪念刘、钱两先生及亡友董子如兄,且以质正于并时之治中国文学者。

三十年三月三日识于昆明冈头村北大公舍

罗常培(1899—1958)字莘田,著名语言学家,中国社会科学院语言研究所研究员。

钱玄同(1887—1939)原名夏,字中季,后改名玄同。语文改革活动家、文字音韵学家。曾参与《刘申叔先生遗书》的整理工作。

一 绪 论

依据朝代而分为六期，为现代多数文学史家所认可。

自两汉以迄唐初，文学断代，可分六期：

一、两汉　此期可重分为东西两期；东汉复可分为建安及建安以前两期。

二、魏　此期可专治建安七子之文，亦可专治王弼、何晏之文。

三、晋宋　此期可合为一，亦可分而为二。

四、齐梁

五、梁陈　梁武帝大同以前与齐同，大同以后与陈同，故可分隶两期。

六、隋及初唐　初唐风格，与隋不异，故可合为一期。

两汉作家作品，除司马迁《史记》、班固《汉书》外，特别推重蔡邕，是其特异之处。

此六期中专门名家甚多，其选择标准，或以某家文章传于今者独多；或以某家文章于文学流变上关系綦钜。其在两汉，则司马迁《史记》及班固《汉书》而外，蔡中郎（邕）、曹子建（植）均有专集传世，可供研诵。魏代王辅嗣（弼）、何平叔（晏）两家之文，传于今者独少，而校练名理，实为晋宋先声。亦可选修，藉觇异采。降及晋世，潘（岳）陆（机）特秀。士衡文备各体，示法甚多；安仁锋发韵流，哀诔钟美。二子而外，两晋文集，流传盖寡。爰逮宋氏，颜（延之）谢（灵运）腾声。次则沈约《宋书》，叙论擅奇；范晔《后汉》，独轶前作。傅亮、任昉，书记翩翩；徐陵、庾信，竞逐艳藻，斯并当代之逸才，后昆之楷式也。隋迄初唐，习尚未改。扇徐、庾之馀韵，标四杰（王勃、杨炯、卢照邻、骆宾王）之新声；虽亦绮错纷披，而江左之气骨犹在。尝谓五代以前文多相同，五代以后，乖违乃甚。故治中古文学者非特可效四杰，即苏颋、张说、韩昌黎、李义山之流，亦未尝不可研览。然自汉迄唐，可提出研究者甚多，而治一家者固不能不旁及（如任、沈可合观，徐、庾可合观，又研究陆士衡可溯及蔡中郎之类），治一代者亦不能不遍观；治一家宜撷其特长（如蔡中郎之碑铭，迥非并时文人所及），治一代贵得其会通（各期之间变迁甚多，同在一代每有相同之点）。抉择去取，要须以各人之体性才略为断耳。此期之参考书，以严可均所辑《全上古三代秦汉三国六朝文》（省称“全文”）最便学者。此书于隋以前文，裒集略备，除史传序赞外，百遗二三。且断代为书，览诵甚易。故凡专治一代者固不可少此书，即治未有专集之各家者，亦应以此书为本。

研治文学史者多关注前代的继承关系，而对于后代的影响往往忽略。这里特别拈出苏颋、张说、韩愈、李商隐，确为独到见解。

文章之用有三：一在辩理，一在论事，一在叙事。文章之体亦有三：一为诗赋以外之韵文，碑铭、箴颂、赞诔是也；一为析理议事之文，论说、辨议是也；一为据事直书之文，记传、行状是也。三类之外又有所谓“序”者，实即赞之一种。盖古文序、赞不分，《后汉书》之论即为《前汉书》之赞，论、赞之用，并与序同。孔子赞《易》，乃著《系辞》，是

文章三类，即韵文、论说和传记。

作序有韵，亦非无本。自隋以降，序与记传无别，据事直书，已失涵蓄之旨。唐、宋而后，更于序中发抒议论，则又混入论说。其体裁讹变，正与后代混碑铭于传状，且复参加议论者，同一不足为训，此研究专家文体所以断自五代以前也。然六朝以上文体亦有伪误者；如《文选》中王子渊《圣主得贤臣颂》，据《汉书·王褒传》考之，本为"对"体，与东方朔《化民有道对》之类相同，自来未有无韵而可称颂者。后世因《文选》之误，而谓颂可无韵，诚不免展转传讹矣。

《圣主得贤臣颂》本为"对"体，《文选》专辟"对问"，收录宋玉《对楚王问》一篇。

文章之体既明，然后各就性之所近先决定所欲研究之文体，次择定擅长此体之专家，取法得宜，进益必速，故不可不慎也。大抵析理议礼之文应以魏、晋以迄齐、梁为法。若嵇康持论，辨极精微；贺循订制，疑难立解，（魏晋以来之议礼文字杜佑《通典》所收者甚多）并能陵轹前代，垂范将来。论事之文应以两汉之敷畅为法，而魏晋之局面廓张，亦堪楷式。叙事之文（包括纪传、行状而言）应以《史》、《汉》为宗，范晔、沈约盖其次选。诸史而外，则《水经注》、《洛阳伽蓝记》之类固可旁及，即唐宋八家亦不可偏废，此就文章之用言也。若以文体而论，则箴铭、颂赞，蔡中郎、陆士衡并臻上选，欲求辞旨文雅，亦可参效任昉、沈约、徐陵、庾信。至于兼长碑铭箴颂赞诔说辨议诸体者，惟曹子建、陆士衡二人。任彦昇则短于碑铭箴颂赞诔，

《水经注》是北魏时期著名地理学家郦道元为《水经》所作的详细注释，全书四十卷，约三十万字，记载全国大小水道一千三百多条，以此为纲记载了各水道流经地域的山陵岗峦、陂池湖泊、水利工程、名胜古迹、神话传说、历史故事、风土民情、动植矿物、土特名产等自然地理和人文地理方面的丰富内容。《水经注》不仅是地理学著作，更是百科全书式的巨著。

《洛阳伽蓝记》是一部有关北魏洛阳寺庙建筑的重要历史著作，全书五卷，每卷以著名的佛寺为纲目，兼及有关的宫殿、邸宅、园林、佛塔、塑像等，具有较高的历史价值。

庾子山则短于论说辨议。天赋所限,不可强求。且一类之中,亦有轻重:士衡笔壮,故长于碑铭;安仁情深,故善为哀诔。要宜各就性之所近,专攻一家。"用志不分,乃凝于神。"汪容甫(中)为清代名家,而绎其所取法者,亦只《三国志》、《后汉书》、沈约、任昉四家而已。

词例亦为专门之学,若能应用俞樾《古书疑义举例》之法,推之于汉魏六朝文学,则于当时用字造句之例。必有创获,亦巨业也。

二　各家总论

《史记》及前、后《汉书》今并存在,研究司马迁、班固、范晔三家者,可资探讨。《汉书》太初以前之纪传,多与《史记》相同,然同叙一事用字之繁简各异。例如《汉书·陈胜列传》删削《史记·陈涉世家》之处甚多,而"言皆精练,事甚赅密"。宜究其删削之故,以悟叙事之法。《史记》一书,班固谓其"据《左氏》、《国语》,采《世本》、《战国策》,述《楚汉春秋》",亦可以此法参究之。就字句论,《汉书》省,而《史记》繁。衡以刘知几所谓"叙事之工者,以简要为主",则二书之优劣判矣。由此可悟,凡作纪传之文,但就行状本事,晦者明之,繁者简之而已。又自魏、晋以来作《后汉书》者甚多。范晔之书,不过因前人成业,重加纂订。然以《汉学

汪中(1744—1794)字容甫,江都(今属江苏)人。清代著名学者、文学家。著有《述学》六卷。《广陵通典》十卷,《容甫遗诗》六卷。近人古直选其若干骈文作注,名《汪容甫文笺》,人民文学出版社出版。《论近世文学之变迁》称:"江都汪氏,熟于史赞,为文别立机杼,上追彦升,虽字句酌句斟,间逞姿媚,然修短合度,动中自然。"

俞樾《古书疑义举例》,将古书中的疑点归纳为八十七种情况,精选例证,加以解说。刘师培、杨树达、马叙伦、姚维锐四家有续补之作,中华书局合并出版,题曰《古书疑义举例五种》,便于初学。

堂丛书》子史钩沉中所辑诸家《后汉书》佚文，及汪文台所辑七家《后汉书》，与之相较，其不同处，一在用字之简繁，一在行文之简繁。故同叙一事，而得失自见。亦犹参较《左传》事实，而后《春秋》之笔削可见；参较裴松之《三国志注》，而后陈寿之笔削可见也。推此可知，记事之文，第一，应看其繁简得法；第二，应看其文简事赅；第三，应看其用字传事之妥帖。后世史书所以不及前四史者，即由其“章句不节，言词莫限”；而《新唐书》及《新五代史》所以差胜旧作者，即以其知尚简之义而已。

前四史，原来指《史记》、《汉书》、《东观汉记》和《三国志》。后来《东观汉记》散佚，以范晔《汉书》充之。

三家之文，风格不同，而皆有独到处。《史记》以空灵胜，《汉书》以详实胜，《后汉书》以精雅胜。子长行文之妙，在于文意蕴藉，传神言外，如《封禅》、《平准》两书，据事铺叙，不著贬词，而用数字提空，抑扬自见，此最宜注意处。明归熙甫以降，论文多推崇《史记》者，盖以此也。《汉书》用笔茂密，故提空处少，而平实处多。至于《后汉书》记事，无一段不雅，此可以蔚宗以前各家之书推较而知也。

归熙甫，即归有光(1506—1571)，字熙甫，又字开甫，别号震川，又号项脊生。明代“唐宋派”散文名家。

司马迁之文，以《史记》为其菁华，此外流传殆鲜。班固之文，于《汉书》外，篇章甚多。范晔之文，于《后汉书》外，惟本传尚存数篇，而《后汉书》之传论序赞实其得意之作。举其佳构：则《江革传序》、《党锢传序》、《左雄传论》，皆可研诵。尤以《党锢传序》，夹叙夹议，叙事即在议论之中，议论

对于《后汉书》的论赞，范晔在《狱中与诸甥侄书》中非常自负，称“吾杂传论，皆有精意深旨，既有裁味，故约其词句。至于《循吏》以下及《六夷》诸序论，笔势纵放，实天下之奇作。其中合者，往往不减《过秦》篇。尝共比方班氏所作，非但不愧之而已”。

又即在叙事之中，且能“抽其芬芳，振其金石”，字句声律、并臻佳妙。导齐、梁之先路，树后世之楷模也，宜蔚宗自诩为“天下之奇作”矣。（以上合论司马迁、班固、范晔三家）

汉文气味，最为难学，只能浸润自得，未可模拟而致。至于蔡中郎所为碑铭，序文以气举词，变调多方；铭词气韵光彩，音节和雅（如《杨公碑》等音节均甚和雅），在东汉文人中尤为杰出，固不仅文字渊懿，融铸经诰已也。且如《杨公碑》、《陈太丘碑》等，各有数篇，而体裁结构，各不相同，于此可悟一题数作之法。又碑铭叙事与记传殊，若以《后汉书》杨秉、杨赐、郭泰、陈实等本传与蔡中郎所作碑铭相较，则传实碑虚，作法迥异。于此可悟作碑与修史不同。清李申耆《养一斋文集》，虽杂不成家，而有数篇模拟伯喈，略得梗概，可参阅之。（以上论蔡邕）

研究汉人之文，每难确指其得失，及其渊源所自，而研究陆士衡文则观其与弟士龙论文书，即可了然其文章之得失，及其取法蔡邕，兼采曹植、王粲之迹。大抵陆文之特色，一在炼句，一在提空。今人评骘士衡之得失，每推崇其炼句布采，不知陆文最精彩处，实在长篇大文中能有提空之语。盖平实之文易于板滞，陆文最平实而能生动者，即由有警策语为之提空也（如《豪士赋序》、《吊魏武帝文序》之类）。故研究陆文应由平实入手，而参以

《文心雕龙·诔碑篇》说：“自后汉以来，碑碣云起，才锋所断，莫高蔡邕。观杨赐之碑，骨鲠训典；陈郭二文，词无择言；周胡众碑，莫非清允。”这里依次论及了蔡邕撰写的《太尉杨赐碑》、《陈太丘碑》、《郭有道碑》、《汝南周勰碑》、《太傅胡公碑》等，将它们视为蔡邕碑文写作的代表。

李兆洛(1769—1841)字申耆，晚号养一老人，阳湖（今属江苏常州）人。清代学者、文学家。著《养一斋文集》二十卷，辑《皇朝文典》七十卷，《骈体文钞》三十一卷等。

提空之法，否则虽酷肖士衡，亦只得其下乘而已。又长篇之文最易散漫，研究陆文者，宜看其首尾贯串及段落分明处，至炼句布采，犹其馀事也。其记事之文传于今者甚少。（以上论陆机）

嵇叔夜文，今有专集传世。集中虽亦有赋箴等体，而以论为最多，亦以论为最胜，诚属前无古人，后无来者，研究嵇文者自当专攻乎此。观其《养生论》、《声无哀乐论》等篇，持论连贯，条理秩然，非特文自彼作，意亦由其自创。其独到之处一在条理分明，二在用心细密，三在首尾相应。果能得其胎息，则文无往而不达，理虽深而可显。然自魏、晋以降，惟顾欢《夷夏论》、张融《门律》之类，尚能承其矩矱，后世不善持论，每以理与文为二事，故说理之文遂成语录。迩者哲学昌明，思想解放，倘能绍嵇生之绝绪，开说理之新涂，实文士之胜业也。（以上论嵇康）

傅季友与任彦昇实为一派。任出于傅，《梁书》已有明文。（案《南史·任昉传》云：王俭每见昉文，必三复殷勤，以为当时无辈，曰："自傅季友以来，始复见于任子。"又云：昉尤长载笔，颇慕傅亮，才思无穷。）二子之文有韵者甚少。其无韵之文最足取法者，在无不达之辞，无不尽之意，行文固近四六，而词令婉转轻重得宜。黄祖称祢衡之文云："此正如祖意，如祖心中所欲言。"傅、任之作，亦克当此。且其文章隐秀，用典入化，故能活

傅季友，即傅亮，为刘宋初年文坛领袖。《宋书》本传称其"博涉经史，尤善文辞"。《宋书·颜延之传》："傅亮自以文义，一时莫及。"今《文选》收录其文五篇。钟嵘《诗品》称："季友之文，余常忽而不察。今沈特进撰诗载其数首，亦复平美。"

如祖心中所欲言：即现在所谓"人人心中所有，他人笔下所无"。

而不滞,毫无痕迹,潜气内转,句句贯通,此所谓用典而不用于典者也。今人但称其典雅平实,实不足以尽之。大抵研究此类文章首重气韵,浸润既久自可得其风姿。至其词令隽妙,盖得力于《左传》、《国语》,宜探其渊源,以究其修辞之术。案傅、任所作均以教令书札为多,惟以用典入化,造句自然,故迥非其他应酬文字所能及耳。清汪中《述学》颇得傅、任隐秀之致,宜参阅之。(以上论傅亮、任昉)

《述学》六卷,汪中著,内篇三卷,外篇一卷,补遗一卷,别录一卷。附录《春秋述义》一篇。另有编年《容甫先生遗诗》五卷,附录补遗及诸家酬赠一卷。

六朝文之传于今者,以沈休文为最多,而《宋书》实其大宗也。《宋书》为《三国志》以下最古之史,叙事论断,并有可观。其纪传叙论亦能夹叙夹议,各有警策。蔚宗而后,此实称最。至其辨理之文,(如《难神灭论》等)源出嵇康,在齐梁之时,固足成家,而以参用藻采,不免浮泛,故与其法沈,无宁宗嵇,其表启作法,与任昉同,特不及彦昇之自然耳。(以上论沈约)

沈约《形神论》、《神不灭论》、《难范缜神灭论》等见《广弘明集》卷二十二,针对范缜《神灭论》而发。

庾子山文虽逊于前述诸家,然亦有可研究者,大抵六朝时人,皆能作四六文,工对仗,善用典;而徐陵、庾信所以超出流俗者,情文相生,一也;次序谨严,二也;篇有劲气,三也。故普通四六,文尽意止,而徐、庾所作,有馀不尽。且庾文虽富色泽,而劲气贯中,力足举词,条理完密,绝非敷衍成篇。(如《哀江南赋》等长篇用典虽多,而劲气足以举之。)以视当时普通文章,殆不可同日语矣。有清陈维崧(1625—1682)字其年,号迦陵。宜兴(今属江苏)人。清代词人、骈文作家。著有《湖海楼诗文词全集》五十四卷。

奇僻、驳杂、浮泛、繁冗乃为文四忌。

一代学徐、庾者,惟陈其年(维崧)可望其肩背,宜参阅之。(以上论庾信)

三　学文四忌

无论研究何家,皆有易犯之通病,举所宜忌约有四端:

第一、文章最忌奇僻　凡学为文章,宜自平正通达处入手,务求高古,反失本色。如明之前后七子,李梦阳、王弇洲辈,为文远拟典谟,近袭秦汉。斑驳陆离,虽炫惑于俗目,而钩章棘句,实乖违于正宗。宜极力戒除,以免流于奇僻。且临文用字,亦当相体而施。赋主敷采,不避丽言,奇字联翩,未为乖体;(如《三都》、《两京》、《子虚》、《上林》诸篇古字甚多,降至木华《海赋》之类用典益为冷僻,然以并属辞赋,故尚未可厚非,若易为诔颂,则乖谬矣。)符命封禅,贵扬王庥,诡言遁辞,可兼神怪。(如司马相如《封禅》、扬雄《剧秦美新》、班固《典引》之类。)自兹而外,无论无韵之论说奏启,有韵之赞碑颂铭,倘用古字以鸣高,转令气滞而光晦,蔡、班、陆、范(晔)诸家,未尝出此也。故扬雄手著训纂,邃于小学,虽《太玄》、《法言》窃拟经传,《甘泉》、《羽猎》侈陈僻词,而箴颂奏疏,鲜复类此,而初学为文,可以知所法矣。若必拟典谟以矜奇,用古字以立异,无异投毛血于殽核之内,缀皮叶于衣袂之中,即使臻极,亦只前后七子之续而已!然奇僻者,非锤炼之谓也。试读蔡中郎、陆士衡、范蔚宗三家之文,何尝不千锤百炼,字斟句酌,而用字平易,清新相接,岂有艰涩费解之弊?是知锤炼与奇僻,未可混而言之。又《史记》一书,示法甚多。而其文调,不尽可袭。如因拟其成调,以致文义不通,则貌为高古,反贻画虎不成之诮,其弊亦与奇僻等耳。

第二、文章最忌驳杂　所谓驳杂,有文体驳杂、用典驳杂、字句驳杂之殊。大抵古人能成家,必有专主,无所专主,必致驳杂。故学为文章者,或主汉魏,或主六朝,或主唐宋,如能纯而不驳,皆克有所成就。若一篇之中忽而两汉,忽而六朝,纷然杂出,文不成体,有如僧衣百结,虽锦不珍,卫文大布,反为朴茂。此文体不可驳杂一也。数典用事,须称其文,前后杂出,即为乖体。故碑铭之类,体尚严重,镕经铸史,乃克堂皇,如参宋、明杂书,于文即为不称。此用典不可驳杂二也。(专学六朝或唐宋之文者参用后世典故犹不为病。)章有杂句,足为篇疵;句参杂字,适成句累。故用字宅句,亦贵单纯,必须翦裁驳杂,辞采始能调和。此字句不可驳杂三也。综兹三患,体纯为难,前人虽有融合各体自成一家者,然于各体之中,亦必有所侧重,否则难免流于驳杂矣。

第三、文章最忌浮泛　凡学为文章,无论有韵

前七子,明弘治、正德年间(1488—1521)的文学流派。成员包括李梦阳、何景明、徐祯卿、边贡、康海、王九思和王廷相七人,以李梦阳、何景明为代表。名称首见于《明史·李梦阳传》。其文学主张被后人概括为大力提倡"文必秦汉、诗必盛唐"。

后七子,明嘉靖、隆庆年间(1522—1566)的文学流派。成员包括李攀龙、王世贞、谢榛、宗臣、梁有誉、徐中行和吴国伦。以李攀龙、王世贞为代表。名称首见于《明史·文苑·李攀龙传》。同样强调"文必秦汉,诗必盛唐",以汉魏、盛唐为楷模,"谓文自西京、诗自天宝而下,俱无足观","无一语作汉以后,亦无一字不出汉以前",较前七子更绝对。

锤炼不等于奇僻。千锤百炼而又平易清新乃为文最高境界。所谓"豪华落尽见真纯"是也。

为文专主一家,用典镕经铸史,用字贵在单纯。

浮泛之定义，即文溢于意，词不切题。

无韵，皆宜力避浮泛。浮泛者，文溢于意，词不切题之谓也。自汉、魏以迄晋、宋，文章虽有优劣，而绝少夸浮。及齐、梁竞尚藻采，浮词因以日滋，下逮李唐，益为加厉。试观《史记》及前、后《汉书》，纪传既不浮泛，论赞尤少盈辞。如《后汉书》中党锢、逸民、江革、左雄、王衍、仲长统诸序论，句各有意，绝无溢词。蔡伯喈、陆士衡辈，虽在长篇，亦能以文副意。（如陆机《五等论》、《辨亡论》等篇幅虽长，而无敷衍文辞、不与题旨相应之句，故能华而不浮，后人为之，不能称是矣。）齐、梁以降，则文章浮泛与否，因作家之造诣殊，若任昉、庾信，一代名家，其行文遣词，鲜溢题外；而湘东草檄，非关序贼，文多夸浮，贤者不免。（《南史·萧贲传》湘东王为檄，贲读至"偃师南望，无复储胥露寒；河阳北临，或有穹庐毡帐"，乃曰："圣制此句，非无过似，如体目朝廷，非关序贼。"王大怒。此文多溢词之证。）自郐以下，益可知矣。至于晚唐四六，远逊梁、陈，而李义山所以独轶群伦者，亦以其免于浮泛耳。是知名家与非名家之别，系于浮泛与不浮泛者至钜。然浮泛者，非驰骋之所谓也。语不离宗，驰骋无害；文溢于意，浮泛斯成。范蔚宗云："常谓情志所托，故当以意为主，以文传意，以意为主，则其旨自见，以文传意，则其词不流。"妙达此旨，殆可免于浮泛之弊矣。

浮泛者，非驰骋之所谓，而是下笔千言，离题万里。

第四、文章最忌繁冗　文章与语言之异，即在能敛繁就简，以少传多，故初学为文，首宜戒除繁冗。试观《史记》、《汉书》，非特记事之文言简事赅，即论赞之类，亦并意繁词炼。如《史记·五帝本纪赞》及《孔子世家赞》皆寥寥数十字，而含意十馀层，若尽举其意，衍为白话，再即白话译为文言，则文之繁芜，奚啻倍蓰？至于《汉书》字句，尤较《史记》精炼，凡《史记》中有可省者，《汉书》并为删削，试以《史记·项羽本纪》、《陈涉世家》与《汉书》项籍、陈胜两传对较，则可知其繁简之异矣。惟敛繁就简之术，非皆下笔自成，实由锤炼而致。如作记事之文。初稿但求尽赅事实，而后视全篇有无可删之章，每章有无可节之句，每句有无可省之字。必使篇无闲章，章无赘句，句无冗字，乃极简炼之能事。推之有韵或四六之文，亦当文简意赅，不贵词芜无当。试观蔡伯喈所作碑铭，凡两句可包者，绝不衍为四句，使齐梁人为之，即不能如此。然文之有关开合者，关之则气促；词之堪作警策者，删之则气薄，既与冗赘不同，即当不予翦截。斯则神而明之存乎其人矣。至于嵇叔夜之《声无哀乐论》及《宅无吉凶摄生论》，析理绵密，立意深刻；陆士衡之《五等论》及《辨亡论》，或记典制因革，或溯历代乱源，皆因意富而篇长，不由词芜而文冗。使出沈休文、任彦昇手，篇幅尤当倍之。若此之类，盖与繁冗异致矣。

综此四端，胥为厉禁，初学为文，宜详审之。

《史记·五帝本纪赞》："太史公曰：学者多称五帝，尚矣。然尚书独载尧以来；而百家言黄帝，其文不雅驯，荐绅先生难言之。孔子所传宰予问五帝德及帝系姓，儒者或不传。余尝西至空桐，北过涿鹿，东渐于海，南浮江淮矣，至长老皆各往往称黄帝、尧、舜之处，风教固殊焉，总之不离古文者近是。予观春秋、国语，其发明五帝德、帝系姓章矣，顾弟弗深考，其所表见皆不虚。书缺有闲矣，其轶乃时时见于他说。非好学深思，心知其意，固难为浅见寡闻道也。馀并论次，择其言尤雅者，故著为本纪书首。"唐张守节《史记正义》曰："太史公据古文并诸子百家论次，择其言语典雅者，故著为五帝本纪，在史记百三十篇书之首。"

《史记·孔子世家赞》："太史公曰：诗有之：'高山仰止，景行行止。'虽不能至，然心乡往之。余读孔氏书，想见其为人。适鲁，观仲尼庙堂车服礼器，诸生以时习礼其家，余祗回留之不能去云。天下君王至于贤人众矣，当时则荣，没则已焉。孔子布衣，传十馀世，学者宗之。自天子王侯，中国言六艺者折中于夫子，可谓至圣矣！"

四 论谋篇之术

刘彦和云:“夫人之立言,因字而生句,积句而成章,积章而成篇。篇之彪炳,章无疵也;章之明靡,句无玷也;句之清英,字不妄也。”此谓立言次第须先字句而后篇章,而临文构思,则宜先篇章而后字句。盖文章构成,须历命意、谋篇、用笔、选词、炼句五级。必先树意以定篇,始可安章而宅句。若术不素定,而委心逐辞,异端丛至,骈赘必多!故无论研究何家之文,首当探其谋篇之术。谋篇者,先定格局之谓也。以《史记》、《汉书》言之:《史记》萧、曹列传历叙生平,首尾完具;《孟荀列传》藉二子以叙当时之人;《管晏列传》但载其逸文逸事,凡见于二子之书者皆屏而不叙;至于《伯夷列传》几全为议论,事实更少。夫同为列传,而体变多方,设非先定篇法,岂能有若许格局?是知文章取材,实由谋篇而异,非因材料殊异,而后文章不同也。《汉书·王吉贡禹列传》以四皓事叙入篇中,与《史记·孟荀列传》之例正同,作史贯串之法,于此可见。又《五行志》记载京房董仲舒之言,于其学术思想,可窥厓略,是读史非特有关叙事,抑且有裨考据矣。再就蔡中郎之文论之,其所为碑铭,往往一人数篇,而篇法各异。(如《杨公碑》、《胡公碑》、《陈太丘碑》等皆然。)如《陈太丘碑》共

此乃《文心雕龙·章句篇》。

作文之程序,包括命意、谋篇、用笔、选词、炼句等。

蔡邕碑铭,一人数篇,如为朱穆作碑文谥议即有三篇:《朱公叔鼎铭》、《朱公叔坟前石碑》、《朱公叔谥议》,为太尉杨赐撰碑有四文,严可均分别题为《汉太尉杨公碑》、《文烈侯杨公碑》、《司空文烈侯杨公碑》等。

有三篇:一篇但发议论,不叙事实;两篇同叙事实,而一详生前,一详死后,使非谋篇在前,安能选材各异?世谓碑铭之文千篇一律,惟修辞有工拙者,岂其然乎?是知作文之法,因意谋篇者其势顺,由篇生意者其势逆。名家作文,往往尽屏常言,自具杼柚,即由谋篇在先,故能驭词得体耳!陆士衡文可就《辨亡论》以考其谋篇之术。此论上下两篇,意思相连,而重要结论皆在下篇末段,盖必先定主旨篇法,而后将事实填入,此所谓先案后断法也。任彦昇所为章表,代笔甚多。然或因所代不同,而口气异致;或因一人数表,而前后殊途,并由谋篇在先,始能各不相犯。推此可知,六朝人所作章表贵在立言得体,而不在骈罗事实,不肯割爱,转为文累。即如《史记》之《管晏》、《伯夷》等传所以篇法奇特不落恒蹊,亦以其捐弃事实,肯于割爱而已。然文章亦有不能割爱者,如嵇叔夜之《声无哀乐论》等,弥纶群言,研精一理,必使心与理合,弥缝莫见其隙,辞共心密,敌人不知所乘。倘不考虑周详,难免授人以柄。自此而外,作碑铭者,如欲历数生平,宏纤毕备;论事理者,如欲胪陈往迹,小大不遗,必至繁芜冗长,生气奄奄,此并不知谋篇之术,而吝于割爱者也。至于庾子山文,亦知谋篇之法。如《哀江南赋》先叙其家世,而后由梁之太平,叙及梁之衰乱,层次分明,秩然不紊。必当先定格局,而后选词属文,始能篇幅甚长,而不伤于

《辨亡论》见本书第79页旁注。

庾信(513—581)小字兰成。祖籍南阳新野(今属河南)。年十五,即为昭明太子萧统侍读,昭明太子卒,出为湘东国常侍,转安南府参军。及萧纲为太子,庾信与徐陵俱为东宫抄撰学士。梁武帝大同十一年(542),庾信出使东魏,文章辞令,盛为邺下所传。萧绎自立于江陵后,任命庾信为御史中丞,与颜之推等共校典籍。承圣三年(554),庾信奉命出使于西魏。适逢西魏大军进攻江陵,江陵陷落,元帝被执,不久即遇害,庾信遂羁留长安。隋文帝开皇元年(581)卒。这段国破家亡的特殊经历,让庾信倍偿艰辛。故其《哀江南赋》历叙梁代兴亡及作者经历,悲愤难抑,“不无危苦之辞,惟以悲哀为主”,历代传诵。

繁冗。故无论研究何家之文，均须就命意、谋篇、用笔、选词、炼句五项，依次求之。谋篇既定，段落即分。大抵文之有反正者，即以反正为段落；无反正者，即以次序为段落。（如论说之类有反正两面，碑铭即无反正，颂不独无反正，且无比喻，匡衡、刘向之文以正面太少，故用比喻甚多。）模拟古人之文，能研究其结构、段落、用笔者，始可得其气味；能了解其转折之妙者，文气自异凡庸。若徒致力于造句炼字之微，多见其舍本逐末而已矣。

五　论文章之转折与贯串

古人文章之转折最应研究，第在魏晋前后其法即不相同。大抵魏晋以后之文，凡两段相接处皆有转折之迹可寻，而汉人之文，不论有韵无韵，皆能转折自然，不著痕迹。试观蔡邕所作碑铭，序文头绪虽繁，而不分段落事迹自明；铭词通体四言，而不改句法，转折自具。例如，《胡公碑》以“七被三事，再作特进”八字消纳胡广屡次之黜陟（《四部备要》据海原阁校刊本《蔡中郎集》卷四，页六，严可均辑《全后汉文》卷七十六，页四），《范史云碑》以“用行思忠，舍藏思固”八字赅括范丹一生之出处（本集卷二百十五，《全后汉文》卷七十七，页八）。而各篇序文亦并能硬转直接，毫不着力。此固非伯喈所独擅，即普通汉碑亦莫不然。使后人

《太傅文恭侯胡公碑》、《太傅胡公碑》、《胡公碑》等三篇，又有《胡太傅祠前铭》一篇，均系蔡邕为业师胡广所作。另外作《陈留太守胡公碑》二篇，乃为胡广之子胡硕所作。前篇是应门人之请而作，另一篇是应陈留主簿高吉、蔡轸等之请而作。诚如《文心雕龙·诔碑篇》所说：“自后汉以来，碑碣云起，才锋所断，莫高蔡邕。……周胡众碑，莫非清允。”

《范史云碑》：《蔡邕集》作《贞节先生范史云碑》。碑主范丹，仅见《后汉书·爰延传》，爰延陈留外黄人，时范丹为功曹。

为之,不用虚字则不能转折(如事之较后者必用“既而”“然后”,另起一段者必用“若夫”之类)。不分段落则不能清晰,未有能如汉人之一气呵成,转折自如者也。

魏晋以前之文,较少虚词故也。

《史记》、《汉书》之所以高出后代史官者,亦在善于转折。自《晋书》以下,欲于一传之内叙述数事,非加浮词则文义不接,非分段落则层次不明,故其转折之处颇着痕迹。其在《史记》、《汉书》,则虽叙两事而文笔可相钩连,不分段落而界划不至漫灭:此其所以可贵也。例如,《史记》《封禅》、《河渠》二书,自三代叙至秦汉,历年甚久,引据之书亦非一类(《封禅书》参用群经及《管子·封禅篇》,《河渠书》用《禹贡》及杂书),而各能一炉并冶,自然融和。又如《五帝本纪》及夏、殷、周本纪多用《尚书》,但或采《书序》古文说,或采当时博士说,或径袭原文,或以训诂字易本字,而俨然抄自一书,不嫌驳杂。又如,《赵世家》多用《左传》,但记程婴、公孙杵臼立赵后,及赵筒子梦之帝所射熊罴事,即不见于《左传》、《国语》,而能贯成一气,如天衣无缝。此并《史记》善于转折处也。

《汉书》武帝以前之纪传十九与《史记》同,但其不见于《史记》者,转折亦自可法。如贾谊之《治安策》原散见于《贾子新书》,而前后次序与此迥异,经孟坚删并贯串,组织成篇,即能一脉相承,毫不牵强。又如《董仲舒传》对江都王语原见于《春

清人卢文弨《抱经堂文集·书校本贾谊新书后》:“《治安策》见班固书者乃一篇,此离而为四五,后人以此为是贾生平日所草创,岂其然欤?”

秋繁露》"对胶西王越大夫不得为仁"篇，虽颠倒错综，繁简异致，而能前后融贯，不见斧凿痕迹。推此可知，《汉书》删节当时之文必甚多，特以原文散佚已久，而孟坚又精于转折，故难考见耳。

参见朱东润《史记考索》附《汉书考索》、《后汉书考索》，华东师范大学出版社1996年出版。

至于《后汉书》列传中所载各家奏议论事之文，大都经范蔚宗润饰改删。试与袁宏《后汉纪》相较，则范氏或删改其字句，或颠倒其次序，草创润色前后不同，转折之法于焉可见。例如《蔡中郎集》有《与何进荐边让书》（本集卷八，《全后汉文》卷七十三），《后汉书》采入《文苑边让传》（《后汉书》卷一百十下），但锤炼字句，裁约颇多，以其始终贯串，转折无迹，如不对照原作，即毫不觉其有所改删，此最堪后学玩味者也。

然自魏晋以后，文章之转折，虽名手如陆士衡亦辄用虚字以明层次。降及庾信，迹象益显。其善用转笔者，范蔚宗外当推傅季友、任彦昇两家。两君所作章表诏令之类，无不头绪清晰，层次谨严，但以其潜气内转，殊难划明何处为一段何处转进一层，盖不仅用典入化，即章段亦入化矣。至于其他六朝人之文章，如颜延年《曲水诗序》、陆佐公《新刻漏铭》之类，段落皆甚显明，即不能称是，凡作排偶文章，于转折处之两联往往以上联结前，下联启后，此虽非转折之上乘，但勉强差可。若每段必加虚字，或一篇分成数段（如作寿序分为幼年中年晚年之类），不能贯成一气，则品斯下矣。清代

颜延之、陆倕之文并见《文选》收录。

常州骈文甚为发达，而每篇常用数字分段，此即才力不足之征。即用虚字过多，亦为古人所无。盖文章固应有段落，而篇篇皆可划出即不甚佳。如《史记》、《汉书》前后相接之处如藕断丝连，若绝若续，后人所划之段落未必尽然。他如蔡中郎、傅季友、任彦昇各家文章之段落亦皆不易截然划分者也。

清代武进屠寄辑有《国朝常州骈体文录》三十一卷，有清光绪刊本。

文章贯串之法甚难。所谓贯串者，例如，《汉书·地理志》载某县有某官，《百官公卿表》即略之。盖此官以地为主，既见于《地理志》，后人即可藉知汉代官制有此一职矣。又如《史记·五帝本纪》中，帝尧后半之事迹多与帝舜前半之事迹相同；《齐世家》后半与《田敬仲世家》前半，及《晋世家》后半与韩、魏、赵三《世家》前半亦多关涉，但均能错综递见，绝不重犯。又同一事迹，或表详而世家、列传略，或传详而纪略，或纪详而传略，亦均参互照应以成章法，此记事文之通例也。大抵文章有一篇自成章法者，有合一书而成章法者，零杂篇章自应各具起讫，既合若干篇以成一书即应全书相为终始。此非特《史》、《汉》为然，即《后汉书》亦然。例如，《后汉书·党锢列传》既有专篇，则相关各人之本传即甚简略，实则篇章之作法亦不能外是：一篇之应互有详略，亦犹两传之互有详略不相重复也。

此所谓互见法。

六　论文章之音节

古人文章中之音节，甚应研究，《文心雕龙·声律篇》即专论此事。或谓四声之说肇自齐梁，故唐以后之四六文及律诗乃有声律可言，至古诗与汉魏之文则无须讲声律。不知所谓音节既异四声，亦非八病。凡古之名家，自蔡伯喈以至建安七子、陆士衡、任彦昇、傅季友、庾子山诸人之文，诵之于口无不清浊通流，唇吻调利。即不尚偶韵之记事文亦莫不如是，例如《史记》叙事每得言外之神，尝有词在于此而意见于彼之处，以其文中抑扬顿挫甚多，故可涵咏而得其意味。此《平准》、《封禅》两书，《货殖》、《游侠》、《伯夷》诸传所以可诵也。至于谱录簿籍之文，如《史记》三代世表、十二诸侯年表，及《汉书·地理志》、《艺文志》之类，皆无音节可诵。除此之外，《史记》固十之八九可诵。即《汉书》之《食货志》、《郊祀志》亦并音节通流，毫不蹇碍。其纪传后赞与《两都赋》后之明堂诗、灵台诗尤为雅畅和谐，为孟坚文中音节之最佳者。蔡中郎有韵之文所以高出当时即以其音节和雅耳。东汉一代之文皆能镕铸经诰，惟馀子仅采用经书之字句组成，而伯喈则能涵咏诗书之音节，而摹拟其声调，不讲平仄而自然和雅，此其所以异于普通汉碑也。至于建安七子之文愈讲音节。刘彦

《明堂诗》："于昭明堂，明堂孔阳。圣皇宗祀，穆穆煌煌。上帝宴飨，五位时序。谁其配之，世祖光武。普天率土，各以其职。猗欤缉熙，允怀多福。"

《灵台诗》："乃经灵台，灵台既崇。帝勤时登，爰考休征。三光宣精，五行布序。习习祥风，祁祁甘雨。百谷蓁蓁，庶草蕃庑。屡惟丰年，于皇乐胥。"

和云:"洎夫建安,雅好慷慨。"以其文多悲壮也。(例如陈琳为袁绍檄豫州文,壮有骨鲠,克举其词。)大凡文气盛者,音节自然悲壮;文气渊懿静穆者,音节自然和雅,此盖相辅而行,不期然而然者。阮嗣宗之文气最盛,故其声调最高,亦自然而致也。自魏晋以迄唐世,文章渐趋四六,其不能成诵者盖寡。文章所以不能成诵,厥有二因:一由用字不妥贴。为文选字甚难,尽有文义甚通,而与音节相乖,以致声调不谐者。一由用字过于艰深。用字冷僻,则音节易滞。倘有意求深,即使辞句古奥,而音节难免艰涩。清代常州董祐诚、继诚兄弟之文,以古书及冷字僻典堆砌成篇,而诵之不成音节,此与壁垒坚固,空气不通奚异?文之音节本由文气而生,与调平仄讲对仗无关。有作汉魏之文而音节甚佳,亦有作以下之四六文而不能成诵者,要皆以文气疏朗与否为判。庄子云"阅谷生风",此之谓也。普通汉碑以用经书堆砌成篇,不如蔡中郎文有疏朗之气,故音节遂远逊之。范蔚宗文甚疏朗,且解音律。其自序云:"性别宫商,识清浊。"沈约诸人多祖述其说。故其文之音节尤可研究。例如《后汉书·六夷传序》、《党锢传序》、《逸民传序》、《宦者传序》诸篇,几无一句音节不谐,而其诸赞,诵之于口适与四言诗无异。大抵碑颂诔赞各体,皆宜参以魏晋四言诗之音节,倘能涵泳陶靖节《荣木》、《停云》诸篇而施诸碑铭颂赞,则其音

董佑诚(1791—1823)字方立,江苏阳湖(今常州市)人,少年时工为骈体文词,继通数理、舆地之学。

《后汉书·党锢传序》:"孔子曰:'性相近也,习相远也。'言嗜恶之本同,而迁染之涂异也。夫刻意则行不肆,牵物则其志流。是以圣人导人理性,裁抑宕佚,慎其所与,节其所偏,虽情品万区,质文异数,至于陶物振俗,其道一也。叔末浇讹,王道陵缺,而犹假仁以效己,凭义以济功。举中于理,则强梁褫气;片言违正,则厮台解情。盖前哲之遗尘,有足求者。霸德既衰,狙诈萌起。强者以决胜为雄,弱者以诈劣受屈。至有画半策而绾万金,开一说而锡琛瑞。或起徒步而仕执珪,解草衣以升卿相。士之饰巧驰辩,以要能钓利者,不期而景从矣。自是爱尚相夺,与时回变,其风不可留,其敝不能反。及汉祖杖剑,武夫敎兴,宪令宽赊,文礼简阔,绪馀四豪之烈,人怀陵上之心,轻死重气,怨惠必雠,令行私庭,权移匹庶,任侠之方,成其俗矣。自武帝以后,崇尚儒学,怀经协术,所在雾会,至有石渠分争之论,党同伐异之说,守文之徒,盛于时矣。至王莽专伪,终于篡国,忠义之流,耻见缨绋,遂乃荣华丘壑,甘足枯槁。虽中兴在运,汉德重开,而保身怀方,弥相慕袭,

节必无蹇碍之病矣。

文之音节既由疏朗而生，不可砌实，而陆士衡文甚为平实，而气仍是疏朗，绝不至一隙不通，故其文之抑扬顿挫甚为调利。且非特辞赋能情文相生、音节和谐，即《辨亡》、《五等》诸论亦无不可诵。非必徐、庾以降之四六文始有音节也。汉之乐府《孔雀东南飞》、《古诗十九首》，及歌谣等皆可诵之于口。惟专以字句堆砌者亦不能成诵，例如史游《急就篇》之七字韵语，及柏梁台诗之“枇杷菊栗桃李梅”等皆此类也。

大凡文之音节皆生于空。清代汪容甫之文篇篇可诵，绎其所法，亦不过任昉、陈寿数家而已。又陈维崧之文取法虽低，而有音节。至乾隆以后之常州骈文，如董祐诚兄弟所用亦为三代以上之书，而堆砌成篇毫无潜气内转之妙，非特不成音节，文亦甚晦，绝无辉煌之象。孔顨轩虽喜用典，而音节流利，即由其文章有空处耳。唐代李义山用典甚轻，音节和谐，故为一代名家。然非谓用典过多音节即不调谐也。如庾子山等哀艳之文用典最多，而音节甚谐，其情文相生之致可涵泳得之，虽篇幅长而绝无堆砌之迹。又如任彦昇之文何尝不用典？而文气疏朗，绝无迹象，由其能化也。故知堆砌与运用不同，用典以我为主，能使之入化；堆砌则为其所囿，而滞涩不灵。犹之锦衣缀以敝补，坚实芜秽，毫无警策洁净之气，凡文章无洁净

去就之节，重于时矣。逮桓灵之闲，主荒政缪，国命委于阉寺，士子羞与为伍，故匹夫抗愤，处士横议，遂乃激扬名声，互相题拂，品核公卿，裁量执政，婞直之风，于斯行矣。”

《孔雀东南飞》，最早见载于《玉台新咏》。

《柏梁台诗》，《世说新语·排调篇》刘孝标注引《东方朔别传》最早提到这首诗，《古文苑》卷八收录全诗，署名汉武帝刘彻。但《汉书》并未记载此事，清代顾炎武以来很多学者对此诗的年代问题表示怀疑。

之气必至沉而且晦:沉则无声,晦则无光,光晦而声沉,无论何文亦至艰涩矣。

文章最忌一篇只用一调而不变化。六朝以上大致文调前后错综,不相重犯。即同为四言而上两句绝不与下一句相重,此由音节既异,文气亦殊也。试观蔡伯喈、陆士衡之文,虽篇篇极长而每段绝无相犯之调。盖汉人之调虽少而每篇辄数易之。自魏晋以下,则每篇皆有新调。如吴质之书札及陆士衡之《五等论》,即其例也。降及六朝,文调益为新颖,夫变调之法不在前后字数不同,而在句中用字之地位,调若相犯,颠倒字序即可避免。故四言之文不应句句皆对,奇偶相成,则犯调自鲜。如句句对仗即不免陷于堆砌矣,然自庾子山后知此法者盖寡。子山能情文相生且自知变化,尚不为病。后世无其特长,而学其对仗,长篇犯调,精彩全无。使人观之,不谓为修饰不洁,即谓为音节不佳,结体全无,皆不知变调之过也。

吴质书札现存五篇,即《答魏太子笺》、《在元城与魏太子书》、《答文帝笺》、《与文帝书》、《答东阿王书》。

七　论文章有生死之别

文章有生死之别,不可不知。有活跃之气者为生,无活跃之气为死。文章之最有生气者,莫过于前三史。《史记》记事最为生动,后人观之犹身历其境。如《项羽本纪》中叙巨鹿之战及鸿门之会、垓下之败(《史记》卷七),皆句句活跃。《周昌

即所谓历史感。

列传》叙谏废太子，其活跃情形，溢于纸上(《史记》卷九十六)。又《刺客列传》叙荆轲刺秦王一段，亦须眉毕现(《史记》卷八十六)。更就《汉书》而论，如记霍光废昌邑王一事，前叙太后所著之衣服，继叙宣读诏书，而将太后之言插于其中，当时之情态，即栩栩欲生(《汉书》卷八十六)。至于《后汉书》中《郅恽》(卷五十九)、《范滂》(卷九十七)、《第五伦》(卷七十一)、《宋均》(卷七十一)、《王霸》(卷五十)诸传，叙述生动，亦与《史》、《汉》相同。大抵记事文之生死皆系于用笔：善用笔者，工于摹写神情，故笔姿活跃；不善用笔者，文章板滞，毫无生动之气，与抄书无异。夫文章之所以能生动，或由于笔姿天然超脱，或由于记事善于传神。如画蝴蝶然，工于画者既肖其形，复能传其栩栩欲活之神；不工于画者徒能得其形似而已。今欲研究前三史，宜看其文章之生动处皆在于描写之能传神也。《元史》固亦有纪传表志，而但就当时之公牍官书抄写而成，记事疏漏，文章直同账簿，以视《史》、《汉》，若天渊悬殊，此由于记事文有生死之别也。

摹写神情，即所谓“四体妍蚩，本无关于妙处。传神写照，正在阿堵中”。

文章直同账簿，鲁迅谓二十四史不过是历代帝王将相之家谱。

至于其他各体亦莫不然。试就蔡伯喈、陆士衡、任彦昇诸家研究之，皆可见其文章生动之致。凡文章有劲气，能贯串，有警策而文采杰出(即《文心雕龙·隐秀篇》之所谓“秀”)者乃能生动。否则为死。盖文有劲气，犹花有条干(即陆士衡《文赋》所谓“理扶质以立干，文垂条而结繁”)。条干既立,则枝叶扶疏;劲气贯中,则风骨自显。如无劲气贯串全篇,则文章散漫,犹如落树之花,纵有佳句,亦不足为此篇出色也。蔡中郎文无论有韵无韵皆有劲气,陆士衡文则每篇皆有数句警策,将精神提起,使一篇之板者皆活。如围棋然,方其布子,全局若滞,而一著得气,通盘皆活。又文章之轻重浓淡互为表里,用笔重者易于浓,用笔轻者易于淡,此为一定之理。陆士衡用笔最重,故文章极浓;蔡中郎用笔在轻重之间,故其文浓淡适中;任彦昇用笔最轻,故文章亦淡。惟所谓浓淡与用典无关。任非不用典之淡,陆亦非全用典之浓。其文境之浓淡盖就用笔之轻重而分。任文能于极淡处传神,故有生气。犹之远眺山景,可望而不可及,实即刘彦和之所谓秀也。(每篇有特出之处谓之秀,有含蕴不发者谓之隐。)学任之淡秀可有生气,学蔡、陆之风格劲气亦可有生气,此殆文章刚柔之异耳。陆、蔡近刚,彦昇近柔。刚者以风格劲气为上,柔以隐秀为胜。凡偏于刚而无劲气风格,偏于柔而不能隐秀者皆死也。庾子山所以能成家者,亦由其文有劲气而已。上文言记事之文以善传神者为生,而有韵及偶俪之文则以句句安定者为生。凡不安定之句,多由杂凑而成。篇中多杂凑之句,则亦不能成篇矣。故古人作文最重文思。文思不熟,虽深于文者亦难应手。文至不应手时,即不免于杂凑,此为文之大忌也。为文若能先求

陆机用笔最“重”,故文章最“浓”。

任昉用笔最“轻”,故文章亦“淡”。

文思,即现代之所谓构思,《文赋》谓之“用心”,《文心雕龙》谓之“神思”。

句句安定，则通篇必能恰到好处，绝无混含之语。又对于前人之书有可删节颠倒者，有不能增减移易者。如《史》、《汉》之中凡后人视为可合并者，其文固已合并。但如《史记·天官书》及《汉书·五行志》，文皆本于阅览之象，必须依据前人记载，不能增减一字，故其文甚繁，不以生动为尚。至于《史记·乐书》，本于《礼记·乐记》，而其次序词句经史公颠倒合并以传神之处甚多。唐人谓褚少孙多颠倒《史记》之次序，亦但就纪传及乐书之类而言，若《天官书》则绝不能移易也。总之，记事之文有数句传神之语，文章前后即活；有韵及四六之文，中间有劲气，文章前后即活。反之，一篇自首至尾奄奄无生气，文虽四平八稳，而辞采晦，音节沉，毫无活跃之气，即所谓死也。设陆士衡《吊魏武帝文》（《文选》卷六十）及袁彦伯《三国名臣序赞》（《文选》卷四十七），去其中间警策之数段，则全篇无生气。故文有警策，则可提起全篇之神，而辞义自显，音节自高。是知文章之生气与劲气警策互相维系。生气又谓之精彩，言有生气有辞彩也，有生气有风格谓之警策，有风格有生气兼有辞彩始能谓之高华。为文而不能具是三者，不得语于上乘也。

序称："元康八年，机始以台郎出补著作，游乎秘阁，而见魏武帝遗令，忾然叹息，伤怀者久之。""于是遂愤懑而献吊云尔。"

序称："夫诗颂之作，有自来矣。或以吟咏情性，或以述德显功，虽大旨同归，所托或乖，若夫出处有道，名体不滞，风轨德音，为世作范，不可废也。故复撰序所怀，以为之赞云。魏志九人，蜀志四人，吴志七人。"

《文赋》所谓"立片言而居要，乃一篇之警策"。

八 《史》、《汉》之句读

研究《史记》、《汉书》者,不可不明其句读。《史记》之句读可依《索隐》、《集解》各家之说断之,《汉书》之句读可依颜师古注辨之。刘攽、宋祁之驳正亦多可从。所以必须辨明句读者,以句读明而后意思可明也。且《史》、《汉》每句并不苟言,如句读不清,即文章精神全失。盖文章本有驰骤及顿挫两种,《史》、《汉》中二者皆不废。文章有顿挫而无驰骤则失之弱,有驰骤而无顿挫则失之滑。欲明其文中驰骤顿挫之处,则非明其句读不可。(《史记》有一字句,亦有一句多至二十馀字者。)至于《后汉书》为刘宋时人手笔,句读较为易求,其馀各家之句读则以有韵及四六之文为多,亦无须研究。惟研究《史》、《汉》者若不明其句读,即不足以见其章法也。

杨树达有《古书句读释例》,中华书局1954年版。

九 蔡邕精雅与陆机清新

研究蔡伯喈与陆士衡之文,应寻古人对于蔡、陆之评论。陆士龙与兄平原书每评论士衡文章之得失,就其所论推其所未论,可资隅反之处颇多。其中有云:"往人论文,先辞而后情,尚洁而不取悦泽。尝忆兄道张公父子论文,实欲自得。今日便

陆云《与平原兄书》,收录在中华书局出版之《陆云集》。

清新相接似有不妥，因为陆机创作以“繁缛赡密，工巧绮练”为主要特色，距清新相去较远。

宗其言。兄文章之高远绝异，不可复称言。然犹皆欲微多，但清新相接，不为病耳。”（《全晋文》卷一百二，页四）今观士衡文之作法大致不出“清新相接”四字。“清”者，毫无蒙混之迹也；“新”者，惟陈言之务去也。士衡之文，用笔甚重，辞采甚浓，且多长篇。使他人为之，稍不检点，即不免蒙混或人云亦云。蒙混则不清，有陈言则不新，既不清新，遂致芜杂冗长。陆之长文皆能清新相接，绝不蒙混陈腐，故可免去此弊。他如嵇叔夜之长论所以独步当时者亦只意思新颖，字句不蒙混而已。故研究陆士衡文者应以清新相接为本。

蔡邕足以当之。

至于蔡中郎之文亦绝无繁冗之弊，《文心雕龙·才略篇》云“蔡邕精雅”，实为定评，研治蔡文者应自此入手。精者，谓其文律纯粹而细致也；雅者，谓其音节调适而和谐也。今观其文，将普通汉碑中过于常用之句，不确切之词，及辞采不称，或音节不谐者，无不刮垢磨光，使之洁净。故虽气味相同，而文律音节有别。凡欲研究蔡文者，应观其奏章若者较常人为细，其碑颂若者较常人为洁，音节若者较常人为和，则于彦和所称“精雅”当可体味得之。

惟研究一家之文，有探及里面者，有但察其表面者。蔡、陆之文就表面观之甚易摹拟，而嵇叔夜《声无哀乐论》之类（《全三国文》卷四十九，页一）甚难摹拟。实则不然。如摹拟蔡、陆者只得其貌而遗其神,即使毕肖,亦形似而非神似。况研究一家之文本应注重其神情,不可拘于句法。如仅将经书中之四字句组合运用而成篇,则学蔡岂不大易?不知伯喈之文每篇皆有转变,如《杨公碑》、《胡公碑》、《陈太丘碑》等各篇有各篇之作法,不独字句不同,即音调亦有变化,绝非凑足四言便可诩为成功也。陆士衡文亦有特能传神之处,学陆文者应先得其警策,警策既得,然后从事于炼句布采。如徒摹拟其字句,而遗其神韵,亦徒得其表而遗其里耳。至于嵇叔夜之长论表面若甚难学,实则摹拟各家者取术不同。盖嵇叔夜开论理之先,以能自创新意为尚,篇中反正相间,主宾互应,无论何种之理,皆能曲畅旁达。善学嵇者宜先构思,新意既得,然后谋篇布势,再定遣词之法,或全用比喻,或专就正题立言。务期意翻新而出奇,理无微而不达。苟能如此,则叔夜之精华已得,奚必摹拟其句调?试观六朝论理之文,绝无抄袭叔夜之词句者,惟分肌擘理,构思精密之处得之于嵇而已。

嵇康之文,自创新意为多,如《声无哀乐论》、《难自然好学论》等。然创新实属不易,因为"意翻空而易奇,言征实而难巧"。

无论研究何家,皆以摹拟其神情为上,而以摹拟其字句者为下。且蔡、陆之文尚有字句声调可拟,而任彦昇、傅季友之文全无形迹可学,即使酷摹其句调,亦难勉肖于丝毫。此由任、傅以传神胜,其佳处超乎字句以外,如仅趋步其字句则犹人仅有体魄而无灵魂。故凡学任、傅之文者,应得其

摹拟前人以神似为上,而非拘泥于用字遣词。然求其神似,何其难也。

汪容甫，即汪中，字容甫。

传神之妙，不可但拟其用典。如汪容甫文无一联一句摹拟任彦昇之词藻，而善能得其传神三昧，斯可贵也。又如摹拟徐陵、庾信之文者，亦应得其情文相生之处，而不可斤斤于字句。清代陈其年之文仅于言情处间肖徐、庾，此外但能拟其典故而已。

陈其年，即陈维崧，字其年。

十　论各家文章与经子之关系

汉魏六朝文学批评家多以各体文章出源于六经，故《文心雕龙》以“原道”、“征圣”、“宗经”为前三篇。事实也正是如此。汉魏六朝之文，多出入经史。

欲撢各家文学之渊源，仍须推本于经。汉人之文，能融化经书以为己用。如蔡伯喈之碑铭无不化实为空，运实于空，实叙处亦以形容词出，与后人徒恃“峥嵘”、“崔巍”等连词者迥异。此盖得诸《诗》、《书》，如《尧典》首二段虚实合用，表象之辞甚多。汉人有韵之文皆用此法，而伯喈尤为擅长。故研究蔡文者，必知其句中之虚实，乃能得其法门。且六朝以后，形容词用法甚严，状拟君王之词绝不能施诸臣民。汉文用实典甚少，故可不分地位。如“克岐克嶷”原称后稷聪明（见《诗经·大雅·生民》篇），而断章取义，则无妨用之童稚。又汉人用表象之词比附事实，故可繁可简；六朝人用史书之典比附事实，故不得不繁，此其大较也。班固之文亦多出自《诗》、《书》、《春秋》，故其文无一句不浓厚，其气无一篇不渊懿。《周礼》之文未尝不古质也，然以视《诗》、《书》之朴厚则有间矣。曹子建之文大致亦近中郎,惟浓厚细密间或过之。又研究陆士衡者必先熟读《国语》,盖《国语》之文虽重规叠矩而不觉其繁,句句在虚实之间而各有所指,文气聚而凝,选词安而雅,陆文得其法度遂能据以成家。如《辨亡》、《五等》二论(《文选》卷五十三及五十四),每段重叠至十馀句,而句各有义,绝不相犯,斯并善于体味《国语》所致,研究陆文者应于此等处入手。又文章之巧拙,与言语之辩讷无殊。要须娴于词令,其术始工。词令之玲珑宛转以《左传》为最,而善于运用《左传》之词令者则以任昉称首。彦昇之文虽无因袭左氏字句之迹,而能化其词令以为己有。且疏密轻重各如其人之所欲言,口气毕肖,时势悉合,凡所表达无不恰到好处,是真能得左氏之神似者也。

研究各家不独应推本于经,亦应穷源于子。盖一时代有一时代流行之学说,而流行之学说影响于文学者至巨。战国之时,诸子争鸣,九流歧出,蔚为极盛。周、秦以后,各家互为消长,而文运之升降系焉。约而论之,西汉初年,儒家与道、法、纵横并立,其时文学,儒家而外,如邹阳、朱买臣、严助等之雄辩,则纵横家之流也;贾谊《新书》取法韩非,则法家之流也;《史记》之文,兼取三家,其气厚含蓄之处,固与董仲舒《春秋繁露》为近,而其深入之笔法则得之法家,采《国策》之文,则为纵横家,故与纯粹儒家之文不同。

陆机《辨亡》、《五等》,前人多谓与贾谊之风相接,此谓习于《国语》者,实发前人之所未发。《国语》二十一篇,包括《周语》三篇、《鲁语》二篇、《齐语》一篇、《晋语》九篇、《郑语》一篇、《楚语》三篇、《吴语》一篇、《越语》二篇。所记上起周穆王(前967),下至鲁悼公(前453),其中除《周语》、《郑语》涉及西周(前1027—前771)事外,其馀都是春秋时期(前770—前481)各国的史实。由于其所叙各国史实,主要是通过一些历史人物的言论对话来表现的,故称《国语》。

任昉之文得《左传》之神,此亦点睛之笔。

渊懿，是中古时期一个重要的文论命题，有含蕴深远之意。

自武帝以迄建安，儒术独尊，故儒家之文亦独盛。如班固《汉书》不独表志纪序取法经说，即传赞亦莫不尔。就其文论，气厚而浓密，渊茂而含蕴，字里行间饶有馀味，纯系儒家风格，与法家迥殊。盖法家之文，发泄无馀，乏言外之意，说理固其所长，但古质而无渊懿之光；儒家之文说理虽不能尽，而朴厚中自有渊懿之光。若孟坚则能备具儒家之特色者也。蔡伯喈之文亦纯为儒家，其碑铭颂赞固多采用经说，即论事之文亦取法《春秋繁露》，而文章之重规叠矩，则又胎息于荀子《礼论》、《乐论》。故虽明白显露，而文章自然含蕴不尽，文能含蕴则气自厚矣。研究班、蔡之文者，能含蕴不尽，即为有得。又班、蔡之文并渊懿而有光，与古质不同。李斯刻石虽古质而不渊懿，韩昌黎《平淮西碑》摹拟秦刻石，益古质而无光矣。

名法，即名家与法家。《汉书·艺文志》："名家者流，盖出于礼官。古者名位不同，礼亦异数。""法家者流，盖出于理官，信赏必罚，以辅礼制。"

建安以后，群雄分立，游说风行。魏祖提倡名法，趋重深刻，故法家、纵横又渐被于文学，与儒家复成鼎足之势。儒家则东汉之遗韵，法家、纵横则当时之新变也。七子之中，曹子建可代表儒家，其作法与班、蔡相同，气厚而有光，惟不免杂以慨叹耳。王仲宣介乎儒、法之间，其文大都渊懿，惟议论之文推析尽致，渐开校练名理之风，已与两汉之儒家异贯。盖论理之文，"迹坚求通，钩深取极"（《文心雕龙·论说》篇语），意尚新奇，文必深刻，如剥芭蕉，层脱层现，如转螺旋，节节逼深，不可为肤里脉外之言及铺张门面之语,故非参以名、法家言不可,仲宣即开此派之端者也。至于三国奏章皆属法家之文,斩截了当,以质实为主。王弼、何晏之文,所以变成道家,即由法家循名责实之观念进而为探索高深哲理耳。陈琳、阮瑀并以骋词为主,盖受纵横家之影响而下开阮嗣宗一派。故研究建安文学者,学子建应本于儒;学仲宣应溯诸法;学阮、陈应求之纵横,最近亦当推迹邹阳;而嵇叔夜之长论,则非参合道、法二家之学说不为功。大抵儒家之文能“衍”,法家之文能“推”。中国文学之最深刻者,莫过法家。如《韩非·解老》、《喻老》及《说难》,层层辩驳逐渐深入,实议论文之上乘。建安以后,名、法盛行,故法家之文亦极发达。如王弼《易略例》、《易注》之作法皆出于《解老》、《喻老》。至嵇叔夜将文体益加恢宏,其面貌虽与韩非全殊,而其神髓仍与法家无异。综上所述,可知三国之文学最为复杂也。

三国奏章,斩截了当,可以路粹奏劾孔融为代表,时人睹其奏,“无不嘉其才而畏其笔也”。

降及西晋,法家、道家亦颇发达,而陆士衡仍守儒家矩矱,多“衍”而少“推”,一以伯喈、子建为宗。

三国文学最为复杂,根本原因在于这个时期的思想最为活跃,很难归于一家。

是故就人而论,太史公书最为复杂;就时代而论,建安最为复杂。若以儒、法二家之文相较,则学儒家之文积气甚难,此惟可意会,不能言传,多读西汉初年之篇章,详味其衍及含蓄,久之自能有光。学法家之文,应先研究其文章分多面,句各有意，字不虚设，章无盈辞，且能屏弃陈义，孚甲新思，考虑周详，面面完到。自兹入手，庶能得所楷式矣。

十一 论文章有主观客观之别

主观与客观之别，《史记》偏于主观，《汉书》更加客观。在词之方面亦有表现，主观词人如韦庄，客观词人如温庭筠。参见叶嘉莹《迦陵论词丛稿·温庭筠词概说》，上海古籍出版社 1980 年版。

文学艺术与哲学密切相关，此为千古不移之论。刘师培《论文杂记》前几则即征引印度、英国等哲学家之论述，可见其思想渊源有自。

文章有主观客观之别，今试就各家之文以说明之。夫文学所以表达心之所见，虽为艺术而颇与哲学有关。古人之学说，各有独到之处，故其发为文学，或缘题生意，以题为主，以己为客；或言在文先，以己为主，以题为客。于是唯心唯物遂区以别焉。《史记》虽为记事之书，而一切人物皆由己意发挥。如《游侠》、《刺客》二传，所以反映当时之人不如郭解、荆轲；《货殖列传》，所以针对《平准书》，以见取民之法犹甚于贸易，与纪表之惟存古制并无深意者迥不相同。至于《封禅书》所以与《礼书》分立者，一以抒己意，一以存古制而已。此外如世家首《泰伯》，列传首《伯夷》，而列传之题或以姓标，或以名标，或以字标，或以官标，虽并记事实而各有进退。可知《史记》之文主观固不减于客观也。后世文学所以不及《史记》者，以其题在意先，就题为文，属于唯物的文学；《史记》则意在题先，借题发挥，属于唯心的文学。唯心能归纳，唯物只能演绎。《史记》八《书》，皆先定主意，而后借古今事实以行文。以视《汉书》八《志》，体裁虽同，而作法则殊。盖《汉书》为存一代之掌故,以记事渊茂,叙述得法为主。故记五行即就五行立言,记天文即依天文为说。《史记》欲借事立言,以发挥意见为主。如《礼书》本于荀卿《礼论》,《乐书》出自《礼记·乐记》,明其对于礼、乐之意见,与《荀子》《礼记》相同也。《汉书》以下,客观益多,降及六朝,史自史而我自我,等于官书,毫无主观之致矣。

各体文学,亦有主观客观之殊。如《三都》、《两京》固属客观之赋,而《思玄》、《幽通》则以发挥己意为归。屈原《离骚》,体属唯心,而荀卿《蚕赋》,则宜隶唯物。溯源竟流,亦犹王粲《登楼》与蔡邕《短人》之异耳。吊文哀词贵抒己悲,墓志碑铭重在死者,主客异致,心物攸分。蔡中郎擅长碑铭,故客观之文学多。至于唐宋八家之文,作墓志而附加己意,未免乖体。议论之文亦非尽主观,如顾欢《夷夏论》等,专以实在之事理为主,不悉以己意为凭,殆属客观文学。惟道家者流,历论古今成败,以证己心之观念,则纯为主观文学。太史公之学说出于黄老,故能以心驭事,非如后世之心为事役也。两汉之时,儒家盛行,学术统一,除太史公书兼采儒、道、纵横外,其馀各家皆内观少而外观多,舍唯心而趋唯物。降至正始,嵇、阮倡为道家之文,校练名理,辨析玄微,唯心之风,又复转炽。如阮嗣宗《乐论》非述乐之沿革,《易论》亦异《易》

《三都》、《两京》,客观之辞赋。《思玄》、《幽通》,主观之辞赋。

屈原《离骚》,主观之作,荀子《蚕赋》,客观之作。

道家之文学,偏于主观,儒家之文学,重在客观。

之注疏，惟以己意贯串，故与堆积事实者不同。又如嵇叔夜之《养生论》，句句出于己心；《声无哀乐论》亦能发前人所未发。以此上较东汉之文，如刘梁《辨和同》之敷衍成篇，班彪《王命论》之但就史实判断者，显然主观与客观不侔矣。陆士衡亦长于唯物文学，与蔡中郎相近，而平实盖犹过之。观其《文赋》专写为文之甘苦，其诗亦无一句不实。若《五等论》之类，就题为文，丝毫不遗，殆与《三都》、《两京》之作法相同，亦由归纳之处少而演绎之处多耳。潘安仁之诔文，纯表心中之哀思，以空灵胜，情文相生，非客观所能有，故能独步当时，见称后代也。由上所论，可知文章各体虽非尽属主观，而如情文相生之哀吊，校练名理之论辨，援事抒意之传记，固应以唯心为尚也。

十二　神似与形似

近人论文，谓模拟一代或一家之文，不主形似，但求神似。此实虚无缥缈，似是而非之论。盖形体不全，神将奚附？必须形似乃能靡然不辨，此固非工候未至者所能赞一词也。夫杼柚篇章，岂为易事？章法句法既宜讲求，转折贯串犹须注意。逮至色泽匀称，声律调谐，然后乃能略得形似。形似既具，精神自生。学班、蔡之文者，不独应留意句法章法，且须善于转折。李申耆有拟东汉碑铭

此则谓摹拟前人当从形似入手，继而求之神似，故曰“形似既具，精神自生”。此与第173页之论形似、神似之说略有不同。

李申耆，即李兆洛，字申耆。

各篇,规模略具矣。凡模拟古人文学,须从短篇及单纯之意思入手,而徐进于长篇及复杂之意思。至镕各家为一炉之语,殆空谈耳。清代汪容甫作碑铭杂用《国语》、《国策》、《史记》、《汉书》诸体,而参之以唐宋之文,遂至骈散皆不可辨,此镕合之弊也。又文章之美,全由性情。嵇康、阮籍固不相同,与王弼、何晏尤不相类。故模拟古人之文须先沟通其性情之相近者,若不可沟通,则无妨恝置。王半山、黄山谷学杜俱能得其一体,故能流传于后。若明前七子之诗虽不甚劣,而其文章则挦撦《庄》、《荀》、《史记》之调而沟通之,所以不足道也。《七启》亦是模拟之作,然而不为病者,以其规模仍旧,而字句翻新耳。学陆士衡之文,仅知炼句尚不可,必须炼柔句为刚句,劲如枝之不可折,斯可矣。

王半山,即王安石,字介甫,晚号半山。

黄山谷,即黄庭坚,字鲁直,自号山谷道人,晚号涪翁。

十三　文质与显晦

文质是一古老的命题。《论语》即谓"质胜文则野,文胜质则史,文质彬彬,然后君子",这是论人。两汉之后转而论文,故应瑒有《文质论》。

文学之性质,有相反者二事,而不可一有一偏无焉。兹述之如下:

(一) 文与质最相反者也。东汉一代文质适中,赋、诗、论、说、颂、赞、碑、铭各体,皆文质相半。惟张平子、班孟坚,文略胜质;蔡中郎之碑铭则有华有质,章奏亦得其中。建安以后,文风丕变,有文胜质者,有质胜文者。辞赋高华,较东汉为胜;章奏质朴,较东汉为差。《东观汉记》及袁宏《后汉纪》所载东汉诸人之章奏，皆文质适中，即考据议礼之文亦有华彩可观，非如建安三国之重名实而求深刻也。西晋之时，陆士衡之表疏，如《谢平原内史表》等，文彩彬蔚，与辞赋无殊。其馀各体亦皆文质相参。嗣宗高华，亦未舍质。故知后世惊彩绝艳之文，格实不高，与宋人语录相较，一浅一深，其弊则同耳。欲求文质得中，必博观东汉之文，以蔡中郎诸人为法，乃可成家。观《晋》、《隋》两书之《礼志》及杜佑《通典》诸议礼文字，虽主考据而并有文彩。《颜氏家训》各篇亦质而有文，与后世之质朴者相去远甚。故文质得中，乃文之上乘也。

（二）文章有显有晦，各有所偏。扬子云《太玄经》及《剧秦美新》等固有艰深之字句，而《十二州箴》及《赵充国颂》等篇，则文从字顺，毫不冷僻。可见古人作文固非尽隐晦难知者。又文之通病显则易浅，深则易晦，锤炼之极则艰深之文生。然陆士衡之文虽极力锤炼，而声调甚佳，风韵饶多，华而不涩。西晋普通之文俱极隽妙，而绝不浅俗。若清之董祐诚故意堆积故实，则深而流于晦；袁子才务期人尽可晓，则显而流于浅，均未得其中也。古人之文，深而流于艰涩者，除樊宗师之《绛守居园记》外，绝不多见。盖文章音调，必须浅深合度，文质适宜，然后乃能气味隽永，风韵天成。潘安仁、任彦昇之文所以风韵盎然者，正以其篇篇皆在

《谢平原内史表》文采彬蔚，作为名篇而收录《文选》。

《颜氏家训》二十篇：序致、教子、兄弟、后娶、治家、风操、慕贤、勉子、文章、名实、涉务、省事、止足、诫兵、养生、归心、书证、音辞、杂艺、终制。书中内容虽然主要是教训子弟修身、治家、勉子、处世之道，同时也涉及其他许多方面的内容，如记述南北风俗、人物事迹、讨论学术、品第文艺等。所谓“质而有文”，可以借用范文澜《中国通史简编》对此书的评价来说明：“平而不流于凡庸，实而多异于世俗，在南方浮华北方粗野的气氛中，《颜氏家训》保持平实的作风，自成一家之言。”

文章显晦：《左传·成公十四年》：“《春秋》之称，微而显，志而晦，婉而成章，尽而不汙。”

袁子才即袁枚，字子才，号简斋，晚年自号仓山居士，随园主人，随园老人。清代诗人。

樊宗师，字绍述，南阳人。唐散文家，为文力主诙奇险奥，流于艰涩怪僻，时号“涩体”。譬如《绛守居园池记》：“余退尝吁后其能无果有不补建者。”其实，用“后其能无补建者”足以表达。

文质之间耳。

十四　文章变化与文体迁讹

凡文章各体皆有变化,但与变易旧体不同。就篇法而论:如纪传体之先后,本应以事实为序,然因事之重轻间或用倒叙法。《史记》各传,通例皆用顺叙,而《卫青霍去病列传》即两人插叙,年月次序丝毫不紊。《汉书》各传,皆传前论后,而《王吉贡禹列传》则先叙商山四皓,发为议论。又《扬雄传》内只引其自序,实在事迹反叙于论内。变化虽繁,要并与传体无悖。蔡中郎之《杨秉碑》,尽用《尚书》成句,虽与普通各篇不同,而虚实并存,亦不乖碑体,此皆在本体内之变化,而非以他体作本体之文。绝无以传为碑或以碑为传者。降及六朝唐世,仍循此例,未尝乖忤。此篇法变化无关文体者也。就句法而论:古人之变化亦甚多。试即对偶一端而言,有上句用两人名,下句用一人名者;有上句用地名,下句用人名者;亦有上下两句同用一意者。此种词例甚多,无非求句法新颖,不与前人雷同而已。两汉之文如蔡中郎诸人之声调,乍视似不悬殊。若写为声律谱以较,则其句法词例无虑百馀种。建安文学所以超轶当时者,亦以其诗文之声调句法为两汉所未有。如吴质《与陈思王书》,即其例也。故学一家之文,不必字摹句拟,

《史记》不平铺直叙之例。

碑与传是两种文体,故《文心雕龙》是诔碑并称,史传合论。

风韵，《文心雕龙·风骨篇》论风指风化，韵，指韵味。风韵评文，即指作家风情特点。

神理，《文心雕龙·情采篇》有“神理之数”，即自然而然的神情理致。

气味，《文心雕龙·体性篇》用味深、趣昭来比喻作家的风格。

江淹得力于《楚辞》，如著名的《渡泉峤出诸山之顶》诗用“哉”字作为韵脚，可谓奇险。结尾数句又化用《离骚》、《招魂》的诗意，质朴浑然，给人苍劲挺拔之感。

而当有所变化。文章中之最难者，厥为风韵、神理、气味，善能趋步前人者，必于此三者得其神似，乃尽摹拟之能事，若徒拘句法，品斯下矣。凡一代之名家，无不具此三者，而各家之间又复不同。如陆士衡与潘安仁各有气味，自成风韵，异曲同工，不能强合。至于文章之神理，尤为难能可贵，即谢康乐所谓“道以神理超”也。如潘安仁、任彦昇之文皆有神理，但或从情文相生而出，或从极淡之处而出，或从隐秀之处而出。凡学古人之文，必须寻绎其神理与风韵，若面貌毕肖，而神理风韵毫无，不足与言拟古矣。陆士衡于碑铭一体，心摹神追蔡中郎，其篇幅虽长，偶句虽多，而文章之转折，句法之简炼，以及篇章之结构，皆能具体而微。谢康乐之文颇似潘安仁，而其论体则摹拟嵇叔夜。虽体裁无嵇之大，而作法得嵇之工夫甚深，间有数篇，置之嵇文中亦不辨真赝。又六朝人之学潘安仁而能得其风韵者，则惟谢庄、谢玄晖二人。颜延年之文，亦可以为士衡之体贰，不独炼句似陆，即风韵亦酷肖之。陆之风韵在“提”与“警”，延年得其一隅，故能俨然近真，惟其诗尚不及陆之显耳。江文通之文，得力于《楚辞·九歌》者甚深，其体裁句法未必篇篇皆肖，而神理风韵殆能心慕神追。可知摹拟一家之文，必得其神理风韵，乃能得其骨髓。句法无妨变化，而气味实质不宜相远。研览六朝人学两汉三国西晋之文，即可为后世摹拟一家之模范矣。

至于文章之体裁,本有公式,不能变化。如叙记本以叙述事实为主,若加空论即为失体。《水经注》及《洛阳伽蓝记》华彩虽多,而与词赋之体不同。议论之文与叙记相差尤远,盖论说以发明己意为主,或驳时人,或辨古说,与叙记就事直书之体迥殊。所谓变化者,非谓改叙记为论说或侪叙记为词赋也。世有最可奇异之文体,而世人习焉不察者,则杜牧《阿房宫赋》,及苏轼之前、后《赤壁赋》是也。此二篇非骚非赋,非论非记,全乖文体,难资楷模。准此而推,则唐以后文章之讹变失体者,殆可知矣。又六朝人所作传状,皆以四六为之。清代文人亦有此弊。不知《史》、《汉》之传,体裁已备,作传状者,即宜以此为正宗。如将传状易为四六,即为失体。陈思王《魏文帝诔》于篇末略陈哀思,于体未为大违,而刘彦和《文心雕龙》犹讥其乖甚。唐以后之作诔者,尽弃事实,专叙自己,甚至作墓志铭,亦但叙自己之友谊而不及死者之生平,其违体之甚,彦和将谓之何耶?又作碑铭之序不从叙事入手,但发议论,寄感慨,亦为不合。盖论说当以自己为主,祭文吊文亦可发挥自己之交谊,至于碑志序文全以死者为主,不能以自己为主。苟违其例,则非文章之变化,乃改文体,违公式,而逾各体之界限也。文章既立各体之名,即各有其界说,各有其范围。句法可以变化,而文体不

苏轼《答谢民师书》说,为文当"如行云流水,初无定质,但常行于所当行,常止于所不可不止,文理自然,姿态横生"。《文说》:"吾文如万斛泉源,不择地而出,在平地滔滔汩汩,虽一日千里无难。及其与山石曲折,随物赋形而不可知也。所可知者,常行于所当行,常止于不可不止。如是而已矣。其他虽吾亦不能知也。"

《文心雕龙·诔碑》:"陈思叨名,而体实繁缓,文皇诔末,旨言自陈,其乖甚矣。"叨名,即虚名。曹植《魏文帝诔》凡千馀言,篇末百馀言都是自己的陈述,违背诔的体例。

能迁讹，倘逾其界畔，以采他体，犹之于一字本义及引伸以外曲为之解，其免于穿凿附会者几希矣。

十五 汉魏六朝之写实文学

今之论者辄谓六朝文学只能空写而不能写实。抑知汉魏六朝各家之文学皆能写实，其流于空写者乃唐宋文学之弊，不得据以概汉魏六朝也。

中国古代之文体，本有数种，如《诗经》虽有赋、比、兴，而其中复有虚比；《周礼》之记官制固用写实，而只举大纲，不及细目，故此二经之文体不尽为写实。然《仪礼》一书则可为写实之楷模，其记某礼也，自始至终，举凡宾主之仪节方位，以至升降次第，一步一言，无不详细记载，须眉毕现。如《乡饮酒礼》于宫室制度，揖让升降，乃至酒杯数目皆描写尽致，今观其文即可想见当日之情形，此张皋文所以据之作《仪礼图》也。

记载典礼仪节的书简称《礼》，亦称《礼经》、《士礼》，古代有“礼仪三百，威仪三千”的记载，传到汉代只剩下十七篇，包括冠、婚、丧祭、朝聘、射乡五项典礼仪节，称作《礼经》，为“五经”之一。

张皋文，即张惠言，清代著名学者、作家。著有《仪礼图》六卷存世。

再就史书而论，《史》、《汉》之所以高出于后代者，即在其善于写实。故每记一事，则经过之曲折，纤细不遗；记战争则当日之策画了如指掌。例如《史记·留侯世家》中记郦食其劝立六国后事，于当时之情状尽能传出（卷五十五），《项羽本纪》（卷七）、《信陵君列传》（卷七十七），不独写出本人之性情，即当时说话之声容情态亦跃然纸上，其传神之妙，何减画工？《汉书》前半多本《史记》，而武帝以后之记传,亦自具特长,不容与《史记》轩轾。即如《陈遵》、《原涉》两传(卷九十二),何减于《郭解》、《朱家》(《史记》卷一百二十四)?《赵飞燕传》(卷九十七下《外戚传》)虽似小说家言,而实系当时之实录。至其表现仁厚及暴虐者之神情,亦无不惟妙惟肖。如《朱云传》记廷折张禹事(卷六十七),迄今读之,犹生气勃勃,可知《史》、《汉》非以空写作文章者也。

《晋书》、《南、北史》喜记琐事,后人讥其近于小说,殊不尽然。试观《世说新语》所记当时之言语行动,方言与谐语并出,俱以传真为主,毫无文饰。《晋书》、《南、北史》多采自《世说》,固非如后世史官之以意为之。至其词令之隽妙,乃自两晋清谈流为风气者也。古时之高文典册,亦以写实者多,润色者少,非独小说为然。惟其中稍加文饰,亦所不免,如传状本以记事为主,用表象形容之词即为失体。然《史记·石奋传》"子孙胜冠者在侧,虽燕居必冠,申申如也"(卷一百三),《汉书·朱云传》"蹑齐升堂抗首而请",并用《论语·乡党》文。实则汉人之衣冠亦未必与周制相同,用此两语,即近粉饰。但施之碑铭则甚调和,此殆沿用当时碑文未加修改,致乖史传之体耳。

如《晋书·郭璞传》即记载很多荒诞不经的事,《史通》颇致不满。

说《晋书》保留清谈风气,亦不尽然,因为现存《晋书》乃唐人依据十八家《晋书》所修,未必都出于晋人之手;即便出自晋人,亦经唐人修订。

唐以后之史书用虚写者甚多,非独不及《史记》、《汉书》,且远逊于《晋书》、《南、北史》。唐人所作之小说未尝不多,而《唐书》所以不及《晋书》、宋以后之史，所据为当时官书，毫无神采：确实如此。且宋以后史料日益丰厚，史料价值亦远不如以前的史书。

中国文学之弊，皆自唐宋以后始：这里主要就写实文学尤其是应酬干禄文字而言，但也不排除作者针对当时唐宋派古文而言。

《南、北史》之采用《世说新语》者，则由文胜于质，不善写实而已。宋以后之史书，或偏于空写，或毫无神采，所据者非当时之官书，即当时之碑志。官书避免时忌，业经删裁；碑志仅记爵里生卒，亦不能传达声容言动，求其传神，殆不可能。今之谓中国文学不善写实者，责之唐宋以后固然，但不得据此以鄙薄隋唐以前之文学也。中国文学之敝，皆自唐宋以后始。例如流俗文章中于官名地名喜比附古人近似之名词以相替代，此皆自唐之启判，宋之四六开其端。即徐、庾之文尚不至此。清代应制之书启贺表染其流毒，喜用帮衬之名词，所用之字亦似通非通。民国以来普通之电报书札，亦与前清无别，此弊皆唐宋应酬干禄之文字肇之，汉魏六朝之文学固不可与此并论也。

由上所论，史传一类固应纯粹写实，而词赋诗歌则亦间有写实之体，如荀卿《箴赋》、《蚕赋》，刻画甚工(《荀子》卷十八《赋篇》)；蔡邕《短人赋》(本集外纪，《全后汉文》卷六十九，页四)亦惟妙惟肖，此词赋之能写实也。至于《左传》宣公二年引宋城者之讴，形容华元之弃甲，及汉代乐府《孔雀东南飞》记焦仲卿妻事(《古诗源》卷四)，则并诗歌之能写实也。推若韩昌黎《石鼎联句》之类，刻画过于艰深，殆非写实之正宗耳。

碑铭颂赞之文，盖出于《书经·尧典》之首段，与《礼经》之不可增减一字者不同，本以“拟其形容,象其物宜”为尚,而不重写实,秦、汉碑铭全属此体。后人不知文字有实写与形容之别,亦不知有表象之法,故以典故代形容,典故穷后易以代词,此风自六朝已渐兆其端,唐、宋始变本加厉。今人习而不察,因据唐、宋以后之文学以律陈、隋以上,殊未见其可也。

综之,汉魏六朝之文学,皆能实写,非然者即属“拟其形容,象其物宜”一类。又词中于荀卿《赋篇》一派外,又有司马长卿《长门赋》,描写心中之想象,王仲宣《登楼赋》,发抒羁旅之悲怀,虽非写实而亦善传神。中国文学中之有写实、传神二种,亦犹绘画中之有写生、写意两派,未可强为轩轾也。

中国古代的文学艺术,终究是以写意为主,这也是一个老生常谈的话题。

十六　论研究文学不可为地理及时代之见所囿

《隋书·文学传序》论南北朝文体不同云:“江左宫商发越,贵于清绮;河朔词义贞刚,重乎气质。气质则理胜其词,清绮则文过其意。理深者便于时用,文华者宜于咏歌。此南北词人之大较也。”(《隋书》卷七十六)后代承之,亦有谓中国因南北地理不同,文体亦未可强同者。然就各家文集观之,即殊不然。《隋书》之说,非定论也。试以晋人而论,潘岳为北人,陆机为南人,何以陆质实,而潘清绮?后世学者亦各从其所好而已。若必谓南北

刘师培22岁时(1905年)即有《南北学派不同论》刊于《国粹学报》,就包括《南北文学不同论》,是就大处而论。具体到个人很难一概而论。如潘岳北人,文章清绮;陆机南人,文章质实。

不同，则亦只六朝时代为然。盖名理初兴，发源洛下，王、何、嵇、阮之流，各以辩论清谈成风，西晋承之，无由变易。及五胡乱华，中原文士相率南迁，于是魏晋以来之文化遂由北而南。其时南北之所以不同者，北方文句重浓，南方文句轻淡，自东晋以降，北如五胡十六国，南如晋、宋、齐，大抵皆然。揆厥所由，则以晋承清谈之风，出语甚隽。宋、齐踵继，馀韵犹存，及齐、梁之际，宫体盛行，则又加以绮丽。沿流溯源，殆仍洛下玄风，逐渐演变，而非江南独有此派文学也。北方经五胡之乱，名理弗彰，文遂变为质实。元魏、北齐、北周大都如是。及庾信入周，乃始沟通。周、隋之际，南北又趋混一。准是以言，则南北固非判若鸿沟耳。上溯两汉，南北之分亦不甚严。《教官碑》为江南石刻，而作法与北碑无别。班孟坚、蔡中郎均超迈当时，而学之者不间南朔。更就清代论之，胡天游本为浙人，而追摹燕、许，功候甚深；其他北人而擅长六朝文学者，尤不可胜数。倘能于古人文字精勤钻研，无论何人均不难趋步，士衡入洛，子山入周，南北易地，各能蔚成文风，然则，文学奚必有关地理哉？

一代杰出之文人，非特不为地理所限，且亦不为时代所限。盖文体变迁，以渐而然。于当代因袭旧体之际，倘能不落窠臼，独创新格，或于举世革新之后，而能力挽狂澜，笃守旧范者，必皆超轶流俗之士也。如祢正平之在东汉，远逊孔融、蔡

胡天游（1696—1758），初姓方，名游，后改姓胡，名骙，字稚威，复取方外天游之意，名天游，号云持，山阴人。著作有《春秋夏正》二卷，《石笥山房文集》六卷，《诗集》十一卷，《诗馀》一卷。《清史稿》有传。

文人不为时代所限，最好例子就是陶渊明。元好问论诗绝句称“未害渊明是晋人”。

邕,而其文变含蓄为驰骋,全异东汉作风,故能见重当时;又如曹魏章奏以质实为主,惟陈思王篇制高华,不偭旧规,亦能独迈侪辈,并其例也。故研究一家之文于本人之外尚须作穷源竟流功夫。如研究阮嗣宗当溯源于陈琳、阮瑀,推而上之,更可考及祢衡。又如张平子文颇得宋玉之高华,在当时虽无影响,而能下启建安作风,不考平子无以知建安,亦犹不考琳、瑀无以知嗣宗耳。汉代章奏虽未必篇篇皆如刘向、匡衡,而规模大致不远。至如赵充国《屯田颂》之句句切实者,在两汉殊不多觏,然至曹魏之际,其体遂昌,此亦当代不能盛行而为后代推崇之例。他如陆士衡《辨亡》、《五等》各长论,实由《六代论》、《运命论》开之;潘安仁清绮自然之文及下笔转圜之处,实由王仲宣开之;任彦昇下笔轻重及转折法度,实由傅季友开之。而欲知庾子山转移北方风气之故,尤不可不溯源于梁代宫体。盖徐陵、庾信之文体,实承《南史·简文帝传》所载徐摛、庾肩吾之家风。而为宫体导夫先路者,则永明时之王融也。今之谈宫体者,但知推本简文,而能溯及王融者殆鲜,斯何异于论清谈者,但知王弼、何晏,而不能溯源于孔融、王粲也哉?此穷源之说也。

晋宋文人学陆士衡者甚多,而颜延年所得独多;学潘安仁者,亦不一而足,而谢庄所得独多。延年诗文均摹士衡,《赭白马赋》尤酷肖。谢庄亦

《屯田颂》,应依严可均辑《全后汉文》作《奏罢屯田》为宜。案:扬雄有《赵充国颂》。

《赭白马赋》原本是奉诏而作,起因只是皇帝的一匹骏马死了,就要臣下作赋。颜延之的赋从马说起,既描写了马的神骏,又借此说到因为皇帝有恩德,才能得到良马;最后又归结为修文德,戒规劝之意。这篇赋所以为当时及后代所重视,除了辞藻华美外,还与其精妙的构思有关系。赋的序言开始说马,几句话就转到歌颂帝王的话题上面。这种笔法对于古代骈文家和散文家们写作应制文章,确实有莫大的启发意义。此文收在《文选》而成为颜延之的代表作之一。

长哀诔，华丽虽逊安仁，而饶有情致。故研究陆、潘二家者，于本集外尚须涉览颜、谢之文，以究其相因之迹。傅季友、任彦昇之后颇少传人，惟汪容甫确能得其仿佛。陈其年摹拟庾子山虽不甚高，顾自唐代以来，鲜出其右，撷其佳作亦往往可以乱真。故研究傅、任、子山者，不可不以汪、陈为参镜。此竟流之说也。

今之研治汉魏六朝文学者，或寻源以竟流，或沿流而溯源，上下贯通，乃克参透一家之真相。真相既得，然后从而摹拟之，庶几置诸本集中可以不辨真赝矣。（如江文通所拟古诗酷肖古人，斯乃摹拟功候之深者。）

十七　论各家文章之得失应以当时人之批评为准

历代文章得失，后人评论每不及同时人评论之确切。良以汉魏六朝之文，五代后已多散佚，传于今者益加残缺。例如东汉文章，以蔡伯喈所传独多，而《艺文类聚》所引，宋人刻本《蔡中郎集》已未尽收。南北朝文以庾子山所传独多，而今之《庾开府集》亦非全豹。故据唐宋人之言以评论汉魏，每不及六朝人所见为的；据近人之言以评论六朝，亦不如唐宋人所见较确。盖去古愈近，所览之文愈多，其所评论亦当愈可信也。今若就明人王弇洲或清人胡天游之文以衡其得失，发为论评要当

谢庄的诔文为时人所推重：“谢庄之诔，起安仁之尘。”（《南齐书·文学传论》）沈约赞叹萧几的《杨公则诔》，就说“不减希逸之作”（《梁书·萧幾传》）。他最有名的诔文当首推《殷贵妃诔》，乃应诏之作。

江淹拟古诗有两类：一是惟妙惟肖地模拟前人之作，如《杂体诗三十首》；一是名为拟古，实为自出机杼，如《效阮公诗十五首》。《杂体诗三十首》模拟自汉代《古别离》至同时代汤惠休的三十位作家的作品，善观古作，曲尽其妙。有些作品，几乎可以乱真。如《陶徵君·田居》一首就曾误入《陶渊明集》，当作《归园田居》的第六首；《鲍参军·戎行》一首中的“竖儒守一经，未足识行藏”两句，《南史·吉士瞻传》就误认为鲍照的作品。明人编《诗渊》多次把江淹的拟古诗误作被模拟人的作品。

论各家文章之得失应以当时人之批评为准，确为有得之见。因为当时人所见文章多，评论相对全面。

王弇洲，即王世贞（1526—1590），字元美，号凤洲，又号弇州山人。明代文学家、史学家。

不中不远,若尚论古代则殆难言矣。二陆论文之书对于王、蔡辈颇为中肯,而于本身篇章亦能甘苦自知。凡研究伯喈、仲宣及二俊文学者皆宜精读。《汉书》谓《史记》质而不俚,盖指《陈涉世家》中,"涉之为王沈沈者"一类而言。蔡中郎自谓所为碑铭惟《郭有道碑》无愧色,则他篇不免形容溢美之处亦从可概见。馀如建安七子文学,魏文《典论》及吴质、杨德祖辈均曾论及,《三国志·王粲传》及裴松之《注》亦堪参考。至于钟嵘《诗品》、刘勰《文心雕龙》,所见汉魏两晋之书就《隋志》存目覆按,实较后人为多,其所评论迥异后代管窥蠡测之谈,自属允当可信。譬如《史记》全书今已不传而惟存《伯夷列传》一篇,后人若但据此篇以评论《史记》列传之体,岂如当年曾见全书者所论为确耶?

裴松之《三国志注》引用典籍四百馀种,是古典文献学研究的渊薮。

十八　洁与整

研究各家之文,有必须知者二事:

第一须洁。文之光彩自洁而生。譬犹镜为尘蔽,光自不明;文杂芜秽,亦必黯淡,其理一也。欲求文洁,宜先谋句劲。造句从稳字入手,力屏浮滥漂滑,由稳定再加锤炼,则自然可得劲句。句劲文洁,光彩自彰。试观蔡中郎、班孟坚之文几无一句不劲,而亦几无一篇无光。潘安仁下笔虽轻,但仅免滞重,绝不漂滑;陆士衡长篇虽多,但劲句相承,

句劲与文洁关系,确需揣摩。

不嫌繁冗，斯并知尚洁之义者也。

第二须整。整者层次清楚、段落分明之谓，非专指对偶而言也，汉魏之文对偶与后人不同，如《圣主得贤臣颂》、《解嘲》、《答客难》等篇，并非字句皆对，但其文非不整齐。即近代之文，无论何派何体亦未有次序零乱而可成家者，此贵整之义也。

然学为文章固须从洁净整齐入手，而非谓毕此二事即克臻佳境也，即如造句之法，不限于劲，但能造劲句，已奠属文之基。纵有偏失，亦不过一隘字。桐城方望溪之文，句句洁净，后人虽张大义法之说，然其最初法门要由洁净而入。亦有文章树义甚高，但因不洁累及全篇者，清代不善学六朝文之作家往往蹈此。可知无论研习何体，尚洁均为第一要义。至于汉人文章之段落层次虽与后代不同，然如蔡中郎文仅只转折不著迹象而已，其节落提顿亦何尝不清晰显豁耶？又层次不乱固属整齐，无闲字闲句仍属整齐，故洁净亦为整齐一端，凡文气不盛者切不可用肥重字，否则，难免徒由字句堆成，毫无生气。《论语》所谓修饰润色，《老子》所谓损之又损，按诸为文，亦莫不然也。嵇康之文虽长，而不失于繁冗者，由其以意为主，以文传意耳。意思与辞采相辅而行，故读之不至昏睡。若无新意，徒衍长篇，鲜不令人掩卷愦愦者。总之，临文之际，对于字句务求雅驯，汰繁冗，屏浮词。凡多之无益，少之无损，除文气盛者间可以气骋词

方望溪，即方苞(1668—1749)，字灵皋，一字凤九，晚年号望溪，清代桐城派散文的创始人，与姚鼐、刘大櫆合称桐城三祖。

肥重字，这里似指用字过于堆垛。《文心雕龙·风骨篇》：“若瘠义肥辞，繁杂失统，则无骨之征也。”

外,要宜加以翦截,力从捐省。由兹致力,庶可句劲文洁,篇章整齐矣。

十九 论记事文之夹叙夹议及传赞碑铭之繁简有当

中国文学之特长,有评论与记事相混者,即所谓夹叙夹议也。如《史记·魏其武安侯列传》,通篇记事,并无评论,而是非曲直即存于记事之中。馀如《封禅》、《平准》两书,句句叙事,亦即句句评论。故夹叙夹议之文以《史记》最为擅长。《汉书》《食货》、《郊祀》两志及《王莽》诸传,并为孟坚聚精会神之作,观其叙议相参,实堪与史迁伯仲。至于史传以外之文,如应劭《风俗通》之类,事实评论亦互相关联,未有舍记事而专为评论者。唐宋以降,盛行议论之文,徒骋空言,不顾事实,求其能如《史记》于记事中自见是非曲直者盖寡。明清而还,斯体益昌。论史但求翻新,议政惟骛高远,文变迂腐,意并空疏:其弊皆由评论与事实不相比附也。夫记事与评论之不宜分判,殆犹形影之不能相离。倘能融合二者,相因相成,则既免词费,且增含蓄,较诸反复申明,犹可包孕无遗,岂非行文之能事乎?试观蔡伯喈所作碑文,但形容事实,不加赞美,而其揄扬已溢于事实之表,赞美与事实融合无间,故文章绝妙。降及六朝,此法渐致乖失。如庾子山《哀江南赋》借古物以比附事实,固甚恰当,但

其实,夹叙夹议未必是中国文学之特长,如罗曼·罗兰《贝多芬传》亦是夹叙夹议之典范。

《风俗通》,又名《风俗通义》,应劭著。此书原本三十卷,每一卷为一篇,现存十卷。每卷先是"总题后略陈大意",对每卷的主题进行概括说明,概述之后再分若干子目分别展开论述,子目之下"先详其事,以谨按云云辨证得失",其论述方式一般是以历史史实、社会风俗事象及民间俗传等方式先引出问题,然后在"谨案"中,结合自己的亲身经历,并引用相关的历史文献,来进行考证和分析并阐明作者的观点。

于叙事之际不著功罪，及订论功罪，复赘他语，此汉人所未有也。至于后代四六，先用典故比附事实，事实之后更加赞美，则词费文繁，去古益远矣。东汉章奏议论之文，率皆平平叙记，而是非曲直自可了然。虽无后人反复申明、慷慨激昂之致，而得失利害溢于言表，斯并得力于夹叙夹议功夫耳。

如上所云，事实与评论既不可分，而纪传之外别有论赞、碑文之末复加铭词者，其故何耶？不知论赞铭词旨在总括文意，而与文之繁简无关。古代笔纸缺乏，抄写匪易，口传心受，必须约其文词且须整齐有韵，始便记诵。若累牍连篇，殆非尽人所能晓喻。故论赞即贯串纪传之大意，铭词乃综括碑文之事实，非于碑传本事之外别有增益也。唐宋论文者，以为铭之叙事乃补碑文所未足，不可与碑相犯。此由见《史记·乐毅传赞》全异本文，遂谓赞非总括大意，乃补传之不足；由此引申，更谓铭补碑阙，亦须另增新事耳。不知赞之本义，原与序同，序以总括书之大纲，赞以约述传之事实。(汉人赞、序不分，《离骚经》序亦或作赞。孔子赞《易》，乃作《系辞》，欲撮举《易》之大意而总括之也)。《史记》中如《乐毅传赞》者，仅寥寥数篇，并非正格。至于《蔡中郎集》如《胡广碑》等皆一人数篇，而其铭词绝无奇峰突起、不与碑文附丽者。他如《隶释》、《隶续》及《两汉金石记》、《金石萃编》等所载汉碑，亦莫不皆然。盖碑详铭约，约碑之详以

《隶释》、《隶续》，宋代洪适著。

《两汉金石记》，清代翁方纲著。

《金石萃编》，清代王昶著。

为铭,广铭之约即为碑;亦犹史书约纪传而为论赞,恢扩论赞仍成纪传也(唐韩愈《平淮西碑》亦总括事实于铭词者)。

《平淮西碑》,韩愈撰,叙写唐宪宗元和十二年(817)平定淮西藩镇吴元济的战事,"世称大手笔"(李商隐《韩碑》)。

又汉人石刻,铭后往往附有乱词,此体开自《楚辞》、汉赋,所以结束全文也。用乱者,一则以意义未尽,一则以意义虽尽而须数语作结始为完足。降及三国六朝,此体久废。今若为碑铭,似宜恢复乱词,以为全篇事迹或哀思之结穴焉。

总之古人为文,繁简义各有当。揆厥所由,《史记》、《汉书》开示法门甚多,兹不暇一一列举矣。

二十　轻滑与蹇涩

中国文学受人攻击之点有二:

一曰粉饰。古代文学于写实以外原有表象形容一格,然与后世之粉饰迥异。大抵后人既不能实写,又不善形容,乃以似是而非之旁衬名词来相涂附,此种风气启自六朝,盛于唐代,宋四六及清人普通文字多属此类。其流弊所及,非独四六为然,作散文者亦摇笔即来,日趋套滥。返观汉魏,无此格也。夫语言为事实之表象,礼俗既异,语词自殊。今乃贺人生日必曰悬弧令辰,友朋饯行必曰东门祖道。坐不席地,岂有危坐之仪;簪无所施,宁有抽簪之论。他如称道尹曰观察,称京师曰

所谓固定的套路,此类滥称可参见清人梁章钜《称谓录》。

长安，号伶人为黎园，目妓女为教坊。凡兹冗滥之词，殆属更仆难数。倘使沿用成习，非特于文有累，且致文格不高！然风尚所被，不限庸流，即贤者亦所不免，盖其由来渐矣。此今日为文首宜屏弃者也。

二曰游戏笔墨。夫涉笔成趣，文士固可自娱，但不宜垂范后世。以其既不雅驯，且复华而不实也。尤西堂各体文字率用词曲笔墨，故皆含游戏气味。李笠翁、蒋心馀辈尤而效之，益多嬉笑玩世之作。试观《烟霞万古楼文集》所录，其文何尝无才，但究非文章正格，故毫无价值可言。凡学为文章，与其推崇天才，勿宁信赖学力。庸流所奉为才子派者，实不足为楷式也。

今日研习各体文章，轻滑之作固不足道，而过于蹇涩亦非所宜。蹇涩之弊，大抵由于好高立异，不屑俯循常轨，每遇适可而止之处辄以深代浅，以难代易。逮养成习惯，不期而然，虽异轻滑，亦难引人兴趣，其弊一也；口吻蹇碍，不能诵读，其弊二也；意欲明而文转晦，其弊三也；全用单字堆砌，毫无气脉贯注，死而不活，其弊四也。夫有韵之文宜用四言，施诸别体，即难免上述之弊。试观出土汉碑多用四字句，然与蔡中郎所作相较，则音节文气优劣立辨。故过求蹇涩，亦为文之大戒也。七八年前，余尝好为此体，为文力求艰深，遂致文气变坏。欲矫一时之弊，而贻害于后人者已非浅鲜。

尤西堂，即尤侗（1618—1704），字同人，一字展成，号悔庵，又号艮斋，晚自号西堂老人。江南长洲（今江苏苏州）人。清初文学家。著有《西堂全集》和《馀集》，另有《鹤栖堂集》。其诗文创作常杂以谐谑。

李笠翁，即李渔（1611—1680），初名仙侣，后改名渔，字谪凡，号笠翁。江苏雉皋（今如皋）人。明末清初文学家、戏曲家。著有《凰求凤》、《玉搔头》等戏剧，《肉蒲团》、《觉世名言十二楼》、《无声戏》、《连城壁》等小说与《闲情偶寄》等书。

蒋心馀，即蒋士铨（1725—1785），字心馀、苕生，号藏园，又号清容居士。清代诗人，著作有《忠雅堂集》四十三卷。

今观外间蹈此弊者不一而足,文求艰深,意反晦而不明,矫枉过正,殊有害而无益也。文之艰深平易各有所宜:扬子云之《太玄》固艰深,而《十二州箴》及《赵充国颂》何尝不平易?司马相如之《子虚》、《上林》固艰深,而《难蜀父老》、《谏羽猎疏》何尝不晓畅?刘子政文虽篇篇明白,然亦间有诘屈聱牙者。惟班孟坚、蔡伯喈之文几无一篇不和雅可诵,洵上乘也。故知文贵称情而施,不容一概相量。如韩昌黎之《石鼎联句》已觉艰深,若必如樊宗师之《绛守居园记》,则文章尚有何用?凡学为文章者,务求文质得中,深浅适当。炼句损之又损,摛藻惟经典是则,扫除陈言,归于雅驯,庶几诸弊可祛,而文入正轨矣。

刘子政,即刘向,汉代著名学者、目录学家。原名刘更生,后改名刘向。成帝时奉命校理朝廷藏书,"每一书已,向辄条其篇目,撮其指意,录而奏之",汇编成册,即为《别录》,是我国第一部目录学专著。其子刘歆在此基础上充实而成《七略》。《汉书·艺文志》即本《七略》而成。

二十一　论文章宜调称

文章最难与题目相称,但无论讲名理,抒性情,或显或隐,要须求其相称,始不乖体。譬如讲名理之文,若晋人"声无哀乐"、"言不尽意"等论,宜有明隽之气味,而所谓明隽者即于明白晓畅中饶有清空韵致也。倘有腐说,或过用华词,即为不称。又如深情文字,若吊祭哀诔之类,应以缠绵往复为主,苟用庄重陈腐语,即为不称。序文之说经考据者固应庄重,而不可出以明隽或轻纤,但笔记、小说、文集诗词之序,若过于庄重,亦为不称。

不同文体,自宜有不同之文字风格。

故知名理之文须明隽，碑铭须庄重，哀吊须缠绵，咏怀须宛转，相体而施，固非一成不变也。

以文章论，曹植为东汉殿军，若以诗论，则已开启曹魏后期正始之风。

陈群，字长文，为汉末著名文士。生平事迹见《后汉书·荀韩钟陈列传》及《三国志·魏书·桓二陈徐卫卢传》。

文之含蓄或条畅，亦视题目而异：说理记事固应明白晓畅，若《离骚》之类即应有缠绵不尽之意。至于一篇之中，尤贵色泽调匀、前后相称。如蔡中郎文全用经书，其中若参有一二句王、何玄谈，或徐、庾宫体，立即杂不成文。又如扬子云之辞赋，虽造句艰深，而能通篇一律，即不嫌疵类。夫文因时代而异，亦犹人因面貌而殊。若一时代而有数派文字并存，殆亦承上启下之津渡而已。如曹魏初年，陈思王与陈群、王朗辈华质不同。陈思殆东汉之殿军，群、朗则魏晋之先导，其升沉消长之渐，固不可不察也。今日而欲摹拟魏晋，或仿效齐梁，其字句气味皆不可通假。文之造句本不甚难，所难者惟在字句与本篇意趣之相称。试观魏晋之文，每篇皆有言外之意。如孙绰、袁宏之碑铭何尝仅在字句间尽文章之能事？于字里行间以外固别饶意趣。善学魏晋者，务宜由此入手。东汉之文皆能含蓄，如《鲁灵光殿赋》非纯由僻字堆成，且含有渊穆之光。善学东汉之文者亦必烛见及此。蔡中郎文每篇皆有渊穆之光，今日能得其气厚者已不多见，更何有于渊穆？此事骤看似易，相称实难，盖所谓有光者，非一二句为然，而须通篇一律也。若浅言之，则通篇须用一种笔法，用重笔者全篇须并重，笔姿疏朗者全篇须一致疏朗。然晋宋文字有全用轻笔者，亦有重笔之中用轻笔提起者。如陆士衡文虽用重笔，而能化轻为重，故尤为难学。但能得其三昧，即不至有僧衣百衲之诮矣。清代各家文集中均难免不称之弊。如汪容甫之《自序》及《汉上琴台铭》，全篇固甚相称，馀则一篇之中或学汉魏，或学六朝，或学唐宋以下，斑驳陆离，殊欠调和。降及洪北江、王湘绮辈，虽为一时所宗，而不称之弊尤多。可知文章求称之不易矣。今既分家研究，第一，须求文与题称，应辨说理与抒情之殊；第二，谋篇须称，不可以数句为一篇之累。又文之轻重悉在用笔，而与用典无关。俗谓用经说则重，用杂书则轻。然潘安仁《夏侯常侍诔》、《杨仲武诔》，用经虽多，而未减其轻。又如谢康乐及陶渊明诗亦颇用经，但一无损于清新，一弗伤于淡雅。两汉之文几无一篇不厚重者，但如刘子政辈何尝不用子史杂书？故善于用笔，则用经典可使轻，用《楚辞》、汉赋可使重，轻重能否铢两悉称，惟用笔是赖。然则，笔姿相称，亦作文第一要务也。

僧衣百衲，亦作“百纳”。“百”言其多，“衲”谓补缀。

刘向曾编《列女传》、《说苑》、《新序》，均属于子史杂书也。

三十三年十月十八日理竟于重庆聚兴村寄庐

附 录

文说

序

昔《文赋》作于陆机，《诗品》始于钟嵘，论文之作，此其滥觞。彦和绍陆，始论《文心》；子由述韩，始言文气。后世以降，著述日繁，所论之旨，厥有二端：一曰文体；二曰文法。《雕龙》一书，溯各体之起源，明立言之有当，体各为篇，聚必以类，诚文学之津筏也。

若夫辨论文法，书各不同，或品评全篇，或偶举只语，或发例以见凡，或标书以志义；至于纂类摘比之书，标识评点之册，本为文之末务，岂学文之阶梯？自苏评《檀弓》，归评《史记》，五色标记，各为段落，乃舍意而论文，且蹈虚以避实，以示义法，以矜秘传，因一己之私心，作万世之法程，由是五祖传灯，灵素受箓，师承所在，罔敢或遗，可谓文章之桎梏矣（赵执信作《声调谱》，谓古人之诗，宜有音节，遂穿凿附会，无所不至，其失与论文之书同）。

或谓规矩方圆，非言克传，文本天成，妙手偶得。其言虽异，其失则同。震旦文人，会心言外，或知其当然，昧其所以，而字类分区，文词缀系，咸矜自得，罕识本源，学者憾焉。

幽居多暇，撰《文说》一书，篇章分析，隐法《雕龙》，庶修词之士，得所取资，非曰竞胜前贤，特以启瀹后学耳。是为序。

析字篇第一

自古词章，导源小学。盖文章之体，奇偶相参，则侔色揣称，研句练词，使非析字之精，奚得立言之旨？故训诂名物，乃文字之始基也。

昔西汉词赋，首标卿、云，摛词贵当，隶字必工，此何故哉？则辨名正词之效也。观司马《凡将》、子云《训纂》，详征字义，旁及物名，分别部居，区析昭明；及撮其单词，俪为偶语，故撷择精当，语冠群英。则字学不明，奚能出言有章哉？

夫作文之法，因字成句，积句成章，欲侈工文，必先解字。然字各有义，事以验名，用字偶乖，即背正名之旨。观古代鸿儒，铨绎字义，界说谨严，不容稍紊：如穴为土室（《说文》云："穴，土室也。"），泧训水都（《说文》云："泧，水都也。"），苇即大葭（《说文》苇字下云："大葭也。"），萑称小菽（《说文》萑字下云："萑，菽之小者。"），主阶训阼（《说文》阼字下云："主阶也。"），比田为畕（《说文》畕字下云："比田也。"），笑不破颜谓之弞（《说文》云："笑不破颜曰弞，式忍切。"），辛能蹙鼻谓之辠（《说文》云："辠，言辠人蹙鼻苦辛之忧。"），闸为开闭之门（《说文》云："闸，开闭门也。"），楺训屈伸之木（《说文》云："楺，屈伸木也。"）。是古人状物，各有专名，以达难显之情，以括重言之语。

后世文人，用字多歧，制改漆书，犹言"执简"，民皆被发，仍述"抽簪"，此固用字之失矣。然以木注酒，其名为杯，及易木为瓮，应更何字？以革为箠，其字作鞭，及舍革用竹，应易何名？乃事物日增，名词未益，以固有之名，代新词之用，学士文人，互相因袭，用之文字，播之诗歌，字义之淆，自此始矣。举斯二例，馀可旁求。

且上古造字，以类物情，极意形容，有如图绘：嗾为使犬（《说文》云："嗾，使犬也。"），喌训呼鸡（《说文》云："喌，呼鸡重言之。"），星见雨除谓之姓（音省,《说文》云:"姓,雨而夜除星见也。"是义与晴殊),风吹浪动谓之飐(职言切,《说文》云:"飐,风吹浪动也。"),泉一见一否为瀸(《尔雅》云:"泉一见一否曰瀸。"《说文》亦引此文),云半有半无曰霻(《说文》霻字下云:"《逸周书》曰:'霻霻升云,半有半无。'"),推之月初生为霸(《说文》霸字下云:"霸,月始生霸然也。"),水半见曰酉(《说文》酉字下云:"绎酒也,从酉,水半见于上。"),象态既殊,名称即别,古代鸿文,皆沿此例。流连万象之际,沉吟视听之区;言必象物,音必附声。故"参差"状荇菜之名,"沉浮"尽扬舟之态;"杲杲"为日出之容,"霏霏"拟雪飞之状;"依依"绘杨柳之情,"呦呦"学鹿鸣之韵:可谓国门可悬,一字莫易者矣。

后世不然。日夕雨止,亦沿"晴"字之称("晴"字为雨止,昼间雨止日出始谓之晴;莫夜间雨止,则当另用"姓"字矣);日入而风,亦袭"暴"字之名(《尔雅》曰:"日出而风为暴。"非大风可称暴也);水不注川,亦名为溪(《尔雅》曰:"水注川曰溪。");地非山脊,亦号为冈(《尔雅》曰:"山脊,冈。");非攻石而称磨(《尔雅》曰:"石谓之磨。");非错金而称镂(《尔雅》曰:"金谓之镂。");路非四达,亦冒称衢(《尔雅》曰:"四达谓之衢。");絮匪一苫,亦标纸字(《说文》云:"纸,絮一苫也。");琼为赤玉(《说文》),而白花亦号琼花;翡为赤鸟,而翠玉亦名翡翠;推之非木株而亦号为根,非竹杖而亦称为个:名与实违,此又文士之通失也。

且文苑之英,字学多疏,率尔操觚,缘饰附会,假设名词,独标奇语,因事著称,缘物生义:善恶悬殊,则曰"天渊判隔";友朋聚首,则曰"萍水相逢";以"青云"为得志,以"白水"为誓词。文士沿袭成风,后人以意逆志。是则名词之字,别有代词,而法语之言,易为隐语,以词害义,此其一矣。别有慧业才人,创造险语,鬼斧默运,奇句自矜,或颠倒以为奇,或割裂以示巧:由是"坠心危涕",文通互易其文;"啄粟栖枝",子美自颠其语。不知言贵有序,词贵立诚,江、杜之文,不可谓之非违则也。

呜呼！前世之文，字必师古，周、秦故训，赖文以传；后世之文，字必背古，俗训歧义，因文而兴。岂非小学之蠹哉？

今欲文质相宜，出言不紊，其惟衷《尔雅》以辨言，师许君之《解字》(观《说文·自序》中多排偶之词，即置之《文选》之中，亦出类拔萃之作，则工文之士，必出于小学家矣)，心知其意，解释分明，庶立言咸有渊源，而出词远于鄙倍矣。若夫未解析词，徒矜凝锦，是则无根之木无源之水耳，乌足以言文学哉！

记事篇第二

皇古学术，溯源史官，记动记言，实惟史职；是记事之文，起原至古。观虞、夏之书，据事直录，事必征实，言匪蹈虚，故《尧典》测天，《禹贡》治水，垂一王之法，布不刊之言。推之《神农本草》、《黄帝内经》，简要详博，不杂芜词。降及周代，文史日繁。然姬公《官礼》，孔氏《春秋》，一则法典之书，一则史编之体。盖文以记事，故事外无文；若词涉不经，言等子虚，书而不法，后世何观？无征不信，此之谓欤？

后世之文，多昧此旨，虽碑传之作，博征文献，游记之文，模范山水，然记事失实，厥有数端。

一曰寓言。自《国风》之诗，托物兴怀，义标比兴，词等无稽，然"汉有游女"，遂传赠珮之文(《诗》言"汉有游女"，本比兴之词耳，《韩诗》遂传郑交甫赠珮之事，后世词人，袭用其说，一若汉水之实有此神)；郑咏狡童，妄托辞昏之说(《诗·狡童篇》，《毛序》最确，近人以辞昏之事附会之，非也)。又如灵均作《湘君》之歌，宋玉奏《神女》之赋，构造虚词，婉而多讽；乃湘水传鼓瑟之踪，高唐为梦游之地，咸有神祠，详于方志，习俗相沿，有若信史。况东周以降，策士踵兴，设为荒诞之词，以助纵横之笔。乃"嫠不恤纬"，韩婴用以释《诗》(《左传》记子太叔之语，本系寓言，《韩诗外传》遂误为漆室女之事，又误以忧周为忧鲁)；"妾覆药酒"(见《战国策》)，子政垂之彤史，可谓昧于择言者矣。至若列子贵虚，庄周谲诡，借物寓意，夫岂有征？若昧厥旨义，证以实词，是犹待兔而守株，岂仅刻舟而求剑？故夔仅一足(《吕氏春秋》)尧有八眉，袭谬沿讹，疑非为是，用之于文，秽莫大焉。汉代以还，讹言日兴：海客乘槎（见《博物志》），则误为博望；姮娥窃药，则指为羿妻；王母本西方之国，目为列仙；羲和乃司历之臣，称为日驭；于洛神则信为宓妃，于武陵则尊为仙迹：朱紫莫别，不可殚论，其弊一也。

二曰虚设。自"民靡孑遗"，识《云汉》之害诗；"血流漂杵"，证《武成》之多讹：言过其失，自古有之。及递相称述，曲意形容，属词比事，其失也诬。后世文人，饰词矫说，或尊己而卑人，或援古以证今，事每凭虚，词多乌有：若王沈《魏录》，滥述贬甄之诏；陆机《晋史》，虚张拒葛之风：曲笔阿时，非一日矣。又如刘玄以侠烈著闻，而范史力言其懦弱(《汉·更始传》既言其身在微贱，结客报仇，及叙其即位后，则又言其羞愧流汗，刮席不敢视，非诬而何)；宋祖辍诵读之业，而沈书侈述其文词（见《史通》)：虚美相酬，言多爽实。至若魏收修史，延寿成书，比索虏于禹、汤，夷南朝于蛮、貊，道武名官，则曰远师少皞，柔然通使，则曰追慕汉高，拟非其伦，殊乖实录。甚至加虚炼饰，博采谀言，喻过其体，词没其义：论逆臣则称为问鼎，称巨寇则目以长鲸；记贡纳必饰百牢，叙朝会必称万国；孔门弟子，则曰三千；漠北胡兵，则曰十万；汉兵败绩，睢水为之不流；赤眉纳降，积甲高于熊耳；董生乘马，不知牡牝；翟公之门，可张雀罗：事资虚饰，是曰支词。若乌白马角，显燕丹之精诚；犬吠鸡鸣，神刘安之仙术：以虚为实，来者难诬，所谓凫胫虽短，续之则忧，画虎不成，反类画狗者矣。推之班固《两京》，左思《三都》，言虽成理，事或渺冥。唐代以降，文体日淆，言无准的，语非有中：以李实之苛残，而昌黎颂为仁吏；以孙复之穿凿，而永叔奉为经师：移的就箭，掩耳盗铃，迷惑后世，夫岂一端？其弊二也。

三曰讹误。夫佛肸畔晋，孔子卒已数年，而《论语》记"磨磷涅淄"之喻；吴王浚邗，夏代实无此水，而《孟子》有"排淮注江"之文：书籍舛误，经典犹然。

若夫颜阖对君，载为颜渊；阚我作乱，移之宰我；《列子》书论尼父，而曰与郑穆同时；扁鹊医疗虢公，而曰为赵简治疾。又如莒仅弹丸，而孟坚称为大国（《五行志》）；秦非小弱，而荣绪称为小邦（臧荣绪《晋书》曰："苻秦地劣于赵。"）：苟非别加研核，何以判别是非？推之杜陵诗史，误伏胜为服虔（杜诗："诸生老服虔。"此指济南伏生言）；剑南文雄，误许浑为许远。桓温与仲文并世，乃庾信之虚词；九龄赏苏颋之文，为容斋所驳正。虎头则释以人名（苏诗："却下虎头城。"此即虔州言也，注家误为顾虎头，斯言诚大谬矣），赤壁则移其地望。传闻失实，考证多疏，贤者不免，况其下乎？况讹言乱真，别有一因：怯书今语，勇效昔言，碑铭所勒，传记所书，或虚引他邦，冒为己邑，如称袁则饰之陈郡，言刘则系之彭城是也；或侈用古官，施之今职，如京尹必称京兆，不计都邑之迁移，相臣必号平章，不计官阶之同异是也；或虚引古事，饰为雅言，如苻坚抚盘，易为"推案"，洛干脱帽，易为"免冠"是也。综斯三失，言与事违，今古以之不纯，真伪由其相乱，故诠事失真，与讹言同，其弊三也。

嗟乎，古人以事为主，凡记事必以文，后人以文为主，或因文以害义，故古事因文而传，近事因文而晦，以文胜质，此之谓乎！是以文苑之英，词林之秀，必参观古籍，博览群书，参互考验，穷流溯源，斯能出语有章，立言不朽；若征材聚事，徒供獭祭之需，恐摘句寻章，不越虫雕之技，以此言文，不亦误乎！

和声篇第三

物失其平则鸣，情动于中则言；情感于物，则形于声；声能成文，斯谓之音。故音训为饮（《白虎通》云："音，饮也，言其刚柔清浊和而相饮也"），声训为鸣（《白虎通》曰："声，鸣也。"）。上古未有文字，先有语言，物各一名，言各一义，或循天籁（如一二、天地、父母、我彼诸字音是），或效物音（如牛羊、竹木、鸦鹊蛙诸字音是），或因形定声，或因声见义。故心同此理，即同此音，目为元音，谁曰不宜？

太古之文，有音无字。谣谚二体，起源最先。谣训“徒歌”，谚训“传言”。盖言出于口，声音以成，是为有韵之文，咸合自然之节。则古人之文，以音为主。故和声依永，八音于焉克谐；六律五声，五言于焉出纳。声音之道，与政通矣。

况三代之时，学凭记诵。师儒之学，口耳相传；经典之文，声韵相叶。故声教记于《禹贡》，文言著于羲经，太学锡成均之名，四教为乐正所掌。而六艺之文，诸子之书，莫不叶音而足语，立均而出度（见《国语》）。试观《周易》六爻，《尚书》二典，老聃传《道德》之经，屈子作《离骚》之赋，以及箴铭垂训，钟鼎镂词，凡兹古籍，半属韵文。况诗以调律，乐以播音，嗟叹永歌，引宫刻羽，用之邦国，被之管弦，审音之精，此其证矣。

且古用韵文，厥有二故：一则创字之原，音先义后；解字之用，音近义通。古人作文，比类含义，韵既相叶，义必相符。一则奇字硬语，佶屈聱牙；惟韵语偶文，便于讽诵。故外史谕书名，臣籀作《史》篇，使呫毕之儒，事半功倍。综斯二因，遂崇偶体：或抑扬以协律，或经纬以成章，或间句而协音（阮芸台《文韵说》曰：“《诗·关雎》鸠、洲、逑押脚有韵，而女字不韵，得、服、侧押脚有韵，而哉字不韵；此正子夏所谓声成文之宫羽也。”），或隔章而转韵（《诗经》之韵不可一律齐，有四句两韵，又转而两韵者，《关雎》次章之类是也；有四句而各两韵者，《伯兮》首章之类是也；有八句而四韵者，《硕鼠》之类是也；有十二句而六韵者，《小明》首章之类是也；有三句而两韵者，《采葛》之类是也；有三句而皆韵者，“十亩闲闲”之类是也。馀可类求），或用韵不拘句末（王怀祖曰：“《三百篇》用韵，有字字相对极密，非后人所有者，如有沵、有鷕、济盈、雉鸣，不、求，其轨、其牡，凤凰鸣矣、梧桐生矣，于彼高冈、于彼朝阳，奉奉、雍雍、萋萋、喈喈，无一字不相韵。”予案《诗经》有本句自叶之法，如“于嗟乎不承权舆”，乎舆为韵；“于嗟乎驺虞”，乎虞为韵；又如“于嗟麟兮”，嗟读为齐，与兮为韵；“于胥乐兮”，胥读为西，与兮为韵；“其乐只且”，乐读为罗，与且为韵，是用韵不拘句末也),或协声即在语端(此例为前人所未发,如《易经》“积善之家,必有馀庆”,积与必韵,《书经》“冀州,既载壶口,治梁及岐,既修太原,至于岳阳”,冀与既、治、至三字韵,此例《诗经》尤多,《老子》、《楚词》亦有之,不具引),或益助词以足句(如《诗·关雎篇》用之字,《十亩之间》用兮字是也,是即《诗大序》所谓“言之不足,故嗟叹之,嗟叹之不足,故永歌之也”。屈、宋用兮及些字,亦即此旨),或谱古调以成音(例如“彼候人兮”,“季女斯饥”,本古乐音,见《吕览》,而《曹风》又用之,此即谱古调以成音也。与后世古诗篇多用“饮马长城窟”、“青青河畔草”为首句同。又如《诗经》之中,多用“彼其之子”句,则此句亦当日所传之古音也。又汉代乐府有《朱露》,即出于《鲁颂》之《振露》,亦其证也),此句中之韵也。至于触物抒情,侔色揣称,或掇双声之字,或采叠韵之词(如《关雎》之诗,“参差”、“优游”,即双声也,“窈窕”、“辗转”,即叠韵也,馀可类推。至于唐人犹有用此例者,如杜少陵诗云:“奋飞超等级,容易失沉沦。”白乐天诗云:“荏苒星霜换,回环节候迟。”“奋飞”、“容易”、“荏苒”、“回环”,皆双声也。杜诗云:“卑枝低结子,接叶暗巢莺。”“低枝”、“接叶”即叠韵也。馀证甚多,见去岁《论文杂记》中),或用重言(如“关关”、“喈喈”、“萋萋”之类),或用叠语(如“王室如毁,虽则如毁”,以及“伐柯伐柯”之类是),此字中之音也。况音区轻重(《山海经》郭注云:“薯萸,今江南单呼为薯,音储,语有轻重耳。”《颜氏家训》云:“其间轻重清浊,犹未可晓。”而《广韵》有辨四声轻清重浊法,《通志·七音略》亦谓:“内转之清,有轻中重、轻中轻、重中重、重中轻诸法,外转亦然。”),言判疾除(《韩非子》曰:“疾呼中宫,徐呼中商。”韦照《国语注》曰:“疾呼则茅搜成袜。”而《颜氏家训》亦有徐言疾言之语),声音之学,自古有之。虽四声未辨,字无平仄之分(如《尧典》:“平章百姓,百姓昭明。”姓字为仄音,明字为平音。《易·坤卦》:“积善之家,必有馀庆,积不善之家,必有馀殃。”庆字为仄音,殃字为平音。《诗·甫田》云:“我田既臧,农夫之庆。”《假乐》云:“保佑命之,自天申之。”《子衿》云:“青青子佩,悠悠我思。”《鸡鸣》云："虫飞薨薨，甘与子同梦。"《蓼萧》云："其德不爽，寿考不忘。"臧、申、思、薨、忘皆平音，庆、命、佩、梦、爽皆仄音。又如《老子》云："五味令人口爽，驰骋田猎令人发狂。"《太玄经》云："嘻嘻自惧，忘彼愆虞。"亦平韵仄韵互协之证。盖古代清浊平仄之分，尚未大别，故古无四声，盖愈古则音愈简）；而两语相承，音有低昂之判。是以长言短言，见于《公羊》之注（《公羊传》："《春秋》伐者为客，伐者为主。"何注云："伐人者为客，读伐，长言之；见伐者为主，读伐，短言之。"顾氏亭林曰："今之平仄，即古之长短言。"）；开口合口，详于《广韵》之书（《广韵》末附《辨十四声例法》："一开口声，二合口声。"江慎修曰："开口即内言，即外转；合口即外言，即内转。"内言外言，亦见《颜氏家训》）。观风虎云龙，音殊高下（阮芸台《文韵说》曰："《文言》固有韵，亦有平仄声音，即如'湿燥龙虎'八句，何等声音，无论'龙虎'二句，不可颠倒，若改为'龙虎湿燥睹'，即无声音矣，此岂圣人天成暗合，全不由于思至哉！"）；气求声应，语判洪纤。章句之间，各叶宫羽。虽曰音韵天成，暗与理合（此二句见沈约《宋书·谢灵运传论》），然口舌相调，形气相轧（张子《正蒙》云："声者，形气相轧而成。"），洞合天然之律，亦由意匠之工（阮芸台曰："自古圣贤属文，时亦皆有意匠。"）。此则沈约所谓"韵与不韵，各有精粗"者矣（《答陆厥书》）。

秦、汉以降，文体日滋。然集字为句，骈异而同，抽句匪只，摛词非单，而骈字以音为主，偶文以韵为宗（《文心雕龙》曰："有韵者文也，无韵者笔也。"）。然水土气别，则音分清浊；古今代嬗，则声有异同。同一字而音韵互歧，同一音而形体各判。故"读如"、"读若"，半为譬况之词；"当作"、"当为"，亦属旁通之证。然施之于文，则言各有当。观漭沆、庬鸿，一音相转，而平子、长卿用之各别（平子《西京赋》云："沧池漭沆。"长卿《封禅文》云："湛恩庬鸿。"案漭沆，庬鸿，四字音近义同，而一用漭沆，一用庬鸿者，则以声音有高下之殊耳）；崴嵬、沆瀁，二字相通，而太冲、景纯用之各殊（太冲《吴都赋》云："隐赈崴嵬。"景纯《江赋》云："涖沦沆瀁。"案此四字亦音近义同，而用之各殊，亦以声音有轻重之分耳)。盖音有小大之区,语有翕张之异;若用字偶失,则音节相乖:属文之士,不可不察也。

若夫《上林》之作,易"逍遥"为"消摇";《长扬》之篇,以"桔隔"代"戛击"。"千眠"(《文赋》)"盰瞑"(《南都赋》),音义相同;"漫衍"(《甘泉赋》)"曼延"(《西京赋》),言辞靡别。则以洪荒字简,一字兼数字之音;后代义明,数字归一字之用。审音惟取相符,用字不妨偶异。盖音同字异,亦可旁通;而音异字同,不容相假。则作文以音为重,彰彰明矣。

厥后孙炎注经,始言反切(《颜氏家训》曰:"孙叔言创《尔雅音义》,是汉末人独知反语。"陆德明《经典释文》曰:"孙炎始为反语,魏朝以降渐繁。"张守节《史记正义》同);曹植论韵,暗合梵音(曹植感鱼山神,制四十二契,慧皎以为"梵响无授,始陈思王",见李氏《音鉴》)。而《声类》编于李登(魏李登撰《声类》十篇),《韵集》成于吕静(晋吕静因《声类》而撰《韵集》,始有韵书之称),以累万之字,配五声之音(《魏书·江式传》曰:"静作《韵集》五卷,宫商角徵羽,各为一篇."唐封演《闻见记》曰:"魏李登撰《声类》十卷,凡一万一千五百二十字,以五声命字。"是五声之分,始于李、吕,在齐、梁之前),寻声推韵,自此始矣。

及齐、梁之间,文士辈出,盛解音律,始制四声(《南齐书·陆厥传》曰:"汝南周颙,善识音韵,沈约、谢朓、王融,文皆用宫商,以平上去入为四声,以此制韵,不可增减,世呼为永明体。"《梁书·沈约传》云:"撰《四声谱》,以为在昔词人,累千载而不悟。高祖尝问周舍曰:'何谓四声?'舍曰:'天子圣哲是也。'然帝竟不遵用。"封演《闻见记》曰:"周颙好为体语,因此切字皆有纽,纽有平上去入之异,永明中,沈约文词精拔,善解音律,遂撰《四声谱》。"案沈氏之书一卷,见于《隋书·经籍志》,此后则言者愈众矣),虽仄韵知区去入(顾亭林《音论》曰:"今考江左之文,自梁天监以前,多以去入二声通用,以后则若有界限,绝不相通,是知四声之论,起于永明,而定于梁、陈之间也。"),而平音未判阴阳(考约等只言平上去入,而未分阴平阳平,故只言四声,而不言五声也)。然诸家之文,善识声韵,五字之中,音韵悉异;两句之内,角徵不同(以上见《南齐书·陆厥传》。邹汉勋《五韵论》曰:"五字之中,音韵悉异者,音目同纽,韵谓同类,言五字诗一句之中,非正用重言连语,不得复用同韵同音之字,犯之即为病;两句之内,角徵不同者,考五声大小之次,宫为大,商角次之,徵羽又次之。平声本有阴阳四声,本于五音,咸出于自然,稍知呼吸文字,即能辨之。"又云:"宫商犹言平仄,为文皆用宫商,犹言为文皆用平仄,两句之内,角徵不同,犹言两句住句之字,一平一仄耳。"又"案《文心雕龙·声律篇》云:'凡声有飞沉,响有高下,双声隔字而每舛,叠韵杂句而必揆。'此亦'五字之中,音韵悉异,两句之内,角徵不同'之证,足证南朝文士,其论文章之声病,固不减于沈隐侯也"。此论最精)。又谓前有浮声,后须切响,律吕各适物宜,低昂奚容舛节,一简之内,意韵尽殊,偶语之中,轻重悉异(沈约《宋书·谢灵运传论》曰:"夫五色相宣,八音协畅,由于玄黄律吕,各适物宜,欲使宫羽相变,低昂舛节,若前有浮声,则后须切响,一简之内,音韵尽殊,两句之中,轻重悉异。妙达此旨,始可言文。"阮芸台作《文韵说》,亦引此语为证。案此语亦精,所谓"前有浮声"者,即平韵也,所谓"后须切响"者,即仄韵也,此亦文分平仄之证)。盖叶韵贵调,必同声相应;而摛辞贵偶,必异音相从。是犹箫管之音,首贵克谐;而琴瑟之音,不可专一。特语未韵词,有谱可凭;句内声病,涉笔易犯。故往往阅之斐然,而诵之拗格。推其失致,厥有二因:一则以拗词自矜,致声失其节;一则以连语相贯,致音涉于同(连语者,即一语之中多用双声及叠韵之各字也)。故宣之于口,或音涉钩輈;若绳之以文,则体乖排偶。此则彦和所谓"作韵甚易,选和至难"者矣(见《文心雕龙·声律篇》)。

隋、唐之际,韵学日精:易四声为五音(齐、梁之间,仅以平上去入为四声,而平声未分阴阳,然《隋书·经籍志》云:"梁有《五音韵》一卷。"五音之说,亦发明于六朝,特唐人始分阴阳为二),合众字为一韵(如《广韵》、《唐韵》诸书是，是为韵书之祖）；审声有唇舌喉齿之殊（《玉篇》末附《五音声论》云："东方喉声，西方舌声，南方齿声，北方唇声，中央牙声。"《广韵》亦曰："唇声清，舌声清，齿声牙声喉声俱浊。"《释名》云："天，坦也，以舌头言之。"又："天，显也，以舌腹言之。"又曰："开唇言之，风、放也；合唇言之，风、氾也。"则舌声唇声之说，中国古籍亦有言之者矣。其说在六朝之前），合音有徵角宫商之异（《玉篇》末附《五声论》云："欲知商，开口张；欲知宫，舌居中；欲知角，舌缩却；欲知徵，舌柱齿；欲知羽，撮口聚。"其说本于《管子》。邹汉勋谓"上为宫，阴阳平为商角，去入为徵羽。"引字调音，各有清浊；孙氏《唐韵》曰："引字调音，各自有清浊。"）。分类别等，咸造精微（分类者，即同纽之字也，凡同纽之字，皆为同类；别等者，即同韵之字也，凡同韵之字，皆为同等。故音韵有四等，一等洪大，二等次大，三四皆细，而四尤细，皆见江慎修《四声清切韵》）。然音学愈明，斯文韵愈密。胡阴、何诗什，遂开近体之先；徐、庾文篇，无复单行之体。赋必叶律，送迎互换其声；文必成章，进退递新其格。推之沈、宋之诗，音中群雅；温、李之文，势若转圜。或拗韵以协声（据赵秋谷《声调谱》，则古诗及拗体之诗，亦必协自然之律），或激昂以竞响。然调有缓急，音有抗堕，科律所设，不可诬也。

况唐人之诗，绍古乐府。故"朝雨渭城"，声可裂笛；"秋风汾水"，歌以寄思。中唐以降，竞尚倚声，繁促相宣，短长互用，按律造谱，由词制调。故声转于吻，则辘轳交往；辞靡于耳，亦短修互叶。观《清平调》进于李白，乐部传歌；《菩萨蛮》撰于飞卿，歌筵竞唱。是古人辞曲，暗合乐章。及大晟设官，宫声羽声判其制；此北宋之事。蒙古宅夏，南曲北曲异其音。虽曼音俳曲，未克移风；而促韵繁声，咸能入乐：此又文韵最精之证也。

然欲精文韵，厥有三端：一曰撰韵。三代以上，言各异声，音区夏、楚，韵判《雅》、《南》。况百里之内，声有不同；千年之中，语有递转。然古人用韵，多与今违；系本古音，非由叶韵（吴才老于《诗经》韵之殊于后世者，皆曰叶韵，非也)。故“仪”与“阿”叶,则“仪”读为“莪”(《诗·菁菁者莪》篇。其旁证则《洪范》“颇”与“仪”协,《管子》“磋”与“仪”协,《太玄》“颇”与“仪”协);“下”与“浒”叶,则“下”读为“虎”(《诗·绵》篇。其旁证则《楚词》“舞”与“下”协,“处”与“下”协,“渚”与“下”协)。“筵”音叶“秩”(《宾之初筵》篇),故“山”可叶“归”(《东山》篇);“今”音叶“兹”(《载芟》篇),故“尘”可叶“底”(《无将大车》篇)。又“闭”读为“鳖”,则潘、颜之作可征;“讴”读为“狱”,则曹、陆之词可据。“岳”读为“狱”,则陆与司马相符;“袂”读为“决”,则沈与江淹相合。及双声互转,致古韵多沦(古韵之转为今韵,其故悉由双声,见《小学发微》)。后世韵书既设,通叶亦宽,然选韵必取同纽,作文必用今音。若昌黎之诗,以“城”叶“江”,杜牧之曲,以“信”叶“深”,姜夔以“阴”叶“云”,陆游以“寄”叶“水”,或数韵通叶,或四声失调,则又用韵之失矣。又古人作文,多用方音,《公羊》侈用齐言,《离骚》亦征楚语。虽律以雅言,韵讹实甚;然施之乡国,音读易谐。故征之古昔,楚臣以土风协乐;验之近代,宋人以里语入词。特处封建之朝,则《国风》可齐《雅》、《颂》;值同文之世,则讹音甚于枘方。方音之用,讵免鄙倍之讥乎!

二曰发音。文以代言,取肖神理。上古立言,罕用助语,欲传语尾之馀音,则择实词为虚用。故出言之际,轩轾异情,虚字一乖,判于燕越。一字之失,一句为之蹉跎,一句之误,通篇为之梗塞。然实字必征其义,虚词必聆其音:故“只”为语已之词,用“只”则文气下引(《说文》只字下云:“语已词也,从口,象气下引之形也。”);“乎”为语馀之助,用“乎”则文声上扬(《说文》乎字下云:“语之馀也,从兮,象声上越扬之形也。”)。“曰”、“曶”二字,咸为出气之词(《说文》曰字下云:“象口气出也。”曶字下云:“出气词。”);“之”、“其”两字,亦属代词之例。且“则”字“乃”字,同为转下之文,而意分缓急;“也”字“耶”字,同为终竟之词,而语判信疑。义各有归,淆用斯舛。若夫《周诗》以“伊”字为起词,《楚骚》以“羌”字为转语,《书》纪《皋谟》,则“事”字居言词之间,《孟》论勇士,则“施”字为发语之声,使作者偶缺其文,则诵者不能成韵。又如“遑暇”

重言，“庸何”并列，“期期”象口吃之声，“耳耳”表不然之间，虽施诸缣墨，系属费词，然传其声貌，非此莫由。故词气之说，创于曾氏，而《音辞》之篇，著于之推，盖顿挫异致，斯咏叹殊情。至若“且”字用于《郑诗》，“些”字见于《楚词》，是犹元曲助字，纯用方言。然助言偶舛，则馀韵失传，释词之学，岂可忽乎？

三曰选字。文字不同，各如其面，字各有音，施之或异。两字相联，或音判刚柔；两义相符，或用分雅俗。故黄沙白草，发为粗厉之音；海水天风，恍睹寂寥之境。铭功诵烈，其音大而宏；范水模山，其音清以远。美人香草，其音婉转而弥长；玉宇琼楼，其音慷慨而激越。杂绮语则音多柔靡，诵军歌则音入浑雄。文韵异同，各视其体。观《甘泉》、《籍田》之篇，斋隶丽则；《长门》、《洛神》之作，哀怨清冷。《感旧》、《叹逝》，乃《山鬼》之遗音；《西征》、《北征》，亦《涉江》之遗响。《九歌》怀楚，幽杳悲凉；《七发》谏吴，浩瀚清壮。盖配字殊科，则吐词异响。是以表章之文，雍容而叙致；碑诔之笔，悽怆而缠绵。书启之作，必朗畅以陈词；颂赞之篇，必琳琅而入诵。论说擅纵横之笔，词必类于苏、张；箴铭以清壮为工，声必谐乎金奏。言如纶綍，乃诏册之正宗；音涉哀思，乃赋骚之变体。其故何哉？则用字不同之故也。况复应制之文，多黄钟、大吕之音；吊古之篇，传《麦秀》、《黍离》之怨。赋物之篇，响逸而调远；逞词之作，锋发而韵流。作者集字以成章，诵者循声而得貌。此朱氏所由作《骈雅》，宋人所由辑《汉隽》也。综斯三义，方可言文。

或谓四声乃古代所传，五音特乐歌所用，文韵之说，近于拘牵。夫胶柱鼓瑟，刻舟求剑，以此言音，诚为背古。然古人佩玉，行《肆夏》而奏《采齐》，伶工谱歌，上如抗而下如堕，小技犹然，况于文乎？是以宣尼闻乐，洋洋乎盈耳；师乙论音，累累如贯珠。推之曳履歌商，声若出于金石；歈豳息蜡，音并合于籥章（见《周礼》）。是则论乐之理，通于论文，和声之章，斯能鸣盛。观史迁论文，自取曲终而奏雅；昌黎诠道，亦谓气盛则言宜。妙达此旨，方可言文。昔梁元帝之论文也，谓“宫徵靡曼，唇吻遒会”（见《金楼子·立言篇》。又曰：“吟咏风雅，流连哀思，斯谓之文。”以证文笔之珠)，刘彦和《文心雕龙》，亦曰“声不失序，音以律文”(近世之书，若赵秋谷《声调谱》，蒋氏《词律》，以及阮芸台《文韵说》，皆讲文韵者必读之书也)，欲求立言之工，曷以此语为法乎(古人之文，其可诵者文也，其不可诵者笔也，文笔不同，亦见阮氏《研经室集》)！

附录明季陈季立《读诗拙言》论古韵语(季立名第，明代闽人，所作论古音书甚多，《读诗拙言》一书，刻入凌氏《传经堂丛书》中，此条论古韵最精，特开顾、戴之先，故特录之，以为考文韵者之一助)。

说者谓自五季之衰，外夷入寇，驱中原之人，入于江左，而河、淮南北，间杂夷言，声音之变，或自此始。然一郡之内，声有不同，系乎地者也；百年之中，语有递转，系乎时者也。况有文字而后有音读，由大小篆而八分，由八分而隶，凡几变矣，音能不变乎？所贵诵诗读书，尚论其当世之音而已矣。《三百篇》，诗之祖，亦韵之祖也，作韵书者，宜权舆于此。溯源沿流，部提其字，曰古音某，则今音行而古音庶几不泯矣。自周至后汉，音已转移，其未变者实多。愚考《说文》，“讼”以“公”得声，“福”以“偪”得声，“霾”以“貍”，“斯”以“其”，“脱”以“兑”，“节”以“即”，“溱”、“臻”皆“秦”，“阗”、“填”皆“真”，“者”读“旅”，“涘”读“矣”，“滔”读“由”，“玖”读“芑”；又“我”读“俄”也，故“义”有“俄”音，而“仪”、“议”因之得声矣，且以“莪”、“娥”、“蛾”、“鹅”、“峨”、“硪”、“哦”、“诐”之类例之，“我”可读平也奚疑乎？“可”读“阿”也，故“奇”有“阿”音，而“猗”、“锜”因之得声矣，且以“何”、“河”、“柯”、“轲”、“珂”、“妸”、“苛”、“诃”之类例之，“可”可读平也，亦奚疑乎？凡此皆《毛诗》音也。徐铉修《说文》，概依孙愐之《切韵》，是以唐音而反律古矣。厥后诸韵书，引古诗如晨星，而于唐、宋名家之词，每数数焉，无亦谱子孙而忘祖宗乎？嗟夫！《说文》之音多与时违，几为沟中之断矣，愚独取之以读《诗》，岂偶也哉？岂偶也哉？

耀采篇第四

昔《大易》有言："道有变动故曰爻，爻有等故曰物，物相杂故曰文。"《考工》亦有言："青与白谓之文，白与黑谓之章。"盖伏羲画卦，即判阴阳；隶首作数，始分奇偶。一阴一阳谓之道，一奇一偶谓之文。故刚柔交错，文之垂于天者也；经纬天地，文之列于谥者也。三代之时，一字数用，凡礼乐法制，威仪言辞，古籍所载，咸谓之文。是则文也者，乃英华发外秩然有章之谓也。

由古迄今，文不一体，然循名责实，则经史诸子，体与文殊；惟偶语韵词，体与文合。昔孔美唐尧，特著"焕乎"之喻；《诗》歌卫武，亦标"有斐"之称。以文杂质，则曰"彬彬"；舍质从文，乃称"郁郁"。观于"文"字之古义，可以识文章之正宗矣。况《易》以六位而成章，《书》为四言之嚆矢，太师采诗，咸属韵语，宣尼赞《易》，首肇文言，遐稽六艺之书，半属偶文之体（观《尚书·尧典》之文，"分命羲仲"四节，文笔相似，"九族既睦，平章百姓，百姓昭明，协和万邦"，句法已成对待，"慎徽五典"四句亦然，"流共工"二句亦然。《禹贡》以下，偶语尤多。《易》、《诗》之用偶语者，则更不知凡几矣）。是犹工绘事者，必待五采之彰施，聆乐音者，必取八音之迭奏。惟对待之法未严，平侧之音未判，乃偶寓于奇，非奇别于偶，虽句法奇变，长短参差（如《书经》、《易经》之文是也，然对偶排列者甚多），然音律克谐，低昂应节（见《和声篇》）。故训辞尔雅，抽句匪单，或运用叠词（古籍之文，多取双字双义用之，以厚其气），或整列排语（如《书经》及《礼记》、《易系词》是），三代文体，即此可窥。况复郑修词命，子产于焉润色；晋主盟会，仲尼以为多文，直情径行，戎、狄之道乃如此（《檀弓》）；言不雅驯，缙绅先生所难言。道集于躬，出词气斯远鄙倍；言以足志，非文辞不克为功。是则文章一体，与直言殊。故艳采辩说，韩非首正其名；翰藻沉思，昭明复标其体。诗赋家言，与六艺九流异类；文苑列传，共儒林道学殊科。自古以来，莫之或爽也。

东周以降，文体日工：屈、宋之作，上如二《南》；苏、张之词，下开《七发》。韩非著书，隐肇连珠之体；荀卿《成相》，实为对偶之文。莫不振藻简策，耀采词林。西汉文人，追踪三古，而终军有奇木白麟之对，兒宽摅奉觞上寿之辞，胎息微明，俪形已具。迨及东汉，文益整赡，盖踵事而增，自然之势也。故敬通、平子之伦，孟坚、伯喈之辈，揆厥所作，咸属偶文，用字必宗故训，摛词迥脱恒溪，或掇丽字以成章，或用骈音以叶韵，观雍容揄扬之颂，明堂清庙之诗，不少篇章，胥关体制。若夫当涂受箓，正始开基，洛中则七子无双，吴下则联翩竞爽，才思虽弱于西京，音律实开夫典午。六朝以来，风格相承。刻镂之精，昔疏而今密；声韵之叶，旧涩而新谐。凡江、范之弘裁，沈、任之巨制，莫不短长合节，追琢成章。故《文选》勒于昭明，屏除奇体；《文心》论于刘氏，备列偶词。体制谨严，斯其证矣。厥后《选》学盛行，词华聿振，徐、庾迁声于河朔，燕、许振采于关中，排偶之文，于斯为盛。赵宋初业，崇实黜华，或运陈言，或标远致，虽丽词务去，然科律未更。

是则骈文之一体，实为文类之正宗：故《三都》、《两京》，《甘泉》、《籍田》，金声玉润，绣错绮交，赋体之正宗也；宣公兴元之诏，文饶《会昌》之集，文赡义精，句奇语重，制敕之正宗也；刘琨《劝进》，庾让《辞官》，婉转以陈词，雍容以叙致，书表之正宗也；中郎《太丘》之碑，魏公《李密》之志，流郁以远气，俊伟以佐才，碑志之正宗也；玄晏扬太冲之文，彦昇述文宪之作，以及“曲水流觞”之叙，“落霞孤鹜”之文，序文之正宗也；赵至《入关》之作，鲍照《大雷》之篇，叔庠擢秀于桐庐，士龙吐奇于鄮县，游记之正宗也；班彪《王命》，叔夜《养生》，干宝《论晋》，贾生《过秦》，论体之正宗也；颂则《出师》、《中兴》，铭则《燕然》、《剑阁》，箴则子云《百官》，赞则刘向《列女》，莫不音中群雅，语异聱牙，颂铭箴赞之正宗也；孔璋《檄魏》，宾王《讨周》，檄文之正宗也；士季之《酹诸葛》，义山之《祭伏波》，祭文之正宗也。盖文之为体，各自成家，言必齐偕，事归镂绘，以妃青媲白之词，助博辨纵横之用。故“立诚”之词，著于《周易》；“交错”之训，载于许书。况复苍后翠妫，鸟兽纪远蹄之迹；赤文绿字，龟龙阐《河洛》之精。川岳绚其光采，钟球播其铿锵。盖浑噩之风既革，巍焕之运斯开。观缥缈绀绛，织文有新组之华；琚瑀珩璜，冲牙叶杂佩之响。物固宜然，况于文乎？

或谓梁、陈之文，务华而不实，诗人之赋，由丽而入淫，虽矜斧匠之工，恐贻俳优之诮。不知剪采为花，色香自别，惟白受采，真宰有存。故史尚浮夸之体，声拟轻重之和，实为文章之正鹄，岂拟小技于雕虫。

至韩、柳修词，欧、曾循轨，以散行之体，立古文之名。然三代之时，文与语别，六朝以降，文与笔分。若屏斥偶体，崇尚奇词，是则反朴归真，力守老聃之论，舍文从质，转追棘子之谈，空疏之讥，讵可免欤？观《典论》著于魏帝，备列诗赋之章，《文赋》创于陆机，不列序碑之体，则单行之词，实与文章有别，有何疑乎？

宗骚篇第五

粤自风诗不作，文体屡迁，屈、宋继兴，爰创骚体，撷六艺之精英，括九流之奥旨，信夫骈体之先声，文章之极则矣。观其理穷奥衍，术试杂占；歌巫阳之下招，命灵氛而占吉；凄凉谁语，詹尹谋龟，祝福无门，贾生赋鹏：此《易》教之支流也。君怀武、汤，臣慕伊、吕；美尧、舜之耿介，伤桀、纣之昌披；就重华以陈词，命羲和而弭节；治水推鲧、禹之功，格君忆微、箕之节：此《书》教之微言也。《湘君》之什，远追《汉广》之吟，《哀郢》之章，隐寓《黍离》之恫；天路险难，为《匪风》之变体，良辰易迈，乃《吉日》之嗣音；推之感物兴怀，援情记兴，袅袅女萝，寄离忧于公子，森森桂树，望归来于王孙；比兴不乖夫六义，情思远绍夫《二南》：此《诗》教之正传也。黄能征羽渊之祀，玄鸟肇高禖之祠；羽觞蠡勺，备陈祭器之名，桂酒椒浆，侈列宾筵之品；腒鳙犊麐，亦列《庖人》之职，炮豚胹鳖，兼详《内则》之文；莫不采六官之制，补五礼之遗：此《礼》教之遗制也。《九歌》为入乐之章，《招魂》亦祀神之曲；张《咸池》，奏《承云》，九韵备舞，吹参差，发激楚，八音克谐；鸣篪吹竽，视彼司命，扬抱拊鼓，隃彼上皇；推之调罄《空桑》，叩钟瑶圃，秦筝赵瑟备其音，吴歈蔡讽详其制：此《乐》教之遗意也。上纪开辟，下纪后王，忠臣孝子，贞女烈士，贤愚成败，罔不毕举；推之思古情深，忧时志切，怀五子之英风，抉目忆西门之痛，表介推之大节，封田传绵上之踪，莫不进贤退恶，据事直陈：此《春秋》之精义也。

若夫矢耿介，慕灵修，怨悱不乱，永矢弗谖，表廉正洁清之志，写缠绵悱恻之忱；帝子无闻，怅艾萧之当户，党人不亮，悲椒樧之当帷；虽感时抚事，亦志洁行芳；故遐思往哲，若子舆之法先王，畀以修能，符子思之言性命；濯缨濯足，溯源《沧浪》之歌，为炭为铜，隐含太极之旨：其源出于儒家。瑰意奇行，超然高举，絏马阆风，骖螭西极，溘埃风而上征，过江皋而延伫，顾下土而愁予，与佺期而为友，厌世之思，符于庄、列；恐年岁之不与，伤日月之不淹，日忽忽而将暮，时暧暧而将罢，极目而伤彼春心，时不再得，惊心而悲夫秋气，爰送将归，诚以人生如寄，逝者如斯，为欢几何，浮生若梦，故乐天之旨，近于杨朱：其源出于道家。荆、楚之俗，敬天明鬼，故《神女》作赋，《山鬼》名篇，仰古贤于彭咸，吊灵踪于河伯；孔盖翠旌，遗制仍沿皇舞，龙堂贝阙，巨观半属灵祠；云霓来迓，神其康乐，雷雨杳冥，魂兮归来；考其职掌，是属清庙之官，列彼礼文，半杂南邦之典：其源出于墨家。若屈子之询渔父，宋玉之对楚王，或属寓言，或陈谲说，或即小以寓大，或事隐而言文，其词近于纵横家。又或嫉时俗之混浊，感主听之不聪；贤士无明，智不明而数不逮，谗人罔极，忠见谤而信见疑，近于韩非之《说难》，岂类荀生之《成相》：其旨流为法家。至于语逞怪奇，说邻谲诡，鸾凤济津，虎豹当关，冯夷出舞，湘女来游，是为神话之史，出于稗官，其说近于小说家。是知《楚词》一书，隐括众体。

又如溯世系于高阳，希高风于传说，悲三后之不作，悯五观之无知；隐士潜名，遐念接舆、桑户，贞臣格主，惓怀梅伯、比干；宁戚讴歌，卒为齐相，伯夷矢志，耻事周王；维彼哲人，足励末俗：此则有资于读史。辨九河之道，记四海之名，岷山导江，嶓冢导漾，陈兹禹迹，足辅《夏书》；路指昆仑，神驰瑶圃，指西海以为期，遵赤水而容与，流沙则地隔玉门，阆风而境临悬圃，咸足兴故国之思，补《山经》之缺；野访苍梧，舟横极浦，九疑、五岭记其山，枉渚、洞庭名其水，莫不山川能说，文献有征：此则有资于考地。详记礼制，侈列物名，冠剑陆离，舆卫纷溶，云旗星盖，遽宇高堂，靃靡千名，镂错万状；又若青苹白芷，采南国之芳馨，木兰申椒，征楚邦之植物；赤豹文狸备其用，灵蛇玉虺记其奇；亦复有资于多识，是曰取法乎《史篇》：此则考名物者所当稽也。况复摘辞典则，锻字必精，"兮"、"些"则列为助语，"羌"、"庆"则用为起词，"謇謇"表忠荩之忱，"翼翼"示雍和之度；推之训"诼"为"愬"，易"满"为"冯"，以中庭为坛，以閶阖为门，或字宗古训，或语合方言，至若调与词谐，名与韵协，是曰古音，有资韵学：此又治训诂者所当辨也。

故知《楚词》之书，其用尤广：上承风诗之体，下开词赋之先，若中垒《世颂》之篇，贾生《惜誓》之作，渊源有自，咸出于《骚》；故王逸作注，兼采景、唐之什，昭明选文，详征屈、宋之词。惜夫汉、魏以下，效法者稀：则以立言之旨，情文相生。后世诗人之作，情胜于文，故朴而不华；赋家之作，文胜于情，故华而不实。惟《洛神》之赋，出于《九歌》；《北征》之赋，近于《涉江》；《哀江南赋》，乃《哀郢》之馀音；《归去来辞》，亦《卜居》之嗣响。自此以降，文藻空存，非复屈、宋之旨矣。

《文心雕龙》讲录二种

《文心雕龙·颂赞篇》

仪征刘申叔先生遗说　罗常培笔述

曩岁肄业北大，获从仪征刘申叔先生研究文学。不贤识小，辄记录口义，以备遗忘。遇有阙漏，则从亡友天津董子如(威)兄抄补。日积月累，遂亦裒然成帙。综计两年所得，有(一)群经诸子，(二)中古文学史，(三)文心雕龙及文选，(四)汉魏六朝专家文研究，四种。总名为"左盦文论"。廿年以来，奔走四方，兴趣别属，稿置行箧，理董未遑。友人知其此稿者，每从而索阅。二十五年，钱玄同先生为南桂馨氏纂辑左盦丛书，亦欲以此刊入。均以修订有待，未能应命。非敢敝帚自珍，实恐示人以璞。今值《国文月刊》编者余冠英先生频来索稿，乃嘱赵君西陆将《文心雕龙》札记一卷抽暇校订，陆续刊布，藉以纪念刘、钱两先生及亡友董君。至于《汉魏六朝专家文研究》，则另于《文史杂志》发表云。

颂之本源盖出于诗。六义四始，颂并厕焉。《诗序》云："颂者，美盛德之形容，以其成功告于神明者也。"析其涵义，第一重美。彦和云："风雅序人，事兼变正；颂主告神，义必纯美。"是风雅可有美刺，颂则有美无刺也。其次重形容。说文："颂，皃(貌)也。"(即形容之容字，"容"本为包容之义，与形容之义无涉)古代诗歌，皆可入乐。乐者，备兼歌舞；故形容盛德必舞与声相应以方物之也。又次重告于神明。颂之最古者，推《商颂》五篇，其词率皆祭礼祖宗所用。即《周颂》三十馀篇，非祭祀天神地祇，即为祭宗庙之文：是知告于神明乃颂之正宗也。逮及《鲁颂》，多美僖公，不皆祭神之词，是颂体之渐变。两汉以降，但美盛德，兼及品物，非必为告神之乐章矣。

颂者，容也。郑康成以容为包容之义，故《诗谱》云："颂之言容。天子之德，光被四表，格于上下，无不覆寿，无不持载，此之谓容。"(《周颂谱》)与《诗序》不合。今案《说文》："颂，皃也。"则仍当从《诗序》形容之义。

昔帝喾之世，咸墨为颂，以歌《九韶》。彦和以咸墨(当依唐写本作咸黑)之颂为最古，今考《庄子》谓，黄帝张乐洞庭，有焱氏作颂(见《天运篇》)。当又在前。又，《古诗纪》引有黄帝时之《衮龙颂》，谓见《史记·乐书》。案《史记》无此文，第见于晋王嘉《拾遗记》，真伪尚不可定。

斯乃宗庙之正歌。此语义殊未备。因告于神明，括有郊祀天地社稷宗庙而言；非仅限于宗庙也。

《时迈》一篇，周公所制。《国语》引《时迈》，谓为周文公之颂(《周语上》)。彦和之言，盖本于此。

夫民各有心至浸被乎人事矣。此节彦和羼诵于颂，实为失考。案说文："诵，讽也。"与颂义别。如所引《左传》僖公二十八年晋舆人之诵及《孔丛子》载鲁人谤诵孔子之词(见《陈士义篇》)，并皆百姓之歌谣；乃讽诵之诵，而非风雅颂之颂。

及三闾《橘颂》至又覃及细物矣。此节推论颂体之渐变。颂之本源，用于容告神明；降及战国，称美物类者，亦可称为颂。议其正变，则《汉书·礼乐志》之《郊祀歌》及唐山夫人《安世房中歌》，皆以祭神为主，与《商颂》、《周颂》相同，实为颂之正宗。至于屈平《九章》之《橘颂》，美及细物，乃颂之变体矣。汉魏之际，此类最多。如《菊花颂》等篇，与三代之颂殊途，然亦颂之一体。盖虽非述德告神，而与"美"之旨弗悖焉。三代之时，赋颂二体，皆诗之附庸；自兹而后，蔚为大国。汉魏之四言诗虽与颂相近，而于文体中称诗不称为颂；

《赵充国颂》等篇虽四言似诗，而于文体中称颂不称为诗：其区分盖皆起于三代后也。

至于秦政刻文，爰颂其德。秦之刻石与三代之颂不同。颂之音节虽无可考；然三代之诗皆可入乐，颂为诗之一体，必可被之管弦。秦刻石则恐皆不能谱入乐章。故三代而后，颂与诗分，此其大变迁也。

汉之惠景，亦有述容。《汉书·艺文志·诗赋略》有李思《孝景皇帝颂》十五篇。安世乐即惠帝时所作。

子云之表充国。扬雄《赵充国颂》将充国一生战功皆括于内，最为切题。盖作颂以根据事实为主，不宜流于浮泛。如其人功德行事有足称述，则为之作颂，应将其实在之美德或事实之源委确切写出之；若徒作空泛之语，美则美矣，而于形容之义何关乎？

武仲之美显宗，史岑之述熹后。傅毅《明帝颂》，史岑《和熹颂》俱见《全后汉文》。

至于班、傅之《北征》、《西巡》，变为序引。《西巡》或作《西逝》，误。《艺文类聚》引有傅毅《西巡》、《北巡》、《东巡》诸颂。《后汉书》有班固之勒石燕然山铭（见《窦宪传》），即《北征颂》也（案《古文苑》十二，《艺文类聚》九十六均引有班固《车骑将军窦北征颂》）。此二篇之作法相同：序文较长而有韵；颂仅数语；事实皆叙于序中（《北征颂》用"兮"）调仅寥寥五句而已，而序中叙窦宪之事实甚详。《西巡颂》序文与《典引》相近，颂亦甚短。故彦和以为非颂之正体。然后世亦颇不乏祖述之者，陆士龙、鲍明远皆有此体，是序长颂短之篇，于六朝时亦正多也。

马融之《广成》、《上林》，雅而似赋。《广成》之下，疑脱二字，或当作"体拟《上林》"。观下文云："敷写似赋，而不入华侈之区。"则此或谓《广成颂》摹拟《上林》，非体之正也。颂文见《后汉书·融本传》。前有序文，与司马相如、扬雄之《上林》、《羽猎》无殊；又，句不限于四言，三言与五言杂出，直为赋体。案彦和以为赋颂本为二体，不能相谋；故《广成》之类，实非其正。然东汉之时，赋、颂不甚区分；如马融《长笛赋》称为“颂曰”，是直与《长笛颂》相同，亦足征二体之混淆矣。

又崔瑗文学至简约乎篇。崔瑗《南阳文学颂》、蔡邕《樊惠渠颂》并见全文。彦和以此二篇别为一节，与班、传之《北征》、《西巡》分别言之者，缘彼二篇序亦有韵，此二篇序无韵，颂亦较长；惟序文终较颂为长耳。推舍人之意，以为颂之正文既以叙事为主，序文仍叙事，则有叠床架屋之弊。故序不宜“致美”，而以《赵充国颂》等篇为正也。

其褒贬杂居二句。此专就陆士衡《汉高祖功臣颂》而言，与陈思王《皇太子生颂》无涉。

总上彦和之意以为颂之体式所宜注意者有三：一，序不可长；二，与赋不同，应分其体；三，义主颂扬，有美无刺。

颂惟典雅至而不入华侈之区。颂主告神美德，与赋之“铺采体物”者有殊。故文必典重简约，应用经诰，以致其雅。在赋如摛写八句，在颂则四语尽意。盖赋放颂敛，体自各别也。

敬慎如铭二句。三代之铭，分为二体：一主儆戒，略近于箴；一主颂美，与颂为伍。皆铭刻于器。前者如汤之《盘铭》及《大戴礼·武王践祚》篇之铭十七章；后者如孔悝鼎铭是也。彦和此所谓铭，专指近于箴之一体而言，故谓颂应“敬慎如铭，而异乎规戒之域”，不知铭中尚有颂美之一体。此句若易“铭”为“箴”，则义无不安；以箴铭之作俱宜简敛，而箴则惟有规戒之义，无颂美之义也。

汪洋以树义。汪洋有涵蓄之义。

颂之作法：第一，应有雅音，常手为文，音节类不能和雅；试取东汉蔡伯喈所作与常文相较，即可辨其高下之所在。第二，颂虽主形容，但不可死于句下；应以从容揄扬，涵蓄有致为佳。第三，颂文以典雅为主，不贵艰深；应屏退杂书，惟镕式经诰。观汉人所传之颂，皆文从字顺，自然而工；正不赖僻典诂字，以致奥远(颂中若如《法言》《典引》及赋之用字，即为讹体)。可以知已。

后世之颂，大抵摹拟陆士衡《汉高祖功臣颂》者为多。斯篇文固细密，作法亦中准绳。惟取格宜高，以此为法，恐易流于扳滞(后世之颂，即使体裁去古未远，然决不能如古人之简约，以乏疏朗之致，而有涂附之弊也)。今欲作颂，姑舍《周颂》、《商颂》，以去高远；其切而近者，自应以陆士衡《功臣颂》为式，而参以汉人之疏朗，以矫其扳滞，再求音节和雅，即可得其体要矣。

赞之一体，三代时本与颂殊途；至东汉以后，界囿渐泯。考其起源，实不相谋。赞之训诂：(一) 明也；(二) 助也。本义惟此而已。文之主赞明者，当推孔子作《十翼》以赞《周易》为最古；乃知赞者，盖将一书之旨为文融会贯通以明之者也。及班孟坚作《汉书》，于志表纪传之后缀以"赞曰"云云，皆就其前之所记，贯串首尾，加以论断，亦与此旨弗悖。由是以推，东汉以前，赞与颂之为二体甚明。即就形式言，颂必有韵，而赞则亦可有韵可无韵也(《汉书》之赞皆无韵)。

逮及后世，以赞为赞美之义，遂与古训相乖。不知《汉书》纪传所载，非尽贤哲；而孟坚篇必有赞，岂皆有褒无贬，有美无刺乎(如《吴王濞传》亦有赞)？盖总举一篇大意，助本文而明之耳。正以见其不失古义也。

至范蔚宗《后汉书》，乃以孟坚之赞为论(无韵)，而以《叙传》中述某某第几为赞(四言有韵)。《文选》因名之为述赞，别立一类。夫以《汉书》本文只称为述者，而《后汉书》易名之曰赞。即此可以两汉与六朝区分文体不同之点矣。

东汉，郑康成有《尚书赞》，叙尚书之源流；文亦散行，有类于后世之序。而汉碑中多有四言韵文而称为序者，又实即后世之所谓赞体。且古常以序赞并称，故知赞之与序实源出一途。至如后之以赞颂相近，盖就其变体以言，非其本也。然自东汉以后，颂与赞已不甚分别矣！彦和于赞之本源，考之犹有未精;因附益之于此。

乐正重赞。见《尚书大传》。此为赞字见于古书之最早者。当为赞礼之赞,有助字之义,犹言相礼也。彦和以为唱发之辞,恐不尽然。

益赞于禹,伊陟赞于巫咸。此仍当为助字之义。彦和下云:“嗟叹以助辞。”亦似误会赞有赞叹之义。盖惑于当时之诂训,其实本义不如是也。

汉置鸿胪,以唱拜为赞。此亦助字之义。

相如属笔,始赞荆轲。《汉书·艺文志·杂家》有《荆轲论》五篇。班固原注曰:“轲为燕刺秦王,不成而死;司马相如等论之。”彦和之言,当本于此。惟究为论为赞,今不可考,或即如《后汉书》之论,而在司马相如时,尚称为赞耶?

及迁《史》固《书》至颂体以论辞。“约文以总录”与赞体正合。至“颂体以论辞”一语,“论辞”甚切,而云“颂体”则非也。又所谓“托赞褒贬”者,盖颂有褒无贬,赞则可褒可贬也,抑可见二体之异。

又纪传后评至失之远矣。挚虞《流别》以班固之四言有韵者为述,并未以纪传后评为述;而《文心》以为其合纪传后评并称之,故有此言。实非仲治之失也。《史记》篇末无“赞”、“论”字,只作“太史公曰”。《汉书》于纪传之后皆题“赞曰”,并无“述”字,惟《叙传》中述有某某第几。盖以有韵者为述,无韵者为赞。而彦和乃以述及赞并称为赞也。

及景纯注《雅》,动植必赞。郭璞注《山海经》及《尔雅》皆有图赞(见《全晋文》卷一百二十一),其体仍不失古赞义。盖总括其事物而以有韵之文包含之,并非每事称美如东汉以来之所谓赞也。与颂体实不同。考赞之起源,本以助记诵为主。一书散漫,记诵甚难;故括其义,约其辞,总期文连贯而记诵可资,固不问其体之有韵无韵也。西汉之时,有韵之文称为赞者甚少(此体所传亦不多)至于东汉,则以有韵四言,其体近颂而称为赞者至多。大致有象赞及哀赞二种。《蔡中郎》集有《胡公夫人哀赞》(卷四),前有序文,甚似诔碑之体;与颂相去甚远。而汉以后,亦无闻焉。象赞者,就有德行者之画像而赞之也。孔文举诸人集中,皆有斯体。此与颂无甚分别。汉魏以后,其体日多;遂使赞体变为称美不称恶之文。又后,非有韵不称为赞矣。《文心》本篇,未叙及郑康成之《尚书赞》,亦为失考。说已见前。

然本其为义,事生奖叹。赞之本义,并非奖叹;彦和此言,仍囿于后世之训。

所以古来篇体至此其体也。三国之时,颂赞虽已混淆,然尚以篇之长短分之。大抵自八句以迄十六句者为赞,长篇者为颂,其体之区划,至为谨严。彦和所谓"促而不广"云云,正与斯时赞体相合。及西晋以后,此界域遂泯。如夏侯湛之《东方朔画像赞》,篇幅增恢,为前代所无。袁弘《三国名臣赞》与陆机《高祖功臣颂》实无别致,而分标二体。可知自西汉已下,颂赞已渐合为一矣。

赞文之有韵者,可分为四:(一)哀赞——以蔡中郎《胡公夫人哀赞》为准则。(二)像赞——李充《翰林论》云:"图象立而赞兴。"知东汉时,此体至为盛行;《后汉书·赵歧传》云:"图季札、子产、晏婴、叔向四象居宾位,又自画其像居主位,皆为赞颂。"(卷九十四)可证。《东方朔画赞》即属此类。(三)史赞——此类以范蔚宗《后汉书》纪传后之赞为最佳(大抵撮其人大略,为之作赞者,不出此三类。特东汉之时,有为当时具令德之人作赞者,如蔡中郎《焦君赞》;亦有为古人作赞者,如王仲宣《正考父赞》是也)。(四)杂赞——以上三者,皆为对人而作。至于为一切品物作赞者,则属此类。如郭璞《山海经图赞》、《尔雅图赞》,皆据图而为物作赞者;又有不据图而为物作赞者,如繁钦《砚赞》等是。抑可知汉魏之赞,不限于人而已也。

哀赞一体,后渐流为与诔、祭文、神诰三体相合。即如蔡中郎《胡公夫人哀赞》,先叙其父母之德行,后言已身之悲哀,本为人子思念考妣而作。及三体之文兴,而此哀赞之名泯矣。

赞之作法,以四言有韵为最通见。蔡中郎间有六字句者。汉人所为赞,篇幅亦不甚长，其体则与颂相近，如：班孟坚《十八侯铭》即为前汉之功臣赞；夏侯孝若《东方朔画赞》亦与扬子云之《赵充国颂》无别。又，《三国·蜀志·杨戏传》（卷十五）称，戏作《季汉辅臣赞》，赞昭烈以下臣子，是皆颂体也。惟以此种称为赞，而古时无韵之赞遂灭而不彰，若郑康成之《易赞》、《尚书赞》，东汉以后，无支流矣。

《文心》是篇所论，大概皆谓有韵之赞。推赞之本源，既别于颂体，虽后世已混淆无分，然实不能尽同。盖颂放而赞敛；颂可略事铺张，赞则不贵华词。观汉人之赞，篇皆短促，质富于文；朴茂之中，自然曲雅。既不伤于华侈，亦不失之轻率：斯其所以足式也。

《文心雕龙·诔碑篇》口义

仪征刘申叔先生遗说　罗常培笔受

诔之源流　案《说文》："诔，谥也。"《礼记·曾子问》郑注："诔，累也，累列生时行迹，读之以作谥。"是诔之与谥，体本相因。惟《礼记·郊特牲》云："古者生无爵，死无谥。"谥既限于有爵者，则诔必不下于士，若《檀弓上》载"县贲父死，圉人浴马有流矢在白肉，庄公曰非其罪也。遂诔之。士之有诔自此始也"。又《曾子问》云："贱不诔贵，幼不诔长，礼也。唯天子称天以诔之。诸侯相诔非礼也。"故诔之初兴，下不诔上，爵秩相当不得互诔，诸侯大夫皆由天子诔之，士无爵，死无谥，因亦不得有诔也。降及汉世，制渐变古：扬雄之诔元后（扬雄《汉元后诔》见《全汉文》五十四），傅毅之诔显宗（傅毅《明帝诔》见《全后汉文》四十三），均违贱不诔贵之礼；而同辈互诔及门生故吏之诔其师友者亦不希见。若柳下惠妻谥夫为惠，因而诔之（见《列女传》二，《贤明传》），已启士人私谥之风；下逮东汉，益为加厉。《朱穆传》云："初穆父卒，穆与诸儒考依古义谥曰贞宣先生。及穆卒，蔡邕复与门人共述其体行谥为文忠先生。”李贤注引袁山松书曰：“蔡邕议曰：鲁季文子君子以为忠而谥曰文子。又传曰：忠文之实也。忠以为实，文以彰之，遂共谥穆。荀爽闻而非之。故张璠论曰：夫谥者上之所赠，非下之所造，故颜闵至德，不闻有谥。朱、蔡各以衰世臧否不立，故私议之。”(《后汉书》卷七十三《朱晖传》附)《陈寔传》云：“中平四年年八十四卒于家，何进遣使吊祭，海内赴者三万馀人，制衰麻者以百数，共刊石立碑，谥为文范先生。”(同上卷九十二)私谥既盛，诔文遂繁，亦必然之势也。古代诔文确可征信者，惟鲁哀公诔孔子(见《全上古三代文》卷三页二引《左传》哀公十六年及《史记·孔子世家》，又见《檀弓上》)及柳下惠妻诔其夫(见《全上古三代文》卷十一页十一引《列女传》二)二篇。汉代之诔，皆四言有韵，魏晋以后调类《楚词》，与辞赋哀文为近：盖变体也。

诔之体裁　魏曹植云：“铭以述德，诔以述哀”(《上下太后诔表》见《全三国文》卷十五页九上引《艺文类聚》十五)。故其作法应与铭颂异贯。东汉之诔，大抵前半叙亡者之功德，后半叙生者之哀思。惟就其传于今者二十馀篇观之，殆少情文相生之作。欲尽诔体之变，以达述哀之旨，必须参究西晋潘安仁各篇，始克臻缠绵凄怆之致。亦犹析理绵密之议论文东汉各家不逮魏晋之嵇叔夜耳。

《文心雕龙·诔碑篇》释要上

“大夫之材，临丧能诔。”《毛诗·鄘风·定之方中》传：“丧纪能诔，可以为大夫。”

“扬雄之诔元后，文实烦秽。”见《汉书·元后传》及《全汉文》卷五十四。彦和讥其烦秽，绎今所传亦不尽然。

“杜笃之诔，有誉前代。”今只传《大司马吴汉诔》一篇，见《全后汉文》卷廿八。句皆直写，不甚锤练，汉人之诔大致如此。

“傅毅所制，文体伦序。”傅毅有《明帝诔》及《北海王诔》，见《全后汉文》卷四十三。调多转折，音节甚高。

“孝山崔瑗，辨洁相参。”苏顺字孝山，所传有《和帝诔》、《陈公诔》、《贾逵诔》，见《全后汉文》卷四十九；崔瑗字子玉，所传有《和帝诔》、《窦贵人诔》、《司农卿鲍德诔》，见《全后汉文》四十五。

“潘岳构意，专师孝山。”彦和此语盖以孝山诔文已为安仁导乎先路。此或齐梁之际，孝山所作流传较多，彦和见其情文相生有类安仁，故为此论。由今所传数篇观之，已不足见其师袭之迹矣。

“巧于序悲，易入新切。”夫诔主述哀，贵乎情文相生。而情文相生之作法，或以缠绵传神，轻描淡写，哀思自寓其中；或以侧艳丧哀，情愈哀则词愈艳，词愈艳音节亦愈悲。古乐府之悲调，齐梁间之哀文，率皆类此。安仁诔文以后者胜，故彦和谓其“巧于序悲，易入新切”也。其后谢庄之《宋宣贵妃诔》、谢朓之《齐敬皇后哀策文》（并见《文选》卷五十七），情富哀思，词甚清丽，馀风遗韵，并出安仁。降及徐陵、庾信，文极侧艳，调亦过悲，此在诔文尚不违述哀之旨，施及他体，固非所宜矣。

“陈思叨名，而体实烦缓，文皇诔末，旨言自陈，其乖甚矣。”陈思王《文帝诔》，见《全三国文》卷十九。彦和因篇末自述哀思，遂讥其“体实烦缓”。然继陈思此作，诔文述及自身哀思者不可胜计，衡诸诔以述哀之旨，何“烦秽”之有？惟碑铭以表扬死者之功德为主，若涉及作者自身未免乖体耳。

“若夫殷臣诔汤，追褒玄鸟之祚；周史歌文，上阐后烈。诔述祖宗，盖诗人之则也。至于序述哀情，则触类而长；傅毅之诔北海云：白日幽光，雰雾杳冥。始序致感，遂为后式，景而效者，弥取于工矣。”彦和此节所论未允。《玄鸟》、《后稷》二篇皆是颂体，与葬时读诔定谥之辞不同。且古者贱不诔贵，下不诔上，尤无于君死后数百年始作诔者。彦和引此二篇，意在证明诔以颂功德为主，序述哀情由于后代引申，不知铭以述德，诔以述哀，体本不同，未容相混。

即如最古之鲁哀公诔孔子云："旻天不吊，不憖遗一老，俾屏余一人以在位，茕茕余在疚！呜呼哀哉！尼父无自律！"以"呜呼哀哉"作结，而亦未及孔子之功德。故知诔之为用，原在述哀，惟以欲知所诔者为谁因兼及其言行耳。

"诔之为制，盖选言录行，传体而颂文，荣始而哀终。"此三句所论，甚为明晰：诔须贴切本人，不应空泛，故谓之"传体"；文则四首有韵，故谓之"颂文"；前半叙死者之功德，后半述时人之悲哀，故谓之"荣始而哀终"。

"论其人也，暧乎若可觌。"此即谓叙言行非贴切不可，一人之诔不可移诸他人也。

"道其哀也，悽焉如可伤。"诔之后半须有缠绵悱恻之情，使读者引起悲哀之同感，故与碑颂之尚庄严者殊体。

《文选》诔类（见第五十六卷，第五十七卷）

萧嗣所选曹子建《王仲宣诔》及潘安仁《杨荆州诔》、《杨仲武诔》、《夏侯常侍诔》、《马汧督诔》各篇，皆可为兹体之圭臬。诔文之前，各有短序。序之作法，或先叙死之年月（如《王仲宣诔》、《杨荆州诔》、《马汧督诔》），或先序死者之家世及姓名（如《杨仲武诔》、《夏侯常侍诔》）。后世有先作空论而后出姓名者，即为乖体。又《王仲宣诔》及《杨荆州诔》皆有韵，而《杨仲武诔》及《夏侯常侍诔》皆无韵，则以前者仅抒悼惜之情，后者兼叙身世交谊，作法殊异故或有韵或无韵耳。魏晋以上之诔，序甚简当，无一句与诔文重复。宋齐而后，序文增长，而多与诔犯（颜延年之《陶征士诔》即属此例）。然后代骈文家师颜之体者较多，欲正文体，固当以魏晋为式。盖序文所以陈明原委，以为作诔之根据，不宜将诔所欲言者先于序中言之，而使前后相犯也。

（一）曹子建《王仲宣诔》

"猗欤侍中，远祖弥芳"至"世滋芳烈，扬声秦汉"，叙仲宣之族望。

"会遭阳九，炎光中矇"至"出临朔岱，庶绩咸熙"，叙其先世。子建以仲宣之族望及先世皆有足称，故叙述特详。如所诔者先世不甚显赫，亦可以数语括之，不必篇篇如此。

“君以淑懿，继此洪基”至“棋局逞巧，博弈惟贤”，叙其学问、文章、材慧。

“皇家不造，京室陨颠”至“潜处蓬室，不干势权”，叙之荆州依刘表。

“我公奋钺，耀威南楚”至“忧世忘家，殊略卓峙”，叙自荆州归魏武。诔虽叙事，而非据事直书，间可夹叙夹议。如“勋则伊何，劳谦靡已，忧世忘家，殊略卓峙”四句即为夹议法。

“乃署祭酒，与君行止”至“荣耀当世，芳风晻蔼”，叙粲作侍中时事，句句贴切，不能移诸他人：此即彦和所谓“论其人也，暧乎若可觌”也。

“嗟彼东夷，凭江阻湖”至“寝疾弥留，吉往凶归”，叙从征吴，道病卒。此上叙仲宣之言行已竟，以下皆为述哀。

“哀风兴感，行云徘徊，游鱼失浪，归鸟忘栖”四句，即从傅毅《北海王诔》“白日幽光，氛雾杳冥”化出。盖极哀之情绪借悲惨之景物可以达之。

“吾与夫子，义贯丹青”以下，子建自叙与仲宣之交谊及其哀伤。彦和讥之云：“陈思叨名，体实烦缓，文皇诔末，旨言自陈，其乖甚矣”。按此篇与潘安仁诸诔皆叙自己对死者之交谊以表达其哀伤。良以缠绵悱恻之情必资交谊笃厚而发，诔主述哀，与铭颂不同，故无妨牵涉自己也。

“感昔宴会，志各高厉”至“超登景云，要子天路”，以仲宣平生论生死之语插入诔中，文甚警策，且有无限之哀情寓于言外。“丧柩既臻，将反魏京”文极为哀痛。可知诔之警策在后半不在前半。前半叙功德，无妨稍平；后半表哀，必须情文相生，以引起读者悲悼之同情，故非参以自己殆难动人。

（二）潘安仁《杨荆州诔》

首段自“邈矣远祖，系自有周”至“或统骁骑，或据领军”，叙族望先世即较王仲宣诔为简。

“笃生戴侯，茂德继期”至“翰动如飞，纸落如云”，叙杨荆州之德行学问。

“学优则仕，乃从王政”至“示威示德，以伐以柔”，叙其生平仕宦之经历。大凡韵文贵乎转折无迹，生平事迹应有段落层次，而转折处用笔非轻不可。如此篇“学优则仕，乃从王政”二句，从学问转到事功，毫不吃力。又“越登司官，肃我朝命”二句，自积令转至治书侍御史，其下复以“惟此大理”一句转至杨肇之兼任大理，浑然无迹而层次自明，皆最好之转法。其尤可寻绎者，则“魏氏顺天，圣皇受终”二句，轻轻带过，而至魏直转至晋：汉碑中之转折盖皆类此。

“吴夷凶侈，伪师畏逼”至“亦既旋旆，为法受黜”，叙兵败黜官之事。此等处着笔最难，立言苟不得体，即违述德表哀之旨。而安仁此段用“君子之过，引曲推直，如彼日月，有时则食”四句轻轻带过，事实既说出，而善于弥缝，立言甚为允当。又“为法受黜”句用书如己出，而轻称其文，亦安仁之特长。凡征引古书而用笔轻重恰与己意相称，则文无不隽妙：此研究潘文者所应知也。

“退守丘茔，杜门不出”至“昊天不吊，景命其卒”，叙其退隐而卒于家。

“子囊佐楚，遗言城郢”至“朝达厥辞，夕陨其命”，就杨荆州临终所上奏章补叙一段，似为余意而实文之警策。但与《王仲宣诔》较则为变体。盖《王仲宣诔》叙子建与仲宣之交谊至笃，故情文相生之处甚多。而此篇以杨肇为安仁之长亲，只能叙普通之哀情，不可过于缠绵悱恻，因补叙此段以为文之波澜。文章中如有一段能提起，则全篇皆精彩矣。

（三）潘安仁《杨仲武诔》

此篇即与上篇作法不同。以仲武为安仁之晚亲，年纪甚轻，无行实可叙，故只能就自己对仲武之戚谊及哀情立言。首亦叙其族望及先世，而仅以“伊子之先”至“勋业未融”八句赅括之。

“笃生吾子，克岐克嶷”至“匪直也人，邦家之辉”，叙仲武之姿禀及学养。

“子之遘闵，曾未龀髫”至“旧文新艺，罔不必肄”，叙仲武幼年丁艰，而操守甚高，能绍先训，知文章。

“潘杨之穆，有自来矣”至“如何短折，背世湮沉”，叙自己对仲武之关系。“视予犹父，不得犹子”二句，可见安仁用书如己出之致。此篇作法与《王仲宣诔》及《杨荆州诔》均异。前两篇皆先叙死者之生平以及其死，此篇则先叙自己对死者之戚谊，后及其死。惟自仲武之德行学问转至潘杨之关系，更自潘杨之关系转至仲武之死，转折之处甚难。而此篇两段之转笔皆可资楷式：如"旧文新艺，罔不必肄"以上叙仲武之德行学问，其下直接"潘杨之穆，有自来矣"二句即转至潘杨之关系，除两汉魏晋人外无此笔法。又自潘杨之戚谊转至仲武之死，而用"虽殊其年"八句潜运以意，曲折转过，尤为转法之上乘。凡有韵文之转笔，应如蜻蜓点水，春风飘絮，若用重笔便似后代之作。故直接曲转与潜气内转二法，实两汉魏晋文章之特出处。

"寝疾弥留，守兹孝友"至"含芳萎耀，毁璧摧柯"，文甚隽妙，且句句切于仲武之夭折。

"呜呼仲武，痛哉奈何"至"姑侄继陨，何痛斯甚"，又叙自己与死者之关系以达其缠绵悱恻之情。

"披帙散书，屡睹遗文"至篇末，借见仲武手迹而引起哀情，有此一段精神乃完足。盖情文相生不可空写，故先写戚谊，次叙睹物思人。"归鸟颉颃，行云徘徊"二句自《王仲宣诔》"哀风兴感，行云徘徊，游鱼失浪，归鸟忘栖"四句化出，虽抄袭古人之文而毫无迹象。两汉魏晋之文类此者甚多，如《三都》、《两京》辞句每同，设论解难亦多因袭，若援引成句而能与己文一色则不觉其雷同，否则反足为累也。安仁此篇情文相生，于诔体最合。

（四）潘安仁《夏侯常侍诔》

此篇就自己与孝若之关系插叙事实而毫不遗漏，其贯串之法更难，此亦安仁文章之特出处。首段自"禹锡玄珪，实曰文命，"至"父守淮岱，治亦有声"，叙族望及先世。

"英英夫子，灼灼其儁"至"徒谓吾生，文胜则史"，叙其文学。"人见其表，莫测其里"二句甚难作，言外见孝若不仅以文章擅长，特时人莫之知，知之者惟安仁耳。下接"心照神交，惟我与子，且历少长，逮观终始"四句，见自己与其关系深故知之切。下文因历叙其事迹，其贯串之法可谓天衣无缝。且此八句之转折亦毫无迹象，此最堪玩味者也。

“子之承亲，孝齐闵参”至“虽实高唱，犹赏尔音”，叙其德行，而末二句又明自己与死者之关系。

“弱冠厉翼，羽仪劾升”至“惠训不倦，视民如伤”，叙孝若起家后之阅历。

“乃眷北顾，辞禄延喜”至“谁毁谁誉，何去何从”，叙彼此之交情，而将平日问答之语插入诔中，实为妙笔。自“居吾语汝”至“耻居物下”，为安仁之语；自“子乃洗然”，至“何去何从”为孝若之语。而“莫涅匪缁，莫磨匪磷”以下又转至孝若于无可为之时独能居屈志申，与平日之言相应。视上文所讲曹子建《王仲宣诔》及安仁其他各篇专叙事实，致文势易平者，作法迥不相同。盖此篇自孝若之文学转至彼此之交谊，次叙其德行阅历，更由退官后相知之深，规谏之切，以转至孝若之有为。所论不出文行出处数者，而交情之中自有事实，事实之中亦见交情，文章贯串，宛若谈话：于安仁之情文相生，叹观止矣。

“唯尔之存，匪爵而贵”至“杰操明达，困而弥亮”，虽为文章之余意，而有此一段气势格外充满。

“零露沾凝，劲风凄急”，自来表哀者多借景物以达之，此二句亦傅毅《北海王诔》“白日幽光，雰雾杳冥”之类也。

（五）潘安仁《马汧督诔》

马敦与安仁毫无交谊，以其为奇士，且有奇冤，故为之诔以表扬之。首段无须叙其家世，并品评其学行，但应就特异之处直起，以其功业及冤枉为主。颜延之《阳给事诔》专就殉节言，《陶征士诔》专就隐逸及特立独行之处言，与此作法并同。

“知人未易，人未易之”二句将马敦之冤枉总絜纲领。

“彼边奚危，城小粟富”至“累卵之危，倒悬之急”，叙敌之强与城之危，以反振起汧督之功烈。

“马生爰发，在险弥亮”至“咸使有勇，致命知方”，叙守城之功。

“我虽末学，闻之前典”至“孰是勋庸，而不获免”；叙有功不见赏而反及于罪之冤枉。此段文章，音调甚佳。

“猾哉部司，其心反侧”至“发愤囹圄，没而犹眠”，叙受谗愤抑，而卒于狱中。如此结住便无精彩，故下文接以“安平出奇”一段，列古时守城之人与汧督相比，以为文章之警策。

“明明天子，旌以殊恩”以下叙其沉冤得雪。凡为与己无交谊而有奇行者作诔，可以安仁此篇为法。

（六）颜延之《阳给事诔》

此篇亦与潘安仁《马汧督诔》之作法相同。起首以“贞不常祐，义有必甄”二句总絜殉节纲领，下接阳处父事，虽叙及阳氏先世，而仍以气节为主。

“惟邑及氏，自温徂阳”至“如彼騑驷，配服骖衡”，转至阳瓒，略叙其德行。“如彼竹柏，负雪怀霜”二句亦应守节而言。

“边兵丧律，王略未恢”至“寔命阳子，佐师危台”，叙边乱及命瓒为司马事。

“憬彼危台，在滑之垧”至“金柝夜击，和门昼扃”，叙滑台之险要。

“料敌厌难，时惟阳生”至“守未焚冲，攻已濡褐”，专叙守城之事，凡专就一事言者必须写得有声有色，此段即甚生动。

“烈烈阳子”以下叙其殉节经过。以此篇与《马汧督诔》比较，可知潘、颜用笔之不同。《马汧督诔》精彩甚多，有非颜延年所可及者：（一）安仁用古书如己出，廷年则有迹象。（二）安仁文气疏朗，笔姿淡雅，而愈淡愈悲，无意为文而自得天然之美。虽累数百言而意思贯串如出一句，与说话无异。延年之文虽亦生动而用笔甚重，如“朔马东骛，胡风南埃”等句甚不自然，逊安仁远矣。

（七）颜延之《陶征士诔》

此篇之序甚长，而“初辞州府三命”数句即与诔文“度量难钧，进退可限”

一段相犯，为两汉魏晋诔文中所少见。其作法兼采《马汧督诔》及《王仲宣诔》二体。盖以渊明既有特立独行之处，而与延年交谊又笃。可知作法应因题而异也。起首“物尚孤生，人固介立，岂伊时遘，曷云世及”四句，就渊明之特异之处立言，凭空突起。

“嗟乎若士，望古遥及”至“和而能峻，博而不繁”，总叙其德行。而以“依世尚同”四句作过脉。

“岂若夫子，因心达事”至“履信曷凭，思顺何置”，叙其出处经历。

“年在中身，疢维痁疾”至“遭壤以穿，旋葬而窆”，叙其得疾及身后之事。此篇虽与《阳给事诔》同出延年之手，而用笔轻重不同。在延年文中此篇为最轻。诔文既与铭颂等庄严之体不同故用笔宜轻，轻则能淡，淡则尽哀，自然之理也。此篇如“晨烟暮蔼，春煦秋阴，陈书辍卷，置酒弦琴”四句，用笔甚轻；而“人否其忧，子然其命”二句亦善学安仁用书之法。

“深心追往，远情逐化”以下叙自己与渊明之交谊，与《王仲宣诔》作法相同。自“独正者危”至“吾规子佩”，为延年劝渊明之语；“违众速尤，迕风先蹶，身才非实，荣声有歇”四句，为渊明对延年之语：插问答之词于诔中，模拟子建之迹尤显。此篇为延年刻意学安仁之作。盖安仁各篇情文相生，变化甚多，笔姿疏朗，毫不板滞，实为诔之正宗。凡欲学安仁者，可先就此篇研究笔姿如何能疏朗，用书如何能淡雅，自可逐渐升堂入室矣。清人之诔多用字句堆成，文气不疏朗，意思似通非通，如涂涂附，实为文之下乘。故欲学作诔第一须有清气，韵文之高下即以清气有无为判。延年此篇即甚有清气者。

（八）谢希逸《宋孝武宣贵妃诔》

此篇与哀策之体为近。盖古人诔文以四言为正宗，其变体间亦有用七言者。然非必用长句始足以表哀也。希逸此文大体仍为四言，但自“移气朔兮变罗纨”至“怨《凯风》之徒攀”，自“恸皇情于容物”至“望乐池而顾慕”，又自“重扃闷兮灯已阖”至“德有远兮声无穷”，均参用六言或七言：此实后代之变体，非诔文之正宗。

碑之源流 古者竖石庙庭之中央谓之碑，所以丽牲，或识日景引阴阳也。其材宫庙以石，窆用木（见《仪礼·聘礼》郑注）。三代以上铭皆勒于铜器，刻石者甚少。石鼓之时代为姬周抑为宇文周，聚讼迄未能决（详见王厚《复斋碑录》）。故三代有无刻石，尚属疑问。然则竖石盖为碑之本义，刻铭则其后起义也。树碑之风，汉始盛行，而东都尤甚。惟乃刻石之总名，而非文体之专称。自其体制言，则直立中央四无依据者谓之碑，在门上者谓之阙，埋于土中者谓之墓志，在土中或出土甚低者谓之碣。自其功用言，则有墓碑（此体最多，蔡中郎《郭有道碑序》云："树碑表墓，昭铭景行"，又《汝南周勰碑》序亦云："建碑勒铭"，实铭体也），有祠堂碑（如《梁相孔聃神祠碑》，见《隶释》五），有神庙碑（如《西岳华山庙碑》见《隶释》二，《三公山碑》、《石神君碑》，均见《隶释》三，《尧庙碑》见《隶释》一），有杂碑（如《蜀郡太守何君阁道碑》见《隶释》四），有纪功碑（如《汉敦煌太守裴岑纪功碑》，见《金石萃编》卷七）。自其文体言，则有铭（此体最多，如《周憬功勋铭》，见《隶释》四，普通汉碑多有"乃作铭曰"四字），有颂（如《西狭颂》见《隶释》四），有叙（如《张公神碑》见《隶释》三），有记（如《高朕修周公礼殿记》见《隶释》一），有诔（如《堂邑令房凤碑》见《隶释》九），有诗（如《费凤别碑》见《隶释》九）。有铭后附以乱者（如《巴郡太守樊敏碑》见《隶释》十一），有有韵者（普通皆然），有无韵者（如《修周公礼殿记》，《三公山碑》，《冯绲碑》见《隶释》卷七）：盖凡刻石皆可谓之碑，而非文章之一体，与铭箴颂赞之类不同。准是以言，则蔡邕石经及孔庙之官文书，虽非文章，而既刻于石亦得称碑，惟以铭体居十之六七，故汉人或统称碑铭，碑谓刻石，铭则文体也。后世或以序文为碑，有韵之文为铭；或以有韵之文为碑铭，无韵或四六之文为碑；皆不知碑为刻石之义也。又刻于阙者谓之阙铭（如《嵩岳太室石阙铭》见《隶释》四），以非竖立神道中央，故亦不得称碑。至于墓表之名，汉人间亦用之，但就华表之石而名，体与墓碑无别。唐代以有铭者为碑，无铭者为墓表;后世又以大官称神道碑,小官称墓表(潘昂霄《金石例》卷一,黄宗羲《金石要例》皆曰:三品以上神道碑。沈彤《果堂集》卷三曰:明制,三品以上神道碑,三品以下墓表):此皆近代不通之制度,实则汉人之墓表皆有韵,亦无官秩大小之别也。

《文心雕龙诔碑篇》释要下

"后汉以来,碑碣云起,才锋所断,莫高蔡邕"至"察其为才,自然而至"。此段推崇蔡中郎之碑文为第一,盖非一人之私言,实千古之定论也。试以伯喈之文与普通汉碑比较:一则词调变化甚多,篇篇可诵,非普通汉碑之功候所能及;二则有韵之文易致散漫,而伯喈能作出和雅之音节,"清词转而不穷":此皆其出类拔萃处。伯喈碑文既可空前绝后,而传于今者又多,潜心研索,当可尽其变化。

"孔融所作,有慕伯喈,张陈两文,辨给足采,亦其亚也"。融有《张俭碑》(见《全后汉文》八十三引《艺文类聚》四十九)、《陈纪碑》(或谓非孔融作)。凡有韵之文能得蔡中郎之一体者皆足成家。孔文举得其叙事之法,故其文雅而润,若王仲宣则能得其雅音者也。

"孙绰为文,志在碑诔,《温》《王》《郗》《庾》,辞多枝杂,《桓彝》一篇,最为辨裁"。东晋以碑铭擅长者,当推孙绰、袁宏为最。兴公之《桓彝碑》今已不传,所存《丞相王导碑》、《太宰郗鉴碑》(见《全晋文》引《艺文类聚》四十五)、《太尉庾亮碑》(见《全晋文》引《艺文类聚》四十六),亦多残阙。其文笔之雅虽逊伯喈,而辞句清新,叙事简括,转折直接,皆得力于伯喈者为多。彦和谓其"辞多枝杂",盖亦责备贤者之意。

"其序则传"。碑前之序虽与传状相近,而实为二体,不可混同。盖碑序所叙生平,以形容为主,不宜据事直书。自两汉以迄唐五代,其用典对仗递有变迁，而作法一致，型式相同：如迁就汉碑之格式而益以四六联，即可成唐五代之长篇；删削唐五代之四六联而斫雕返朴，亦可成两汉魏晋之碑体，未有据事直书，琐屑毕陈，而与史传、家传相混者，试观蔡中郎之《郭有道碑》，岂能与《后汉书·郭泰传》易位耶？彦和"其序则传"一语，盖谓碑序应包括事实，不宜全空，亦即陆机《文赋》所谓"碑披文以相质"之意，非谓直同史传也。六朝碑序本无与史传相同之作法，观下文所云："标序盛德，必见清风之华；昭纪鸿懿，必见峻伟之烈"：则彦和固亦深知形容之旨，绝不致泯没碑序与史传之界域也。

"夫碑实铭器，铭实碑文"至"树碑述己，同诔之区焉"。古代勒铭于铜器，后世始易为刻石，碑者刻石之通称，铭者刻文之常体：故谓"碑实铭器，铭实碑文"也。又彦和以"勒石赞勋"及"树碑述己"为铭诔之区划，用意亦欠明晰。盖碑铭不限于赞勋，或纪功以昭遗爱，或表墓以彰景行，树石勒铭，用兼生死。推彦和之意惟以纪功者为铭，而以表墓者同诔。实则自汉以后，墓碑之体，显与诔殊：一则纯以死者为主，一则兼抒作者之悲，述德陈哀，宜别人我。混而同之，转滋迷惘矣。

"观风似面，听辞如泣"二句甚佳，作诔尤须有听辞如泣之致。

《文选》碑类（卷第五十八、五十九）

（一）蔡伯喈《郭有道碑文》

此篇为墓碑，篇中有"树碑表墓"之明文；其有韵之文为铭，篇中有"爰勒兹铭"、"昭铭景行"之明文。案碑之体例，起首应记死者姓名，亦有变体起法开始即作"某年某日某人死"者。六朝碑文起首或少作空论，如王俭《褚渊碑》是，但不可过长。作碑全用散文固为乖体，空论太多亦品之下者。又碑文应据当时之制度，凡地名官名均应以现行者为准。清人多违斯例，往往称杭州曰武林，称道尹为观察，强古以名今，盖不知碑铭公式之过也。

"先生诞应天衷，聪睿明哲，孝友温恭，仁慈笃惠"四句，自《尧典》化出，皆表象形容之词。如作《郭泰传》即应据事直书，不可文胜于质。六朝人所作碑铭不过延长文辞，将孝友各作一句，即唐五代之滥四六亦不过将孝友各作四五句，而其体式则仍与两汉无异。

“夫其器量弘深”至“奥乎不可测已”，此数句亦为表象形容，但于字外无溢词。普通汉碑虽亦能形容，而文调无变化。如“浩浩焉，汪汪焉，奥乎不可测已”之变调，乃蔡中郎所独具者。

“贞固足以干事，隐括足以矫时”二句，“贞固”与“干”字相应，“隐括”与“矫”字相应，可见中郎炼句之工。以上总叙其德行，以下叙其学问及见知于当世。

“收文武之将坠，拯微言于未绝”二句，汉人六言，调皆类此。汉碑表象形容之词往往断章取义，如此联之上句非限于帝王，下句亦不专指圣人也。

“若乃砥节砺行”至“犹百川之临巨海，鳞介之宗龟龙也”，此段一气呵成，为普通汉碑之所无。普通汉碑叙事虽亦得法，而文气散漫，不能贯串。惟蔡中郎辞调变化无方，故文章层出不穷，有一题数篇，而篇篇俱佳者，此其所以为汉碑冠也。此段应研究其繁简适中，不冗不漏，及文气一贯，音节和雅等处。

“尔乃潜隐衡门”至“皆以疾辞”，叙事简括，殆臻其极。但可为碑序之楷模，而不能作传状之圭臬。其界域前已详之。“收朋勤诲”之朋，读如《论语》“有朋自远方来”之朋。

“将蹈鸿涯之遐迹，绍巢许之绝轨，翔区外以舒翼，超天衢以高峙”四句，锤炼甚工，而音节和雅。蔡中郎碑铭之佳处不仅在字句典雅，盖字句典雅为普通汉碑所同有，惟气贯、变调乃伯喈所独擅耳。

“凡我四方同好之人”至“亦赖之于见述也”，应看其词令之雅处。碑铭用字与辞赋不同，应力祛冷僻。试观蔡中郎碑文之用字与《子虚》、《上林》及《封禅文》、《典引》之类迥殊：盖用字深僻则文气音节俱不能畅矣。故读此篇者，第一应看其叙事繁简适中;第二应看其用字典雅合度,第三应看其音调和谐。至于文章之有关修辞者,则“器量弘深,咨度广大”二句全用表象;“收文武之将坠,拯微言之未绝”及“砥节砺行,直道正辞”四句全用正写;“犹百川之归巨海,鳞介之宗龟龙”二句用明比;“翔区外以舒翼,超天衢以高峙”四句用暗比:此皆其用笔之变化也。

“礼乐是悦,诗书是敦”二句普通人亦能作,“匪惟摭华,乃寻厥根”,即系中郎自己推演而出者。

“宫墙重仞,允得其门”二句用书甚好,有此二句文章格外典重。

“赫赫三事,几行其招,委辞召贡,保此清妙”,四句甚精。将序文中“州郡闻德,虚己备礼,莫之能致。群公休之,遂辟司徒掾,又举有道,皆以疾辞”一段赅括无遗,而不嫌重犯。此篇铭词皆音节和谐,朗朗可诵,曼声吟咏,弥觉意味深长。凡碑铭及有韵之文,句宜典重而用笔宜清。伯喈此篇无一句轻而无一句不清。又文调常变,故音节和雅而不板滞:斯并足以垂范后昆者也。

(二)蔡伯喈《陈太丘碑文》

蔡中郎为陈寔所作碑文凡有三篇:此篇而外,尚有《文范先生陈仲弓铭》及《陈太丘庙碑》,均见本集卷二。一篇专叙事实,一篇甚短,此篇则半写事实,半写时人之吊祭:三篇作法全不相同,应比勘研究,以见其参互之迹。文中有“刊石作铭”及“乃作铭曰”二语,故亦为铭体。

“于乡党则恂恂焉,彬彬焉,善诱善导,仁而爱人,使夫少长咸安怀之”。此皆伯喈之善于变调处。

“不徼讦以干时,不迁贰以临下”二句形容甚佳。所用之书不出《论语》《孝经》而如自己出,天然渊懿。

“四为郡功曹”至“闻喜半岁,太丘一年”此数句将仲弓从政经历包举无馀,用笔何等简括!传状叙事固须年月分明,而碑铭则宜以此为式。

“德务中庸,教敦不肃,政以礼成,化行有谧”,四句甚佳。唐五代亦知此种作法，惟此则四句，彼须衍为若干联而已。

“交不谄上，爱不渎下”二句蕴蓄甚佳。

“见机而作，不俟终日”二句几如天造地设，是最善于用经说者。

“大将军何公、司徒袁公前后招辟”至“皆遂不至”，详叙征辟之事，在文中为主笔。自“弘农杨公”至“重乎公相之位也”一段，则以他人作衬，文调亦有变化。

“时服素棺，椁财周衬”至“岩薮知名，失声挥涕”，叙丧葬吊祭之事。“丧事惟约，用过乎俭”二句，传状中不能用。

“征士陈君”至“则存诲设号不亦宜乎”为何进予谥之原文。下文“赫矣陈君”至“休矣清声”八句为南阳曹府君之诔文。汉碑中类此作法甚多，亦有尽叙他人所作之诔以成碑文者，惟视其能否贯串耳。伯喈此篇叙入何、曹两人之文，而色调相称，不见其词费文繁，是亟应取法处。

“遣官属掾前后赴会”至“远近会葬千人以上”一段，叙会葬。

“河南尹种府君临郡”以下叙本题作铭之事。

“如何昊穹，既丧斯文”二句，言外之意甚深。此篇铭文不长而颇能传神；句句气清，而善于含蓄。

综观伯喈之碑文，有全叙事实者，如《胡广碑》(本集四，《全后汉文》七十六)；有就大节立言者，如《范丹碑》(本集二，《全后汉文》七十七”)；有叙古人之事者，如《王子乔碑》(本集一，《全后汉文》七十五)；有叙《尚书》经义，并摹拟《尚书》文调者，如《杨赐碑》(本集三，《全后汉文》七十八)：千变万化，层出不穷。有重复之字句，而无重复之音调，无重复之笔法：洵非当时及后世所能企及也。

（三）王仲宝《褚渊碑文》

碑铭之体应以蔡中郎为正宗，然自齐梁以迄唐五代，碑文虽较逊于伯喈，而其体式则无殊于两汉：盖惟辞采增华，篇幅增长而已。今之作碑版文字者，能模拟蔡中郎固为上乘，即步武齐梁亦可成家。试删削此篇首段，以明两汉异于齐梁之迹，籍供学者参究，凡字外加黑体括号者示其可删，外加圆括弧者示其宜增：

【夫太上有立德，其次有立功，此之谓不朽。所以子产云亡，宣尼泣其遗爱；随武既没，赵文怀其馀风：于文简公见之矣。】公讳渊，字彦回，河南阳翟人也。（昔）微子（之后）以【至仁开基，宋段以功高】（官）命氏，爰逮【两】汉（晋），儒雅继及。【魏晋以降，弈世重晖。】乃祖太傅元穆公，德合当时，【行比州壤。深识臧否，不以毁誉形言。】亮采王室，【每怀冲虚之道。可谓婉而成章，志而晦者矣。】自兹厥后，无替前规。【建官惟贤，轩冕相袭。】公禀川岳之灵晖，含硅璋而挺曜。【和顺内凝，英华外发，】神茂初学，业隆弱冠。【是以仁经义纬，敦穆于闺庭；金声玉振，寥亮于区宇。】孝敬淳【深，率由斯】至，【尽欢朝夕，】人无间言。（至若和顺内凝，英华外发，）【逍遥乎文雅之囿，翱翔乎礼荣之场，风仪与秋月齐明，音徽与春云等润。韵宇弘深，喜愠莫见其际；心明通亮，】用言必犹于己，（喜愠莫见其际，）汪汪焉，洋洋焉，可谓澄之不清，挠之不浊（者矣）。

此段自“太上有立德”至“于文简公见之矣”为开端空论，用笔甚轻，文亦甚短。“微子以至仁开基”至“轩冕相袭”，叙其家世。“公禀川岳之灵晖”至“挠之不浊”，为表象形容。就上文点删之处观之，可知六朝碑铭之格式固与两汉无异：增两汉之藻彩即成六朝，删六朝之华词仍返两汉。惟六朝人常恐事实挂漏，凡可叙入者纤细不遗，与东汉人着眼不同。如此篇凡迁一官，作一事，在宋，在齐，以及死后，各作一段，文之增繁，势使然也。今日欲作碑版文字，此篇有可取法者数端：一曰转折自如。如“出为司徒右长史，转尚书吏部郎”，上句承“于时新安王宠冠列蕃”以下言，下句又开“执铨以平，御烦以简”以下一段。又如：“兼方叔之望”以上叙内官，其下直接“丹阳京辅”即转至外官。上下递衔，淡然无迹，适如顺风行舟，随湾宛转，几经回折而坐客俨然不觉。二曰立言得体。如“公乃揔熊罴之士”至“抑亦仁公之翼佐”叙褚渊以宋臣佐齐之渐，而措词恰到好处。“诚由太祖之威风，抑亦仁公之翼佐”二句即下文“亦犹稷契之臣虞夏”六句之意。自“天厌宋德”至“孰能光辅五君寅亮二代者哉”一段由宋转至齐，只用“既而齐德隆兴，顺皇高禅”数句带过，转折既甚自然，立言又复得体，实全篇之警策也。“夫乘德而处，万物不能害其贞”以下一段亦甚好。凡长篇文章必须于结束处有一段波澜与前相应，始能神完气足，贯串全篇；否则前后不称，散而不聚矣。三曰用事典雅清新，如自己出。六朝之人皆喜用事，但其优劣即以典雅与否判之。如“既秉辞粱之分，又怀寝丘之志”二句即自然典雅。凡用眼前故实而能自然典雅，宛如己出，看来似平而无一句累辞，则文气自清新矣。以上三端皆此篇可资楷式者也。但就文章而论，则稍嫌繁冗。篇中可有可无之句甚多，如首段“逍遥乎文雅之囿，翱翔乎礼乐之场，风仪与秋月齐明，音徽与春云等润”二联，在汉碑中均可省却。又每段之末皆用典作结：如“汉结叔高，晋姻武子，方斯蔑如也”及“裴楷清通，王戎简要，复存于兹”等句并为汉碑所无。后三句纵不可省，若改作“王戎裴楷，方斯蔑如”亦可煞住。但“公之登太阶而尹天下，君子引为美谈，亦犹孟轲致欣于乐正，羊职悦赏于士伯者也”数句，虽属繁文，而不可删；“可谓德刑详，礼义信，战之器也”则可删：以其调有复有不复，故文或可删，或可留也。又如：“颜丁之合礼，二连之善丧，亦曷以逾”三句，删去即与“天厌宋德”不接；但改为“颜丁合礼，亦曷以逾”则可。至于篇中字句亦有可学有不可学者：如“仰南风之高咏，餐东野之秘宝”二句锤炼甚工，颇为可学。但“风仪与秋月齐明，音徽与春云等润”及“君垂冬日之温，臣尽秋霜之戒”二联，在本篇虽不失为佳句，而以后人套习已滥，即不便再学。专以造句论，则“虽无受脤出车之庸，亦有甘寝秉羽之绩”等句法，模拟齐梁文章者可以多学；但如“鼓棹则沧波振荡，建旗则日月蔽亏”等句法，则间可参用，不宜多学，专恃此类句法取胜，斯亦不足观也已。

此篇铭文作法亦与汉碑相同，文体虽不甚高，而能句句妥贴。凡学齐梁之文，第一应“稳”。如“观海量齐，登岳均厚”及“五臣兹六，八元斯九”等句，密中能疏，毫无雕琢痕迹，锤炼工稳，远非唐人所及，此下各句音节亦佳。又“远无不肃，迩无不怀，如风之偃，如乐之谐”四句甚合碑铭之体。但“眇眇玄宗，萋萋辞翰，义既川流，文亦雾散”四句，施之于诔则能情文相生，施诸碑铭则嫌不称，以碑铭为典重之文，与缠绵凄怆之诔异体也。总之，此篇序高于铭：序中无一句不妥贴，无一句不典雅，叙事密而周，用典清而切，在齐梁文中自属上乘。碑铭之体，自齐梁以后皆以密见长，与汉碑不同。研究齐梁文章者应于密处注意。然文之密者往往不能贯串。此篇首尾相称，密而能贯，气足举词，转折无迹：从兹研寻，于齐梁碑铭思过半矣。

（四）王简栖《头陀寺碑文》

此篇亦为六朝上乘文字。自裴松之奏禁立碑（见《宋书》卷六十四《裴松之传》），墓碑因之减少；而以佛教盛行，庙碑于时增多。此类文章亦有定格，不能摹仿汉碑。盖汉碑镕铸经诰，不引杂书；庙碑崇仰佛陀，须宗内典。倘庙碑不用内典而专采六经，或虽援用佛书而行以蔡邕之调，则于体均为不称。故今日作庙碑者须取法六朝，亦犹校练名理之文须宗式嵇康以下：相题定体，庶免乖违耳。

庙碑之佳处亦有汉碑所无者。此篇行文隽妙，说理明晰，叙事细密，句句妥适。盖佛典人人能用，而有隽妙不隽妙之分；叙事人人优为，而有密与不密之判。用佛典而能隽妙，叙事密而能妥贴，此其所以难能可贵也。说理之文最忌板滞而不隽妙。欲祛斯弊，当于王辅嗣《易略例》及《易经》、《老子》二注参详。倘能得其窔奥，则说理自臻隽妙之境，否则与陈腐之八比奚异？即以此篇而论：如“然爻系所筌，穷于此域，则称谓所绝，形乎彼岸矣”四句，语并隽妙。自此以前虽属空论，但如“视听之外，若存若亡；心行之表，不生不灭”，

“三才既辨，识妙物之功；万象已陈，悟太极之致”及下文“法身圆对，规矩冥立，一音称物，宫商潜运”等句，亦皆隽妙。又说理之文须善用比喻，如“夫幽谷无私，有至斯响；洪钟虚受，无来不应”四句，既可使文章有波澜，又可助说理明晰，若无比喻则枯燥寡味矣。

“是以如来利见迦维，托生王室”以下方作到本题。

“行不舍之檀而施洽群有”至“能事毕矣”一段，以中国典故与佛经印证，凡作宗教文章及论西洋哲理者均宜如此。又下文“三十七品”、“九十六种”皆用佛典，而“樽俎”、“藩篱”则为此土名相，亦是中外典故合用之法。

“因斯而谈”至“大矣哉”，为前半篇之警策，得此则上下文均活。

“澄、什结辙于山西，林、远肩随乎江左”二句，说到佛寺。以下方到头陀寺本文。

“头陀寺者”至“以庇经像”，叙慧宗初发修寺之愿心。

“后军长史江夏内史会稽孔府君讳觊”至“故以头陀为称首”，叙修寺之人。

“后有僧勤法师”至“可为长太息矣”，叙第二次修寺未果。“高轨难追，藏舟易远”二句甚佳。

“惟齐继五帝洪名”至“政肃刑清，于是乎在”，叙齐之创业及江夏王之政声。

“宁远将军长史江夏内史行事彭城刘府君讳谊”至“息心了义，终焉游集”，叙修寺之事纤细不遗，密而妥贴，繁而不冗。后人遇头绪繁多之事实，往往以事就文任意割弃，顾此失彼，挂漏时虞，齐梁之文，绝无此弊。

铭文亦可为庙碑之法式。自“质判玄黄，气分清浊”，至“爱流成海，情尘为岳”，先就哲理泛论。

“皇矣能仁”至“幽求六岁”，应看其妥贴工稳处。

“法本不然，今则无灭，象正虽阑，希夷未缺”四句，用内典故实，而自然浑成，甚为精彩。

“倚据崇岩，临睨通壑，沟池湘汉，堆阜衡霍”四句，极贴切头陀寺之所在地。

“肮肮亭皋，幽幽林薄”及“桂深冬燠，松疏夏寒”各句，在庙碑尚可用，若施之墓碑则嫌纤佻。故知作文非特体裁应相题而定，即字句亦应相题而施也。

此篇前面推阐哲理，而后说到佛教，故可有数段甚长之文。然若加以剪裁，则亦尚有可删削者。如将“是以掩室摩竭，用启息言之津”至“其涅槃之蕴也”一段删去，改“夫幽谷无私”之“夫”字为“然”字，再将“况法身圆对”至“宫商潜运”数句删去，亦足成篇。甚至径从“头陀寺者”直起仍不失为首尾完具之文：盖此文起段甚长，在碑文中本为变例耳。

（五）沈休文《齐故安陆昭王碑文》

此篇与《褚渊碑》作法相同，惟笔法各异。其好处在妥贴自然。凡文章能妥贴自然者，上也；妥贴而欠自然若，次也；既不妥贴，又不自然，品斯下矣。

首段“公讳缅”至“卷怀前代”，为叙诸侯王先世之变体。

“公含辰象之秀德”至“千里不言而斯应”，文虽繁而不为病，以其气盛也。如文气不畅，则必呈繁冗之象。

“若夫弹冠出仕之日”至“今可得而略也”数句。总括缅之生平，以后再分段详叙。故与褚渊碑之作法同中有异。

“水德方衰”至“发言中旨”，叙缅年方十五从齐太祖作镇淮泗。

“始以文学游梁”至“其任无爽”，叙缅历任宋劭陵王文学，中书郎，至齐，晋封安陆侯，人为太子中庶子，迁侍中等事。

“爰自近侍”至“不能尚也”一段，叙缅出为吴郡太守。“爰自近侍，式赞权衡”二句承上，“皇情眷眷，虑深求瘼”二句启下作牧吴郡、郢州、会稽、雍州，及还为侍中五大段。

“夏首藩要”至“功最万里”，叙缅转郢州刺史。

“还居近侍”至“主器弥固”，叙缅还为侍中，领骁骑将军。只用一“还”字便由外官转到内官。

“禹穴神皋”至“愈久弥结”，叙缅再出为会稽太守。

“方城汉池”至“侍紫盖于咸阳”，叙缅迁雍州刺史。以上五段惟“还居侍中”一段最短。盖此篇主旨在表扬安陆昭王之善作外官，故详外略内，以见主宾。惟欲表彰外官之政绩，宜先点出其地方之难治，故自“姑苏奥壤”至“曾何足称”，叙吴郡之殷阜繁剧；自“夏首藩要”至“明德攸在”，叙郢州之形胜冲要；自“禹穴神皋”至“方斯易理”，叙会稽之民顽盗众；自“方城汉池”至“严城于焉早闭”，叙雍州之烽鼓相望。于此可见凡作长文须先点清段落，务使一篇之中段落分明，一段之中自成条理，前后呼应，针锋相对，则文虽略繁亦不足为病矣。例如雍州蛮夷杂处，故先出“蛮陬夷徼，重山万里，小则俘民略畜，大则攻城剽邑”四句，以反映下文“由是倾巢举落，望德如归”至“蟓蝗弗起，豺虎远迹”一段。又先有“加以戎羯窥窬”至“严城于焉早闭”一段，而后下文“北狄惧威，关塞谧静，侦谍不敢东窥，驼马不敢南牧”四句乃有着落。又如：会稽盗贼众多，故先出“渊薮胥萃，萑蒲攸在”，及“南山群盗，未敢云多”等句，以为下文“不待赭污之权，而奸渠必翦；无假里端之藉，而恶子咸诛”之根据。其条理谨严，类皆如此。

“时皇上纳麓在辰”至“改赠司徒因谥为郡王礼也”，叙明帝对缅之情，以补前文之不足。

“惟公少而英明”至“千年之领袖”，亦为补叙文字。有此一段空论，与篇首“公含辰象之秀德”一段相应，则中间之散漫者皆得贯串：此亦作长篇文章所应注意者。

此篇铭文亦为齐梁之格式。“天命玄鸟”至“怀青拖紫”叙族望。

“爰始濯缨，清猷濬发”，至“我有芳兰，民胥攸咏”，总括缅之一生。“我有芳兰”二句颇可取法。

“斯民曷仰，邦国殄瘁”二句甚典雅。

“无绝终古，惟兰与菊”二句较轻。此种句法齐梁人常有之，文非不佳，特在碑文中不相称耳。

此篇铭文甚清爽，无一句不可解。凡作有韵之文，第一须求可解。若可补字成句，补句成段，则此句此段即在可解不可解之间。第二须会贯串。如二句不贯，前后段不贯，则意指所在不能明了，文章次序亦难划然矣。

（六）任彦升《刘先生夫人墓志铭》

自裴松之奏禁私立墓碑，而后有墓志一体。观汉魏刻石之出土者并无墓志，亦足证此体之始于六朝也。墓志一体原为不能立碑者而设，而风尚所趋，即本可立碑或帝王后妃之已有哀策者亦并兼有之。《南史》中此类例证，不一而足，盖变例也。后世于墓志之外，复有墓碣、墓表，亦自此体而出。此类文字之作法本与墓碑相同，或拟两汉，或准齐梁，均无不可。大致长序之后须继以韵文。后世或作同传状，或以散文抒论，或专就自己立言，于体均为不合。盖碑志以表彰死者之德行为主，既殊乎传状之朴质无文，复异于诔祭之兼述己哀，若只有散文，尤违“刊石作铭”之旨矣。此篇有铭无序，为六朝墓志之正格。彦升此文虽非精诣之作，而词令妥贴雅淡，亦不失任文之本色。

“既称莱妇”至“在冀之畦”，就其人之地位立言，起法甚好。“欣欣负载，在冀之畦”二句颇雅。

六朝墓志亦应庄重，与墓碑同体，过于锤炼，则失之轻纤。又应以气为主，否则失之散漫。蔡中郎之碑文，气固足以举其词，即如沈休文之《安陆昭王碑》，使文气不盛，距能望其贯串？故凡作碑文，第一须辨体裁，第二须畅文气，第三用典须妥贴，不可辗转比附，致有痕迹。大致用经典成篇者可以蔡中郎为法，用杂典成篇者可以六朝人为法。不拘长短，皆有一定之格式。倘能就以上所讲六篇熟读深味，则于碑志之文庶可得其体要矣。

论近世文学之变迁

宋代以前,"义理"、"考据"之名未成立,故学士大夫莫不工文。六朝之际,虽文与笔分,然士之不工修词者鲜矣。唐代之时,武夫隶卒,均以文章擅长,或文词徒工,学鲜根柢。若夫于学则优,于文则拙,唐代以前未之闻也。至宋儒立"义理"之名,然后以语录为文,而词多鄙倍(顾亭林《日知录》曰:"典谟爻象,此二帝三王之言也。《论语》、《孝经》,此夫子之言也。文章在是,性与天道亦在是,故曰:'有德者必有言。'善乎游定夫之言曰:'不能文章而欲闻性与天道,譬犹筑数仞之墙,而浮埃聚沫以为基,无是理矣!'后之君子于下学之初即谈性道,乃以文章为小技,而不必用力。然则夫子不曰'其旨远,其辞文'乎!不曰'言之无文,行之不远'乎!曾子曰:'出词气,斯远鄙倍矣!'尝见今讲学先生,从语录入门者,多不善于修词,或乃反子贡之言以讥之曰:'夫子之言性与天道,可得而闻,夫子之文章不可得而闻也。'又引杨用修之言曰:"文,道也;诗,言也。语录出,而文与道判矣;诗话出,而诗与言离矣。"又钱竹汀曰:"释子之语录始于唐,儒家之语录始于宋,儒其行而释其言,非所以垂教也。君子之出词气必远鄙倍,语录行而儒家有鄙倍之词矣。有德者必有言,语录行则有德而不必有言矣。")。至近儒立"考据"之名,然后以注疏为文而文无性灵。夫以语录为文,可宣于口而不可笔之于书,以其多方言俚语也;以注疏为文,可笔于书而不可宣之于口,以其无抗堕抑扬也。综此二派,咸不可目之为文。何则?周代之时,文与语分,故言语、文学区于孔门。降及战国,士工游说,纵横家流列于九家之一,抵掌华屋,擅专对之才,泉涌风发,辩若悬河,虽矢口直陈,自成妙论,及笔之于书,复经史臣之修饰,如《国语》、《国策》所载是也;在当时虽谓之语,自后世观之,则语而无异于文矣。若六朝之时禅学输入，名贤辩难，间逞机锋，超以象外，不落言诠，善得言外之旨；然此亦属于语言，而语录之文盖出于此。且所言不外日用事物，与辞旨深远者不同。其始也，讲学家口述其词，弟子欲肖其口吻之真，乃以俗语笔之书以示征实。至于明代，凡自著书者，亦以语录之体行之，而书牍序记之文，杂以俚语，观其体制，与近世演说之稿同科，岂得列之为文哉？

若考据之作，则汉魏之笺疏均附经为书，未尝与文学相混。惟两汉议礼之文，博引数说，以己意折衷，近于考据；然修词贵工；无直情径行之语。若石渠、白虎观之议，则又各自为书。唐、宋以降，凡考经定史之作咸列为笔记，附于说部之中，诚以言之无文，未可侗于文学之列也。近世以来，乃崇斯体。夫胪列群言，辨析同异，参互考验，末下己意，进退众说，以判是非，所解之书，虽各不同，然篇成万千，文无异轨。观其体制，又略与案牍之文同科，盖行文之法，固不外征引及判断二端也。昔阳湖孙氏分著述与考据为二：以考订经史者为考据，抒写性灵者为著作。立说虽疏（已为焦理堂所驳），然以考据之作与抒写性灵者不同，则固不易之确论，此亦不得谓之文者也。

乃近世以来学派有二：一曰宋学，一曰汉学。治宋学者，从语录入门；治汉学者，从注疏入门。由是以语录为文，以注疏为文，及其编辑文集也，则义理考订之作均列入集部之中，目之为文。学者互相因袭，以为文能如是，是亦已足，不复措意于文词，由是学日进而文日退。古人谓文原于学，汲古既深，摛辞斯美（如杜诗"读书破万卷，下笔如有神"是），所谓读千赋者自善赋也。今则不然，学与文分，义理考证之学，迥与词章殊科，而优于学者，往往拙于为文，文苑、儒林、道学，遂一分而不可复合，此则近世异于古代者也。故近世之学人，其对于词章也，所持之说有二：一曰鄙词章为小道，视为雕虫小技，薄而不为；一曰以考证有妨于词章，为学日益则为文日损（如袁枚之箴孙星衍是）。是文学之衰，不仅衰于科举之业也，且由于实学之昌明（证以物理之学，则各物均有不相容性。实学之明以近代为最，故文学之退亦以近代为最，此即物理家所谓不相容也。《左传》亦曰:“物莫能两大。”)。此文学均优之士所由不数观也。

然近世之文,亦分数派:明代末年,复社、几社之英,以才华相煽,敷为藻丽之文(如陈卧子、夏考功、吴骏公之流是)。顺、康之交,易堂诸子,兢治古文,而藻丽之作,易为纵横。若商丘侯氏,大兴王氏(昆绳)、刘氏(继庄)所为之文,悉属此派,大抵驰骋其词,以空辩相矜,而言不轨则,其体出于明允、子瞻。或以为得之苏、张、史迁,非其实也。馀姚黄氏,亦以文学著名,早学纵横,尤长叙事,然失之于芜,辞多枝叶,且段落区分,牵连钩贯,仍蹈明人陋习,浙东学者多则之。季野、谢山咸属良史,惟斐然成章,不知所裁,然浩瀚明鬯,亦近代所罕观也。时江、淮以南,吴、越之间,文人学士应制科之征,大抵涉猎书史,博而不精,谙于目录词章之学,所为之文,以修洁擅长,句栉字梳,尤工小品,然限于篇幅,无奇伟之观,竹垞、次耕其最著者也;钝翁、渔洋、牧仲之文亦属此派。下迨雍乾,堇甫、太鸿犹沿此体,以文词名浙西,东南名士咸则之,流派所衍,固可按也。望溪方氏摹仿欧、曾,明于呼应顿挫之法,以空议相演,又叙事贵简,或本末不具,舍事实而就空文,桐城文士多宗之。海内人士,亦震其名,至谓天下文章,莫大乎桐城。厥后桐城古文,传于阳湖、金陵,又数传而至湘、赣、西粤。然以空疏者为之,则枯木朽荄,索然寡味,仅得其转折波澜。惟姬传之丰韵,子居之峻拔,涤生之博大雄奇,则又近今之绝作也。若治经之儒,或治古文家言,或治今文家言,及其为文,遂各成派别。东原说经,简直高古,逼近《毛传》,辞无虚设,一矫冗长之习,说理记事之作,创意造词,浸以入古,唐、宋以降,罕见其匹,后之治古学者咸宗之。虽诂经考古,远逊东原,然条理秩如,以简明为主,无复枝蔓之词。若高邮王氏、仪征阮氏是也。故朴直无文,不尚藻绘,属辞比事,自饶古拙之趣。及掇拾者为之,则剿袭成语,无条贯之可寻,侈征引之繁,昧行文之法,此其弊也。常州人士,喜治今文家言,杂采谶纬之书,用以解经,即用之人文,故新奇诡异之词足以悦目。且江南之地,词曲尤工,哀怨清遒,近古乐府,故常州之文亦词藻秀出,多哀艳之音，则以由词曲入手之故也。庄氏文词，深美闳约，人所鲜知。其以文词著者，则阳湖张氏、长洲宋氏，均工绵邈之文，其音则哀而多思，其词则丽而能则，盖征材虽博，不外谶纬、词曲二端。若曲阜孔氏，亦工俪词，虽所作出宋氏之上，然旨趣略与宋氏同，则亦治今文之故也。近人谓治《公羊》者必工文，理或然欤！若夫旨乖比兴，徒尚丽词，朝华已谢，色泽空存，此其弊也（近人惟谭仲修略得张、宋之意）。数派以外，文派尤多。江都汪氏，熟于史赞，为文别立机杼，上追彦升，虽字酌句斟，间逞姿媚，然修短合度，动中自然，秀气灵襟，超轶尘埃，于六朝之文，得其神理，或以为出于《左传》、《国语》，殆誉过其实，厥后荆溪周氏编辑《晋略》，效法汪氏，此一派也。邵阳魏氏、仁和龚氏，亦治今文之学。魏氏之文明畅条达，然刻意求新，故杂奇语，以骇俗流。袭氏之文自矜立异，语差雷同，文气佶声，不可卒读，或语求艰深，旨意转晦，此特玉川、彭原之流耳。或以为出于周秦诸子，则拟焉不伦，此又一派也。若夫简斋、稚威、仲瞿之流，以排奥自矜，虽以气远辞，千言立就，然俶乱而无序，泛滥而无归，华而不实，外强中干，或怪诞不经，近于稗官家言，文学之中，斯为伪体，不足以言文也。近代文学之派别大约若此。

然考其变迁之由，则顺、康之文，大抵以纵横文浅陋，制科诸公，博览唐、宋以下之书，故为文稍趋于实。及乾嘉之际，通儒辈出，多不复措意于文，由是文章日趋于朴拙，不复发于性情，然文章之征实，莫盛于此时。特文以征实为最难，故枵腹之徒，多托于桐城之派，以便其空疏，其富于才藻者则又日流于奇诡。此近世文体变迁之大略也。

近岁已来，作文者多师龚、魏，则以文不中律，便于放言，然袭其貌而遗其神。其墨守桐城文派者，亦囿于义法，未能神明变化。故文学之衰，至近岁而极。文学既衰，故日本文体因之输入于中国。其始也译书撰报，据文直译，以存其真。后生小子厌故喜新，竞相效法。夫东籍之文，冗芜空衍，无文法之可言，乃时势所趋，相习成风，而前贤之文派，无复识其源流，谓非中国文学之厄欤？

文学出于巫祝之官

《说文》"祠"字下云:"多文词也。"盖"祠"从"司"声,兼从"文词"之"词"得义。古代祠祀之官,惟祝及巫。《说文》"祝"字下云:"祭主赞词者。"《辅行记》第七之四引作:"祭主申赞辞者也。"从"示"从"儿口",一日从"兑"省。《易》曰:"兑为口为巫。""巫"字下云:"巫,祝也。又曰靈。古文巫如此。"案古文"巫"字,盖从两"口",即《周易》"兑为口为巫"之义。虞翻注《周易·大有》云:"《大有》上卦为兑,兑为口,口助称祐。"口助者,祝之职也。与《说文》"祠多文词"之谊,互相诠明。盖古代文词,恒施祈祀,故巫祝之职,文词特工。今即《周礼》祝官职掌考之,若六祝六词之属,文章各体,多出于斯。又颂以成功告神明,铭以功烈扬先祖,亦与祠祀相联。是则韵语之文,虽匪一体,综其大要,恒由祀礼而生。欲考文章流别者,曷溯源于清庙之守乎!

南北文学不同论

夫声律之始，本乎声音。发喉引声，和言中宫，危言中商，疾言中角，微言中徵、羽。商、角响亮，宫羽声下，高下既区，清浊旋别。善乎《吕览》之溯声音也，谓“涂山歌于候人始为南音，有娀谣乎飞燕始为北声”，则南声之始起于淮、汉之间，北声之始起于河、渭之间。故神州语言虽随境而区，而考厥指归则析分南、北为二种（大抵北方语言河西为一种，则陕、甘是也。河北为一种，则山西、直隶、安徽北境是也。界乎南、北之间者则淮南为一种，则江苏、安徽之中部及湖北东境是也。汉南为一种，则湖北中部、西部及四川东部是也。南方语言则分五种：金陵以东为一种，则江苏南境、浙江东北境是也。金陵以西为一种，则安徽、南京及江西北部是也。湘、赣之间为一种，则湖南全省及江西南境是也。推之闽、广各为一种。广西、云、贵为一种。然论其大旨则南音、北音二种，其大纲也）。陆法言有言：“吴、梦之音时伤清浅，燕、赵之音多伤重浊。”此则言分南、北之确证也（大抵时愈古则音愈浊，时愈后则音愈清；地愈北则音愈重，地愈南则音亦愈轻）。声能成章者谓之言，言之成章者谓之文。古代音分南、北（如《说苑·修文篇》言：“舜以南风，纣以北鄙之音，互相不同。”又《家语》言：“子路鼓瑟，有北鄙杀伐之声。”而《左传》又言，楚钟仪鼓琴操南音。亦古代音分南、北之证），河、济之间古称中夏，故北音谓之夏声（《左传》襄二十九年），又谓之雅言（《论语》言“子所雅言”。雅即夏也）。江、汉之间古称荆、楚，故南音谓之楚声，或斥为“南蛮鴂舌。”（《孟子》）《荀子》有言：“君子居楚而楚，居夏而夏。”夏为北音，楚为南音，音分南北，此为明征（馀杭章氏谓“夏音即楚音”，不知夏音乃华夏之音。汉族由西方入中国，以黄河附近为根据，故称北方曰华夏。而南方之地则古为荒服，安得被以华夏之称？

不得以楚有夏水，而夏、楚音近，遂以夏音即楚音也。章说非是)。

声音既殊，故南方之文亦与北方迥别。大抵北方之地，土厚水深，民生其间，多尚实际；南方之地，水势浩洋，民生其间，多尚虚无。民尚实际，故所著之文不外记事、析理二端；民尚虚无，故所作之文或为言志、抒情之体。中国古籍以六艺为最先，而《尚书》、《春秋》记动记言，谨严简直；《礼》、《乐》二经例严辞约，平易不诬。记事之文，经其嚆矢。《大易》一书，素远钩深，精义曲隐，析理之作，此其权舆。若夫兵农标目，医历垂书，炎黄以降，著述浩繁(如兵家始于黄帝、鬼容区，农家始于神农，医家始于神农、黄帝及歧伯诸人，历学亦始于容成，皆见于《汉志》，实为上古之书)。然绳以著书之律，则记事、析理实兼二长。此皆古代北方之文也(因古帝皆都北方，而南方则为苗族之地)。惟《诗》篇三百则区判北、南，《雅》、《颂》之诗起于岐、丰，而《国风》十五，太师所采，亦得之河、济之间。故讽咏遗篇大抵治世之诗，从容揄扬(如《周颂》及《大雅》、《小雅》前半及《鲁颂》、《商颂》是)，衰世之诗悲哀刚劲(如《小雅》中《出车》、《采芑》、《六日》以及《秦风》篇皆刚劲之诗也，而《小雅》、《大雅》之后半则为悲哀之诗)，记事之什雅近典谟(如《七月》篇历叙风土人情，而《笃》、《公刘》诸篇皆不愧诗史)，北方之文莫之或先矣。惟周、召之地在南阳、南郡之间(此《韩诗》说，予案《周南》言汉广，言汝墳，则周南之地在南阳、南郡之东；《召南》言汝沱，则召南之地当在南阳、南郡之西。盖文王兼牧荆、梁二州，故《国风》始于《周》、《召》)，故二《南》之诗感物兴怀，引辞表旨，譬物连类，比兴二体，厥制益繁，构造虚词，不标实迹，与二《雅》迥殊。至于哀窈窕而思贤才，咏汉广而思游女，屈、宋之作于此起源。《鼓钟》篇曰“以《雅》以《南》。”非《诗》分南、北之证与(《毛传》云，“为《雅》为《南》也，舞四夷之乐，大德之所及也。”又言“南夷之乐曰《南》。”盖以《雅》为中国之乐，以南为四夷之乐也。不知北方之诗谓之《雅》，《雅》者北方之音也。南方之诗谓之《南》，《南》者南方之音也。此音分南、北之证。非以南夷之乐该四夷之乐也)？

春秋以降，诸子并兴。然荀卿、吕不韦之书最为平实，刚志泱理，輐断以为纪，其原出于古礼经（孔孟之言亦最平易近人）则秦、赵之文也。故河北、关西无复纵横之士。韩、魏、陈、宋，地界南、北之间，故苏、张之横放（苏秦为东周人，张仪为魏人），韩非之宕跌（非为韩人），起于其间。惟荆、楚之地僻处南方，故老子之书，其说杳冥而深远（老子为楚国苦县人）。及庄、列之徒承之（庄为宋人，列为郑人，皆地近荆、楚者也），其旨远，其义隐，其为文也，纵而后反，寓实于虚，肆以荒唐谲怪之词，渊乎其有思，茫乎其不可测矣。屈平之文，音涉哀思，矢耿介，慕灵修，芳草美人，托词喻物，志洁行芳，符于二《南》之比兴（观《离骚经》、《九章》诸篇皆以虚词喻实义，与二《雅》殊），而叙事纪游，遗尘超物，荒唐谲怪，复与庄、列相同（故《史记》之论《楚词》也，谓“蝉蜕秽浊之中，浮游尘埃之外，皭然涅而不污，推此志也，虽与日月争光可也”）。南方之文，此其选矣。又纵横之文亦起于南（如陈轸、黄歇之流是也），故士生其间，喜腾口说，甚至操两可之说，设无穷之词，以诡辩相高。故南方墨者以坚白异同之论相訾（见《庄子》），虽其学失传，然浅察以炫词，纤巧以弄思，习为背实击虚之法，与庄、列、屈、宋之荒唐谲怪者，殆亦殊途而同归乎！观班固之志艺文也，分析诗赋，屈原赋以下二十五家为一种，陆贾赋以下二十一家为一种，荀卿赋以下二十五家为一种。盖屈原、陆贾籍隶荆南（贾亦楚人），所作之赋一主抒情，一主骋辞，皆为南人之作；荀卿生长赵土，所作之赋偏于析理，则为北方之文。兰台史册固可按也。

西汉之时，文人辈出。贾谊之文，刚健笃实，出于韩非；晁错之文，辨析疏通，出于《吕览》；而董仲舒、刘向之文，咸平敞通洞，章约句制，出于荀卿。盖西汉北方之文实分三体：或镕式经诰，褒德显容，其源出于《雅》、《颂》，颂赞之体本之；或探事献说，重言申明，其源出于《尚书》，书疏之体本之；或文朴语饰，不断而节，其源出于《礼经》，古赋之体本之（如孔臧、司马迁、韩安国之赋是）；又《淮南》之旨虽近庄、列，然衡其文体仍在荀、吕之间，亦非南方之文也

(惟小山《招隐士》篇出于屈、宋)。若夫史迁之作,排奡雄奇,书为记事,文则骋词。而枚乘、司马相如咸以词赋垂名,然恢廓声势,开拓宧窔,殆纵横之流软(如枚乘《七发》,相如《子虚赋》、《上林赋》是也)。至于写物附意,触兴致情(如相如《长门赋》、《思大人》,枚乘《菟园赋》是也),则导源楚骚,语多虚设。子云继作,亦兼二长(如《羽猎赋》、《河东赋》出于纵横家者也,若《反离骚》诸作则出于楚骚者也),例以文体,远北近南。东京文士彪炳史编,然章奏书牍之文咸通畅明达,虽属词枝繁,然铨贯有序,论辨之文亦然(如班彪《王命论》,朱穆《崇厚论》是)。若词赋一体,则孟坚之作虽近杨、马,然征材聚事,取精用弘,《吕览》类辑之义也,蔡邕之作似之;平子之作,杰格拮搽,俶傥可观,荀卿《成相》之遗也,王延寿之作似之。即有自成一家言者,亦辞直义畅,雅懿深醇(如荀悦《申鉴》,王符《潜夫论》是)。盖东汉文人咸生北土,且当此之时,士崇儒术,纵横之学,屏绝不观,《骚经》之文,治者亦鲜,故所作之文偏于记事、析理(如《幽通》、《思玄》各赋以及《申鉴》、《潜夫论》之文,皆析理之文也,若夫《两都》、《鲁灵光》各赋则记事之文),而骋辞、抒情之作,嗣响无人。惟王逸之文,取法骚经(王为南郡人),而应劭、王充,南方之彦(劭为汝南人,充为会稽人),故《风俗通》、《论衡》二书近于诡辩,殆南方墨者之支派与?于两汉之文,别为一体。盖三代之时文与语分,排偶为文,直言为语。东汉北方之文,词多併俪,句严语重,乃古代之文也;南方之文多属单行,语词浅显,乃古代之语也。

建安之初,诗尚五言。七子之作,虽多酬酢之章,然慷慨任气,磊落使才,造怀指事,不求纤密,隐义蓄含,馀味曲包,而悲哀刚劲,洵乎北土之音(气度渊雅逊东汉,而魄力则过之,孔融、曹操之诗尤为悲壮)。魏晋之际文体变迁,而北方之士,侈效南文。曹植词赋,涂泽律切,忧远思深,其旨开于宋玉,及其弊也,则采摘艳辞,纤冶伤雅。嵇、阮诗歌,飘忽峻佚,言无端涯,其旨开于庄周,及其弊也,则宅心虚阔,失所旨归。左思诗赋广博沉雄,慨慷卓越,其旨开于苏、张，及其弊也，则浮嚣粗犷，昧厥修辞。北方文体至此始淆。又建安以还，文崇偶体，西晋以降，由简趋繁（凡晋人奏议之文、论述之文皆日趋于偶，日趋于繁，与东汉殊）。然晋初之文，羹元尚存，雕几未极。如杜预、荀勖、傅玄，咸吐词简直；若张华、潘岳、挚虞，始渐尚铺张。三张二陆文虽遒劲，亦稍入轻绮矣。诗歌亦然，故力柔于建安，句工于正始。此亦文体由北趋南之渐也。

江左诗文溺于玄风，辞谢雕采，旨寄玄虚，以平淡之词，寓精微之理。故孙（孙绰）、许（许珣）、二王（王羲之、王献之），语咸平典，由嵇阮而上溯庄周，此南文之别一派也。惟刘琨之作，善为凄戾之音，而出以清刚（孙楚、卢询之作亦然）；郭璞之作，佐以彪炳之词，而出以挺拔。北方之文，赖以不堕。晋、宋以降，文体复更。渊明之诗仍沿晋派。至若慧业文人，咸崇文藻，镵雕云风，模范山水。自颜、谢诗文，舍奇用偶，鬼斧默运，奇情毕呈。句争一字之奇，文采片言之贵，情必极貌以写物，辞必穷力以追新（谢元晖亦然）。齐、梁以降，益尚艳辞，以情为里，以物为表，赋始于谢庄，诗昉于梁武（简文及元帝之诗亦然）。阴、何、吴、柳（阴铿、何逊、吴均、柳恽），厥制益工，研炼则隐师颜、谢，妍丽则近则齐、梁。子山继作，掩抑沉怨，出以哀艳之词，由曹植而上师宋玉。此又南文之一派也（惟范云、任昉，文诗渊懿，江总、沈约亦无轻靡之辞，乃齐、梁文士之杰出者）。鲍照诗文，义尚光大，工于骋势，然语乏情刚，哀而不壮，大抵由左思而上效苏、张。此亦南文之一派也。梁、陈以降，文体日靡（至陈后主而极矣。即刘孝标、刘彦和、陆佐文之文亦多清新之句），惟北朝文人舍文尚质。崔浩、高允之文咸硗确自雄。温子升长于碑版，叙事简直，得张、蔡之遗规；卢思道长于歌词，发音刚劲，嗣建安之佚响（如《蓟北歌词》诸作是也）。子才、伯起（邢邵、魏收），亦工记事之文，岂非北方文体固与南方文体不同哉？自子山、总持（江总）身旅北方，而南方轻绮之文渐为北人所崇尚。又初明（沈炯）、子渊（王褒）身居北土，耻操南音，诗歌劲直，习为北鄙之声，而六朝文体亦自是而稍更矣。

隋炀诗文远宗潘、陆，一洗浮荡之言，惟隶事研词尚近南方之体。杨、薛之作，间符隋炀，吐音近北，摛藻师南。故隋、唐文体，力刚于颜、谢，采缛于潘、张，折衷南体、北体之间而别成一派。唐初诗文与隋代同，制句切响，言务纤密，虽雅法六朝，然卑靡之音于焉尽革。四杰继兴，文体益恢，诗音益谐。自是以降，虽文有工拙，然俳四俪六，益趋浅弱。惟李、杜古赋，词句质素，张、陆奏章，析理通明，唐代文人，瞠乎后矣。昌黎崛起北陲，易偶为奇，语重句奇，闳中肆外，其魄力之雄，直追秦汉，虽模拟之习未除，然起衰之功不可没也。习之、持正、可之，咸奉韩文为圭臬，古质浑雄，唐代罕伦。子厚与昌黎齐名，然栖身湘、粤，偶有所作，咸则庄、骚，谓非土地使然与？若贞观以后，诗律日严，然宋、沈之诗，以严凝之骨饰流丽之词，颂扬休明，渊乎盛世之音。中唐以降，诗分南北，少陵、昌黎体峻词雄，有黄钟大吕之音；若夫高（适）、常（建）、崔（颢）、李（颀），诗带边音，粗厉猛起；张（籍）、孟（郊）、贾（岛）、卢（仝），思苦语奇，缒幽凿险，皆北方之诗也。太白之诗，才思横溢，旨近苏张（乐府则出《楚词》）；温、李之诗，缘情托兴，谊符楚骚；储、孟之诗，清言霏屑，源出道家，皆南方之诗也。晚唐以还，诗趋纤巧，拾六氏之唾馀，自郐以下，无足观矣。

宋代文人，惟老苏之作间近昌黎。欧、曾之文，虽沉详整静，茂美渊懿，训词深厚，然平弱之讥，何云克免？岂非昌黎之文固非南人所能效哉（小苏之文愈伤平弱，介甫文虽挺拔，然浑厚之气亦逊昌黎）？若东坡之文，出入苏、张、庄、老间，亦为南体。苏门四子，更无论矣。北宋诗体，初重西昆，派沿温、李。苏诗精言名理，有东晋之风（此出于道家，若欧、王之诗于北宋亦为特出）。西江一体，虽遒峭坚凝，一洗凡艳，然雄厚之气，远逊杜、韩，岂非杜、韩之诗亦非南人所克效欤？南宋诗文，多沿古制。惟同甫、水心，文体纵横；放翁、石湖，诗词淡雅（一近张、苏，一近庄、列）。然咸属南人。若真、魏之文缜密端悫，诚哉中流之砥柱矣（若夫东莱之文，稼轩之词，亦近纵横。朱子之文，雅近真、魏）。金元宅夏，文藻黯然。惟遗山之诗则法少陵，存中州中之正声，子昂卑卑，非其匹也。自元以降，惟剧曲一端区分南北，若诗文诸体，咸依草附木，未能自辟涂辙，故无派别之可言。大抵北人之文，猥琐铺叙，以为平通，故朴而不文；南人之文，诘屈雕琢，以为奇丽，故华而不实。

当明代中叶，七子之诗，雄而不沉；归、茅之文，密而不茂。至于明季，几社、复社之英发为文章，咸感愤淋漓，悲壮苍凉，伤时念乱，音哀于子山，气刚于同甫，虽间失豪放，然南人之文兼擅苏、张、屈、宋之长自此始也。明社既墟，遗民佚士睠怀故都，或发绵渺之文（如吴梅村之诗，毛西河之文是），或效轶荡之体（如侯、魏之文，阎、万之诗是），咸有可观（大抵黎洲之文冗长，惟亭林诗文为最佳，船山之文则又明文之杰出者矣）。清代中叶，北方之士咸朴僿蹇冗，质略无文。南方文人，则区骈、散为二体。治散文者工于离合激射之法，以神韵为主，则便于空疏，以子居、皋闻为差胜（此所谓桐城派也，馀咸薄弱）；治骈文者一以摘句寻章为主，以蔓衍炫俗，或流为诙谐，以稚威、容甫为最精（雅威之文以力胜，容甫之文以韵胜，非若王、袁之矜小慧也）。若夫惟诗歌一体，或崇声律（如赵执信及后世扬州诗派是），或尚修词（如宋琬之流是），或矜风调（前有施、王，后有袁枚，皆宗此派）。派别迥殊，然雄健之作概乎其未闻也。故观乎人文，亦可以察时变矣。

甲辰年自述诗

刘师培

昔江都汪氏作自序篇，而仁和龚氏亦作诗自述。余未入中年，百感并合，新秋多暇，因述生平所历之境，各系以诗。劳者自歌，非求倾听。后之览者，或亦有慨于斯乎！

看镜悲秋鬓渐华，年来万事等抟沙，

飞腾无术儒冠误，寂寞青溪处士家。

年华逝水两蹉跎，苍狗浮云变态多，

一剑苍茫天外倚，风云壮志肯消磨。

桓子著书工自序，潘生怀旧述家风，

廿年一枕黄粱梦，留得诗篇证雪鸿。

零编断简古人重，汩没丹铅似蠹鱼，

回忆儿时清境乐，青灯风雨读奇书。

旁通隐识理堂说，互象参考端斋书，

童蒙学《易》始卦变，爻象昭垂非子虚。（余八岁即学变卦之法，日变一卦）

读如读若汉儒例，识此义者段懋堂，

欲考群经通假例，《毛诗》《戴礼》古音详。（余著《毛诗郑读考》及《礼记异读考》未成，仅成《大学》一卷）

正名大义无人识，俗训流传故训湮，

析字我师荀子说，新名制作旧名循。（余著《正名篇》又作《中国文字流弊论》，又注《急就篇》未成。）

高邮王氏雒山刘，解字知从辞气求，

试证西方名理学，训辞显著则余休。（余著《国文问答》、《国文杂记》，又编《国文教课书》）

古人制字寓精义，周秦而降渺不存，

试从苍颉溯初祖，卓识能穷文字原。（余著《小学发微》，以文字证明社会进化之理，又拟编《中国文典》，以探古人造字之原）

许君说字重左形，我今偏重右旁声，

江都黄氏发凡例，犹有王朱并与衡。（余著《小学释例》，发明字以右旁之声为主）

字义多从音韵出，训同音近字多通，

字音歧异随音读，南北方言自不同。（余著《小学释例》，发明训同音近之字在古只为一字）

事物称名自古歧，土风区别读音随，

方言古有《辅轩集》，遗语流传颜籀知。（余拟采辑各种方言书，以地分类）

典制备详三礼学，披图犹识古衣冠，

胡尘鸿洞风沙暗，何日成仪睹汉官。（余以古代衣冠之制多与西国之制暗合，曾作《中国并不保存国粹论》）

祭礼流传自古初，尼山只述六经书，

休将儒术侪耶佛，宗教家言拟涤除。（余主张孔子非宗教之说，著《孔教与中国政治无涉论》）

《王制》一篇汉儒辑，微言大义可得闻，

典章备述殷周制，家法能窥今古文。（余拟作《王制义疏》以分析三代制度及今文古文各家师法）

今古文中无《太誓》，龚生此论无乃诬，

伏生教授马迁述，西汉儒书实启余。（余著《驳龚定盦太誓答问》一卷）

新周王鲁说披猖，改制如何罔素王，

忆否史迁师董子，曷从《史记》证公羊。（余据《史记》以“王鲁”为“主鲁”，谓记事据鲁为主，又证新周为新周）

申受渊源溯二庄，常州学派播川湘，

今文显著古文晦，试为移书让太常。（此言近代今文学派之非）

丘明亲授孔门业，公、谷多频口耳传，

独抱麟经承祖业，礼堂写定待何年。（余治左氏，著《左传一地二名考》、《官制异同考》，又作《左氏古义述》未成）

程朱许郑皆贤者，汉宋纷争本激成，

堪笑俗儒工左袒，至今异说尚纵横。（余著《汉学商兑评》，但以合公理为主，不分汉宋之界，未成）

官守师儒古今一，史官不作九流分，

取长舍短具深识，忆否兰台志艺文。（余著《墨子短评》及《读管商庄老杂记》）

子玄论史窥流别，渔仲征文重校雠，

亦有龚章矜绝业，独从学派溯源流。（余著有《中国古代学术史》，又有《国学溯源》及《续文史通义》未成）

有宋五子阐心性，道学儒林派别歧，

不有南雷编学案，宋明儒术几人窥？（余著《读学案新记》二卷、《明儒渊源表》一卷）

一物不知儒者耻，学而不思亦徒已，

好学深思知其意，六经注脚师陆子。（此自言生平治学之法）

静对残编百感生，攘夷光复辨纵横，

陆沉隐抱神洲痛，不到新亭泪亦零。

前人修史四夷附，别生分类渺无据，

非其种者锄而去，后有作者知所取。（余著《中国民族志》二卷）

轩辕治绩绍羲农，帝系分明王气钟，

诸夏无君尼父叹，何年重返鼎湖龙？（余著《黄帝纪年论》）

瑶台玄圃渺难望，欲上昆仑睨旧乡，

试向赤乌寻旧迹，犹闻彼美艳西方。（余作《思祖国篇》）

郑樵不作氏族紊，为慨先民谱谍沉，

甄别华戎编信史，渊源犹溯顾亭林。（余著《溯姓篇》、《读姓篇》、《辨姓篇》）

古人作史重世系，后人作史重传纪，

他日书成《光复篇》，我欲斋戒告黄帝。（著《光复篇》未成）

据事直书信史笔，计年二百六十一，

为补民劳板荡什，亡国纪念曷云亟。（著《满洲□□□□》）

□□□□□□□，□南作史智井沈，

攘社著书百无用，书成奚补济时心。（著《攘书》十六篇）

大厦将倾一木支，乾坤正气赖扶持，

试从故国稽文献，异代精灵倪在兹。

厉王监谤曾何补，秦政焚书亦可哀，

掇拾丛残吾有志，遗编犹识劫馀灰。

淮海英灵间世出，乡邦文献叹沦微，

一从虏骑南侵后，城郭人民半是非。（余著《扬民却虏录》）

攘狄春秋申大义，区别内外三传同，

我缵祖业治左氏，贾服遗书待折衷。（余著《春秋左氏传夷狄谊》未成）

横渠讲学盛关右，邹衍而后此一人，

《正蒙》一编寓精理，姜斋先生知其真。（余著《闽学发微》未成）

王学多从性宗出，澄澈空明世莫如，

试向良知窥性善，人权天赋说非虚。（余著《王学发微》一卷）

幼年喜诵《明夷录》，曾慨馀姚学派沈，

戎马间关余大节，未应名字伺儒林。（余拟著《黄黎洲学术》未成，仅成序）

奇人间世不一出，正学无□□□□，

□□□□辉千古，敬为先生炷瓣香。（余著《读船山丛书札记》一卷）

东原立说斥三纲，理欲分明仁道昌，

焦阮继兴恢绝学，大衢朗朗日重光。（余最服《孟子字义疏证》及焦氏《释理》、《释欲》、阮氏《论仁》等篇，曾采其说入《罪纲篇》）

魏晋清谈启旷达，永嘉经济侈事功，

惟有北方颜李学，欲从宋俗振儒风。（余著有《颜习斋先生学术》一卷）

马迁作史贵博采，孰据遗编证旧闻，

欲继厚斋编考异，胪陈众说习纷纭。（予拟著《史记考异》）

虐焰无过忽必烈，武功无过帖木真，

有元一代史籍缺，遗闻拟辑传其真。（予著有《元史西北地附录补释》二卷、《西游记释地》一卷、《元秘史注正误》一卷余甚多）

条支故国邻西海，大石遗都隔叶河，

欲补前朝西域史，残编犹自溯张何。（予拟著《唐书西域传补注》，又著《中央亚细亚史》、《西方亚细亚史》，均未成）

不学知矫嗜钱癖，拟续洪遵《泉志》编，

出土铜花犹炫碧，何时重见五铢年。（喜藏古钱，著有《契刀考》、《齐

刀考》数篇）

访古偶获宋代物，淮南城堡名犹镌，

江山半壁盛戎马，令我长忆南渡年。（喜搜藏南宋古砖，有考释数篇）

桐城文章有宗派，杰作无过姚刘方，

我今论文主容甫，采藻秀出追齐梁。（予作文以述学为法）

小雅哀音久不作，奇文郁起楚《离骚》，

美人香草孤臣泪，缀玉编珠琐且劳。（予著《楚词类对赋》一卷）

山谷吟诗句入神，西江别派倍清新，

只缘生硬堪逃俗，终异西昆艳体陈。（予著《匪风集》诗词）

一自归心服大雄，众生普度死何功，

欲知物我相忘说，三界唯心万象空。（著有《读释典札记》一卷）

西籍东来迹已陈，年来穷理倍翻新，

只缘未识佉卢字，绝学何由作解人。

道教阴阳学派异，彰往察来理不殊，

试证西方社会学，胪陈事物信非诬。（予于社会学研究最深）

现身偶说出世法，振聩发矇惟予责，

我今更运广长舌，法音流布十方域。

少年颇慕陶元亮，诗酒闲情亦胜流，

壮志未甘终为隐，巢由毕竟逊伊周。

斜阳衰草气萧森，学界风潮四海深，

天下兴亡匹夫责，未应党祸虑东林。

努力神州俟异材，子衿佻达倍堪哀，

何当重启光明藏，无量群生慧业开。（余著《教育普及议》）

畅好申江赋卜居，而今消渴类相如，

料量身外无长物，止有随身数卷书。

闻到西邻又责言，更虞瓜步阵云屯，

可怜天堑长江险，到此长鲸肆并吞。

女娲炼石天难补，精卫衔冤海莫填，

鸿鹄高飞折羽翼，辍耕陇上又何年。

一从辽海煽妖氛，莽莽东陲起战云，

四海旧愁一惆怅，何时重整却胡军。

瀛海壮游吾未遂，有人招我游扶桑，

欲往从之复洄溯，天风浪浪海山苍。

江天如镜客舟还，风雨萧条赋闭关，

万种相思抛不得，零云老木沪城山。

四海风尘虏骑喧，遗民避世有桃源，

青门瓜事垂垂老，斜日江天独闭门。

刘君申叔事略

蔡元培

君名师培，申叔其字也，又名光汉，别号左盦，江苏仪征人，曾祖文淇，祖毓崧，伯父寿曾，均以治《春秋左氏传》有声于时；父贵曾，亦以经术名。君幼慧，年十二，即读毕四子书及五经。初习为试帖诗，一夜，月色皎然，讽诵之顷，恍然有悟，遂喜为诗赋。曾作《水仙花赋》，又穷一二日之力，成《凤仙花诗》一百首。其读他书，勤奋亦如是，博学强记，出语恒警其长老。年十八，补县学生员。十九，领乡荐。二十，赴京会试，归途，滞上海，晤章君炳麟及其他爱国学社诸同志，遂赞成革命，时民国纪元前九年也。归娶，旋偕其妻何班至上海，何班进爱国女学肄业，而君则改名光汉，著《攘书》，昌言排满复汉矣。前八年，与林君獬主持警钟日报社。冬，与万君福华等谋刺王之春，未遂。前七年春，君时作文揭载于《国粹学报》。未几，《警钟日报》被封。君与陈仲甫、章士钊诸君在芜湖之皖江中学任教员，并发行白话报。前五年，亡命日本，何班偕往，改名震。时为《民报》撰文，与炳麟甚相得。夏，君创《天义报》。秋，与张君继设社会主义讲习会。前四年，又创《衡报》。此两报皆言社会主义与无政府主义者也。是年，君忽与炳麟龃龉，有小人乘间运动何震，劫持君为端方用。君于是年冬归国，依端方于江南。前一年，随端方至四川。端方死，君幸而免，盖在四川国学院讲学；然长江下游不易知君踪迹，炳麟不念旧恶，甚思君，乃约余共登一广告于上海各报，劝君东下。民国二年，君赴山西。三年，赴北京。四年，君忽为杨度等所勾引，加入筹安会。袁世凯死，君留滞天津。余长北京大学后，聘君任教授。君时病瘵已深，不能高声讲演，然所编讲义，元元本本，甚为学生所欢迎。八年十一月二十日，君卒，年三十有六。所著书经其弟子陈钟凡、刘文典诸君所搜辑，其友钱君玄同所整理，南君桂馨聘郑君裕孚所校印者，凡关于论群经及小学者二十二种，论学术及文辞者十三种，群书校释二十四种，除诗文集外，率皆民元前九年以后十五年中所作，其勤敏可惊也。向使君委身学术，不为外缘所扰，以康强其身，而尽瘁于著述，其所成就宁可限量？惜哉！

二十五年八月

刘申叔先生遗书序

钱玄同

最近五十馀年以来，为中国学术思想之革新时代。其中对于国故研究之新运动，进步最速，贡献最多，影响于社会政治思想文化者亦最巨。此新运动当分为两期：第一期始于民元前二十八年甲申(1884)，第二期始于民国六年丁巳(1917)。第二期较第一期，研究之方法更为精密，研究之结论更为正确；以今兹方在进展之途中，且与本题无关，故不论。第一期之开始，值清政不纲，丧师蹙地，而标榜洛闽理学之伪儒，矜夸宋元椠刻之横通，方且高踞学界，风靡一世，所谓"天地闭，贤人隐"之时也；于是好学深思之硕彦，慷慨倜傥之奇材，嫉政治之腐败，痛学术之将沦，皆思出其邃密之旧学与夫深沉之新知，以启牖颛蒙，拯救危亡。在此黎明运动中最为卓特者，以余所论，得十二人，略以其言论著述发表之先后次之，为南海康君长素(有为)，平阳宋君平子(衡)，浏阳谭君壮飞(嗣同)，新会梁君任公(启超)，闽侯严君几道(复)，杭县夏君穗卿(曾佑)，先师馀杭章公太炎(炳麟)，瑞安孙君籀庼(诒让)，绍兴蔡君孑民(元培)，仪征刘君申叔(光汉)，海宁王君静庵(国维)，先师吴兴崔公觯甫(适)。此十二人者，或穷究历史社会之演变，或探索语言文字之本源，或论述前哲思想之异同，或阐演先秦道术之微言，或表彰南北剧曲之文章，或考辨上古文献之真赝，或抽绎商卜周彝之史值，或表彰节士义民之景行，或发抒经世致用之精义，或阐扬类族辨物之微旨，虽趋向有殊，持论多异，有壹志于学术之研究者，亦有怀抱经世之志愿而兼从事于政治之活动者，然皆能发舒心得，故创获极多。此黎明运动在当时之学术界，如雷雨作而百果草木皆甲坼，方面广博，波澜壮阔，沾溉来学，实无穷极。

此黎明运动中之刘君，家传朴学，奕世载德，蕴蓄既富，思力又锐，在上列十二人中，年齿最稚：甲申(1884)为康君作礼运注之年，刘君甫于是年诞生；癸卯(1903)为章公下狱之年，刘君始作《中国民约精义》及《攘书》，时章公《訄书》之改本将出板矣(《訄书》作于戊戌，改于庚子，至民国四年乙卯而再改，更名曰《检论》)。故刘君最初发表其著述之时，对于康梁严夏章孙诸先生之作，皆尝博观而受其影响。刘君著述之时间，凡十七年，始民元前九年癸卯，迄民国八年己未(1903—1919)。因前后见解之不同，可别为二期：癸卯至戊申(1903—1918)凡六年为前期，己酉至己未(1909—1919)凡十一年为后期。嫴较言之，前期以实事求是为鹄，近于戴学，后期以竺信古义为鹄，近于惠学；又前期趋于革新，后期趋于循旧。

刘君著述所及，方面甚多，余所能言且认为最精要者有四事：一为论古今学术思想，二为论小学，三为论经学，四为校释群书。下文就此四事分别述之。

在述刘君论古今学术思想之先，略说刘君之政治思想：

自庚子(1900)以后，爱国志士愤清廷之辱国，汉族之无权，而南明巨儒黄黎洲先生抵排君主之论，王船山先生攘斥异族之文，蕴埋已二百馀年者，至是复活，爱国志士读之，大受刺激，故颠复清廷以建立民国之运动，实为彼时最重要之时代思潮。刘君于癸卯年(1903)至上海，适值此思潮澎湃汹涌之时，刘君亦即加入此运动，于是续黄氏《明夷待访录》而作《中国民约精义》，续王氏《黄书》而作《攘书》。甲辰(1904)与蔡孑民、林少泉(獬)诸君撰《警钟日报》，乙巳(1905)与邓秋枚、黄晦闻诸君《撰国粹学报》，虽论古之作，亦频频及此二义。丁未(1907)喜鲍敬言先生之说，主张废绝人治，与前此不同。此皆刘君前期之政治思想也。后期环境改变，倡君政复古之说，则与前期绝异矣。

刘君论古今学术思想之文，皆前期所作(后期之初自刻《左盦集》中间有论及者，皆系删劆前期之文所成，而不逮原文之精详，兹不复引。下文述小学及经学仿此）。专著有《国学发微》、《周末学术史序》、《两汉学术发微论》、《汉宋学术异同论》、《南北学派不同论》、《攘书》、《中国民约精义》诸书（后二种虽为刘君发挥其政治思想而作，然《攘书》后五篇乃专论古代学术思想者，《中国民约精义》所引皆贤哲贵民思想之材料），《左盦外集》卷八及卷九皆论学术思想之文，卷十七之《近儒学案序目》、《颜氏学案序三篇》、《东原学案序》，亦为论学术思想者，卷十八自《王艮传》至《戴望传》十六篇亦多与学术思想有关。刘君对于学术思想，最能综贯群书，推十合一，故精义极多。昔先师章公评梁君任公论中国学术思想变迁之大势曰："真能洞见社会之沿革，种性之蕃变者。"余于刘君诸作亦云然。上列诸作，自以周秦学术史序为最精；此文以外，则论古学原于宗教与由于实验，论古学出于史官，论孔学之真相，论六艺皆官书而孔门编订之为教科书，陈义并皆审谛。其推崇王阳明、王心斋及泰州学派诸杰、李卓吾、颜习斋及李恕谷、戴东原、章实斋、崔东壁、龚定盦、戴子高诸先生之学，尤为卓识。

刘君于声音训诂，最能观其会通。前期研究小学，揭橥三义。一，就字音推求字义，其说出于黄扶孟、王石臞伯申父子、焦里堂、阮伯元、黄春谷诸先生而益加恢廓。《左盦外集》卷六《正名隅论》一篇发挥此义最为详尽，《小学发微补》及《中国文学教科书》第一册中亦及此义，而《外集》卷七《物名溯源》及《续补》、《论前儒误解物类之原因》、《骈词无定字释例》诸篇及《尔雅虫名今释》一书，亦与此义有关。二，用中国文字证明社会学者所阐发古代社会之状况，《外集》卷六《论小学与社会学之关系》及《论中土文字有益于世界》两篇皆发挥此义，《小学发微补》中亦有言及者。三，用古语明今言，亦用今言通古语。《外集》卷十七《新方言序》中发挥此义，曾作札记三十馀条，为先师章公采入其所纂《新方言》中（见章公自序）。此三义皆极精卓。以上为关于考古者。其关于应用者，刘君以为宜简省汉字点画，宜添造新字，宜改易不适用之旧训(说见《攘书·正名篇》及《外集》卷六《中国文字流弊论》),宜提倡白话文(说见《论文杂记》及《外集》卷六《中国文字流弊论》),宜改用拼音字,宜统一国语(说见《读书随笔》"音韵反切近于字母"一条)。凡此数端,甚为切要,近二十年来均次第着手进行,刘君于三十年前已能见到,可谓先知先觉矣。至后期(在民国纪元以后)主张,则多与前期相反,亦概三义:一,对于《说文》,主张墨守,毋稍违畔,《外集》卷十六《答四川国学学校诸生问说文书》中述说此义,与前期所见相反(前期所作之《正名隅论》序云:"以心得为主,虽或与旧说相戾,然剿说雷同之失庶几免矣。"又他文中亦有驳说文之语);二,对于同音通用之字主张于说文中寻求本字,《外集》卷七《古本字考》及卷十六《答四川国学学校诸生问说文书》中皆言此义,而反对前期音近义通之说,且目同音通用之字为"讹迹";三,对于新增事物,主张于说文中取义训相当之古字名之而反对添造新字新词,《外集》卷十六《答江炎书》言之,此与前期主张亦相反。至于改用拼音字之说,则前期之末作论中土文字有益于世界一文时已表示反对矣;卷十七《中国文字问题序》中又申言之。

刘君于经学,世皆谓其尊信古文,因其家传左氏之学已四世也(刘君之曾祖孟瞻先生,祖伯山先生,伯父恭甫先生,皆治左氏学)。此言固是,但刘君虽尊信古文之左氏,却并不屏斥今文之公羊。其前期之著述中,如《中国民约精义》第一篇,《攘书·夷异篇》,《周末学术史序》之《社会学史序》及《哲理学史序》,皆引公羊之说而发挥其微旨;《左盦诗录》卷四之《读戴子高先生论语注》一诗,对于戴书大加赞扬(戴先生专以公羊之义诠释《论语》)可为刘君兼采公羊之证。刘君作《群经大义相通论》,谓"汉初经学,只有齐学鲁学之别耳。齐学详于典章而鲁学详于故训,齐学多属于今文而鲁学多属于古文。后世学者拘执一经之言,昧于旁推交通之义,其于古人治经之初法去之远矣。"(《序》)又谓"仅通一经,确守家法者,小儒之学也;旁通诸经,兼取其长者,通儒之学也。"(《公羊荀子相通考》)其作《经学教科书》,谓"大约古今说经之书,每书皆有可取处，要在以己意为折衷耳”（第一册《序例》）。由是观之，刘君于经学，虽偏重古文，实亦左右采获，不欲专己守残也。即以左氏学而论，刘君前期所作之《读左札记》及《司马迁左传义序例》（《外集》卷三）二文，皆能独抒心得，不袭陈言，实与墨守汉师家法者异撰。至刘君非难今文家之文则有三篇。一，《汉代古文学辨诬》（《外集》卷四），驳廖君季平之《今古学考》及康君长素之《新学伪经考》（文中驳及宋于庭、魏默深、龚定盦三先生之说，因其为康说之先河也）。二，《论孔子无改制之事》（《外集》卷五），驳康君之《孔子改制考》。皆前期所作。三，《非古虚》上下篇，上篇驳（校者案，此处原缺数字），下篇驳廖君（案，此处原缺）。皆后期所作。缘刘君不反对今文经说，而反对今文家目古文经为伪造及孔子改制托古之说也。又刘君对于宋元明人之经说亦多反对，见《汉宋学术异同论》中之《汉宋章句学异同论》（刘君对于宋元明人经说亦非一笔抹杀，故《异同论》中又谓其“或义乖经旨而立说至精”，《经学教科书》第一册《序例》中谓“宋明说经之书亦多自得之言”）。但刘君释经亦有新义：如谓六经本官书而孔门编订之为教科书（见《国学发微》等），又如采拉古伯里氏释离卦之说，谓《周易》为古之字典，因即用其法释坤屯二卦，并略及巽乾坤震睽诸卦（见《小学发微补》等）。盖刘君前期解经，喜实事求是，喜阐发经中粹言，故虽偏重古文，偏重左氏，偏重汉儒经说，实亦不专以此自限也。逮及后期，竺信汉儒经说甚坚。观《中庸问答》（《外集》卷二，同卷又有《中庸说》一篇，义与此篇同）及《春秋原名》（《外集》卷三）二篇，即可得其梗概。专著中《礼经旧说》、《西汉周官师说考》、《周礼古注集疏》、《春秋古经笺》、《春秋左传时月日古例考》至《春秋左氏传例略》六种（案，此处原缺六字）。刘君论惠定宇之言曰：“确宗汉诂，所学以掇拾为主，扶植微学。笃信而不疑。”（见《外集》卷九《近儒学术统系论》）余谓取此数语以论上列诸书，最为恰当（案，原稿此处有空白，似未完）。

刘君校释群书之著作，前后两期皆有之而后起占大多数。两期所用之方法全同，皆赓续卢抱经先生之群书拾补，王石臞先生之《读书杂志》，俞曲园先生之《诸子平议》，孙籀庼先生之《札迻》，匡旧训之违失，正传写之舛讹，覃思精研，期得至当。故书雅记之疑滞，得刘君之校释，发正益多矣。

余少于刘君三龄。甲午（1894）余年八岁，识说文部首；庚子（1900），读段茂堂、王菉友、严铁桥诸先生传言说文之书，粗谙六书大意及篆隶变迁。辛丑（1901），读庄方耕、孔㧑约、刘申受诸先生言《春秋》之书，深信《公羊》最得经意，《左传》必有伪窜，愿为卖饼家，不作太宫厨。故余自成童至今，最嗜小学及经学。然彼时对于学术思想之变迁，实茫无所知也。壬寅（1902），读梁君任公之《论中国学术思想变迁之大势》，甲辰（1904），读章公之《訄书》及刘君之《攘书》，乙巳（1905），读刘君之《国学发微》、《周末学术史序》、《两汉学术发微论》、《汉宋学术异同论》、《南北学派不同论》、《古政原始论》、《群经大义相通论》、《小学发微补》、《理学字义通释》、《国学教科书》及《国粹学报》中其它诸文，又读夏君穗卿之《中国古代史》（此书名为后来他人所改，原名《中国历史教科书》），于是始知国学梗概。梁、章、夏诸先生皆为前辈，惟刘君年甫逾冠，略长于余，且与余有世谊（刘君之伯父恭甫先生与先父篴仙公为友，恭甫先生之子张侯君又为先父之弟子），故愿与订交之心甚炽。丙午（1906），余留学日本，始谒章公，丁未（1907），阳历四月二十二日，于章公座上始识刘君，缘章公与刘君彼时皆以党祸避地日本也。自尔遂恒与刘君谈论，获益甚多，至戊申（1908）秋冬间刘君归国时止。癸卯（1903）至戊申（1908），六年间刘君前期之著述，除芜湖之白话报外，余尝尽读之。最佩服其论小学诸篇，认为前期所揭三义，今后治小学者皆宜奉为埻臬，其关于应用方面各项主张，今后推行国语者皆宜一一促其实现。其校释群书诸作，皆宜依卢王俞孙以来律令，古书与后学胥受其益，非夫横通之校勘所能并论。其论古今学术思想诸篇，余谓其经义甚多，亦间有不同意者，如《中国哲学起源考》（《外集》卷八）及《近代汉学变迁论》（《外集》卷九）等。至其论经学，则余与刘君所见绝异。余自辛丑(1901)读刘申受先生之《左氏春秋考证》及《春秋公羊经何氏释例》以后，即尊公羊而黜左氏，信今文而疑古文。辛亥(1911)居故乡吴兴，谒先师崔公，得读其伟著《史记探源》，系续康君之《新学伪经考》者。康书在彼时屡遭清廷焚毁，余前此未之见，因假崔公藏本读之。自读康、崔两先生之书，认为所论精确不易，乃昭然若发蒙，知所谓《左氏春秋》或《春秋左氏传》者乃刘子骏氏取《左丘氏国语》所改作，易国别为编年，并窜入书法凡例，以冒充《春秋》之传。《周礼》亦刘氏伪造之书(或战国时人所著而经刘氏所改作，冒充周公所制之体)。不但此也，凡所谓古文经典悉为刘氏所造之赝鼎。此意至今犹然，且持之益坚。民国三年(1914)，始读康君之《孔子改制考》，对于诸子(包孔子)改制托古之说，亦深信不疑。民国□年(191□)以后，读郑渔仲之《诗辨妄》(辑本)、朱晦庵之《诗集传》、王鲁斋之《诗疑》、姚立方之《诗经通论》、崔东壁之《读风偶识》、方鸿蒙之《诗经原始》，啖叔佐、赵伯循、刘原甫、胡康侯、陈君举诸家论《春秋》之书，及朱晦庵、叶水心、姚立方、崔东壁诸人论群经之文，乃知唐宋以来不用汉儒旧说而自创新义者，其见解胜于汉儒者甚多。故余对于刘君论经之文如《中古文考》(《外集》卷一)、《中庸说》、《中庸问答》(卷二)、《春秋原名》(卷三)、《汉代古文辨诬》(卷四)、《论孔子无改制之事》(卷五)等，及《国学发微》、《汉宋学术异同论》、《经学教科书》中斥宋元明儒(案，原缺四字)者，皆不谓然(案，原稿此节似未完)。

刘君卒于民国八年(1919)，卒后，余时殷盼有人刻其著作，彰其学术。越十有五年，至民国廿三年(1934)，其挚友南君佩兰发大愿，出巨赀，为之刊行遗书全部，余闻而欢喜赞叹，莫可名状，谓南君此举真是无量功德。南君延郑君友渔任搜集校印之事，郑君商诸吴君晓芝，吴君以告黎君劭西，黎君者，余近廿年来审订国语及商量旧学之同志也，因介余与郑君晤谈。余于刘君后期著述，所知甚希，但能举敝匣所存刘君前期著述如干篇以报郑君。郑君又广为寻访，先后得刘君之从弟容季君及他人所藏者多种，盖刘君遗书滋多于是矣（详拙撰全书总目后记）。印刷之际，余仅比次《左盦外集》、《左盦诗录》、《左盦题跋》及各书之先后，写定目录，比附说明而已。至校勘之事，悉由郑君及其襄助诸君任之，余精神衰惫，头目眩瞀，愧未敢稍效绵薄也。

民国廿六年为公元一九三七年，岁在强圉赤奋若，三月卅一日，疑古老人钱玄同序于北平寓庐之饼斋。

附记

先父为刘申叔先生遗书写序，初稿成于民国廿六年三月卅一日。稿中有数处，原拟修正补充后付印；但年来因血压高，精神衰惫，不克久坐用脑，虽于去年十二月间曾经一度续写，仍未告竣。不幸，今年一月十七日突患脑溢血症逝世，此稿原阙处竟未及补，今即以付印藉存其真。

民国廿八年二月十七日棘人钱秉雄谨记